LAURA LABAS

Three with a Key

Moon Notes

Originalausgabe

1. Auflage

© 2023 Moon Notes im Verlag Friedrich Oetinger GmbH,

Max-Brauer-Allee 34, 22765 Hamburg

Alle Rechte vorbehalten

© Text: Laura Labas, 2023

© Umschlaggestaltung: Rocket & Wink, Hamburg

Druck und Bindung: FINIDR, s.r.o., Lípová 1965,

737 01 Český Těšín, Tschechische Republik

Printed 2023

ISBN: 978-3-96976-037-6

www.moon-notes.de

FÜR ELENA ❤

• KAPITEL 1 •

we were apart

Das türkisfarbene Salzwasser glitzerte magisch um mich herum. Ich fühlte mich schwerelos, als ich durch das kalte Becken schwamm. Die zitronengelben Quallen glitten an mir vorbei. Ihre geleeartigen Körper waren zum Greifen nah, doch ich achtete darauf, sie nicht zu berühren. Drehte mich auf den Rücken und sah ihnen schwermütig hinterher.

Ein Schwarm Pollacks mit schimmerndem Schuppenkleid stob weiter vorn auseinander und fing die vor Bewunderung großen Augen der Besucherinnen und Besucher des New York Aquariums förmlich ein. Ein Blick durch die Panzerglasscheibe verriet, dass es wieder ein geschäftiger Mittwoch war. Viele Schulklassen, die einen Ausflug hierher unternahmen und vielleicht zum ersten Mal Meerestiere aus nächster Nähe betrachten konnten. Die offen stehenden Münder waren ein eindeutiger Beweis für die Faszination, die in den Kindern aufgekommen war. Ihre Reaktion ließ ein Gefühl der tiefen Befriedigung in mir aufwallen.

Ein ärgerliches, rotes Blinken an meiner Armbanduhr erinnerte mich daran, den Tauchgang zu beenden. Mein Sauerstoff im Tank neigte sich dem Ende zu.

Luftblasen stiegen vor meinem Gesicht auf, als ich am Mundstück des Atemreglers vorbeiseufzte und diesen dadurch lockerte. Eilig setzte ich das Mundstück wieder gerade, ehe ich meine Flossen an den Füßen stärker bewegte und mich an die Oberfläche des Beckens begab. Einen kurzen Blick erhaschte ich noch auf den sonst so scheuen Roten Drachenkopf. Er schwamm auf dem Grund an der Menschenmenge vorbei und versteckte sich dann wieder in einem Korallennest.

Eigentlich hatte ich ihn mir heute näher ansehen wollen, um seinen Gesundheitsstatus zu überprüfen, doch das musste bis morgen warten.

Nachdem ich das Becken verlassen und meine Tauchausrüstung gegen Straßenkleidung ausgetauscht hatte, sammelte ich im Pausenraum meine Sachen ein. In Gedanken war ich immer noch bei den ineinanderfließenden Farben des Aquariums. Dem Frieden, den ich, umhüllt von dieser Ruhe, empfand. Früher hätte ich versucht, Gefühl und Bild zu malen. Heute gab ich mich damit zufrieden, es lediglich in meinen Erinnerungen festzuhalten. Wie ein Polaroidfoto, das ich meiner Sammlung hinzufügte.

Während ich mich im Spiegel auf der Türinnenseite meines Spinds betrachtete, kämmte ich mein verknotetes, honigblondes Haar aus. Seit Jahren schon kämpfte sich ein rötlicher Schimmer hindurch. Mom hatte diese Tatsache damals zur Verzweiflung getrieben, weil sie Rot nicht mochte.

Damals. Als wäre das so lange her. Gleichzeitig fühlten sich die zwei Jahre seit meiner Flucht aus St. Mercy, Louisiana, wie eine Ewigkeit an. Vielleicht war *damals* doch ein passender Ausdruck dafür. Seitdem hatte ich meine Eltern schließlich nicht mehr wiedergesehen.

Als ich mit meinen blonden Haaren zufrieden war, sie fielen nun offen und leicht gewellt auf meine Schultern, trug ich etwas Wimperntusche auf. Den Look ergänzte ich mit rosafarbenem

Rouge, das am besten zu meiner leicht gebräunten Haut passte. Generell hatte ich eher einen blassen Teint, doch diesen Sommer war ich öfter draußen im Schatten unterwegs gewesen. Obwohl Shiloh viel mit ihrem Freund Miles unternommen hatte, hatte ich sie gelegentlich in den Park begleitet.

Wenn Nick an einem seiner Filmsets als Stuntman arbeitete, fühlte ich mich in unserer WG ziemlich allein. In den letzten Wochen hatte dieses Gefühl abgenommen, weil mich Shiloh endlich eingelassen hatte. Ich war so glücklich darüber, sie als Freundin gewonnen zu haben, dass sogar die Einsamkeit in den Hintergrund gerückt war.

Nicht dass Shiloh ein Ersatz für Claire gewesen wäre. Shiloh war ein eigenständiger Mensch in meinem Universum, der mir Kraft und Freude schenkte.

»Bis morgen!«, rief ich meinen Kolleginnen über die Schulter hinweg zu. Es kam eine gemurmelte Antwort aus dem Pausenraum, dann fiel die Tür hinter mir zu.

Ein weiteres Seufzen.

Aus irgendeinem Grund war ich mit den anderen Mitarbeiterinnen und Mitarbeitern nicht warm geworden. Ich sah mich selbst nicht als schwierige Person, aber wer tat das schon? Wahrscheinlich hatten sie etwas in mir entdeckt, von dem sie abgestoßen waren. Und ich war blind dem gegenüber. Weilte weiterhin in meiner Welt aus Einhörnern und Rittern in goldener Rüstung und fühlte mich ganz normal.

Da ich kein Auto hatte, fuhr ich mit Bus und Metro nach Hause. Das Apartment, das ich mir mit Nick und Shiloh teilte, befand sich mitten in Brooklyn. Es war ein richtiger Glücksgriff gewesen.

Als Nick, Claire und ich damals New York erreicht hatten, waren wir gelinde gesagt erst mal überfordert gewesen.

In St. Mercy war alles … langsamer abgelaufen. In New York

geschah so viel, noch bevor ich den nächsten Atemzug tat. Und immer war es laut. Es gab nie eine ruhige Minute.

Außer im Becken des New York Aquariums. Das war mein Zufluchtsort, wann immer mir alles zu viel wurde.

Das und unser Apartment.

Wir hatten unser Glück kaum fassen können, als unser Makler uns dieses Schmuckstück gezeigt hatte. Frisch auf dem Markt. Wir hatten es auf der Stelle genommen. Auch nachdem Claire vor einem Jahr nach St. Mercy zurückgekehrt war, hatten Nick und ich an der Wohnung festgehalten.

Zugegeben, der Hausflur sah dürftig aus und hatte nicht gerade einen guten ersten Eindruck gemacht. Der Putz war an einigen Stellen heruntergekommen, die kirschrote Farbe so großzügig aufgetragen, dass es Dutzende von Farbnasen gab, und die Holzstufen knarzten eigentlich bei jedem Schritt. Doch wenn man es erst mal in unser Apartment geschafft hatte, bekam man sofort cozy Vibes.

Retrofliesen mit roten und blauen Rauten, weiße, hohe Wände und antike Möbel, die ich hier und dort aufgestöbert hatte. Dunkles Holz, das ich in meiner Freizeit blank poliert hatte und auf dem nun alte Keramikvasen ihren Platz fanden. Zwei neu gepolsterte Stühle, in die man sich sinken lassen konnte, um seine Schuhe anzuziehen. Im Anschluss an den Eingangsbereich öffnete sich der erste große Raum. Das Herzstück des Apartments. Unser Wohnzimmer, in dem sich nun auch Shiloh des Öfteren aufhielt. Als sie Nick und mir noch aus dem Weg gegangen war, hatte sie diesen Raum wie die Pest gemieden. Mittlerweile ließ sie hier auch mal ihre Kleidung und andere Habseligkeiten liegen. Nicht mehr darauf bedacht, so wenig wie möglich von sich preiszugeben.

Es gefiel mir. Ich mochte das Gefühl von Leben in der WG.

Meine Füße sanken in den cremefarbenen Teppich ein, als ich

mich zum großen, sturmblauen Ecksofa begab, um mir den Poststapel anzusehen. Wie jedes Mal hatte ich aus der Routine heraus den Briefkasten unten geleert, ohne mir sofort anzusehen, welche Werbung mich jetzt schon wieder zu einem Kauf überreden würde. Ich war dahingehend ein leichtes Opfer.

Stöhnend ließ ich mich in das weiche Polster fallen und legte die Beine hoch.

Ich schaltete den Fernseher ein und stellte den Ton auf eine angenehme Lautstärke. Einfach damit ich mich nicht allein fühlte. Shiloh war höchstwahrscheinlich bei Miles, und Nick … Wenn er nicht in seinem Zimmer war, traf er sich vielleicht mit seinen Freunden. Immerhin war er momentan nicht an einem weit entfernten Drehort.

Nachdem ich mit meiner Liegeposition zufrieden war, griff ich mir den Stapel Briefe und ging ihn durch. Werbung für Küchenutensilien. Werbung für einen neuen Internetanschluss. Einladung zum Nachbarschaftsbrunch im Café Style. Und ein cremefarbener Umschlag, der an Nick und mich adressiert war.

Ich bemerkte den Poststempel und setzte mich abrupt auf. Die Reklame fiel von meinem Schoß, aber ich ließ sie unbeachtet. Mein Herz klopfte bis zum Hals.

Louisiana. Der Brief kam direkt aus meiner Heimat. Wer würde mir schreiben? Meine Eltern und meine Schwester kommunizierten ausschließlich per Smartphone mit mir. Niemand würde mir einen Brief schreiben. Niemand außer …

Mit fahrigen Bewegungen riss ich den dicken Umschlag auf. Eine golden umrandete, aufklappbare Karte kam hervor. Teures Papier. Geschwungene Schrift. Eine …

»… Hochzeitseinladung«, flüsterte ich. Vorn prangten die Namen des Paares in schwarzen Lettern, und mein Herz galoppierte davon. Mir wurde schwindelig. Ich bekam keine Luft. »Claire und George. Claire Jefferson und George Rosewood.«

Obwohl ich ihre Namen laut aussprach, konnte ich den Umstand, dass die beiden heiraten würden, nicht begreifen. Eilig klappte ich die Karte auf und überflog den Inhalt. Die Feierlichkeiten würden schon in vier Wochen stattfinden. Das Paar würde sich sehr über unser Erscheinen freuen.

Wieder und wieder sah ich mir Umschlag und Karte an. Wort für Wort brannte sich in meinen Verstand.

Als irgendwann die Eingangstür ins Schloss fiel, blickte ich auf. Mit Schrecken erkannte ich, dass ich mich eine Stunde lang nicht vom Fleck bewegt hatte. Ich musste schrecklich dringend aufs Klo, und mein Magen grummelte vor Hunger. Und dann, nach einem weiteren Moment, begriff ich, dass mir das Schlimmste noch bevorstand.

Nick.

Da ich den Brief geöffnet hatte, musste ich ihm mitteilen, was darin geschrieben stand. Was Claire von uns verlangte.

Flashbacks von meiner letzten Begegnung mit ihr schossen wie Blitze vor mein Auge.

Du hast Gefühle für ihn, obwohl wir uns geschworen haben, einander niemals romantisch zu lieben. Das ist alles deine Schuld, Bronwyn.

Danach war sie gegangen.

Mir wurde übel. Ich fragte mich gerade, ob ich es bis ins Badezimmer schaffen würde, ehe ich mich übergab, als Nick ins Wohnzimmer trat. In meiner Panik hatte ich sofort wieder verdrängt, dass ja irgendjemand die Tür benutzt haben musste. Und dieser jemand war ausgerechnet Nick Badgley. Mein Mitbewohner. Mein bester Freund. Meine erste große Liebe und die Person, mit der ich niemals zusammen sein durfte. Konnte. Würde.

Wie jedes Mal, wenn ich ihn erblickte, wurde mir schummrig. Er war viel größer als ich. Größer auch als Miles, wie mir zwischendurch aufgefallen war. An der Highschool war er Footballspieler gewesen, da hatte ihm seine Größe natürlich geholfen.

Genauso wie sein breites Kreuz, das er durch regelmäßiges Trainieren aufgebaut hatte. Als Stuntman musste er sich fit halten. Ich wusste, wie stahlhart sein Bauch war. Auch wenn ich kaum jemals seinen freien Oberkörper mit dem großen Greifen-Tattoo an der linken Seite sah, dem Fabelwesen mit dem Kopf eines Greifvogels und dem Körper eines Löwen, aus dem große Flügel sprossen. Die Muskeln an seinen Armen konnte ich hingegen öfter bewundern, wenn auch nicht jetzt.

Er trug eine helle Cargohose, einen weinroten Hoodie und eine senfgelbe Jacke. Die Beanie zog er sich gerade vom Kopf, sodass sein zimtbraunes Haar zu allen Seiten abstand. Mit einer Hand klopfte er es glatt, während er mich stirnrunzelnd ansah. Auf seiner unteren Gesichtshälfte war ein leichter Bartschatten zu sehen, und seine dunklen Brauen zogen sich über meergrünen Augen zusammen. Die einst gerade Nase hatte er sich vor einem Jahr bei einem Stunt gebrochen, und sie war nicht mehr so perfekt wie zuvor. Bevor ich mit meinem Blick zu seinen vollen Lippen gleiten konnte, riss ich mich zusammen und sah wieder auf die Einladung in meinen Händen.

Sweet Baby Jesus. Ganz egal wohin ich sah, es war alles schlimm. Meine Gefühle – ein einziges Chaos, dem ich nicht entkommen konnte.

»Was ist los?«, wollte er wissen.

Ah. Wie konnte ich bloß jedes Mal vergessen, wie sehr ich seine Stimme liebe? Sein Südstaatenakzent war nicht mehr so ausgeprägt wie früher. Genauso wie ich hatte er versucht, sich anzupassen. Den New Yorker Style zu adaptieren. Obwohl ich ganz froh war, nicht mehr ständig in den alten Slang zu verfallen, vermisste ich diesen bei ihm. Die Art, wie er die letzten zwei Jahrzehnte die Vokale lang gezogen hatte und so lässig gesprochen hatte, als hätte er alle Zeit der Welt.

»Bronwyn?« Meinen Namen aus seinem Mund zu hören, war

der Todesstoß, der mir jedes Mal vor Augen führte, dass ich ohne ihn nicht leben konnte.

Ich ballte eine Hand zur Faust, sammelte meinen Mut und erhob mich. Es war müßig, das Unvermeidliche hinauszuzögern. Als uns noch zwei Schritte voneinander trennten, streckte ich ihm die Hand mit Claires Einladung hin. Er nahm sie nicht sofort an und richtete seine Augen weiterhin auf mich, als würde er mich beschwören, doch noch zu sprechen.

Aber wie sollte ich Worte formen, wenn meine Kehle wie zugeschnürt war? Jeez, ich fürchtete mich so sehr vor dem, was diese Einladung auslösen würde. Bereits ausgelöst hatte.

Dann endlich, nach einer gefühlten Ewigkeit des Stillstands, nahm er die Einladung in seine schwieligen Hände und las sie durch. Einmal. Zweimal. Die Stirn immer noch in Falten gelegt.

Sein Blick schoss von mir zur Einladung und wieder zu mir, ehe er ihn zum Fenster hinausgleiten ließ. Er sah durch und durch unglücklich aus. Das Schlimme war, ich hatte genau diese Art von Reaktion erwartet.

»Willst du hin?« Dieses Mal klang seine Stimme kratzig und belegt. War er so emotional? Machte es ihn so fertig, dass Claire einen anderen heiratete? Liebte er sie immer noch?

Klar, er hatte ihr nie gestanden, was er fühlte, und sie waren nie zusammen gewesen, aber für mich war es ein offenes Geheimnis gewesen.

Es war mir letztes Jahr klar geworden, dass sie einander liebten und nur meinetwegen nicht zusammen waren. Vielleicht auch wegen des Schwurs, den wir vor sieben Jahren geleistet hatten.

Wir hatten uns eines Tages getroffen, und jeder schrieb ein Geheimnis auf ein Stück Papier. Die drei Zettel vergruben wir in einer Zeitkapsel unter der großen Eiche in St. Mercy und schworen uns, für immer miteinander befreundet zu sein. Unsere Freundschaft niemals durch romantische Gefühle zu gefährden, was für mich am allerschlimmsten gewesen war, denn ich hatte Nick schon damals geliebt.

Den Schlüssel für die Zeitkapsel reichten wir seitdem von Jahr zu Jahr an den nächsten weiter. Eigentlich so lange, bis wir dazu bereit wären, einander unsere Geheimnisse zu verraten. So lautete jedenfalls damals unsere Vereinbarung.

Doch vor einem Jahr war alles den Bach runtergegangen. Es waren doch Gefühle gewesen, die alles zerstört hatten, und jetzt saßen Nick und ich hier in den Scherben, die Claire zurückgelassen hatte.

»Will ich? Wohl kaum«, murmelte ich und blickte auf meine Hände.

»Was ist das für eine Antwort?«

Überrascht von seinem harschen Ton, sah ich auf, was ein großer Fehler war. Sofort verlor ich mich in dem Sturm seiner Augen. Er fühlte so viel, aber nur selten ließ er mich ein.

»Natürlich werde ich hingehen. Es ist Claire«, gab ich zurück. Da ich diesem Blick nicht länger standhalten konnte, drängte ich mich an ihm vorbei. Die Übelkeit von vorhin hatte sich gelegt, aber der Drang, zur Toilette zu gehen, blieb bestehen. Ich hoffte, mich nach einem kurzen Moment sammeln zu können.

»Bronwyn.« Ein einzelnes Wort, das mich aus seinem Mund immer zurückhalten würde. Ich drehte mich nicht zu ihm um. »Hältst du das für eine gute Idee?«

»Du musst mich nicht begleiten, Nick«, sagte ich betont locker. »Du bist ohnehin kaum hier.«

»Was hat das jetzt damit zu tun?«

»Alles.« Da es frustrierend war, mit den Bodenfliesen zu reden, drehte ich mich doch zu ihm um. »Warum interessiert es dich, was ich tun werde? Du machst ohnehin immer dein eigenes Ding.«

»Das ist nicht wahr.«

»Wenn du nicht arbeitest, bist du ständig unterwegs. Gehst auf deine Dates und triffst deine Freunde. Eigentlich habe ich gedacht, wir sind auch befreundet.«

Ich hatte ihn unvorbereitet getroffen. Das war deutlich zu erkennen. Er öffnete den Mund. Schloss ihn wieder. Die Einladung in seiner Hand war für den Moment vergessen.

»Du weißt, dass du meine beste Freundin bist und dass sich das nie ändern wird«, sagte er schließlich.

Ich glaubte ihm, und das war das Problem. Nur seine beste Freundin.

»Okay«, antwortete ich leise. »Lass uns nicht streiten. Ich werde zusagen und direkt morgen früh meinen Urlaub auf der Arbeit einreichen.«

Er überflog ein weiteres Mal die Daten. »Wie lange willst du dortbleiben?«

»Eine oder zwei Wochen. Dann verbringe ich auch gleich Zeit mit meinen Eltern und Lemon.«

Sein darauffolgendes Lachen war trocken. »Wir wollten ja eigentlich erst nach drei Jahren zurückkehren, weißt du noch?«

»Claire hat wie immer andere Pläne für uns«, nuschelte ich. »Wir können nicht davonlaufen, Nick.«

»Es hat Spaß gemacht, es zu versuchen«, entgegnete er selbstironisch. »Aber ich bin natürlich dabei. Zwei Wochen, und dann streichen wir St. Mercy für die nächsten Jahre aus unserem Vokabular. Alles für Claire.«

Was es ihn wohl kostete, sich Claire glücklich ohne ihn vorzustellen?

»Perfekt. Und jetzt muss ich dringend für kleine Prinzessinnen.«

Seine Mundwinkel zuckten. »Tu dir keinen Zwang an.«

Die Spannungen zwischen uns waren nicht verschwunden, sondern zur Seite gekehrt. Wir beschlossen, sie zugunsten unserer Freundschaft zu ignorieren. Unsere verzwickten Gefühle zu übergehen in diesem Dreiergespann, in dem ein Loch klaffte, seit die dritte Person verschwunden war.

Im schlauchförmigen Badezimmer angekommen, stützte ich mich auf dem Waschbecken ab und konzentrierte mich auf meine Atmung. Ich wusste nicht, wie lange ich die Schwere in meiner Brust noch ignorieren könnte. Irgendwann würde Nick mit einem Date nach Hause kommen, mit dem es ihm ernst war. Einer Person, mit der er sich eine langfristige Beziehung vorstellen könnte. Und was wäre dann mit mir? Meine Träume von ihm und mir zusammen würden mich nicht länger glücklich machen können, weil sie jedweder Realität entbehrten.

Damals in der Highschool hatte ich es nur geschafft, seine Liebesbeziehung zu ertragen, weil wir einen Plan hatten. Er war mit der Schönheitskönigin Tatjana zusammen gewesen, doch insgeheim wussten wir alle drei, dass wir St. Mercy gemeinsam verlassen würden. Ohne Tatjana.

Dieses Versprechen auf eine gemeinsame Zukunft gab es nicht mehr. Wir waren erwachsen. Nick würde mich bald schon genauso verlassen, wie es Claire getan hatte.

Tränen rannen meine Wangen hinab.

»Gosh, Claire, wieso hast du uns bloß zurückgelassen?«

• KAPITEL 2 •

home run

Zwei Wochen später hatte sich Nick einen schwarzen Jeep von seiner Filmagentur ausgeliehen. Er würde während unseres Aufenthalts in unserer Heimatstadt zu einem kurzen Dreh aufbrechen müssen. Deshalb war ihm der Luxus eines eigenen Autos bewilligt worden. Ich war ziemlich glücklich darüber, nicht mit dem Zug oder schlimmer noch einem Fernreisebus fahren zu müssen. Schließlich besaß der Jeep den größtmöglichen Komfort samt Neuwagengeruch. Schwarze Ledersitze, leise Klimaanlage und ein ansprechendes Interieur. Ich hatte auf dem Beifahrersitz sogar genug Platz, um meine Beine zum Schneidersitz zu falten.

Wir befanden uns schon inmitten des zweitägigen Roadtrips von New York nach St. Mercy in Louisiana. Unsere Heimatstadt, der wir damals zu dritt den Rücken gekehrt hatten und der wir nun zu zweit wieder entgegentraten.

Claire war uns einen Schritt voraus.

Obwohl Nick und ich während der Vorbereitung für den Trip normal miteinander kommuniziert hatten, fühlte sich die Stimmung zwischen uns gedrückt an. Ich konnte nicht ganz bestimmen, woran es lag, aber die Leichtigkeit, die ich normalerweise vorspielte, wollte sich nicht einstellen. Immerhin waren Shiloh und Miles in den letzten Tagen öfter in der WG gewesen, um mehr Zeit mit uns zu verbringen. Oder mit mir.

Ich vermutete, dass Shiloh ziemlich genau wusste, was in meinem Herzen vorging. Auch wenn sie es bislang nicht angesprochen hatte.

Ich war ihr dankbar, dass sie es für sich behielt und mich nicht dazu drängte, darüber zu reden. Das würde ohnehin nichts an der Realität ändern. Nick würde meine Gefühle nie erwidern, und ich durfte dieses Fass niemals aufmachen. Immerhin hatte ich es geschworen.

Was Claire betraf … Ich hatte in den letzten zwei Wochen Zeit gehabt, um über ihre plötzliche Heirat nachzudenken. Dabei hatte sich fast mein Gehirn verknotet, weil ich jede Erinnerung an damals nach ihrem Verlobten George Rosewood durchforstet hatte.

Ich wusste, dass er der Sohn des Bürgermeisters von St. Mercy war und ein paar Jahre älter war als wir. Ein Bild hatte ich erst vor Augen, als ich ihn mitten in der Nacht gegoogelt hatte. Er war durchaus attraktiv. Starke Kinnpartie und breite Schultern. Ein Lächeln, das zwei Reihen perfekter Zähne in einem goldschimmernden Gesicht offenbarte.

»Weißt du, wie sich George und Claire kennengelernt haben?«, fragte ich über Carrie Underwoods Stimme hinweg, die aus den Neuwagenlautsprechern drang. Leider gehörte sie zusammen mit Taylor Swift zu Nicks absoluten Lieblingskünstlerinnen. Ich war eher der K-Pop-Typ, aber damit wollte Nick absolut nichts zu tun haben.

Spielverderber. Schließlich sah ich mir auch seine Horrorfilme an, obwohl ich viel lieber romantische Weihnachtskomödien auf Netflix suchtete.

»Ich nehme an, irgendwo und irgendwann in St. Mercy.« Er zuckte mit den Schultern.

Ich hatte die Frage aus einem Impuls heraus gestellt. Eigentlich wollte ich es strengstens vermeiden, mit ihm über Claire zu sprechen. Doch jetzt, da ein Aufeinandertreffen unmittelbar bevorstand, konnte ich mich nicht länger zurückhalten.

Nicks nüchterne Antwort überraschte mich nicht. Eigentlich war er ein humorvoller Typ, mit dem ich über alles und jeden reden konnte. Wenn es aber um Claire ging, verlor er diese Eigenschaft im Handumdrehen.

Frustrierend.

»Es kommt für mich bloß etwas überraschend«, murmelte ich und lehnte mich zurück. Die Sonne ging allmählich unter. Nick setzte seine schwarze Sonnenbrille auf, um den Verkehr weiterhin im Blick zu behalten.

Bless my soul, warum musste er dabei aussehen wie ein heißes Supermodel, das drauf und dran war, für Gucci einen Werbespot zu drehen?

Das Leben war so unfair. Ich verschränkte – wütend auf mich selbst und das Leben – die Arme.

Wenn das Navi richtiglag, würden wir in einer halben Stunde unsere Unterkunft für die Nacht erreichen. Wir hätten zwar auch weiterfahren können, aber da ich keinen Führerschein besaß, hätte Nick ohnehin früher oder später eine Pause einlegen müssen. Also hatten wir ein Zimmer in einem soliden Motel gebucht und dadurch weniger Stress.

»Du machst dir zu viele Gedanken.« Er warf mir einen kurzen Seitenblick zu und lächelte sanft.

Mein Herz machte bei dieser Art von Lächeln, gleichzeitig unschuldig und verheißungsvoll, stets einen Satz.

»Wie könnte ich nicht? Vor einem Jahr hat sie nicht ein einziges Mal von ihm gesprochen, und jetzt will sie ihn heiraten?«

»Sie ist alt genug.« Trotz seiner neutralen Worte bemerkte ich, wie die Haut um seine Handknöchel weiß wurde. Er hielt das Lenkrad fest umklammert. »Du kennst sie. Wenn sie nicht sicher wäre, würde sie ihn nicht heiraten.«

Ich nahm ihm seine Gleichgültigkeit nicht ab. Ihn störte diese überstürzte Hochzeit auch. Aber im Gegensatz zu mir ging es bei ihm um eine vertane Chance. Um den Schwur. Um die Liebe zwischen ihm und Claire, die es bloß meinetwegen nicht vor den Altar geschafft hatte.

Oder?

Manchmal meldete sich doch ein zweifelndes Stimmchen in mir, dem ich zwar nicht glaubte, das sich aber auch nicht vertreiben ließ.

Was, wenn ich mir eine Realität eingeredet hatte, die es gar nicht gab? Wenn Nick und Claire sich doch nicht liebten?

Gosh. Ich war manchmal mit meinen eigenen Gedanken überfordert.

»Sie hat nie davon gesprochen, so früh heiraten zu wollen.«

»Menschen ändern sich.«

»Aber so sehr?«

»Bronwyn …« Er warf mir einen weiteren Seitenblick zu. »Willst du mir sagen, was zwischen euch vorgefallen ist? Bevor wir uns in die Höhle des Löwen begeben?«

Ich erstarrte. Es ergab Sinn, dass er nachfragte, weil wir kurz davor waren, auf unsere ehemals beste Freundin zu treffen. Trotzdem traf es mich unvorbereitet.

»Ich will nicht darüber reden.«

»Okay.«

Die Stimmung fühlte sich daraufhin gedrückt an und erschwerte mir das Atmen. Umso glücklicher war ich, als wir endlich das Motel erreichten.

Unsere Unterbringung lag direkt an der Interstate fünfundachtzig kurz vor Atlanta. Etwas mehr als die Hälfte unserer Strecke war geschafft. Morgen würden wir bei guter Verkehrslage noch sechs oder sieben Stunden unterwegs sein.

Die blaue Neonleuchtschrift bezeichnete das Motel mit dem Namen Bluebird. Online hatte gestanden, dass es lediglich sechs Zimmer anbot, diese aber in einem hervorragenden Zustand wären. Nick hatte sofort für uns gebucht, obwohl ich lediglich mit den Schultern gezuckt hatte. Prinzipiell war es mir einerlei, wo wir übernachteten. Als er jedoch mit Stolz verkündet hatte, dass er noch ein Zimmer hatte ergattern können, war mir die Tragweite meines Desinteresses bewusst geworden.

Er und ich in einem Zimmer.

Holy shit.

Seine Augen hatten regelrecht geleuchtet, als er von dem preisgekrönten Frühstück geschwärmt hatte, und ich hatte ihm die Freude daran nicht verderben wollen. Das war das erste Mal seit der Hochzeitseinladung gewesen, dass sich seine Stimmung aufgehellt hatte. Wer war ich, ihm die Laune zu vermiesen, nur weil ich fürchtete, neben ihm im Bett kein Auge zumachen zu können?

»Sieht genauso aus wie auf den Bildern«, kommentierte Nick zufrieden und lenkte den Jeep mit knirschenden Reifen auf einen der sieben Parkplätze, auf dem er stehen blieb. Bis auf zwei waren nun alle besetzt. Er duckte sich, um durch die Frontscheibe nach oben zu schauen.

Das Gebäude war rechteckig und besaß ein flaches Dach. Es gab zwei Etagen mit jeweils drei Zimmertüren. Die Rezeption befand sich links und damit der Interstate zugewandt, deren Verkehr man von hier jedoch wegen der hohen Lärmschutzwand nicht mehr hören konnte. Auch ich besah die unscheinbare, weiße Fassade und setzte mich schließlich in Bewegung.

»Kümmerst du dich um den Check-in? Dann schau ich mal

nach, was die Automaten so an Snacks zu bieten haben«, schlug ich nach dem Aussteigen vor.

Nick reichte mir meinen braunen Lederrucksack mit den goldenen Schnallen aus dem Kofferraum. Den großen Koffer, den ich für die Reise gepackt hatte, würde ich für eine Nacht nicht brauchen. Resigniert sah ich von Fenster zu Fenster. Wie viel schlimmer konnte es schon sein als die Ankunft in unseren Elternhäusern morgen?

»Abgemacht.« Grinsend nahm er die Sonnenbrille ab und steckte sie in seine Jackentasche. In New York war es kühl geworden. Der Herbst hatte bereits einen Großteil der Blätter golden gefärbt, weshalb wir beide Pullis, lange Jeans und Jacken trugen. Je weiter wir uns in Richtung Süden bewegten, desto weniger würden wir diese herbstliche Kleidung noch benötigen.

Ich hatte vorhin das Wetter in St. Mercy gecheckt, und tagsüber waren es immer noch siebenundzwanzig Grad.

Auch hier in Atlanta fühlte sich der Wind angenehm warm an.

Ich blickte Nick für einen Moment hinterher. Sein Lächeln fehlte mir jetzt schon, und ich öffnete bereits den Mund, um seinen Namen zu rufen. Damit er sich zu mir umdrehte. Damit er für eine Sekunde nur an mich dachte.

Erbärmlich.

Es dauerte knapp zehn Minuten, ehe Nick mit einem Schlüssel zurückkam. Ich hatte drei der sechs Automaten geplündert. In Zimmer drei fanden wir, wenig überraschend, ein Queensize-Bett vor sowie eine Kommode mit Fernseher obendrauf. Der Boden war mit grauem Teppich ausgelegt, die Wände in geblümte Tapete gekleidet. Das Badezimmer war klein und sauber. Ich entdeckte nicht mal auf den beiden Nachtschränkchen Staub und musste Nick zugestehen, eine gute Wahl getroffen zu haben.

»Der Typ am Empfang hat gesagt, wir können uns hier Pizza bestellen. Sie liefern ziemlich schnell.« Nick reichte mir einen bunten Flyer, den er vermutlich eben erhalten hatte. Ich setzte mich aufs Bett und ließ den Rucksack auf den Boden gleiten, bevor ich das Menü annahm. »Suchst du was aus?«

»Habe ich jetzt umsonst zehn Dollar ausgegeben?«, fragte ich schelmisch und zeigte ihm meine Ausbeute, die ich in die Seitentaschen des Rucksacks gestopft hatte.

»Jesus, Darlin', du bist unverbesserlich.« Lachend fläzte er sich auf die andere Seite des Bettes und stopfte sich in Rekordzeit einen Schokoriegel in den Mund. Seine Lieblingsspeise.

»Gegen Pizza habe ich trotzdem nichts einzuwenden. Bestell du.« Ich warf ihm den Flyer aufs Gesicht, worüber er sich mit einem lauten *Hey* beschwerte, und schlurfte ins Badezimmer. Meine Arme und den Rücken dehnte ich dabei ausgiebig. Lange Autofahrten war ich nicht mehr gewohnt, seit ich in die Weltmetropole gezogen war.

»Peperonipizza?«, rief er mir fragend hinterher.

»Was ist das für eine Frage?«

»Vielleicht willst du ja mal was Neues ausprobieren«, sagte er mehr zu sich selbst. Als ich über meine Schulter blickte, sah ich, dass er bereits eine Telefonnummer wählte.

Schweigend schloss ich die Tür hinter mir, um mich frisch zu machen. Was Neues. Als hätte ich das nicht versucht.

In St. Mercy hatte es neben Nick einen anderen gegeben, für den ich zumindest für ein paar Wochen geschwärmt hatte. Aber erst in New York hatte ich den Mut gefunden, aus meinem selbst gezogenen Kreis auszubrechen. Ich wusste, dass ich nicht auf Nick warten durfte. Vor allem, weil es nicht mal den Hauch einer Chance gab, dass wir jemals zusammenkämen. Trotzdem war es mir schwergefallen, auf Dates zu gehen und andere Männer anziehend zu finden.

Ich hatte mich auf zwei Beziehungen eingelassen und beide recht schnell beendet. Ich hatte von Drinks über Gutenachtküsse und gemeinsam verbrachte Nächte alle Punkte des Datens abgehakt und dann am Ende erkannt, dass es mich nicht glücklich machte. Sie waren tolle Typen, die mich respektierten. Doch sie waren nicht Nick. Mein Herz blieb ihnen verschlossen.

Deshalb hatte ich das Daten für den Moment an den Nagel gehängt. Aus dem Moment war ein Monat und dann ein Jahr geworden.

Die Ironie war, dass mich das Nicht-Daten genauso wenig glücklich machte wie das Daten, und deshalb befand ich mich in einem konstanten Struggle. Das einzig Gute war, dass ich immer noch Nick bei mir hatte.

Wir verbrachten den Abend nebeneinander auf dem Bett, den Pizzakarton zwischen uns. Auf dem Bildschirm flackerte *Sleepy Hollow*. Ein Re-Run, weil bald Halloween war. Der Film war sowohl gruselig als auch skurril und spannend. Eine Mischung, die uns beiden gefiel. Obwohl ich Horrorfilme nicht gern anschaute. Ein Umstand, von dem Nick nicht mal etwas wusste. Ich hatte mich nie getraut, es ihm zu sagen, weil ich nicht wollte, dass er unsere ohnehin schon knapp bemessene Zeit mit einer anderen, horrorbegeisterten Person verbrachte.

Wow. Mir wurde immer wieder klar, wie erbärmlich mein Verhalten in Wirklichkeit war.

Obwohl der Film meine Aufmerksamkeit auf sich zog, war ich mir Nicks Nähe durchgehend bewusst. Ich bildete mir sogar ein, seine Wärme zu spüren. Dafür war der Abstand zwischen uns jedoch eigentlich zu groß. Er hatte sich ein Kissen zwischen Hinterkopf und Wand geklemmt. Nachdem er das letzte Stück Pizza vertilgt hatte, hatte er seine flache Hand auf den Bauch gelegt und sich seitdem nicht mehr bewegt. Hin und wieder lachte er auf.

Hin und wieder sah ich auf den Bildschirm.

Die Nacht würde katastrophal werden. Der Abspann lief, und Nick und ich machten uns Konkurrenz beim Gähnen.

»Wir sollten schlafen gehen.« Ich hätte mir auf die Zunge beißen sollen. Warum zögerte ich den Moment nicht weiter hinaus?

»Ich weiß. Hast du den Wecker gestellt?« Er streckte sich ausgiebig.

Ich schüttelte den Kopf. »Nope, aber kann ich machen.«

»Okay. Danke.« Er verschwand im Bad und kehrte zehn Minuten später frisch geduscht zurück. Seine Füße waren nackt, und über die muskulösen Arme spannte sich das alte, schwarze T-Shirt, das er sich zum Schlafen angezogen hatte. Immerhin hatte er sich dazu entschlossen, mich nicht mit dem Anblick seines gestählten Oberkörpers zu quälen. Auch trug er eine lange, ebenfalls schwarze Jogginghose, wofür ich ihm sehr dankbar war.

Selbst wenn sich unsere Beine versehentlich berührten, würden wir keinen Hautkontakt haben.

Ich hatte mich für ein ähnliches Outfit entschieden: einen weißen, langen Pyjama mit rosafarbenen Nähten. Ein Geschenk meiner Mom zu letztem Weihnachten, über das ich mich tatsächlich gefreut hatte. Ob sie endlich eingesehen hat, dass ich meinen eigenen Weg ging?

Ich interpretierte zu viel in ein Geschenk hinein, das sie ausnahmsweise nicht in einem Kleiderladen für Southern Belles gekauft hatte. Kleidung, die sonst meist von ziemlich offensichtlichen Hinweisen darauf begleitet wurde, dass ich doch nur schön zu sein hatte und mir so einen reichen Mann suchen sollte.

»Bronwyn?«

Blinzelnd sah ich zu Nick. Er stand neben dem Bett. Die Pizzaschachtel verfrachtete er auf den Teppich, da es keine andere freie Fläche gab.

»Hm? Was?«

26

»Dein Handy. Es klingelt.«

Ich war so in Gedanken versunken gewesen, dass ich es nicht bemerkt hatte. Dabei lag es direkt neben mir. Eilig nahm ich Shilohs Videoanruf an und winkte lächelnd in die Kamera.

»Bin ich froh, dich zu sehen«, sagte ich. Immerhin rettete sie mich für den Moment vor der Nacht mit meinem besten Freund.

»Hältst du es jetzt schon nicht mehr mit Nick aus?« Ihr Lachen heiterte mich auf. Lange Zeit hatte ich nicht mal gewusst, dass Shiloh lachen konnte.

»Das ist es nicht …«, murmelte ich, während Nick zeitgleich grummelte: »Das nehme ich persönlich.«

Er warf sich aufs Bett und winkte Shiloh zu, als ich das Handy in seine Richtung drehte. Wieder lächelte er, und wieder setzte mein Herz aus.

Seine Schulter streifte meine Hüfte, als er sich auf den Rücken rollte. Ich sprang förmlich auf und steuerte die Tür an, um ungestört mit Shiloh reden zu können. Eilig schlüpfte ich in meine Sneaker.

»Mach schnell, ich bin müde«, sagte Nick lachend.

Konnte man einen Menschen jeden Tag mehr lieben?

»Sehe ich das richtig? Ein Bett? Für euch zwei?«, fragte Shiloh, nachdem ich die Tür hinter mir zugezogen hatte.

Da ich nicht sicher war, ob mich Nick nicht trotzdem hören konnte, ging ich ein paar Schritte auf den beleuchteten Parkplatz hinaus. Außerhalb des Scheins der Straßenlaterne war es bereits stockduster, und keine Menschenseele befand sich in Sichtweite.

»Das war nicht meine Idee«, sagte ich. Ich setzte mich auf eine halbhohe Mauer, obwohl es nur im Pyjama ziemlich frisch war.

»Wie geht es dir? Wie war die Fahrt?« Shiloh saß bei Miles auf der hellen Couch. Er hatte uns ein paarmal zu sich eingeladen, weshalb ich seine Wohnung wiedererkannte. Shiloh hatte ihr karamellfarbenes Haar unter einem Handtuch versteckt. Ihre

Augen leuchteten und ließen ihr herzförmiges Gesicht erstrahlen. Sie war eine der schönsten Personen, die ich kannte. Im Licht der Stehlampe hinter ihr waren ihre Wangen leicht gerötet, als hätte sie zu heiß geduscht.

Oder eine andere heiße Aktivität hinter sich. Immerhin eine von uns, die Spaß hatte.

Nachdem ich ihr von der wenig spannenden Fahrt berichtet hatte, kamen wir darauf zu sprechen, dass ich morgen an den Ort zurückkehrte, dem ich vor zwei Jahren entflohen war.

»Du hast mir nie erzählt, was Claire gesagt hat, als sie gegangen ist«, sagte Shiloh vorsichtig. Es war das erste Mal, dass sie diesen Vorstoß wagte. Normalerweise akzeptierte sie, dass Nick und ich nicht über Claire sprachen. Niemals.

Ich blickte über die Autodächer zum Apartment Nummer drei, in dem nach wie vor Licht brannte.

»Sie hat gar nichts gesagt«, log ich, weil ich mich schämte. »Sie ist einfach gegangen.«

Shiloh schien nicht überzeugt, ließ das Thema jedoch auf sich beruhen.

Du hast Gefühle für ihn, obwohl wir uns geschworen haben, einander niemals romantisch zu lieben. Das ist alles deine Schuld, Bronwyn, echote es wieder in mir.

»Schlaf gut, Bronwyn. Lass den Kopf nicht hängen, und wenn du was brauchst, kannst du dich immer bei mir melden«, sagte Shiloh nach einem Moment. Sie blickte an der Kamera vorbei. »Miles ist da. Willst du ihm Hallo sagen?«

»Schon okay.« Ich zwang mich zu einem Lächeln, obwohl mir nach Weinen zumute war. »Danke, und euch auch eine gute Nacht!«

Nachdem wir aufgelegt hatten, sammelte ich mich noch ein paar Minuten. Oder hoffte ich bloß, dass Nick das Licht ausgeschaltet hatte und nicht mehr auf mich wartete?

Tatsächlich hatte ich Glück. Als ich mich endlich dazu überwunden hatte, ins Motelzimmer zurückzukehren, war Nick auf der rechten Seite des Bettes eingeschlafen. Er lag auf dem Bauch, mit einem Arm seitlich am Körper, die Hand des anderen unter sein Kinn geklemmt.

Leise drückte ich die Tür ins Schloss, ehe ich das Deckenlicht löschte. Ich zog die Sneaker von den Füßen und trat an Nicks Seite. Seine Atmung ging tief und gleichmäßig. Er musste wie immer recht schnell eingeschlafen sein.

Vorsichtig zog ich die schwere Decke bis zu seinen Schultern, und nachdem ich mein Handy aufs Nachtschränkchen gelegt hatte, schlüpfte ich auf der anderen Seite ebenfalls ins Bett. Genauestens darauf bedacht, Nick nirgendwo zu berühren. Ich drehte mich von ihm weg auf die Seite und kniff die Augen zusammen. Vielleicht, ganz vielleicht würde mir ja doch etwas Schlaf vergönnt sein.

Ich wachte auf, mit dem Gefühl, zu ersticken.

Als ich bemerkte, dass Nicks ausgestreckter Arm auf meiner Kehle lag, war ich bereits hellwach.

»Pass doch auf!«, grummelte ich und schob seinen schweren Arm von mir.

»Was?«, murmelte er verschlafen.

»Vergiss es.« Es hatte zwar nicht ganz so geklappt mit der No-Contact-Rule, aber mit seinem Attentat konnte ich besser leben, als wenn ich mich im Schlaf versehentlich auf ihn gerollt hätte. Wie peinlich das gewesen wäre, wollte ich mir nicht mal ausmalen.

Ich hatte das Gefühl, dass unsere Freundschaft dieser Tage wegen meines emotionalen Chaos und der bevorstehenden Konfrontation mit Claire ohnehin nur noch am seidenen Faden hing. Das hätte das Fass sicherlich zum Überlaufen gebracht.

Jäh hatte ich ein Bild vor Augen: Er und ich am Ufer eines windstillen Sees, der die Farben des Sonnenaufgangs widerspiegelte. Ein Motiv, das mich früher dazu gebracht hätte, stundenlang vor meiner Leinwand zu sitzen, um die perfekten Farben zu mischen.

Das Licht hinter den durchlässigen Gardinen ließ erahnen, dass es bereits morgens war, und so stellte ich mich in die Dusche, um richtig wach zu werden. Wir waren bloß eine halbe Stunde vor dem Wecker aufgewacht, und ich wollte keine Zeit verschwenden. Es war besser, die Sache schnellstmöglich hinter mich zu bringen.

Eine Sache, die mich sämtliche Überwindung kostete: Die Rückkehr in die Stadt, in der dreihundertfünfundsechzig Tage im Jahr jede Bewohnerin und jeder Bewohner gute Laune hatten. Zumindest nach außen hin.

Erfrischt von der Dusche, wurde mir plötzlich bewusst, dass ich meine Kleidung im Schlafraum gelassen hatte. Entweder ich war feige und zog mir den Schlafanzug wieder an, oder ich riskierte es, von Nick gesehen zu werden.

Es war ja nicht so, als hätte er mich noch nie im Bikini gesehen. Und jetzt hatte ich immerhin ein weiches, fluffiges Handtuch um den Körper geschlungen.

Erneut machte ich mir zu viele Gedanken über etwas, das er nicht mal ansatzweise auf dem Schirm hatte.

Als ich die Tür öffnete, saß er mit einem Bein angewinkelt auf dem Bett und swipte durch sein Smartphone. Er sah kurz auf und fing meinen Blick ein, bevor ich mich abwenden konnte. Ich konnte nicht sagen, wieso, doch die Luft fühlte sich plötzlich schwer und stickig an.

»Hab meine Sachen vergessen«, nuschelte ich, während ich spürte, wie ich rot anlief.

Ich bildete es mir nicht ein. Sein Blick löste sich von meinen Augen und wanderte an mir herunter. Die Lippen presste er dabei zusammen.

Da es mir die Sprache verschlagen hatte, schnappte ich mir eilig meine Klamotten, die ich auf dem Rucksack abgelegt hatte, und verschwand wieder im Bad. Was zur Hölle war das gewesen? Dieser Moment … Hatte er mich abgecheckt?

Nun, und wenn schon, er war auch nur ein Mann. Bloß weil er mich attraktiv fand, bedeutete das nicht, dass er mit mir zusammen sein wollte.

Wenig später holten wir uns das versprochene Frühstück ab, woraufhin ich mich für den Rest der Fahrt mit einem schmollenden Nick rumschlagen musste.

»Das nennen sie Gourmetfrühstück? Nichts daran ist für Gourmets, und nichts daran ist Frühstück«, beschwerte er sich nicht zum ersten Mal.

»Du musst es ja nicht essen«, entgegnete ich. Auch nicht zum ersten Mal.

»Wir haben schließlich dafür bezahlt, also werde ich das auch essen.« Bei diesen Worten streckte er seine Hand in die weiße Papiertüte und fischte einen Hamburger hervor. »Hamburger. Zum Frühstück. Am liebsten würde ich umdrehen und …«

»Wie wäre es stattdessen mit einer Bewertung?«, schlug ich vor, wobei ich mein Grinsen hinter meiner Hand verbarg.

Ich würde es nicht zugeben, aber es beruhigte mich, dass er sich über etwas so Lapidares aufregen konnte. Das bedeutete, dass Nick sich über unsere Rückkehr nicht allzu sehr sorgte und es in St. Mercy schon nicht so schlimm werden würde. Kein Grund zur Furcht. Ich würde meiner Familie Hallo sagen, meine Pflichten als gute Tochter wahrnehmen, Claires Hochzeit über mich ergehen lassen, ohne ein Drama zu veranstalten, und das wars. Zwei Wochen wären mir nichts, dir nichts vorbei.

Meine und Nicks positive Laune schlug jedoch um, als die ersten Schilder Baton Rouge ankündigten. Die nächstgelegene größere Stadt bei St. Mercy. Von dort waren es nur noch zwanzig Meilen. Zehn. Fünf. Und schließlich begrüßte uns das frisch geputzte Ortsschild auf der Hauptstraße nach St. Mercy.

Mir drehte sich der Magen um. Da es früher Nachmittag war, hatten die meisten bereits ihre Arbeit beendet, um die warmen Sonnenstrahlen in der Innenstadt zu genießen. Es war Freitag, und das Städtchen bereitete sich auf das kommende Wochenende vor. Was auch immer geplant war. Ich hatte den Überblick über all die Festivitäten und Community-Events verloren. Aber ich wusste, dass Claire ein paar Tage vor Halloween heiratete.

Ich krallte mich in den Ledersitz. Gleichzeitig wollte ich mich in Luft auflösen. Mein Gesicht verstecken, ehe mich jemand entdeckte.

St. Mercy war eine Stadt, die zwanzigtausend Seelen beherbergte, und es fühlte sich an, als hätte es jede einzelne davon auf mich abgesehen. Dabei kannten mich die meisten nicht mal. Ich war nie beliebt gewesen. Hatte nie etwas geleistet. In der Highschool war ich übersehen worden, und im Leben meiner Eltern hatte ich kaum Platz gehabt. Es gab keinen rationalen Grund für meine Verfolgungsangst. Ihre Klauen schlugen sich dennoch in meinen Körper.

Nick bog in die Straße ein, die mir vertrauter war als unser Apartment in New York. Das weiße Haus mit der weiten, grünen Rasenfläche. Die eleganten Säulen vor der Eingangstür und der zierliche, schwarze Eisenzaun auf der linken Seite der Veranda. Die zwei Spitzdächer auf den Zimmern des ersten Stocks. Selbst die braune Tür hätte ich im Schlaf malen können. Mein Elternhaus.

»Fahr weiter«, krächzte ich. Meine Kehle fühlte sich wie zugeschnürt an. »Ich bin noch nicht bereit.«

Nick stellte keine Fragen und versuchte auch nicht, mich umzustimmen.

Während ich aus dem Seitenfenster hinausblickte, lenkte er den Wagen um die nächste Ecke.

Ich entspannte mich erst, als wir erneut die Hauptstraße erreicht hatten. Mit geschlossenen Augen lehnte ich mich zurück.

»Ich weiß, was du denkst«, sagte ich leise. Taylor Swift durchbrach das darauffolgende Schweigen. Ich musste mich gegen sie durchsetzen. »Sie wollen mir nichts Böses. Das ist mir klar, aber …«

»Es ist okay. Du kannst heute bestimmt bei uns unterkommen«, unterbrach er mich. Wie selbstverständlich legte er eine Hand auf mein Knie und warf mir ein beruhigendes Lächeln zu. In meinem Kopf schrillten Alarmglocken.

Er berührte mich. Freiwillig. Am Knie. Jedwede Sorgen waren wie weggeblasen, doch viel zu früh zog er die Hand wieder zurück.

Eine Berührung, die ich bis in meine Zehenspitzen gespürt und die er wahrscheinlich schon wieder vergessen hatte.

Diese Diskrepanz zwischen unseren Realitäten machte mich fertig.

Schließlich erreichten wir Nicks altes Zuhause am Rand von St. Mercy. Das Haus seiner Mom, Daisy, die neben ihrer Ersatzmutter, Ms Atwood, wohnte.

Im Gegensatz zum Haus meiner Eltern waren diese beiden Gebäude fast mickrig. Sie grenzten an die, für die Südstaaten typische, wilde Natur und den Sumpf an und waren von der Straße einzig durch einen Schotterweg erreichbar. Auf Stelzen gebaut und mit hellem Holz verkleidet. Nicks Haus hatte immer eine Gemütlichkeit ausgestrahlt, die ich nirgendwo anders gefunden hatte.

Kiara, die Labradorhündin, die Daisy vor sechs Jahren aus

dem Tierheim geholt hatte, stürmte schwanzwedelnd die breite Treppe herunter.

»Bilde ich mir das ein, oder hat sie zugenommen?«, überlegte ich laut, nachdem es mir gelungen war, die Autotür zu öffnen, ohne sie gegen Kiara zu stoßen.

»Sie ist ausgebüxt und hat sich schwängern lassen«, erklärte Daisy, die aus dem Haus getreten war. Lächelnd sah sie uns an. »Willkommen zurück, ihr zwei.«

Zum ersten Mal, seit ich die Hochzeitseinladung erhalten hatte, fühlte ich meine Angst schrumpfen.

• KAPITEL 3 •

don't wanna cry

Daisy hatte kurzes, braunes Haar und wache, grüne Augen. Sie war einen Kopf größer als ich, schlank und sportlich. Von morgens bis abends sprühte sie vor Energie. Kaum jemals hatte ich sie still gesehen und noch seltener schlafend.

Sie stand Nicks Energielevel und Ehrgeiz in nichts nach. Ob sie schon immer so gewesen oder mit dem Alter so geworden war, nachdem sie ganz allein für Nick sorgen musste, hatte ich nie gefragt. Einen Unterschied machte es auch nicht. Sie war, wie sie war, und hatte sich in den vergangenen zwei Jahren anscheinend nicht verändert.

Ich ließ Kiara meine Handfläche abschlecken, während Nick seine Mom begrüßte. Er umarmte sie fest und küsste ihre Wange.

Der Moment wirkte so intim auf mich, dass ich den Blick senkte. Ich sollte mich weiterhin auf Tiere konzentrieren. Mit ihnen kam ich gut zurecht. Sie brachen mir nicht das Herz und lösten keine Sehnsucht in mir aus, die sie nicht stillen konnten.

»Du kleine, hübsche Maus«, murmelte ich in Kiaras Ohr. Sie belohnte mich mit einem weiteren, von Herzen kommenden Schlecken, sodass ich mich auf den Boden kniete und sie ebenso herzlich von Kopf bis Fuß abrubbelte. Sie war so weich und roch nach Wald und Erde.

»Hast du sie mehr vermisst als mich?«, erkundigte sich Daisy.

Ich hatte nicht bemerkt, dass sie von der Veranda getreten war. Sie trug eine Jeanslatzhose, knallpinke Gummistiefel und ein Tuch auf ihrem Kopf, das ihr Haar wohl vor Schmutz schützen sollte.

»Natürlich nicht«, beeilte ich mich, zu sagen, auch wenn Daisy keine Person war, die so was ernst meinte.

Wir umarmten uns, und ich nahm ihren altbekannten Geruch nach Zitrone in mich auf. Nach all den Jahren hatte sie nicht das Shampoo gewechselt.

»Gehst du direkt zu deinen Eltern?«, fragte sie, als wir uns voneinander lösten.

Aus dem Augenwinkel sah ich, wie Nick den Kofferraum öffnete. Kiara scharwenzelte so lange mit ihrem dicken Bauch um seine Beine herum, bis sie ihn endlich überzeugt hatte, sie zu streicheln.

»Ähm, eigentlich wollte ich erst morgen gehen«, antwortete ich. Ein verlegenes Lächeln konnte ich mir nicht verkneifen.

»Hmpf.« Sie stemmte die Hände in die Hüften. »Heute lasse ich das mal wegen der langen Fahrt so durchgehen, aber morgen gibt es keine Ausreden mehr. Versprochen?«

»Versprochen.«

Es war nicht so, als würde sie mich nicht bei sich aufnehmen wollen. Dafür kannte ich sie gut genug. Es ging ihr darum, dass ich meine Eltern respektieren sollte.

»Sie haben dich vermisst«, fügte sie hinzu und bestätigte damit meine Annahme.

»Lass sie in Ruhe, Mom. Sie weiß schon, was sie tut.«

»Du kleiner …«

»Was ist da draußen los?« Die achtzigjährige Ms Atwood trat

aus Daisys Haus. Ihre faltigen Hände steckte sie in die Vordertasche ihrer rosafarbenen Schürze mit Rüschen am Saum. Ein paar Flecken vom Kochen und Backen waren darauf zu sehen, doch ihr marineblaues Kleid mit dem weißen Seemannskragen, das sie darunter trug, war makellos. Sie hatte ihr dichtes, weißes Haar zu einem Zopf geflochten, sodass ihre scharfen Wangenknochen unter der ebenholzfarbenen Haut betont wurden. Unzählige kleine Falten hatten sich in ihre Mundwinkel und um ihre Augen gegraben, taten ihrer Schönheit jedoch keinen Abbruch. Sie ging leicht gebückt. Ich wusste von Nick, dass es ihr zunehmend schwerer fiel, für lange Zeit zu stehen.

»Ach, nein. Wen haben wir denn da? Bless my heart.« Sie legte eine ihrer Hände aufs Herz. »Zwei meiner drei Lieblingskinder.«

»Wir sind keine Kinder mehr, Nana«, sagte Nick lächelnd. »Komm, setz dich hin.«

Er führte sie zum Schaukelstuhl auf der Veranda und wartete geduldig, bis sie sich hingesetzt hatte. Obwohl sie nicht miteinander verwandt waren, war sie für ihn die einzige Großmutter, die er hatte.

»Bronwyn, komm her. Lass dich ansehen.« Sie scheuchte Nick davon, der sich grinsend zurück zum Kofferraum begab, um unser Gepäck reinzubringen. Daisy half ihm dabei, und Kiara bellte, weil sie nicht beachtet wurde.

Ich liebte diesen Chaoshaufen. Warum konnte ich nicht Teil von ihm sein? Warum musste ich in mein steriles Elternhaus zurückkehren und vorgeben, mit meiner Entscheidung, von hier zu fliehen, glücklich zu sein?

Ms Atwood vertrieb die Gedanken daran, als sie mich in die Wange zwickte und am Bauch zwackte, wie sie es immer schon getan hatte.

»Gut siehst du aus, Sugarplum«, sagte sie schließlich in ihrem zähen Südstaatenakzent. Erst jetzt wurde mir bewusst, wie sehr ich ihn vermisst hatte. »Hast seinem Flehen endlich nachgegeben, wie ich sehe.«

Stirnrunzelnd sah ich von ihr zu Nick. »Was meinst du?«

»Ihr seid doch zusammen hier.« Ich nickte. Immer noch unsicher, worauf sie hinauswollte. »Ihr liebt euch.«

Beinahe hätte ich mich an meiner eigenen Spucke verschluckt. »Ms Atwood! Das ist nicht …«

»Wie oft habe ich dir schon gesagt, du sollst mich Nana nennen.«

»Nana«, sagte ich betont langsam, »Nick und ich wohnen bloß zusammen. Nichts weiter.«

Sie schnalzte mit der Zunge. »Jetzt hilf mir auf, ja? Ich muss was aus dem Ofen holen.«

Das Innere von Daisys Haus war an Gemütlichkeit schwer zu übertreffen. Das war immer noch so. Im Flur zog ich meine Schuhe aus und stellte sie auf das dafür vorgesehene Regal. Daisy hielt immer Hausschuhe für ihre Gäste bereit, obwohl einem auf den Echtholzdielen und den unzähligen Teppichen auch barfuß nie kalt wurde. Trotzdem schlüpfte ich in die schwarzen Latschen und ging an der toffeefarbenen Wand vorbei, von der mir Dutzende Nicks entgegenlächelten. Er als Sechsjähriger auf dem knallroten Fahrrad. Mit nassen Haaren und in Badehose am Lake Maurepas, mit Claire und mir albern lächelnd im Hintergrund. Nick auf seiner ersten, schwarzen Rennmaschine. Und er zusammen mit Daisy und Ms Atwood bei unserer Abschlussfeier. Ein blaues Auge zierte sein Gesicht, das ich ihm am Abend zuvor versehentlich mit meinem Ellbogen verpasst hatte.

Eilig betrat ich die Wohnküche, aus der ein Duft wehte, der mir das Wasser im Mund zusammenlaufen ließ.

»Beignets!«, rief ich aus. Beignets gehörten zu meiner absoluten Lieblingsspeise. Nicht mal Nick konnte sie nachbacken, obwohl er sich in der Küche weitaus geschickter anstellte als ich.

Beignets waren meistens rechteckig und quollen beim Frittieren auf. Mit Puderzucker bestreut, daneben ein Milchkaffee, und das Paradies war nicht weit davon entfernt.

Neben Beignets hatte Ms Atwood auch eine Pflaumentarte gebacken, die Daisy gerade eilig aus dem Ofen holte. New York bot allerlei Mahlzeiten, und mit Fett wurde nicht gespart. Doch ich hatte dort noch nie etwas gegessen, was auch nur im Entferntesten an Daisys oder Ms Atwoods Back- und Kochkünste heranreichte.

Wir wuselten allesamt eine Weile durcheinander, deckten den Tisch, verstauten die Koffer und Taschen, bereiteten Kaffee zu und wackelten mit den Hüften zu Dolly Parton, die singend von ihrem Arbeitstag berichtete. Selbst ich konnte mich des alten Country-Klassikers nicht erwehren, denn nun ja, es war Dolly Parton.

Als sie von Blake Shelton abgelöst wurde, ließ meine Begeisterung nach, und ich setzte mich auf einen der Mahagoni-Stühle in der Wohnküche. Das Kinn stützte ich mit meiner Hand und betrachtete die drei Generationen vor mir. Ms Atwood, die ihre schmerzenden Gelenke für ein paar wertvolle Minuten vergessen konnte, als Nick sie um den nächsten Tanz bat. Nick, der die unsichtbaren Lasten an der Türschwelle abgelegt hatte, und Daisy, die den Kochlöffel als Mikro benutzte. Ihre helle, klare Stimme würde ihr einen Platz in den Top Ten jeder Castingshow sichern. Das Leben in St. Mercy hatte sie jedoch fest im Griff, und so verdiente sie ihr täglich Brot mit dem Schneiden und Frisieren anderer Leute Haare. Mittlerweile besaß sie sogar ihren eigenen Salon, und ihre Kundschaft liebte sie. Trotz der Vorurteile, die sie in den ersten Jahren nach Nicks Geburt bekämpfen musste. Eine alleinstehende Neunzehnjährige, die sich ihren sittsamen Eltern widersetzt und ihren Sohn behalten hatte.

Ich bewunderte sie für die Stärke, die sie damals bewiesen

hatte. Sie war eine der großartigsten Frauen, die ich kannte. Dicht gefolgt von Ms Atwood, die sie uneigennützig aufgenommen und unterstützt hatte.

Irgendwann ging auch ihnen die Luft aus, und sie setzten sich zu mir. Ich schaufelte mir ein Beignet nach dem anderen in den Mund. Die Mahnungen meiner Mutter ignorierend. Meine Zeiten als laienhafte Ballerina waren längst vorbei und würden glücklicherweise nie wiederkehren, deshalb brauchte ich mir keine Sorgen um meine Hüfte zu machen. Da ich ziemlich klein war, setzte sich Fett dort zuerst bei mir an. Doch das Leben war zu kurz, um sich die kleinen Köstlichkeiten nehmen zu lassen.

Tim McGraw klimperte im Hintergrund auf seiner Gitarre, und für eine Weile kehrte angenehmes Schweigen ein.

Mein Blick wanderte durch eines der beiden Wohnzimmerfenster nach draußen. Von hier aus konnte man einzig Bäume und Büsche sehen. Die Straße dahinter, die direkt ins Herz von St. Mercy führte, war von den Sträuchern so verdeckt, als würde sie nicht existieren.

»Die Hochzeit, hm«, sagte Daisy und leckte sich den Pflaumensaft von den Fingerspitzen.

Nick, der mir rechts gegenübersaß, versteifte sich augenblicklich. Wieder war seine Reaktion wie ein Schlag ins Gesicht für mich. Zum einen, weil mir jedes Mal aufs Neue bewusst wurde, dass er nichts für mich empfand, zum anderen, weil er darunter litt, nicht mit Claire zusammen sein zu können. Wäre ich weniger egoistisch gewesen, hätte ich ihm und Claire vor langer Zeit meinen Segen gegeben.

Oder, weniger dramatisch, zumindest das Gespräch mit Nick gesucht.

»Was ist mit der Hochzeit?«, fragte er möglichst neutral, aber ich kannte ihn zu gut. Vernahm das leichte Zittern am Ende des Satzes.

»Wie geht es euch damit? Ihr habt Claire seit ihrer Rückkehr nicht mehr besucht, oder?«

»Ich habe mit ihr gesprochen«, antwortete Nick plötzlich.

»Was?« Meine Gabel fiel klirrend auf den Teller. Ms Atwood schnalzte mit der Zunge. »Wann?«

»Keine große Sache«, wich er aus. Er sah mich nicht mal an.

Mein Herz drohte, meinen Brustkorb zum Bersten zu bringen.

»Für mich ist das eine große Sache«, widersprach ich.

Nicks Blick blieb auf seinem Beignet haften. Meine Hände krallten sich in den Saum meines Sweatshirts.

Was hatte er mir noch verschwiegen? Hatte sie auch ihm damals ihre Vermutung, dass ich ihn liebte, mitgeteilt? Eine Vermutung, die keine war, dennoch … Wann hatte dieses Gespräch stattgefunden? Erst vor Kurzem oder irgendwann in den letzten Monaten? Wie konnte er eine derart große Sache vor mir verbergen?

Dann wiederum verbarg er auch seine wahren Gefühle für Claire vor mir …

»Entschuldigt, ihr zwei, ich wollte da nichts aufwirbeln«, sagte Daisy, und es gelang ihr mit ihrer üblichen, freundlichen Art, die Stimmung wieder rumzureißen. Das Gesprächsthema lenkte sie gekonnt auf ihre neue Mitarbeiterin im Salon und darauf, wie stolz sie war, ein solch fleißiges und talentiertes Team zusammengestellt zu haben.

Ich gab mich höflich, lächelte und antwortete an den richtigen Stellen. Doch meine Gedanken blieben an Nicks Worten haften.

Nach dem Abwasch schrieb ich Lemon eine Nachricht, weil ich wissen wollte, wie es ihr ging. Ich hatte ihr nicht gesagt, dass ich nach Hause käme. Tatsächlich wusste ich immer noch nicht, ob ich nicht direkt wieder nach New York zurückkehren sollte. Doch ich wollte nicht gehen, ohne meine Schwester zu sehen.

Lemon: Was willst du?

Bronwyn: Findest du dich nicht etwas unhöflich? 😣

Lemon: Findest du dich nicht etwas nervig?

Bronwyn: Lemon ... 😕

Lemon: Ich bin busy. Cu

Großartig. Nicht mal meine Schwester wollte etwas mit mir zu tun haben.

Nick hatte sich inzwischen verkrümelt, und auch ich entschuldigte mich nun, um mich bettfertig zu machen. Die Zeit war schneller rumgegangen als erhofft. Das Wiedersehen mit meinen Eltern rückte erbarmungslos näher. Draußen war es bereits dunkel, und auch wenn es noch nicht mal zehn Uhr war, fühlte ich mich total gerädert.

Ich dachte an gestern Nacht, als ich mir sicher gewesen war, dass ich Nick im Schlaf versehentlich überfallen würde. Wie albern.

Das Gästezimmer befand sich im ersten Stock auf der Rückseite des Hauses. Mein bester Freund war so höflich gewesen, meinen Koffer und den Rucksack hochzutragen. Seine Muskeln waren auch außerhalb seiner Arbeit häufig nützlich.

Die Einrichtung hatte sich nicht verändert: die blau geblümte Tapete, der cremefarbene, runde Teppich und das Eichenholzbett. Ich ließ mich bäuchlings auf die weiche Matratze fallen und bewegte mich für einen Moment nicht. Erst als ich keine Luft mehr bekam, drehte ich mein Gesicht zum Fenster. Die langen Baumwollvorhänge waren nicht zugezogen, und ich konnte den Halbmond erkennen.

Ich war so feige. Ich hätte einfach nach Hause gehen sollen. Daisy und Ms Atwood mussten mich für eine schlechte Tochter halten. Und Nick ... Offenbar hatte ich keine Ahnung, was in Nick vorging. Ich hatte gedacht, ihn in- und auswendig zu kennen.

Lustig.

»Wirklich witzig, Bronwyn«, grummelte ich.

Nach geschlagenen zehn Minuten konnte ich mich dazu aufraffen, zu duschen und mich in meinen Schlafanzug zu kuscheln. Im Bett starrte ich dann eine Weile die weiße Decke und die leuchtenden Sterne an, die Nick, Claire und ich bei einem unserer Sleepover dort aufgeklebt hatten. Gerade so hatten wir die Decke mit einem Sprung von der Matratze erreicht, bis uns Daisy erwischt und gemaßregelt hatte. Die Sterne hatte sie jedoch nicht entfernt.

Wütend drehte ich mich auf die Seite. Ich schlug das Kissen unsanft zurecht, als wäre meine Schlaflosigkeit seine Schuld. Dabei wusste ich genau, wessen Schuld es war.

Ich lauschte, wie Daisy aus dem Badezimmer kam. Sie klopfte bei Nick an und wünschte ihm leise eine gute Nacht. Da ich mich vorhin schon von ihr für die Nacht verabschiedet hatte, ging sie an meiner Tür vorbei und zog sich in ihr eigenes Zimmer zurück. Kiaras Tapsen folgte. Sie kratzte an einer Tür, wahrscheinlich an Daisys, die sie daraufhin begleitet von liebevoll rügenden Worten einließ.

Ich wartete und wartete. Drehte mich von der einen auf die andere Seite. Der Schlaf wollte nicht kommen. St. Mercy gönnte mir nicht mal eine einzige Nacht der Ruhe.

Mein Handy vibrierte. Sofort griff ich danach, in der Hoffnung, Ablenkung zu finden. Bloß eine Spam-Mail. Nicht mal Lemon, die mich weiter anmaulte wegen wer weiß was.

Kurz nach Mitternacht gab ich jedweden Versuch auf und schlüpfte in die schwarzen Kunststoffpantoffeln.

Vielleicht könnte ich mir ein Bier stibitzen. Von Alkohol wurde ich eigentlich immer müde.

Da ich niemanden wecken wollte, bemühte ich mich, besonders leise zu sein. Im Dunkeln bahnte ich mir einen Weg zum Kühlschrank, holte eine Bierdose hervor und schlich dann nach draußen auf die Veranda.

Ich bereute es sofort. Aus zweierlei Gründen: Erstens war es überraschend kalt, zweitens war mir bereits jemand zuvorgekommen.

Da ich mich nicht schon wieder vor ihm zurückziehen wollte, nahm ich Nicks Einladung an, die er in Form eines Kopfnickens andeutete. Ich setzte mich neben ihn auf die Hollywoodschaukel. Sie war so breit, dass zwischen uns eine dritte Person gepasst hätte. Ich zog die Beine an, um mich zu wärmen.

»Hier.« Seine Stimme klang ungewohnt heiser, als hätte er geweint.

Ich hatte ihn noch nie weinen gesehen. Deshalb verwarf ich den Gedanken wieder. Er würde doch nicht wegen Claire heulen, oder?

Er nahm vom Stuhl neben ihm eine gefaltete Decke und breitete sie über mir aus. Dabei kam er mir so nahe, dass ich seinen Atem für einen kurzen Augenblick auf meinem Hals spüren konnte. Sorgsam steckte er die raue Wolldecke an den Seiten fest und wartete, bis ich meine Arme wieder sinken ließ. Die Bierdose und meine Hände nun auf der Decke.

Bevor ich verarbeiten konnte, dass er nach Seife und Sandelholz roch, hatte er sich wieder zurückgelehnt. Von dem Beistelltisch nahm er sich sein eigenes, bereits geöffnetes Bier und stieß gegen meine Dose.

»Cheers.«

»Cheers«, murmelte ich leicht abwesend. Beobachtete, wie er die Dosenöffnung an seine Lippen führte und ein paar tiefe Züge nahm. Sah, wie sich sein Kehlkopf beim Schlucken bewegte, und nahm ganz genau wahr, dass er wegen der Kälte des Getränks erzitterte.

Im Gegensatz zu mir trug er Jeans und einen Pulli. Hatte er noch vorgehabt, jemanden aufzusuchen? Claire zum Beispiel?

»Hast du's dir anders überlegt?« Er sah mich lediglich aus dem Augenwinkel an, als er die Beine austreckte.

»Hm?«

»Du trinkst nicht.«

»Oh. Nein, ich …« Anstatt weiter zu stammeln, öffnete ich die Dose und nahm einen tiefen Schluck. Ich war sonst keine Alkohol-löst-Probleme-Person, aber in diesem Moment half das Getränk.

»Das mit Claire … Ich hätte dir sagen müssen, dass wir geredet haben«, sagte er aus dem Nichts. »Es tut mir leid.«

»Okay.« Mein Herz wurde leichter. Ich hasste es sehr, dass er sich so weit weg von mir anfühlte, obwohl wir nebeneinandersaßen. Seine Entschuldigung half dabei, dass ich mich wertgeschätzt fühlte. Er dachte an mich und meine Gefühle. Versuchte, sich in mich hineinzuversetzen. Das bedeutete mir eine Menge.

Trotzdem blieb ich gedanklich daran hängen, dass er es mir bis heute verschwiegen hatte.

»Ich habe ihr bloß gesagt, dass wir kommen. Mehr nicht«, erklärte er. »Es war seltsam. Du hättest gelacht, wenn du uns gehört hättest.«

Lachen wäre wahrscheinlich nicht meine erste Reaktion gewesen …

»Ich wäre gern dabei gewesen.«

»Sorry«, sagte er noch mal, ehe er näher rückte, um mich leicht mit seiner Schulter anzustoßen. »Wie fühlt es sich an, zurück zu sein? Komisch, oder?«

Er berührte mich zwar nicht mehr, war aber nicht wieder

weggerückt. Mir war nicht kalt. Trotzdem erschauerte ich. Eilig stellte ich das Bier auf den Boden und verbarg die Hände unter der Decke, um nicht auf dumme Gedanken zu kommen.

»Unwirklich. Ist es tatsächlich schon zwei Jahre her, dass wir hier weg sind? Es kommt mir vor wie gestern. Als hätte sich nichts geändert.«

»Ja, mir auch.«

Aufkommender Wind wirbelte die Blätter um uns herum auf. Äste bewegten sich knarzend, und Nagetiere raschelten im Unterholz. Geräusche, die man in der Großstadt nicht hörte. Sie waren mir so fremd. So bekannt. Erinnerten mich an mein jüngeres Ich und seine Träume, die sich nicht erfüllt hatten. Angst setzte sich in meinem Bauch fest. Ein Flattern, weil ich nicht mit meinem jetzigen Ich zufrieden war.

Ich hatte so viel gewollt und nichts bekommen. Natürlich. Mit zweiundzwanzig war ich noch unglaublich jung und konnte so viel tun. Doch bisher hatte ich mich nicht dazu durchringen können. Was müsste sich ändern, damit ich meine Ziele erreichte?

Die Antwort war denkbar einfach: ich mich selbst. Und wie sollte ich das jemals bewerkstelligen? Mut ließ sich nicht wie Brombeeren von den Sträuchern pflücken.

»Ich vergesse manchmal, wie schön so ein lauer Abend in St. Mercy sein kann«, sagte ich, um mich von meinen schwermütigen Gedanken abzulenken.

»Schön, ja«, stimmte er mir nachdenklich zu. »Allerdings kommen dadurch Gedanken an die Oberfläche, die man im lauten New York gut verdrängen kann.« Er nahm einen kräftigen Schluck aus seiner Dose.

Ich konnte dem Drang nicht mehr standhalten und sah ihn an. Mein Blick wurde wie magnetisch von seinem angezogen. Seine Augen, die im gelblichen Licht der Verandalaterne dunkel wirkten, ließen mich ein in seine Ängste und seine Mutlosigkeit. Ich fand mich in seiner Gefühlswelt wieder, obwohl ich nicht gedacht hätte, dass Nick ähnlich wie ich empfinden würde.

»Du hast ein Geheimnis, nicht wahr?«, fragte ich aus einem Impuls heraus.

Sein rechter Mundwinkel zuckte. Er lehnte sich minimal zur Seite und holte einen kleinen, silbernen Schlüssel aus seiner hinteren Hosentasche. Ich erkannte ihn sofort wieder. Die Zacken, die ich, öfter als ich zählen konnte, mit meinen Fingern nachgefahren war. Das fast verblasste, schwarze Herz auf dem Schlüsselkopf und das geknüpfte, rot-blaue Band, an dem der Schlüssel baumelte.

»Wir haben alle ein Geheimnis. Schon vergessen?« Er überreichte mir den Schlüssel zu unserer Zeitkapsel. »Besser, du bewahrst ihn für uns auf.«

»Warum jetzt?« Ich ließ ihn von meinem Zeigefinger baumeln.

»Du bist eh an der Reihe, und Claire hat ihn mir auch nicht zum Jahrestag überreicht«, sagte er schulterzuckend. »Er lag auf meinem Schreibtisch, nachdem sie gegangen war.«

»Das wusste ich nicht.« Wieder schien Claire die Fäden in der Hand zu halten. Bis heute hatte ich geglaubt, dass sie den Schlüssel mit nach St. Mercy genommen hatte. Normalerweise hätte sie ihn im Mai zum Jahrestag an mich weiterreichen müssen, aber da sie nicht in New York gewesen war, hatte ich den Tag unbeachtet verstreichen lassen. Auch Nick hatte nichts gesagt. Ich glaube, er war nicht mal da gewesen. Wieder an einem Filmset oder sonst wo.

In meinem Bauch bildete sich jedes Mal ein Knoten, wenn ich an Claire und Nick zusammen dachte. Deshalb umschloss ich den Schlüssel mit meiner Faust und erhob mich von der Hollywoodschaukel. Die Decke hielt ich mit meiner freien Hand vor meinem Bauch zusammen, um nicht darüber zu stolpern, während ich zum schwarzen Verandazaun ging. Ich lehnte mich über ihn und genoss die absolute Dunkelheit, die sich am Rand des Lichtkreises ausbreitete.

Nick sagte nichts, doch ich hörte, wie er sich ebenfalls aufrichtete. Unfähig, einen Atemzug zu nehmen, lauschte ich seinen Schritten, bis er direkt hinter mir zum Stehen kam. Nicht neben mir. Ich konnte seine Wärme spüren. Dieses Mal wirklich. Seine Größe.

Mein Herz pochte so schnell, dass sich auch mein Atem beschleunigte. Im Kontrast dazu drehte ich mich fast wie in Zeitlupe zu ihm um und erschauerte. Er stand sogar noch näher, als ich geglaubt hatte. Die Knöchel meiner Hand, die um die Enden der Decke gekrallt war, berührten bereits den Stoff seines Shirts.

Ich nahm meinen Mut zusammen und begegnete seinem Blick. Legte meinen Kopf leicht in den Nacken, während er den seinen nach unten geneigt hielt.

All meine Gedanken waren wie pulverisiert, und mein Kopf war völlig leer. Seine Augen waren eine noch bessere Waffe gegen meinen Verstand als sein Lächeln. Wie oft ich in sie geblickt hatte. Doch nie, niemals zuvor, hatte ich in ihnen etwas aufflackern sehen, das das Geheimnis in meinem Herzen spiegelte.

Vielleicht war ich mittlerweile so verzweifelt, dass ich mir Gefühle einbildete, die er nicht empfand. Womöglich ertrug ich es einfach nicht länger, dass er mich nicht liebte.

Ich erzitterte, als der Wind nicht nur die Blätter, sondern auch mich erfasste. Der Bann schien gebrochen. Nick wich zurück, ohne dass er mir eine Erklärung anbot.

»Ich geh besser wieder«, nuschelte ich in die Decke hinein, nachdem ich sie höher gezogen hatte, um meine Schultern damit zu bedecken. Der Schlüssel wog schwer in meiner Hand.

»Bronwyn ...«, sagte er leise.

»Hm?«

»Ich bin froh, dass ich nicht allein zurückkehren musste.«

Nicht die Worte, die ich mir erhofft hatte, aber gut genug. Ich zwang mich zu einem Lächeln und hoffte, Nick würde das Zittern meiner Mundwinkel im schwachen Schein der Laterne nicht wahrnehmen.

»Same. Gute Nacht.«

»Sweet dreams.«

• KAPITEL 4 •

long time no see

Am nächsten Morgen nach einer unruhigen Nacht half ich Daisy beim Zubereiten des Frühstücks. Sie hatte mich seit dem Aufstehen bereits drei Mal auf freundliche Weise daran erinnert, dass ich direkt nach dem Essen aus dem Haus geworfen werden würde. Es gäbe keine Ausreden, meinen Eltern und Lemon weiter aus dem Weg zu gehen. Ich hatte nicht widersprochen. Sie hatte recht. Heute würde ich meine Feigheit besiegen.

Außerdem wusste ich nicht mehr, was das geringere Übel war: Weiterhin mit Nick in dieser komischen Blase zu leben, die sich seit dem Verlassen von New York um uns herum gebildet hatte, oder mich meiner Familie zu stellen. Beides würde mich auf kurz oder lang den Verstand kosten. Insbesondere weil sich meine und Nicks Blase nicht definieren ließ. Ich konnte nicht mehr sagen, was in Nick vorging.

»Ich bin dafür, dass sie hierbleibt«, sagte Ms Atwood und setzte ihre Keramiktasse etwas zu energisch auf das Holz des Tisches. Sie saß seit zehn Minuten in der Wohnküche, und Nick trank neben ihr seinen zweiten Kaffee. »Sie ist ja eh schon so gut wie verheiratet mit Nick. Dann können sie auch zusammen hier wohnen.«

Nick prustete den Kaffee aus seiner Nase, und ich ließ den Kochlöffel zu Boden fallen. Das daran klebende Rührei spritzte durch den gesamten Raum.

»Nana«, ermahnte Daisy sie.

»Gosh, es tut mir leid«, rief ich, als ich versuchte, mit einem Küchentuch das Unheil zu beseitigen. Daisy kam mir zu Hilfe, während der Bacon in der Pfanne weiter vor sich hin brutzelte. Kiara beeilte sich, die Überreste vom Boden zu schlecken, bevor sie genüsslich ihre Schnauze ableckte.

»Bless my heart, die Jugend von heute ist zu zartbesaitet.« Ms Atwood verdrehte die Augen, wirkte aber zufrieden mit sich. Ein diebisches Grinsen konnte sie sich nicht gänzlich verkneifen.

»Wir sind bloß Freunde, Nana«, sagte Nick. Er hatte sich den Kaffee vom Gesicht gewischt und sah sie streng an. Eine Falte bildete sich für einen kurzen Moment zwischen seinen Brauen.

»Ja«, stimmte ich etwas zu spät zu. »Bloß Freunde.«

Ich rechnete fast mit dem Schnalzen ihrer Zunge, doch stattdessen sah mich Ms Atwood voller Mitleid an. Sweet Baby Jesus. Das konnte ich noch weniger ertragen.

»Wenn das so ist, wirst du ja wohl keine Einwände haben, mir drüben zu helfen, Bursche. Meine Spülmaschine macht Terz, und die Duschvorhangstange ist mir letzte Woche runtergekommen. Das Dach ist durchlässig, die Bodendielen im Flur knarzen fürchterlich, und es fehlt nicht mehr viel, bis mein Garten restlos von Unkraut überwuchert wird.«

Hilf mir, sagte Nick lautlos in meine Richtung. Dabei war klar, dass er ihr natürlich bei allem zur Hand gehen würde. Er liebte sie.

»Sorry, aber ich muss heute meinen eigenen Kampf ausfechten«, entgegnete ich. Mit dem gebratenen Ei setzte ich mich gegenüber von Nick an den Tisch und bereute meine Platzwahl sogleich, weil ich ihn dadurch viel leichter anstarren konnte.

51

Kiara drehte sich zwei Mal im Kreis, ehe sie sich unter dem Tisch niederließ. Direkt auf meine Füße. Ich beschloss, dass die dicke Dame genug zu leiden hatte, weil sie fast schon überfällig war, und ließ meine Füße da, wo sie waren.

Ich hob den Blick von Kiara und sah wieder Nick an. Herrje.

Es war noch früh am Morgen, trotzdem herrschten draußen schon Temperaturen von weit über zwanzig Grad. Die Frische der Nacht war längst vertrieben. Deshalb hatte sich Nick für ein dunkelblaues T-Shirt entschieden, das sich über seinen trainierten Brustkorb spannte. Viel mehr als diese Aussicht machte mich das leuchtende Meergrün seiner Augen fix und alle. Es erinnerte mich an seine unerwartete Nähe gestern Abend. Den Satz, den er nicht beendet hatte. Immer wieder musste ich daran zurückdenken, weil ich nicht wusste, wie er ihn hatte vervollständigen wollen.

»Falls ich nicht wieder auftauche, könnt ihr euch denken, wo Nana meine Leiche verscharrt hat«, sagte Nick besonders theatralisch und erntete einen Klaps auf den Arm von Ms Atwood. Lachend rieb er sich den muskulösen Oberarm, und Daisy stimmte in sein Lachen mit ein.

Ich hingegen konnte meinen Blick nicht von seinen Armen wenden. Warum war mir in New York nie aufgefallen, wie sich die Muskeln und Sehnen unter seiner Haut bewegten? Oder hatte ich mir nicht erlaubt, sie anzusehen? Wo war meine Selbstbeherrschung, wenn ich sie mal brauchte?

Gedankenlos sprang ich auf. Kiara bellte einmal missmutig. Erwartungsvoll wurde ich angesehen, hatte mir aber noch keine Erklärung zurechtgelegt. Ich öffnete den Mund und schloss ihn wieder.

»Ja?« Daisy neigte leicht ihren Kopf. Wie eine Laborantin, die eine interessante Entdeckung unter dem Mikroskop gemacht hatte.

»Würdest du mich fahren? Ich bleibe sonst mit dem Koffer im Schlamm stecken.«

»Du hast nicht mal gegessen«, gab sie zu bedenken.

»Ich bekomme sowieso keinen Bissen runter, bevor ich nicht drüben bin.« Je länger ich mich an die Lüge gewöhnte, desto wahrer fühlte sie sich an. Appetitlosigkeit, weil man sich vor einer Konfrontation fürchtete, klang gar nicht so weit hergeholt. Das gab es. Und es war weniger peinlich, das als Entschuldigung anzuführen, als Daisy zu sagen, dass ich Hitzewallungen bekam, weil ich besessen vom Bizeps ihres Sohnes war. Vielleicht auch vom Trizeps. Und allem, was sonst noch seine Arme und Muskeln ausmachte.

Daisy sah von mir zu ihrem gefüllten Teller, ehe sie mit den Schultern zuckte. »Kein Problem. Ich nehme noch einen Happen. Du kannst ja schon mal deine Sachen in den Wagen laden.«

»Danke«, presste ich hervor und stürmte aus der Wohnküche. Nick wäre schon nicht eingeschnappt, wenn ich mich nicht von ihm verabschiedete. Ms Atwood war da unberechenbarer, aber mit ihrer Laune würde ich fertigwerden. Später.

Sobald ich nicht mehr ununterbrochen darüber nachdachte, wie es sich anfühlen würde, von Nicks starken Armen gehalten zu werden. Vielleicht auch von ihm gegen den Pfosten auf der Veranda gepresst. Sein Körper dicht an meinen gedrängt. Ich würde überall seine Hitze spüren. Würde in ihr vergehen, bis seine Lippen nur noch Millimeter von meinen entfernt wären.

»Reiß dich zusammen, Bronwyn«, murmelte ich.

Daisy gesellte sich fünf Minuten später zu mir nach draußen. Ich saß bereits auf der Beifahrerseite ihres blauen Lexus. Meine Nervosität nahm proportional zu, je mehr ich versuchte, nicht an Nick zu denken. Was war geschehen? Warum hatte ich mich plötzlich nicht mehr unter Kontrolle? War es, weil wir schon so lange getrennte Leben lebten? Er war kaum noch zu Hause gewesen. Hatte einen Job nach dem anderen angenommen und sich noch öfter verletzt. Ich hatte es nicht ertragen und mich deshalb von ihm entfernt.

Aber hier und jetzt konnten wir einander nicht aus dem Weg gehen. Wir waren die beiden einzigen Außenseiter, die nach St. Mercy zurückgekehrt waren.

Es war für mein Seelenwohl wahrscheinlich gar nicht so schlecht, bei meinen Eltern zu wohnen. Etwas Abstand würde uns guttun. Oder mir guttun. Wenn ich noch einmal sehen musste, wie sehr es ihn verletzte, dass Claire heiratete, dann würde ich ausflippen.

»Geht es dir gut? Du hast dich doch nicht mit deinen Eltern gestritten, oder?«, fragte Daisy, sobald wir die Zufahrtsstraße verlassen hatten. Wir würden genau acht Minuten brauchen, ehe wir die Hazel Road erreichten.

Acht Minuten des Friedens.

»Mom streitet nicht«, wiederholte ich eine Phrase, die ich Daisy als Kind andauernd gesagt hatte. Es waren eigentlich Moms eigene Worte. Eine Worthington, ihr Mädchenname, würde sich nie dazu herablassen, zu streiten. Eine Worthington war besser als das.

»Was ist es dann? Ist es Nick?« Ich versteifte mich. »Was hat der Junge wieder getan? Wirklich, er kostet mich noch meinen letzten Nerv.«

»Er ist ein Gentleman wie immer«, murmelte ich.

»Aber?«

»Sein Job …« Es war das Erstbeste, das mir zu sagen einfiel, ohne ihr von meinen Gefühlen erzählen zu müssen. »Ich weiß nicht, wie viel er dir davon erzählt, aber ich habe das Gefühl, es wird immer gefährlicher. Von mir lässt er sich da nicht reinreden.«

Daisy nickte einmal fest. »Ich bekomme bestimmt nicht mal die Hälfte von dem mit, was wirklich geschieht. Das ist mir klar, aber ich hatte gehofft, er würde seine eigenen Grenzen stecken. Ist dem nicht so? Übernimmt er sich? Als Kind konnte er immer genau einschätzen, was ihm liegt und was nicht.«

»Ich bin nicht sicher, ob sich das geändert hat«, antwortete ich wahrheitsgemäß, froh, nicht über meine eigenen Probleme reden zu müssen. Endlich jemanden zu haben, der meine Sorge um Nick mindestens im gleichen Maße teilte. »Er blockt ab, wenn wir darauf zu sprechen kommen. Vielleicht liegt es auch an mir. Ich bin nur seine beste Freundin. Welches Recht habe ich schon, mit ihm über die Gefahren seines Jobs zu reden?«

»Jedes«, sagte Daisy prompt und sah mich an. Die einzige Ampel in der ganzen Stadt zeigte Rot. »Du bist sein Ein und Alles, Bronwyn. Stelle das nie infrage. Zweifle nie an der Bedeutung, die du für ihn hast. Ohne dich würde er nicht leben können, und das sage ich als seine Mutter.«

Ein Kloß hatte sich in meinem Hals gebildet und erschwerte mir das Schlucken. Am liebsten hätte ich losgeheult, so gerührt war ich von ihren Worten. Es war schön, von jemandem zu hören, dass ich geschätzt wurde. Auch wenn sie Nicks intime Gefühle natürlich nicht kannte. Doch dass sie die Situation so einschätzte, machte mich glücklich.

Selbst wenn er mich nicht auf romantische Weise liebte, hatte ich mich immer daran festgehalten, dass wir auf freundschaftlicher Ebene verbunden waren. Dass ich ihn zwei Jahrzehnte begleitet hatte, die mir niemand nehmen konnte.

Bevor wir das Thema um Nicks berufliche Karriere weiter vertieften, erreichten wir die Hazel Road. Mein Magen sackte ab. Ich krallte mich in den Stoff meines schienbeinlangen Rocks mit Leo-Print. Am Morgen hatte ich noch gezögert, ihn anzuziehen. Doch dann entschied ich, dass ich mich wohlfühlen wollte, wenn ich meinen Eltern begegnete. Zum Rock trug ich ein dünnes, schwarzes Rollkragenshirt und schwarze Doc Martens. Mein Haar strich ich mir ein letztes Mal hinter die Ohren. Daisy parkte direkt vor dem weißen Haus und sah an mir vorbei durch das Fenster der Beifahrerseite.

»Auf jeden Fall ist jemand da.« Sie grinste.

»Soll das aufmunternd sein?« Daisy und ich kannten uns so gut, dass sie mir meinen beleidigten Unterton niemals übel nehmen würde. Sie war eher amüsiert davon.

»Dann hast du's schnell hinter dir, Sweets. Na los. Ich muss zum Salon.«

»Danke fürs Fahren.«

Mit Sack und Pack ging ich den gewundenen Pfad entlang bis zur Haustür. Der frisch gemähte Rasen glänzte feucht vom Morgentau. Die Zeitung hatte Dad bereits reingeholt.

Ich blickte über meine Schulter. Daisy winkte mir ein letztes Mal zu, dann fuhr sie davon.

Immerhin fühlte sie sich nicht dazu genötigt, zu warten, bis ich mich überwunden hatte, reinzugehen. Dadurch konnte ich vor der Tür noch einen Moment innehalten, um all meinen Mut zusammenzukratzen.

Da ich keine unangenehme Situation auf der Veranda kreieren und zum Spektakel für Passanten werden wollte, ging ich schließlich ins Haus. Wie immer hatten sie die Tür nicht verschlossen. Es hatte sich nichts geändert.

Würde sich überhaupt jemals etwas in St. Mercy ändern?

»War das die Tür?«, hörte ich Mom fragen.

Ich ließ den Koffer in der Diele stehen und trat in die weiße Küche, bevor ihr jemand antworten konnte. Sie trug gelbe Gummihandschuhe und stand am Waschbecken, um das Frühstücksgeschirr zu säubern. Ihr honigfarbenes Haar, das sie Lemon und mir vererbt hatte, war modisch geföhnt. Etwas länger als Daisys. Ihre Diamantohrringe blitzten bei jeder Bewegung ihres Kopfes zwischen den Strähnen hervor. Sie trug wie immer einen knallroten Lippenstift, und ihre dunklen Brauen waren perfekt nachgezeichnet. Sie verliehen ihr den Ausdruck ständiger Überlegenheit. Unter ihrer geblümten Küchenschürze trug sie ein blassblaues Kleid mit roter Schleife und Puffärmeln. Dad lehnte mit seinem entkoffeinierten Kaffee auf dem Marmortresen über der Zeitung. Da heute kein Arbeitstag war, war er vergleichsweise leger gekleidet mit dunkelblauer Stoffhose und einem kurzärmeligen Hemd, das er in den Bund gesteckt hatte. Vor dem Verlassen des Hauses würde er sich noch ein Jackett überwerfen. Das grau melierte Haar war zurückgekämmt, und die Wangen frei von jedwedem Bartschatten. Die teure Uhr, die Mom ihm zum fünfzehnten Hochzeitstag geschenkt hatte, glänzte auffällig. Seit unserer letzten Begegnung hatte er sich eine neue, modische Hornbrille besorgt, die seine dunklen Augen betonte. Während unserer Videocalls hatte er sich nie mit Brille gezeigt, weil er ohne sie das Display besser erkennen konnte.

Dann war da noch Lemon. Meine vierzehnjährige Schwester, die meinem jugendlichen Ich bis aufs Haar glich. Allein ihr Kleidungsstil war ein anderer. Damals hatte ich mir noch alles von Mom diktieren lassen und war in pastellfarbenen Kleidchen rumgelaufen. Lemon hatte früher als ich gelernt, zu rebellieren, und trug von Kopf bis Fuß Schwarz. Selbst ihre Fingernägel waren dunkel lackiert. Make-up suchte man allerdings vergeblich. Gegen dieses Verbot hatte auch sie sich nicht durchsetzen können.

Laurence, Mary Sue und Lemon hielten in ihren Aktivitäten inne und starrten mich, die verloren geglaubte Tochter, an. Von Lemons Löffel tropfte sogar die Milch zurück in die Schüssel. *Tropf. Tropf. Tropf.*

»Hey«, begrüßte ich meine Familie. Mein erster Eindruck von ihnen war gar nicht so schlimm. Ich erlaubte mir den Gedanken, dass ich sie in den letzten zwei Jahren möglicherweise dämonisiert hatte. Weil ich geblendet gewesen war von meiner eigenen Frustration.

Diese These bedürfte jedoch einer näheren Untersuchung, die ich keinesfalls führen wollte.

Mom war die Erste, die sich fing. Sie streifte die Handschuhe von ihren Händen und überbrückte den Abstand zwischen uns. Kurz glaubte ich, völlig irrational, sie würde mich direkt wieder rausschieben. Doch dann hatte sie mich schon in eine Umarmung gezogen.

»Ich war nicht sicher, ob du kommen würdest«, sagte sie an meinem Ohr. Mit einer Hand strich sie mir liebevoll über den Hinterkopf. Wie sie es früher immer getan hatte.

Dad tat es ihr schließlich gleich, nachdem er sich aus seiner Starre gelöst hatte. Er drückte mich einmal fest an seinen starken Körper, und ich bemerkte, dass sein Bauch etwas weicher geworden war. Fast wäre ich in Tränen ausgebrochen.

Zwei Jahre waren doch eine verdammt lange Zeit.

Als er mich freigab, sah ich, wie Lemon durch die andere Tür aus der Küche verschwand. Ich hatte damit gerechnet, dass sie abweisend sein würde. Den Schmerz in meiner Brust minderte dies jedoch nicht.

Mom musterte mich von Kopf bis Fuß und runzelte missbilligend die Stirn.

»Leo-Print? Wirklich?«

»Ihr seht darüber hinweg, dass Lemon dreihundertfünfundsechzig Tage im Jahr Schwarz trägt, also werdet ihr das auch überleben«, entgegnete ich und bahnte mir den Weg zur Espressomaschine. Koffein war jetzt die perfekte Ablenkung. »Und es geht um Claire. Es stand nie zur Diskussion, dass ich nicht kommen würde.« Die Lüge kam mir derart galant über die Lippen, dass ich sie beinahe selbst glaubte. Meinen scharfen Tonfall hingegen konnte ich nicht leiden.

Ich hasste es, dass ich mich sofort derart in die Ecke gedrängt fühlte und so reagierte, obwohl ich eigentlich ein fröhlicher Mensch war.

»Du hast sie nicht einmal besucht, seit sie zurückgekommen ist«, gab Mom leise zu bedenken. Sie und Dad stellten sich nun beide auf die andere Seite der marmorierten Kücheninsel.

Oder uns, waren die Worte, die zwischen uns in der Luft hingen, die aber keiner von ihnen aussprechen würde. Niemals würden sie sich derart die Blöße vor ihrer Tochter geben und über so etwas wie verletzten Stolz und diffuse Gefühle sprechen.

»Ich war beschäftigt«, antwortete ich, ohne sie anzusehen. Waren die Knöpfe der Maschine seit dem letzten Mal vertauscht? Wie bekam ich einen fucking Kaffee, ohne mir zuerst eine Waschmaschine bestellen zu müssen?

»Der Knopf oben links«, sagte Dad.

Ich hatte erst vor zwei Wochen mit ihm am Telefon gesprochen, trotzdem war mir seine brummige Stimme fremd. Als hätte ich sie seit einem Jahrzehnt nicht mehr gehört.

»Danke.« Ich wartete, bis mir die Maschine den dunkelsten und köstlichsten aller Espressos gefertigt hatte, ehe ich mich wieder umdrehte. »Ich bin jetzt jedenfalls für zwei Wochen hier. Bis nach der Hochzeit.«

»Zwei Wochen sind ziemlich lang«, sagte Mom. Ich konnte nicht bestimmen, was sie damit andeuten wollte.

Stirnrunzelnd schüttete ich einen Haufen Zucker in meine kleine Tasse und rührte das Gemisch um. Die Spannungen im Raum waren inzwischen fast zu hören. Wie sollte ich sie auflösen?

»Wie macht sich Lemon?« Themenwechsel. Immer eine gute Idee.

»Du lenkst ab, Honey.« Es hatte weniger als fünf Minuten gedauert, bis Mom wieder jegliche Distanz überbrückte. Für sie war es einfach, so zu tun, als wäre nichts geschehen. Als wäre ich nie fort gewesen.

Ich wollte nicht undankbar klingen. Ihr Verhalten ermöglichte es mir, meine Mauern aufrechtzuhalten, denn auch sie hatte ihre hochgezogen. Sie zeigte nicht, was sie fühlte. Sie sagte nicht, was sie dachte. Immerzu spielte sie die perfekte Ehefrau und Mutter und erwartete, dass ich ihrem Vorbild nacheiferte.

»Was sind schon zwei Wochen?« Ich verdrehte die Augen. Den Löffel warf ich im Vorbeigehen ins Spülbecken. »Ich hatte ein paar Urlaubstage übrig. Wir sind hier, sagen Hallo und fahren wieder zurück. Keine große Sache.«

»Wir?« Der Blick, den sich Mom und Dad zuwarfen, gefiel mir nicht. »Du bist mit Nick gekommen?«

»Natürlich. Was ist das für eine Frage? Wir wohnen zusammen.«

»Immer noch?«

»Warum nicht?«

»Ich dachte … Hast du nicht gesagt, dass du eine neue Mitbewohnerin hast? Shay-irgendwas?«

»Shiloh«, korrigierte Dad sie. Er war schon immer besser mit Namen gewesen.

»Genau. Sie hat Claires Zimmer übernommen, aber Nick ist nicht ausgezogen. Das hätte ich euch doch gesagt.« Ich bemühte mich, ruhig zu bleiben.

»Wirklich? Es scheint mir, als würdest du kaum jemals von dir und deinem Leben in New York sprechen.«

»Darlin'«, sagte Dad und legte einen Arm um Moms Schultern.

Sie atmete tief ein und wieder aus. Ein neues Lächeln, gekünstelter als das vorige, erschien auf ihren Lippen. »Entschuldige. Ich möchte dich nicht angreifen. Wir sind froh, dass du da

60

bist. Dein Zimmer ist so, wie du es verlassen hast. Dein Vater und ich müssen zu einem Brunch mit seinem Chef und seiner Frau. Ruh dich aus, Honey.«

Und so schnell war die Möglichkeit eines ernsten, ehrlichen Gesprächs vertan. Ehe ich michs versah, küsste Mom meine Wangen, tätschelte Dad meinen Kopf, und schon waren sie aus dem Haus.

Das vergessene schmutzige Geschirr war der einzige Hinweis darauf, dass etwas Unvorhergesehenes im Leben der Halfers geschehen war.

Ich ging nicht sofort zu Lemon. Sie hatte jedes Recht, mir die kalte Schulter zu zeigen, aber ich wollte die zwei Wochen nutzen, um die Kluft zwischen uns zu überbrücken. Dafür benötigte ich all meine emotionale Kraft, die sich gerade mit meinen Eltern aus dem Haus verabschiedet hatte. Zumindest für die nächsten paar Minuten.

Während ich versuchte, mich zu sammeln, verfrachtete ich meine Kleidung vom Koffer in meinen Kleiderschrank. Mom hatte nicht gelogen, als sie behauptet hatte, alles wäre unverändert. Sie hatte vielleicht hin und wieder meine Bettwäsche ausgeschüttelt und gelüftet, doch sie hatte nicht mal den Kugelschreiber auf meinem schmalen Schreibtisch weggeräumt. Ich hatte ihn benutzt, um ihnen einen Abschiedsbrief zu schreiben. Erneut eine Erinnerung an meine Feigheit.

Jesus Christ, anscheinend war ich schon immer gut darin gewesen, Konfrontationen aus dem Weg zu gehen und an ihnen vorbeizumanövrieren, um meinen Willen zu bekommen.

Deshalb hatte ich Nick auch nie auf seine Gefühle angesprochen. Ich wollte ihn nicht gänzlich verlieren, und nun musste ich sein Unglück mitansehen, weil Claire eine andere Liebe gefunden hatte.

Im Gegensatz zu meinem vollgestellten Apartmentzimmer war dieser Raum hell und ohne Persönlichkeit. Es gab keine Pflanzen und keine offenen Regale. Mom hatte es für mich eingerichtet. Darauf bedacht, dass meine Persönlichkeit ordentlich weggeräumt sein würde. Falls ich jemals meinen perfekten Ehemann finden und ihm mein altes Jugendzimmer zeigen wollte.

Nachdem der Koffer geleert war und ich im Bad mein Make-up aufgefrischt hatte, blieb mir nichts anderes zu tun, als bei Lemon anzuklopfen. Ihr Zimmer befand sich gegenüber von meinem. Ich hörte laute K-Pop-Musik durch die Wände, iKON, wenn ich mich nicht irrte, und musste mir ein Lächeln verkneifen. Es freute mich, dass wir trotz aller Unterschiede immerhin eine Gemeinsamkeit hatten.

Als sie nach meinem dritten Klopfen immer noch nicht reagierte, öffnete ich einfach die Tür. Das gehörte sich zwar nicht, aber ich war verzweifelt.

Sofort wurde ich mit einem Kissen beworfen und trat den Rückzug an.

»Lass mich in Ruhe!«, schrie sie über die Musik hinweg.

Ich lehnte die Stirn an die gebeizte Tür und atmete tief durch. Das würde schwieriger werden als gedacht, wenn sie es nicht mal in einem Raum mit mir aushielt.

Schon fragte ich mich, wie ich sie am klügsten herauslocken könnte, als ich die Melodie der Türklingel vernahm.

Besuch? Seltsam.

Eigentlich hatte Mom stets dafür gesorgt, dass jeder wusste, wann sie nicht zu Hause war. Damit niemand unnötigerweise vorbeischneite. Könnte es sein, dass Lemon einen Gast erwartete? Dann müsste sie immerhin aus ihrem Zimmer kommen.

Ich witterte meine Chance.

»Es hat geklingelt!«, rief ich durch die Tür.

»Schön für dich!«, schrie sie zurück, als die Klingel ein weiteres Mal betätigt wurde.

Nicht die Antwort, die ich mir erhofft hatte. Ich lief die Treppe nach unten in den Flur mit der altrosafarbenen Tapete und dem weichen, beigen Teppich. Durch das Milchglas, das in der dunkelbraunen Tür eingelassen war, konnte ich die Silhouette einer Frau erkennen. Noch während ich die Tür aufzog, wusste ich, wer mich auf der anderen Seite erwartete.

»Claire«, entfloh es mir wie nach lang angehaltenem Atem.

Sie drehte sich zu mir um. Ein Lächeln auf ihren Lippen, die sie mit einem dunklen Rot nachgezogen hatte. An ihren Oberlidern klebten wie üblich schwarze, künstliche Wimpern, die mit dem perfekten Lidstrich harmonisierten. Rouge zierte ihre dunkelbraunen Wangen. Ihr schwarzes Haar hatte sie sich in Wellen legen lassen und auf der einen Seite hinters Ohr geklemmt. An diesem blitzte ein Perlenohrring hervor, der mir unbekannt war. In ihrem weißen Etuikleid wirkte sie mondän.

Ganz so, wie sie schon immer gewesen war. Weiße, kurze Stoffhandschuhe verdeckten ihre Hände, aber den Verlobungsklunker hatte sie darübergezogen. Ihre linke Hand legte sich um den Griff einer teuren Designertasche.

Seit sie nach St. Mercy zurückgekehrt war, war sie offenbar wieder zu ihrem alten Ich geworden. Ihre Eltern hatten ziemlich viel Kohle, und sie hatte früher nie einen Hehl daraus gemacht.

Bloß in New York war es anders gewesen. Nachdem sie keinen Cent mehr von zu Hause bekommen hatte, war sie lieber gut essen gegangen, anstatt sich Designerklamotten zuzulegen.

»Claire?«, wiederholte ich, als zu viel Zeit vergangen war. Auch sie hatte die Chance genutzt, mich zu mustern. Und wieder erklang ein Echo ihrer Stimme in meinem Inneren. Wie sie mir Vorwürfe machte, alles zerstört zu haben.

»Schön, dich zu sehen, Bronwyn.« Sie fuhr sich mit der Zunge über die Lippen. Das einzige Anzeichen dafür, dass sie genauso nervös war wie ich. »Ich dachte, wir könnten uns einen Kaffee holen und reden.«

Oh, sweet Baby Jesus.

• KAPITEL 5 •

no rules

Vor einem Jahr

»Ich weiß nicht, was du von mir hören willst«, sagte ich, ohne Claire anzusehen.

Gosh, ich war so müde. Hatte bloß zwei Stunden geschlafen und vermutlich immer noch einen Alkoholpegel von einem Promille. Warum musste sie ausgerechnet jetzt ein Gespräch mit mir anfangen?

Wir standen in meinem Apartmentzimmer. Lediglich die Glühbirne meiner Nachttischlampe spendete Licht im Morgengrauen. Die Geräusche des zunehmenden Verkehrs drangen durch das geöffnete Fenster.

Claire hatte eine ihrer Hände zur Faust geballt. Ihre Wimperntusche war verschmiert. Ein Hauch ihres Lippenstifts war der Rest einer durchzechten Nacht.

Wir hatten Spaß gehabt. Waren in einem Club gewesen und hatten mit Nick getanzt, bis unsere Füße geschmerzt hatten. Während Nick mit einer Eroberung nach Hause gegangen war, hatten wir uns allein auf den Weg gemacht. Das war alles, oder?

65

Oder?

Stirnrunzelnd versuchte ich, mich daran zu erinnern, wie wir ins Apartment gekommen waren. Hatte ich etwas gesagt, um Claire gegen mich aufzubringen?

»Du weißt genau, wovon ich spreche.« Sie blickte zur Seite, dann wieder zu mir. »Du hast Gefühle für ihn, obwohl wir uns geschworen haben, einander niemals romantisch zu lieben. Das ist alles deine Schuld, Bronwyn.«

»Ich verstehe das nicht …« Mir versagte die Stimme. Ich hatte nie etwas getan, was man als Liebesgeständnis interpretieren könnte. Woher wusste sie von meinen Gefühlen?

»Ich kann das nicht mehr. Ich kann nicht mehr hier sein. Du zwischen ihm und mir. Das geht einfach nicht. Es ist zu viel.« Sie schüttelte den Kopf. Wirkte absolut verloren.

Ich zwischen ihr und Nick? Was hatte das zu bedeuten?

Ich wollte sie trösten, obwohl ich nicht verstand, was hier vor sich ging. Als ich auf sie zutrat, wich sie vor mir zurück.

Fassungslos hielt ich inne.

»Es ist vorbei.« Ihre Stimme hatte an Kraft dazugewonnen. Sie hatte ihren Entschluss getroffen, und nichts und niemand würde sie jetzt noch davon abbringen. So gut kannte ich sie. Meine beste Freundin.

Das änderte allerdings nichts daran, dass es sich anfühlte, als würde sie mir das Herz bei lebendigem Leib herausreißen. Ohne mir den Grund dafür zu verraten.

»Was meinst du denn damit? Ich habe nichts getan!« Good God, wie sehr ich wünschte, dass ich etwas getan hätte. Wie ich Nick vorhin hinterhergeblickt hatte, als er mit dem Mädchen verschwunden war. Wie sehr ich mir gewünscht hatte, sie zu sein.

Aber nichts hatte ich unternommen. Es gab keinen Grund für Claire, zu gehen. Es sei denn …

»Ich bin auch das Problem. Wir sind es alle.« Sie presste die Handballen für einen Moment auf ihre Augen.

Sie liebte ihn auch? Meinte sie das damit?

Es wäre keine allzu große Überraschung, trotzdem wäre es schmerzhaft.

Schließlich hegte ich schon seit ein paar Monaten die Vermutung, dass Nick heimlich in Claire verliebt war. Immer war er sanft und freundlich und zuvorkommend ihr gegenüber. Stets achtete er darauf, dass sie an seiner Seite war, seit wir nach New York gekommen waren. Sie wurde bei allem zuerst gefragt. Sie stand immer an erster Stelle, wenn es um ihn ging.

Es war schlimm, aber nicht katastrophal für mich gewesen, weil ich nicht geglaubt hatte, dass sie dasselbe für ihn empfand. Doch nun?

Ich konnte es nicht mal aussprechen. Die Welt, die ich zu kennen geglaubt hatte, brach vor mir zusammen. Mir wurde gleichzeitig schwindelig und übel. Der Boden näherte sich mir mit rasender Geschwindigkeit, und ich hatte es einzig Claires helfender Hand zu verdanken, dass ich nicht aufs Gesicht fiel.

Sobald sie sicher war, dass ich mich aufrecht halten konnte, zog sie sich wieder zurück.

»Claire, lass uns bitte darüber reden. Wenn ich nüchtern bin und ...«

Sie schüttelte den Kopf. »Ich brauche Abstand. New York ... Es erstickt mich. Alles hier. Ruf mich nicht an, Bronwyn. Bitte.«

Es war mir unmöglich, den Kopf zu heben. Tränen rannen meine Wangen hinab, während sich meine Kehle wie zugeschnürt anfühlte. Finsternis nagte an meinem Sichtfeld. Eine falsche Bewegung, und ich würde hineinfallen. Niemand wäre da, um mich zurückzuholen. Claire ging rückwärts aus meinem Leben, und Nick war unauffindbar. Ich blieb mit meinem Schmerz allein zurück.

Ein Jahr später saß ich Claire im Café Pearl gegenüber. Es war das einzige Café im Umkreis von dreißig Meilen, weshalb es auch von Bewohnerinnen und Bewohnern angrenzender Städtchen besucht wurde. Glücklicherweise konnten wir noch einen Platz ergattern.

Leider befanden wir uns direkt neben dem riesigen Schaufenster, auf dem in schnörkeliger Schrift der Name des Cafés stand. Jeder, der vorbeiging, würde Claire und mich sehen, sodass zwangsläufig Getuschel die Ohren von Mom erreichen würde.

Ich unterdrückte ein Seufzen. Es war bloß eine Frage der Zeit gewesen, dass Claire und ich in der Öffentlichkeit gesehen werden würden. Besser, das Pflaster schon jetzt abziehen.

Nicht dass sich die Leute sonderlich für mich interessieren würden. Bei Claire war das anders. Sie gehörte zu den Prominenten der Stadt, und dementsprechend wusste man auch, dass sie mit mir nach New York gegangen und ohne mich zurückgekehrt war.

Die Kellnerin, die schon vor zwei Jahren hier gearbeitet hatte, stellte unsere Bestellungen auf unseren weiß marmorierten Tisch ab und verschwand geschwind zu den nächsten Gästen.

»Woher wusstest du, dass ich schon hier bin?«, fragte ich, weil mir das Schweigen zu drückend wurde. Ich bildete mir ein, dass das Gespräch schon nicht so schlimm werden würde, wenn ich mich krampfhaft an unverfängliche Themen hielt.

Dann fiel mir ein, dass sie und Nick ja telefoniert hatten, und die Spannung nahm wieder zu. Hatte er ihr unser genaues Anreisedatum mitgeteilt?

Ich war so schrecklich nervös, auch wenn mir nicht klar war, wovor genau ich Angst hatte.

»Neuigkeiten verbreiten sich schnell. Hast du das vergessen?«

Der Löffel klirrte beim Umrühren gegen die Emaille-Tasse. Dampf stieg von dem Milchkaffee auf, den sie sich bestellt hatte. Da ich noch vom Espresso aufgeputscht war, hatte ich mich für einen würzigen Chai Latte entschieden.

»Wie könnte ich?« Ich überschlug meine Beine und wippte mit dem Fuß, damit ich etwas nervöse Energie loswurde. »Allerdings waren Nick und ich bisher nur bei seiner Mom.«

Gosh. Es war so verdammt seltsam, Claire gegenüberzusitzen und diese Barriere zwischen uns zu spüren.

Sie hob eine Schulter. Ein Zeichen dafür, dass sie nicht weiter darüber reden wollte, weil sie das Thema nicht interessierte. Ihre offensichtliche Ignoranz hatte mich früher nie gestört. Jetzt fühlte ich mich vor den Kopf gestoßen.

Claire hatte einen Grund für das Treffen mit mir, und sie würde auf ihn zu sprechen kommen. Komme, was da wolle.

»Du arbeitest immer noch im Aquarium?«

Ich verengte die Augen. Nicht die Frage, die ich erwartet hatte. Es war schwer, aus ihr schlau zu werden. Früher hatte ich geglaubt, sie in- und auswendig zu kennen. Doch nachdem sie mir meine Gefühle, für die ich nichts konnte, vor die Füße geworfen hatte, war ich jedes Mal davor zurückgeschreckt, über sie und ihre Motivationen nachzudenken.

Jetzt schien es, als wäre sie eine vollkommene Fremde.

Kurz fragte ich mich, ob es ihr ähnlich mit mir ging. Oder war ich nach wie vor ein offenes Buch für sie?

»Hm«, antwortete ich unverbindlich. Da ich ihrem geschärften Blick nicht mehr standhalten konnte, beugte ich mich über meinen Chai Latte und atmete den Duft der herben Mischung ein. Kardamom, Süßholz, Zimt. »Und du? Bist du jetzt professionelle Hausfrau?«

»Wollen wir wirklich darüber streiten, was ich beruflich mache?« Sie hob die Brauen.

Ich lehnte mich im Stuhl zurück. »Du hast damit angefangen.«

»Das war keine Kritik«, stellte sie klar, und überraschenderweise glaubte ich ihr.

»Warum hast du mich zu deiner Hochzeit eingeladen?«, fragte ich ohne jede Zurückhaltung. Ich hatte mich dazu entschieden, dass mir das Drumherum-Getanze mehr schadete, als das grausame Thema endlich anzusprechen. »Ich verstehe, dass du Nick dabeihaben willst.« *Schließlich hast du ihn geliebt.* »Aber warum mich? Nach allem …«

Claire ergriff meine Hand, die ich neben die Tasse gelegt hatte. Ich konnte die von ihr ausgehende Wärme auch durch ihre Handschuhe spüren. Obwohl ich es besser wissen sollte, blickte ich in ihre Augen.

»Ich möchte Wiedergutmachung leisten, Bronwyn«, verkündete sie feierlich. Es hätten bloß ein Podest und jubelnde Fans mit wehenden Fähnchen gefehlt. »Wie ich mich verhalten habe … Das war nicht in Ordnung. Ich hätte meine Probleme nicht auf dich abwälzen sollen. Dir nicht die Schuld zuschieben. Aber ich war nicht ganz … klar bei Verstand. Und ich musste nach Hause, um wieder zu mir zu finden.«

»Und danach? Was war mit den Monaten danach?« Ich war nicht bereit, sie so von der Angel zu lassen. »Du hättest mich anrufen können, wenn du dich hier schon verstecken musstest.«

»Ich glaube, von uns beiden bin nicht ich es, die sich versteckt.«

Verärgert entzog ich ihr meine Hand, verschränkte sie mit meiner anderen und legte sie in meinen Schoß.

»Entschuldigungen funktionieren anders«, sagte ich leise. Ich spielte bereits mit dem Gedanken, aufzustehen und zu gehen, als sich ein Schatten über uns legte.

Nicht irgendein Schatten, sondern der von Claires Verlobtem. George.

Mir kam der Gedanke, dass ihm Bilder nicht gerecht wurden.

Sein goldenes Haar strahlte förmlich, als ich nach oben in seine Richtung sah. Die Wangen hatte er glatt rasiert, sodass er jünger aussah als vierundzwanzig. Seine Ohren standen etwas ab, was ihn in seiner Perfektion charmanter erscheinen ließ, und die blassgrünen Augen waren kaum zu sehen, als er breit lächelte. Fältchen kräuselten sich um sie herum und machten sie kleiner. Die Zähne ließen er und Claire sich vermutlich beim gleichen Zahnarzt bleachen. Sie machten jeder weißen Wand Konkurrenz.

»Darlin'«, begrüßte er Claire mit einem Südstaatenakzent, den nicht mal Mom als Alteingesessene nachzuahmen vermochte. »Ich wollte dich abholen. Bin ich zu früh?« Claire erhob sich und ließ sich von ihm auf die Wange küssen. Zu mir sagte er dann: »Hey, ich bin George. Schön, deine Bekanntschaft zu machen.«

Da ich meinen Ärger nicht an ihm auslassen wollte, stand ich ebenfalls auf und schüttelte seine dargebotene Hand. Glatte Haut und lockerer Griff. Nicht unangenehm.

»Ich bin Bronwyn.« Das war zivilisiert genug, oder nicht?

Claire hing förmlich an seinem Arm und strahlte aus sämtlichen Poren. Sie konnte ihren Blick kaum von ihm abwenden, weil er für sie die Sonne war, nach der sie sich stets gesehnt hatte.

Mein Herz krampfte sich zusammen. Es würde Nick umbringen, sie so mit einem anderen zu sehen. Wie könnte ich ihn davor bewahren?

»Claire hat mir schon viel von dir erzählt.« Sein Lächeln wurde breiter. Schweigen breitete sich aus, während er mich weiter ansah. Worauf wartete er?

»Äh, …« *Ich habe deinen Namen auf der Einladung gesehen? Claire hat nie ein Wort über dich verloren? Bis vor zwei Wochen wusste ich nicht mal, dass du existierst?* Käme wohl alles nicht so gut an. »Die Verlobung kam sehr plötzlich.«

Ich zuckte leicht zusammen. *Nicht sonderlich elegant, Bronwyn.* Immerhin riss mir Claire nicht den Kopf ab. Sie redete was davon, ihm ein Getränk zu holen, weil sie noch Zeit hatten, als sich George bereits einen freien Stuhl an unseren Tisch zog. Damit war ich jetzt wohl erneut in einem ungewollten Gespräch gefangen.

Resigniert ließ ich mich wieder auf das Polster sinken und überschlug die Beine, um Georges langen Beinen Platz zu machen.

»Wir waren uns einfach von Anfang an sehr sicher«, erwiderte er auf meinen Kommentar, den ich fast schon wieder vergessen hatte.

Claire kehrte in dem Augenblick mit einem schwarzen Kaffee zurück, den sie vor ihrem Verlobten abstellte, ehe sie sich wieder setzte. Sie drückte fest seine Hand, und der Klunker an ihrem Ringfinger blitzte auf.

Ich kannte mich nicht mit Diamanten aus, aber es würde mich nicht wundern, wenn er zwei Jahresmieten unseres New Yorker Apartments kostete.

»Und wann genau war der Anfang?« Fast mein Leben lang war Claire meine beste Freundin gewesen. Auch jetzt interessierte ich mich noch für ihr Glück und ihr Leben. Selbst wenn ich den Abstand zwischen uns noch nicht verringern konnte, so hieß dies nicht, dass sie mir nichts mehr bedeutete.

»Vor einem halben Jahr?« Fragend sah Claire George an, der als Antwort lachte.

»Vor acht Monaten, um genau zu sein. Es war keine Liebe auf den ersten Blick, weil wir uns vorher schon begegnet waren, aber …«

»… Liebe auf den zweiten Blick ist auch nicht zu verachten«, beendete Claire den Satz für ihn, und mir wurde übel von so viel Kitsch.

»Klingt toll.« Auf der Suche nach Begeisterung in meiner Stimme hätte man tief tauchen müssen.

Claire sah mich verständnisvoll an. »Wir wissen, dass wir den

Menschen um uns herum damit einiges zumuten, doch letztlich ist es das Richtige. Wir lieben uns und sind bereit, zusammen alt zu werden.«

Ich wollte mich für Claire freuen, doch ihren Worten haftete ein bitterer Beigeschmack an. Sie klangen so, als hätte Mom sie gesagt. Wahrscheinlich hatte sie das sogar während meiner Teenagerjahre.

Such dir einen attraktiven jungen Mann. Mach ihm schöne Augen. Heirate jung.

Bekomm zwei Kinder. Höchstens drei.

Vergiss nicht, dich ehrenamtlich zu engagieren.

Er muss natürlich gut situiert sein. Seine Familie darf nicht allzu weit entfernt wohnen.

Ob Lemon die gleichen Erwartungen zu erfüllen hatte wie ich?

»Dein Vater ist der Bürgermeister, nicht wahr?« Das hatte ich bei meiner Recherche immerhin herausgefunden.

»Ja, und ich arbeite ebenfalls für die Stadtverwaltung. Man glaubt es kaum, aber selbst in St. Mercy fällt viel Arbeit an. Von Nachbarschaftsstreitereien über die Umsetzung neuer Regularien bis hin zur Verteilung der Gelder.« Claire tippte ihm sanft auf den Unterarm und hinterließ einen leichten Abdruck auf dem Stoff seines blauen Hemdes. »Entschuldige, ich wollte dich nicht mit meinem Geschwafel langweilen.«

»Gar nicht«, beeilte ich mich, zu sagen, da es zur Abwechslung einmal der Wahrheit entsprach. Ich fand es stets interessant, von den Jobs anderer Menschen zu hören, weil ich vermutlich selbst niemals diese Arbeit erledigen würde. Es wäre unmöglich, in einem Leben alle Berufe auszuüben. »Schön, dass es dir dort gefällt.«

Das bedeutete wohl, dass Claire in St. Mercy bleiben würde. New York würde für sie irgendwann zu einer blassen Erinnerung werden. Ein Trip, der ihr gezeigt hatte, dass sie nicht für

Großstädte geschaffen war. Und ebenso wenig als Freundin von Nick und mir.

»Wir sollten uns vielleicht jetzt auf den Weg machen«, sagte George mit Blick auf seine teure Armbanduhr. Eine Rolex? »Wir müssen uns noch für die Geschmacksrichtung unserer Hochzeitstorte entscheiden.«

»Wohl eher einigen.« Claire lachte glockenhell.

Wieder musste ich sämtliche Selbstbeherrschung aufbringen, um nicht die Augen zu verdrehen. Wahrscheinlich schätzte sie sich glücklich, dass ihr Verlobter derart an den Hochzeitsvorbereitungen interessiert war. Ich hingegen konnte mir kaum etwas Schlimmeres vorstellen, als mich mit Gedanken an Hochzeiten herumzuschlagen.

Andererseits – wer sagte schon Nein zu Torten?

»Wir könnten auch Kirsche und Zitrone nehmen. Halbehalbe«, schlug George vor, als wäre ich gar nicht anwesend. Das war dann wohl endlich mein lang herbeigesehntes Zeichen.

»Ich bin dann mal …«

»Ach, Bronwyn, bevor ich es vergesse«, beeilte sich Claire zu sagen. Den Stuhl hatte ich bereits an den Tisch herangeschoben. »Wir wollten dich und Nick morgen zum Abendessen einladen. Im Silver Forks. Ganz zwanglos mit meinen Eltern und Georges Mom. Gern auch mit Begleitung. Wie ihr wollt.«

Es gab keinen Weg, sich aus dieser direkten Einladung herauszuwinden. Da ich extra ihretwegen nach St. Mercy gekommen war, wäre es seltsam, ihr komplett aus dem Weg zu gehen.

»Um wie viel Uhr?«

»Sieben wäre super.«

Ich nickte knapp und verabschiedete mich eilig, bevor Claire sich an noch etwas erinnerte, in das sie mich einbinden wollte.

Nachdem ich die Rechnung beglichen hatte, stolperte ich aus dem Café hinaus und direkt in die Einkaufsstraße hinein. Sie zweigte im Norden der Stadt von der Hauptstraße ab und beherbergte in ihrer Mitte eine rechteckige Rasenfläche, auf der sämtliche Feste, Veranstaltungen und auch Proteste stattfanden. Momentan befanden sich ein Dutzend Statuen darauf, die aus Müllresten kreiert worden waren. Ein Banner, das sich von einem Baum zum anderen erstreckte, erzählte was von einem Wettbewerb. Offenbar wurden morgen schon die Gewinnerinnen und Gewinner verkündet. Neben dem linken Walnussbaum stand eine blaue Wahlurne, in der alle Bewohnerinnen und Bewohner ihre Stimme abgeben konnten. Daneben saß Ms Blemish, was mich nicht erstaunte. Seit Anbeginn der Zeit strickte sie auf ihrem knarzenden Holzstuhl und achtete bei Wahlen darauf, dass niemand zwei Zettel einwarf.

Die Innenstadt hatte sich gefüllt, und Familien, Einzelpersonen und Gruppen von Jugendlichen streiften an den Schaufenstern entlang. Ich hatte vergessen, wie friedvoll ein Samstagmittag in St. Mercy war. Es gab nicht mal Verkehr, weil zwei Jahre vor meinem Abschluss durchgesetzt worden war, aus dem Zentrum eine autofreie Zone zu machen. Lediglich morgens und abends durften Lieferwagen zum Be- und Entladen der Geschäfte hier durchfahren.

Ich verließ das Café zur linken Seite und sah absichtlich nicht mehr über die weißen Gardinen hinweg. Neben dem Café schloss sich Mr Pruits Laden für Handwerksbedarf an, den es nur noch gab, weil sich die Bevölkerung von St. Mercy dazu verpflichtet hatte, Werkzeuge ausschließlich bei ihm zu erstehen, anstatt sie online zu bestellen.

Diesen Zusammenhalt suchte man in New York vergeblich. Aber nur so konnte das blühende Zentrum aufrechterhalten werden. Nur so konnten alle Geschäftsräume geöffnet bleiben und waren nicht längst mit Brettern verriegelt.

Da ich mir keinen Plan zurechtgelegt hatte, was als Nächstes zu tun wäre, um nicht sofort nach Hause zurückkehren und mit Lemon durch die verschlossene Tür sprechen zu müssen, schlenderte ich an den Geschäften vorbei. Reihte mich so in die anderen Leute ein, ohne erkannt zu werden.

Ich spürte hin und wieder einen neugierigen und auch skeptischen Blick, da ich mit meinem Leo-Print nicht unbedingt nach St. Mercy passte. Aber niemand begegnete mir offen feindselig.

Nach einer Viertelstunde hatte ich den Platz umrundet und begutachtete jetzt vor Joey's Lokal die Kreidetafel, auf der die Eissorten aufgelistet waren, als ich Nicks Stimme vernahm.

Es existierte kein Universum, in dem sie mich nicht in ihren Bann gezogen hätte. So wie George zu Claires Sonne geworden war, so war Nick schon immer die meine gewesen.

Er stand unweit von mir neben Ms Blemish. Ihnen beiden hatte sich eine mir allzu bekannte Person angeschlossen.

Sofort fühlte sich mein Mund staubtrocken an.

Sie ähnelte mir in bloß einer Sache: ihrer Größe. Sie reichte Nick kaum bis zu seinen breiten Schultern. Abgesehen davon war sie Licht und ich Schatten. Ihr schwarzes Haar war so glänzend wie in einer Shampoo-Werbung, und ihr Teint war von gleichmäßiger Bräune. Mit dunklen Rehaugen sah sie zu ihrem Ballkönig auf, als wären wir noch in unserer Abschlussklasse.

Tatjana. Die Schönheitskönigin von Louisiana, zu der sie ein Jahr später gekürt werden sollte.

Nick und sie waren für ein halbes Jahr zusammen gewesen, und dann hatte sie wie aus heiterem Himmel Schluss gemacht. Ich hatte Nick nie danach gefragt. Zu groß war meine Erleichterung darüber gewesen, dass sie ihn nun nicht mehr davon hatte abhalten können, nach dem Abschluss mit mir und Claire nach New York zu ziehen.

Kaum war Nick wieder in St. Mercy, schon hatte sie ihn aufgespürt.

Ich seufzte.

»Das klingt aber schwermütig«, kommentierte jemand hinter mir.

Ich drehte mich um und blickte in das freundliche Gesicht von José. Obwohl wir uns zwei Jahre nicht gesehen hatten, hatte er sich nicht im Geringsten verändert mit seiner bronzefarbenen Haut, dem schwarzen, glatten Haar, das er zu einem Dutt gebunden hatte, und den dunklen Bartstoppeln auf seinem schmalen Gesicht. Seine warmen, dunklen Augen waren von schwarzen, langen Wimpern umrahmt, und die Nase mit dem kleinen Höcker zog er leicht kraus. Er nickte einmal in die ungefähre Richtung, in der sich Nick, Tatjana und Ms Blemish befanden.

»Wer von den dreien hat deinen Unmut geweckt?«

»Da klingt aber jemand altmodisch.« Ich lachte. »Es tut gut, ein freundliches Gesicht zu sehen.«

Abgesehen von Nick war José der einzige Typ gewesen, der in der Highschool mein Herz hatte höherschlagen lassen. Ich hatte ihm jedoch nie gestanden, was ich empfand, weil dieses blöde Herz trotzdem durchgehend nach Nick verlangt hatte.

Er verschränkte die Arme vor seinem schmalen, aber trainierten Oberkörper. Die Sehnen traten deutlich unter seiner Haut hervor, was vor zwei Jahren nicht der Fall gewesen war.

Offenbar hatte er sich doch ein bisschen verändert. Interessant.

Wie die meisten hier war er leger gekleidet. Er trug blaue, ausgewaschene Levi's und ein weißes T-Shirt, das er in den Bund der Hose gesteckt hatte. Die silberne Schnalle seines dunklen Ledergürtels komplettierte sein Outfit.

»Als würde dir jemand unfreundlich begegnen.« Die kleinen Fältchen, die sich an seinen Augenwinkeln bildeten, wärmten mich von innen. Immer schon war er nett und zuvorkommend gewesen. »Ich habe mich schon gefragt, ob du zum großen Ereignis zurückkehren würdest.«

Ich hob eine Braue. »Du hast über mich nachgedacht?«

»Ertappt«, antwortete er verschmitzt. Sein Grinsen verriet allerdings, dass ihm das wenig ausmachte. »Wie gehts dir? Was macht New York?«

»Gut, und New York blüht und gedeiht.«

»Mit Pflanzenmetaphorik würde ich New York jetzt nicht verbinden.«

»Dann ist dein Verstand wohl klein und unkreativ.«

Er schüttelte den Kopf. »Ich gebe mich geschlagen.«

»Dabei war mir nicht mal bewusst, dass wir gegeneinander gekämpft haben.«

»Jeez, ich sollte mich wohl besser umdrehen und über meine Kleingeistigkeit nachdenken.«

»Pass auf, dass du dir dabei nicht dein Gehirn verknotest.«

Wir lächelten uns an. Es fühlte sich gut an, einfach rumzualbern, ohne eine zentnerschwere Last auf mir zu spüren. Es gab keine dunkle Vergangenheit zwischen uns. Wir waren bloß alte Bekannte, die sich zufällig begegnet waren.

»Hier, ich geb dir meine Nummer. Falls du was unternehmen willst, während du hier bist.« Ohne zu zögern, reichte ich ihm mein Handy, und er tippte seine Nummer ein. »Unter José eingespeichert.«

»Als wüsste ich nicht mehr, wie du heißt.« Unsere Finger berührten sich eine Sekunde zu lang, als ich mein Handy wieder entgegennahm.

Schmetterlinge stoben in meiner Magengegend auf, was mich doch etwas überraschte.

»Ich wollte nichts annehmen. Außerdem hatten wir bisher nicht so viel miteinander zu tun. Ah, ich lasse euch zwei mal allein. Hey, Nick!« Er winkte Nick zu, der mich erblickt hatte, während ich gänzlich von José abgelenkt gewesen war.

»José.« Er nickte ihm zu, und José setzte seinen Weg durch die

Stadt fort. Wie schön es gewesen war, ihn zu sehen. Ich würde mich definitiv bei ihm melden, allein schon weil ich gern mit ihm redete.

»Stehst du schon lange hier?«, fragte mich Nick, als er Josés Platz mir gegenüber einnahm. Seine Stirn war gerunzelt. Von einer Schulter hing ein Stoffbeutel, der mit etwas Schwerem und Unförmigem gefüllt war.

»Warum? Willst du wissen, ob ich Tatjana gesehen habe?« Ich riss die Augen auf. Wo war das plötzlich hergekommen?

Nick öffnete den Mund, aber kein Laut verließ seine Lippen. Oh, dear.

• KAPITEL 6 •

upside down

»Das wollte ich damit nicht fragen.« Mit einer Hand fuhr er sich durchs Haar. Die kleinen Wellen waren sichtbarer, weil er seit Beginn unseres Trips kein Gel mehr verwendet hatte.

»Was dann?«

Er sah mich an. Am liebsten wäre ich geschmolzen. Wie das Eis, das bei dem vorbeilaufenden Kind vom Stiel tropfte.

»Ich weiß es nicht.«

Wahrscheinlich hatte er sich wirklich nichts bei seinem Kommentar gedacht.

»Hast du Zeit? Ich habe noch immer nichts gefrühstückt.«

»Es ist schon fast Mittag.«

»Genau.«

»Bronwyn, eines Tages engagiere ich dir einen persönlichen Koch, der dir mit jeder Mahlzeit hinterherrennt, bis du dich hinsetzt und sie isst.« Er wirkte bestürzt, und die Sorge erweichte mein Herz. Ich sollte nicht mehr über Tatjana nachdenken.

»Ich falle so bald nicht vom Fleisch. Dafür habe ich zu viele Fettpolster«, versicherte ich ihm und knuffte ihn mit meiner Faust leicht in die Seite.

Blitzschnell packte er meine Hand und hielt sie sanft umfasst. »Ich weiß nicht, was du damit meinst. Du bist perfekt, so wie du bist, und deshalb musst du auf dich achtgeben.«

»Es ist *eine* Mahlzeit, Nick.« Ich versuchte, möglichst amüsiert zu klingen, doch sein grimmiger Blick brachte mich dazu, mein Lachen zurückzuhalten.

Er öffnete meine Faust und hielt dann meine Hand in seiner. So führte er mich den Weg zurück, den ich gerade erst gekommen war.

»Wohin gehst du?«

»Ronny's Diner. Du wolltest doch was essen. Es ist nicht ideal, aber zum Kochen fehlt mir gerade die Zeit. Nanas Liste mit Erledigungen wird nicht kleiner. Ich schwöre dir, sie hat sie verhext. Wann immer ich eine Sache erledige, ploppen drei neue auf.« Ich lächelte. Das war mein Nick. Sich um andere sorgend. Sich kümmernd. Für mich da seiend.

Der Diner befand sich an der südlichen Ecke des Platzes und war, abgesehen von Silver Forks, das größte Restaurant in St. Mercy. Das Innere war nicht besonders elegant und typisch amerikanisch.

Wir brauchten keine zwei Minuten, bis wir es erreichten. Dadurch, dass ich ein Stück hinter Nick lief, fiel mir auf, dass er sich umgezogen hatte. Er trug löchrige Jeans mit Farbklecksen, die ich seit zwei Jahren nicht mehr an ihm gesehen hatte. Auch sein dunkles Carrie-Underwood-Fan-Shirt hatte schon mal bessere Tage gesehen und zog bereits Fäden. Von seiner Hüfte baumelte ein Hammer, der an seinem Werkzeuggürtel befestigt war. Ms Atwood ließ ihn tatsächlich ackern. Mein Blick rutschte tiefer, und ich nahm seinen Hintern wahr, der viel zu gut vom Sitz der Jeans betont wurde.

Kein Wunder, dass seine alte Flamme aufgetaucht war, um sich neu mit ihm bekannt zu machen.

Der Diner war gut besucht, aber wir konnten uns einen Platz am hinteren Ende sichern. Alles war wie immer. Schwarz-weißer Linoleumboden, Bänke mit roten Kunststoffpolstern und Plastikstühle.

An den weißen Wänden hingen zahllose Werbeschilder aus Blech und Acryl. Wechselten sich mit Spiegeln verschiedener Formen und mit Neonlichtern ab. Es duftete nach einer Mischung aus Hamburgern, Pommes und Fett. Würde ich in der Nähe wohnen, würde mir ständig das Wasser im Mund zusammenlaufen.

Ein Kellner mit einem beeindruckenden Lockenkopf und Nasenpiercings links und rechts kam vorbei und wischte eilig über den weißen Tisch.

»Sorry, bisschen stressig gerade«, erklärte er und zwinkerte mir zu.

»Kein Problem.« Er musste noch zur Schule gehen, so jung wirkte er. Es überraschte mich nicht, dass Ronny ihn trotz seiner Piercings und des lässigen Looks mit oversized Shirt und Baggy Pants eingestellt hatte. Der Inhaber lehnte sich seit jeher gegen die Southern Belles auf. Diejenigen, die ihre Nase rümpften, weil ich ihrer Meinung nach einen geschmacklosen Leo-Print-Rock trug.

Ich rutschte Nick gegenüber auf die Bank und legte meine Unterarme auf die nun saubere Tischplatte. Da sich am Menü vermutlich nichts geändert hatte, wusste ich bereits, was ich bestellen wollte.

»Was ist da drin?« Ich deutete mit einer Handbewegung auf den Stoffbeutel, den er neben sich abgelegt hatte.

»Neues Werkzeug. Die Hälfte von Nanas Sachen ist unbrauchbar geworden, nachdem sie in ihrem Garten Wind und Wetter ausgesetzt war.« Er klang nicht vorwurfsvoll, eher amüsiert. Ms Atwood könnte jeden erdenklichen Fehler machen, und er würde niemals die Geduld mit ihr verlieren.

»Gib es zu, du genießt es, dich herumkommandieren zu lassen«, sagte ich neckend.

»Wer genießt das schon?«, erwiderte er lächelnd, und wir beide kannten die Antwort.

Der Kellner, dessen Namensschild ich nun erblickte und der Phillip hieß, kritzelte unsere Bestellungen mit Bleistift auf seinen Block und zischte dann ab in Richtung Durchreiche zur geschäftigen Küche.

Nick spielte mit einer Serviette und begann, sie zu zerrupfen. Immer wenn er nachdachte oder nervös war, musste er seine Hände beschäftigen. Meistens litt Papier darunter.

»Was hat José so erzählt? Geht es ihm gut?«

Ich konnte mir nicht vorstellen, was ihn daran nervös machte, also musste ihn etwas anderes beunruhigen. Ob er mir davon erzählen würde?

»Hm, weiß ich nicht. Wir haben uns nicht lange unterhalten. Er sah aber eigentlich gut aus.« Auf zweierlei Ebenen.

Nick machte ein unbestimmtes Geräusch. »Wie lief es mit deinen Eltern?«

»Wie erwartet.« Irgendwas stimmte nicht, doch ich konnte nicht den Finger drauflegen. Lag es an mir oder an ihm? »Natürlich ist alles Friede, Freude, Eierkuchen. Wir kennen's ja.«

»Und Lemon?«

»Von mir genervt. Verständlicherweise. Mal sehen, ob ich einen Zugang zu ihr finde.«

»Sie wird sich schon wieder einkriegen. Niemand kann dir lange Zeit widerstehen.« Er sah mich unter seinen Wimpern hervor an und entzündete etwas in mir, von dem ich nicht geglaubt hatte, dass er es je wahrnehmen würde. Die Verbindung zwischen uns, die mein Rettungsring war und die für ihn nicht existierte. Bis jetzt. Er hatte die körperliche Spannung wahrgenommen und … flirtete mit mir? Warum?

»Das ist …« Mein Hirn hatte die Arbeit eingestellt. Die Suche nach Wörtern war so anstrengend, dass mir beinahe Rauch aus den Ohren gekommen wäre. »Sie …«

Glücklicherweise war auf Phillip Verlass, der in Rekordzeit mit unseren Cheeseburgern und den Chili Fries zurückkehrte.

»Danke«, krächzte ich und stürzte mich auf die Mahlzeit, ohne Nick anzusehen.

»Wie lange hungerst du schon?« Phillip musterte mich stirnrunzelnd. »Bro, du musst ihr mehr zu essen geben.«

»Ich versuch's«, antwortete Nick mit einem Lächeln.

Immerhin ließ Nick mich in Ruhe essen. So konnte ich mir schweigend ein neues Gesprächsthema zurechtlegen. Das Peinliche war, dass ich mir wahrscheinlich alles einbildete. Nick war einfach wie immer. Nett zu mir. Humorvoll. Er versuchte, die Stimmung zu heben und für mich da zu sein. Es ging ihm nicht um eine Anziehung zu mir. Er fand mich vielleicht normal attraktiv, aber nicht unwiderstehlich. Seine Gefühle waren immer schon rein platonisch gewesen. Das wars.

Also krieg dich ein, Bronwyn.

Nachdem ich die Hälfte des Burgers verdrückt hatte, ging es mir besser. Ich nahm einen tiefen Zug aus dem Strohhalm und genoss die kalte Coke.

Nick hatte sein Menü bereits in Windeseile verschlungen, was mich nicht überraschte. Manchmal erinnerte er mich beim Essen an einen Mähdrescher, der nicht aufhören konnte.

»Ich habe Claire gesehen«, sagte ich, nachdem ich ihn einen Moment lang nur beobachtet hatte. Es hatte mich immer gewundert, dass seine romantischen Beziehungen nie länger als ein paar Monate hielten. Dann dachte ich an meine eigene Situation und meine eigenen gescheiterten Beziehungen. Nick und ich waren uns gar nicht so unähnlich. Auch er hing Gefühlen nach, die nicht erwidert wurden. *Nicht mehr*, weil Claire sich wegen mir von ihm abgewandt hatte. Weil ich es anscheinend nicht erlaubt hätte, dass sie ihr Happy End bekamen.

Ich hatte sie bisher zwar nicht gefragt, aber war das nicht der Grund gewesen? Sie hatte mir nicht wehtun wollen, indem sie Nick ihre Liebe gestand. Und deshalb war sie gegangen.

Trotzdem blieben wir alle irgendwie verletzt zurück.

»Schon?«

»Sie stand plötzlich vor meiner Tür. Wir sind ins Café gegangen.«

»Und ihr habt euch nicht angebrüllt?«

»Ernsthaft?«

Nick lachte. »Ihr beide habt mir nie gesagt, was passiert ist. Ich schieß bloß ins Blaue.«

»So weit ist es nicht gekommen, aber es war auch nicht sonderlich angenehm. Vor allem weil sie mich unvorbereitet getroffen hat«, murmelte ich.

»Du bist nach St. Mercy gekommen. Wie unvorbereitet kannst du schon gewesen sein?«

»Solltest du nicht auf meiner Seite sein?«

»Sollte ich?« Da besaß er doch die Dreistigkeit, schelmisch zu grinsen. »Ihr seid beide meine Freundinnen. Den Shit müsst ihr unter euch ausmachen.«

Wusste er denn wirklich nicht, dass er sich im Zentrum dieses Konflikts befand?

»Wie auch immer, ich durfte George kennenlernen. Netter Kerl, wenn auch etwas zu glatt.« Dieses Mal bildete ich mir seine Reaktion nicht ein. Er saß plötzlich stocksteif da. Die Hände, die ich nicht sehen konnte, weil sie auf seinen Beinen lagen, waren ganz sicher zu Fäusten geballt.

»Was ist?«

Er blinzelte. »Nichts.«

Lüge.

»Wir sind morgen zum Essen im Silver Forks eingeladen«, sprach ich weiter, um ihn nicht unnötig mit meinem Gerede über George zu quälen.

»Nur wir?«

»Begleitung ist erlaubt, hat sie gesagt. Neben ihnen kommen noch ihre Eltern und ihre Schwiegermutter. Wahrscheinlich ist der Bürgermeister zu beschäftigt, aber keine Ahnung«, fügte ich hinzu. Ich hatte keinerlei Erinnerung an ihn, war früher selten zu Versammlungen der Stadt gekommen. Meine Eltern hatten ihn nicht gewählt, und das sagte schon einiges über seinen Charakter aus. In diesem Bereich vertraute ich dem Urteil meiner Eltern.

»Um wie viel Uhr?«

»Sieben.« Ich fragte ihn nicht, ob er mich abholte, aber ich ging davon aus, dass er kurz vorher vor meiner Tür stehen würde. Wir zwei gegen Claire und George.

Ich wollte ihm eine Stütze sein, wenn sie aufeinandertrafen. Damit er sich nicht klein vorkam, wenn er sah, wie verknallt die Verlobten waren.

»Okay. Danke.« Er hob den Blick. »Bist du fertig? Ich sollte wohl besser zurückgehen. Bevor Nana ihre Liste zu einem Roman erweitert.«

»Auch den würdest du lesen.« Ich erntete ein Schmunzeln, und das reichte aus, um mir zumindest für die nächsten Stunden keine Sorgen um ihn machen zu müssen.

Wir verabschiedeten uns voneinander, und ich begab mich auf den Nachhauseweg. Dabei musste ich durch eine schmale Straße hindurch, die von dem großen Platz abzweigte. Hier befand sich der Gemischtwarenladen, in dem ich früher meine Farben und Malutensilien erstanden hatte.

Neugierig und auch etwas wehmütig, betrat ich das dicht zugestellte Geschäft. Eine Klingel bimmelte über meinem Kopf, ehe die Glastür hinter mir zufiel. Ein paar Kundinnen drehten sich zu mir um, musterten mich und wandten sich dann mit ihren geflochtenen Einkaufskörben wieder den Regalen zu. Niemand begrüßte mich, doch das nahm ich nicht persönlich. Sie kannten mich nicht, und ich war offenbar niemand, der sich im Kreis der Belles aufhalten würde. Nicht mit meinem Rock, den ich mehr und mehr zu lieben begann.

Die Reaktionen darauf zeigten mir, dass ich dieser Stadt entwachsen war und zu mir selbst gefunden hatte. Ich war zwar nicht glücklich, doch ich hatte an innerer Stärke gewonnen. Das Gefühl, schwach zu sein, hatte mich auf der Highschool ständig verfolgt, und nun zu wissen, dass ich meinen eigenen Stil gefunden hatte, begeisterte mich.

Ich wusste, wer ich war. Ich musste niemandem außer mir selbst gefallen. Das war die Hauptsache.

Ich streifte durch die Regalreihen, ignorierte die Lebensmittelabteilung und fokussierte mich ausschließlich auf die Bretter, auf denen sich Farben und Pinsel befanden. Acryl, Öl und Kreide. Alles, was das Herz begehrte.

»Von manchen werden sie noch gekauft«, sagte Ms Tiffany, die sich an mich herangeschlichen hatte. Sie lächelte breit und offenbarte eine Zahnlücke, die bei unserer letzten Begegnung noch nicht da gewesen war. Die Dame traf sich regelmäßig mit Ms Atwood zum Bingo und hatte damals auf mein Flehen hin die Mal- und Zeichenabteilung aufgestockt. Ich hatte mein Hobby anfangs noch vor meinen Eltern verheimlicht. Deshalb war es mir nicht möglich gewesen, etwas online zu bestellen.

»Trotzdem verkleinern Sie den Bereich nicht?«

Sie umschloss meine Hand mit den ihren und drückte sie einmal fest. Ihre Lippen zitterten leicht. Wenn ich mich nicht irrte, war sie weit über siebzig. Ihre Kinder hatten den Laden übernommen, doch sie ließ es sich nicht nehmen, weiterzuarbeiten.

»Ich hatte immer gehofft, du würdest zurückkommen. Und

siehe da? Wen erblicke ich heute? Bronwyn Halfers, in Fleisch und Blut. Bless my heart.«

»Ich bin nicht hier, um was zu kaufen«, gestand ich zerknirscht. »Das Malen … Ich hab's verlernt.«

»Unfug!« Sie winkte ab. »Du wirst es schon bald wiederentdecken. St. Mercy ist dein Zuhause.«

Mir war zwar nicht klar, was das eine mit dem anderen zu tun hatte, aber ich wollte auch nicht mit einer fast Achtzigjährigen diskutieren.

»Vielleicht nehme ich ein paar Farben mit«, lenkte ich ein.

»Und eine Leinwand? Zur Übung?«

Ehe ich michs versah, hatte ich von allem etwas gekauft und war mit drei Tüten beladen nach Hause gekommen. Verschwitzt und vollkommen fertig. Mein Burger-Atem widerte mich selbst an, weshalb ich zunächst ins Badezimmer verschwand, um mir die Zähne zu putzen.

Als ich in den Flur hinaustrat, fiel mein Blick auf das Bild an der Wand, das ich zuvor ignoriert hatte. Eines der wenigen, das ich Mom gegeben hatte. Es zeigte Nick, Claire und mich am Ufer von Lake Maurepas bei Sonnenuntergang. Tatsächlich war es das letzte Bild, das ich fertiggestellt hatte. Einen Monat später hatten wir uns frühmorgens an der Bushaltestelle getroffen und waren nach New York aufgebrochen.

Ich schwelgte in bittersüßen Erinnerungen, als verärgerte Stimmen zu mir heraufdrangen. Irritiert ging ich zurück nach unten und erkannte, dass es sich um Lemon handelte. Sie war nicht in ihrem Zimmer, sondern draußen vor der Tür.

»Ich weiß gar nicht, warum du wütend bist!«, rief Lemon und warf die Hände in die Höhe. Oh, diese Theatralik. Teenager müsste man sein.

Ihr gegenüber stand ein anderes Mädchen mit bunt geflochtenen Zöpfen, ebenholzfarbener Haut und so langen Armen und

Beinen, als würde sie noch in sie hineinwachsen müssen. Tränen rannen ihre glänzenden Wangen hinab.

»Du willst es ja gar nicht verstehen! Lass mich einfach. Dich interessiert es eh nicht, wie es mir geht.« Damit drehte sie sich um und stapfte über den Rasen davon.

»Fein!«, schrie ihr Lemon hinterher und sah ihr so lange nach, bis sie hinter den Bäumen verschwand. Erst dann drehte sie sich zum Haus um und erblickte mich. Ihre Augen wurden riesig. »Kein Wort«, zischte sie und lief an mir vorbei ins Haus.

Das war eine Aufforderung, der ich nicht würde folgen können. Zumindest nicht sofort. Ich eilte ihr nach.

• KAPITEL 7 •

mad

»Wer war das?« Ich sah es als gutes Zeichen, dass Lemon nicht in ihrem Zimmer verschwunden war. Es wirkte auf mich, als würde sie mir eine Chance geben, weil sie in der Wohnküche blieb.

Vorsichtig näherte ich mich ihr. Wie einem Reh, das ich nicht verschrecken wollte. Sie blieb sitzen, als ich mich auf den zweiten Barhocker sinken ließ.

»Helena. Meine Freundin. Zumindest war sie das bis eben«, nuschelte sie. Mit dem Zeigefinger fuhr sie unsichtbare Kreise auf der Arbeitsplatte nach. Sie warf mir einen kurzen Seitenblick zu. »Ich hatte sie mal erwähnt.«

»Daran erinnere ich mich.« Tatsächlich hatte sie ihren Namen während eines Telefonats fallen gelassen. Dabei war es um ein Schulprojekt gegangen, das sie zusammen machen sollten, obwohl sie Helena nicht ausstehen konnte.

Seitdem hatte sich offenbar viel getan, und aus Abneigung war Liebe geworden.

Mir fuhr ein Stich ins Herz, weil sie ihre erste richtige Freundin hatte, ohne dass ich davon gewusst hatte. Gosh, ich war eine so schlechte Schwester.

»Wir haben uns gestritten, weil …«

»Ja?«

Einen Moment glaubte ich, sie würde mich in ihre Probleme einweihen, doch dann verschloss sie sich wieder vor mir.

»Ich will nicht darüber reden«, sagte sie und verschränkte trotzig ihre Arme.

»Auch wenn ich dir helfen könnte?«

Sie sah mich herablassend an. Gosh, wie sehr sie mich an mich selbst erinnerte. Allerdings schien sie mehr Rückgrat zu besitzen als ich in ihrem Alter.

»Wer weiß das schon?« Damit zog sie eine unmissverständliche Mauer zwischen uns. Ich versuchte, es nicht persönlich zu nehmen, doch als sie von dem Hocker rutschte, stieg Panik in mir auf.

»Bleib wenigstens hier unten, ja?«, beeilte ich mich, zu sagen, damit sie sich nicht wieder in ihrem Zimmer verbarrikadierte. Ich würde niemals einen Zugang zu ihr finden, wenn ich nicht mit ihr sprechen konnte. Sie hatte jedes Recht darauf, sich zurückzuziehen. Schließlich hatte ich sie zwei Jahre lang auf Abstand gehalten. Und nur weil ich mich bereit fühlte, mit ihr zu reden, bedeutete das nicht, dass sie es auch war.

Allerdings hoffte ich, dass ich ihr mit meinen Worten und Taten zeigen konnte, wie ernst es mir war. Ich liebte meine kleine Schwester und wollte für sie da sein.

Sie zögerte lange genug, dass mir ein Einfall kam. Wir waren bereits in der Küche. Die Idee war naheliegend.

»Wie wäre es, wenn wir was zusammen backen? Einen Kuchen? Oder Cookies?«

Skeptisch hob sie die Augenbrauen.

»Du kannst nicht backen«, sagte sie tonlos. »Du kannst nicht mal kochen.«

Dass ich in New York gelernt hatte, Lasagne zuzubereiten,

sollte ich ihr wohl jetzt lieber nicht sagen. Jede Erwähnung von New York und meinem Leben dort würde vermutlich auf wenig Gegenliebe treffen.

»Aber *du* kannst backen!« Ich deutete mit einer Hand auf sie. »Das weiß ich noch ganz genau.«

»Also soll ich hier unten bleiben und dir was backen? Was habe ich davon?« Bisher hatte ich sie erfolgreich von ihrem Herzschmerz abgelenkt, aber jetzt gingen mir die Ideen aus. Nachdenklich presste sie die Lippen zusammen. Das konnte nichts Gutes für mich bedeuten. »Ich bleibe, wenn du Nick anrufst. Zumindest er kennt sich in der Küche aus, und wir müssen nicht um unser Leben fürchten.«

Gerade wollte ich ihre Bitte mit aufgeplusterten Wangen abwiegeln, als ich es mir doch anders überlegte. Nick war tatsächlich der bessere Koch und Bäcker von uns beiden. Das abzustreiten, wäre albern. Außerdem könnte ich diese Bedingung leicht erfüllen. Vorausgesetzt, Nick war nicht zu beschäftigt.

»Okay. Ich rufe ihn an.«

»Hm, das ging schnell.« Lemon warf mir einen letzten misstrauischen Blick zu. »Ich warte im Garten. Wärst du so freundlich, Limonade mitzubringen, wenn du rauskommst? Mom hat eine Kanne in den Kühlschrank gestellt.«

»Sicher«, brummte ich, weil ich genau wusste, dass ich mich in eine Ecke manövriert hatte. Lemon hatte erkannt, dass ich fast alles tun würde, um Zeit mit ihr zu verbringen.

»Haben wir uns nicht gerade erst gesehen? Vermisst du mich schon?« Nick neckte mich bloß. Wenn er wüsste …

»Ich weiß, du bist beschäftigt, aber … könntest du vorbeikommen?« Ich rieb mir die Stirn, während ich ans Küchenfenster trat. Mein Herz klopfte mir aus unerklärlichen Gründen bis zum Hals. »Ich habe Lemon dazu bekommen, Zeit mit mir zu verbringen, allerdings bist du ihre Bedingung.«

»Ich?« Das Hämmern, das ich im Hintergrund gehört hatte, verklang.

»Na ja, du kannst backen, und ich nicht. Das scheint wohl das einzige Kriterium zu sein.« Sein darauffolgendes Lachen, das leise und doch voll war, stahl sich direkt in meine Seele. »Also?«

»Ich spring noch schnell unter die Dusche, dann komme ich.« Ich liebte ihn dafür, dass er immer für mich da war. Selbst wenn er etwas anderes geplant hatte. »Ärgere sie nicht, bis ich da bin.«

»Ey! Sie ist diejenige, die mich ärgert!«

»Wenn du das sagst …« Ich konnte das Schmunzeln aus seiner Stimme heraushören.

»Nick!«

»Bis gleich, Darlin'.«

Ich legte auf, weil die plötzliche Sehnsucht wie eine Welle über mich hereinbrach. Warum konnte es so nicht immer sein? Er und ich zusammen gegen den Rest der Welt? Oder besser noch, zusammen die Welt erobernd! Das war es, was ich wollte.

Ich konnte mir keine Zukunft mehr ohne ihn vorstellen. So wie er ein fester Bestandteil meiner Vergangenheit gewesen war, so sollte er auch Teil meiner Zukunft sein. Das Problem war bloß, dass wir hier in St. Mercy waren. In mir breitete sich die dunkle Vorahnung aus, dass wir nicht mehr als die gleichen Personen nach New York zurückkehren würden.

Ich brachte Limonade und zwei Gläser mit nach draußen, wo Lemon sich bereits auf einer Liege ausgebreitet hatte. Ein Sonnensegel verhinderte, dass sie der prallen Sonne ausgesetzt war. In ihrer schwarzen Kleidung wäre das vermutlich doppelt so heiß gewesen. Ich bewunderte sie für ihr Modestatement und das dazugehörige Selbstbewusstsein. Mit vierzehn war ich noch Welten davon entfernt gewesen. Erst in New York hatte ich mich so richtig getraut, in Sachen Mode Wagnisse einzugehen. Nur um jetzt von Mom dafür mit bösen Blicken bestraft zu werden. Warum sie Lemons Entscheidung akzeptierte, aber bei mir einen Kampf daraus machte, wusste ich nicht.

»Danke«, sagte sie zuckersüß, als sie mir ein Glas abnahm. »Setz dich doch.«

»Wie großzügig«, murmelte ich zu mir selbst.

»Hast du was gesagt?«, fragte sie spitz, und ich hätte fast losgelacht. Es fühlte sich wieder an wie damals. Wir neckten und liebten uns. Leider war die Nähe einer Kluft gewichen. Wenn ich unsere Beziehung retten wollte, müsste ich den Abstand dezimieren.

Ich ließ mich neben sie auf die zweite Liege sinken und legte die Beine hoch. Ein Seufzen entfloh mir unwillkürlich. Anspannung hatte mich seit dem Moment des Erwachens verfolgt, doch jetzt, da ich alle schwierigen Begegnungen mehr oder weniger gut gemeistert hatte, fühlte ich mich besser. Niemand hatte mir den Kopf abgerissen, und niemand hatte einen Streit angezettelt. Es sah alles gar nicht so schlecht aus.

Ich genoss das Schweigen, das sich über uns legte, weil es nicht vorwurfsvoll war. Lemon hing immer noch dem Streit mit Helena hinterher, auch wenn sie wahrscheinlich glaubte, dass sie ihre Gefühle gut maskierte.

»Lemon«, begann ich, wurde aber von ihr unterbrochen.

»Können wir einfach warten, bis Nick da ist?« Es war keine Verärgerung aus ihrer Stimme herauszuhören.

»Okay, Sweets.«

»So hast du mich lange nicht mehr genannt«, murmelte sie, und ihre Mundwinkel zuckten. Mit den Fingern fummelte sie an den Schnüren ihrer schwarzen Bluse. »Es ist schön, hier zu sitzen. Ohne dich mache ich das nicht mehr so oft.«

»Mir hat es auch gefehlt.«

Ich wandte mich dem abgedeckten Pool zu. Weder Lemon noch ich mochten das Wasser, und Dad zog nur noch selten Bahnen, weshalb der Pool ein Großteil des Jahres nicht genutzt wurde.

Meine Lider wurden schwer, und um nicht ständig gegen die Sonne zu blinzeln, ließ ich sie sinken. Entspannt faltete ich die Hände auf meinem Bauch, und ehe ich michs versah, war ich bereits eingenickt.

Ein lautes Scheppern ließ mich aufschrecken. In Alarmbereitschaft versetzt, blickte ich mich um, nur um festzustellen, dass ich inzwischen allein war. Ich blickte auf meine Armbanduhr. Wir hatten bereits frühen Nachmittag.

Das Scheppern erklang erneut. Geringfügig leiser. Die Limonadengläser und die Karaffe musste Lemon wieder reingebracht haben.

Als ich sicher war, dass keine unmittelbare Gefahr drohte, streckte ich mich ausgiebig und gähnte laut. Das war ausgerechnet der Moment, in dem Nick seinen Kopf durch die Tür nach draußen steckte.

»Guten Morgen, Schlafmütze«, begrüßte er mich lächelnd. Mir fiel als Erstes das Mehl auf seiner Wange auf, dann sein durcheinandergebrachtes Haar vermischt mit noch mehr Mehl. Um seine Hüfte hatte er sich eine von Moms Schürzen geschlungen. Die weiße mit den Birnen drauf. Darunter trug er eine Jeans, die nicht voller Löcher war. Sein schwarzes Shirt besaß einen Rundausschnitt und graue Nähte. Wie immer sah er verboten gut aus. Nicht zum ersten Mal stellte ich mir vor, wie er mich einfach mit den schwieligen Händen packte und an seinen stahlharten Körper zog. Wie er mich an sich drückte und mir sagte, dass er sich nach mir sehnte.

Ich schluckte. Die Hitzewallungen, die mich durchströmten, waren nicht dem schwülen Herbstwetter von Louisiana geschuldet.

»Alles in Ordnung, Darlin'?«

»Alles fein«, antwortete ich und stand endlich auf. »Wie lange bist du schon da?«

Ich tapste an ihm vorbei ins Haus und erstarrte, als ich die Küche erblickte. Es sah aus wie auf einem Schlachtfeld, auf dem mit Rührstäben und Kochlöffeln gekämpft worden war. Lemon stand mittendrin. Ihr ehemals schwarzes Outfit weiß gepudert und die Ärmel hochgeschoben, damit sie den Teig kneten konnte. Sie pustete eine Haarsträhne aus ihrem Gesicht, die sich einen Moment später wieder auf ihre Stupsnase legte.

»Was. Ist. Das?«, rief ich voller Verzweiflung. »Oh my gosh. Mom wird uns so was von umbringen!«

»Wir haben etwas Mehl verteilt«, antwortete Nick leichtfertig. »Kein Drama. Im Handumdrehen ist alles wieder sauber. Aber erst mal …« Der Moment war gekommen. Er packte mich tatsächlich, und ich erstarrte. Leider hatte er andere Dinge im Sinn, als er meine Schultern umfasste und mich nach vorn schob. Mehr oder weniger bereitwillig ließ ich mich von ihm auf den Hocker drücken. »Damit du uns nicht im Weg stehst.«

»Wow. Dein Vertrauen ist wirklich schmeichelhaft. Wie kann ich dir das zurückzahlen?«

Er grinste breit, und auch ich konnte ein Lächeln nicht länger zurückhalten. Nick konnte mich aus jeder schlechten Laune herausziehen. Dafür musste er keineswegs viel unternehmen. Wahrscheinlich wusste er nicht mal, was er mit mir anstellte. Was ein Grinsen von ihm für Auswirkungen auf mich hatte.

»Indem du brav hier sitzen bleibst.« Er zwinkerte mir zu. Seine gedehnte Art zu reden, brachte mich noch mehr um den Verstand als ohnehin schon. Er wandte sich wieder Lemon und dem Teig zu. »Habe von Mom Äpfel bekommen und dachte, wir machen einen Sweet Apple Pie. Wie hört sich das an?«

»Himmlisch«, gab ich widerwillig zu.

»Ich glaube, der Teig ist jetzt gut durchgeknetet«, verkündete Lemon mit vor Anstrengung roten Wangen. Nick blickte über ihre Schulter und entschied, dass sie noch weiterkneten sollte.

»Warum bist du zu mir rausgekommen, wenn ich mich aus allem raushalten soll?«, fragte ich, als mein Verstand wieder normal zu arbeiten begann.

»Ich wollte nicht, dass du den ganzen Spaß verschläfst.« Sein Handy klingelte, und er fischte es aus seiner hinteren Hosentasche. Kurz checkte er seine Nachrichten, dann legte er das Smartphone auf die Arbeitsfläche, wobei er keine Miene verzog.

Das war der Moment, in dem ich die Scherben wahrnahm. Nick und Lemon hatten beim Aufräumen wohl ein paar von ihnen übersehen. Sie lagen neben Nicks Schuhen auf den Fliesen.

»Was ist passiert?«

»Bloß ein Teller«, antwortete Lemon prompt. »Mom wird ihn schon nicht vermissen.«

»Solange es nicht einer von Nanas Tellern war ...«

Schuldbewusst wechselten Lemon und Nick einen Blick. Stöhnend schlug ich die Hände über meinen Kopf zusammen. Irgendwie würde Mom eine Möglichkeit finden, die Schuld bei mir zu suchen. Doch damit sollte ich klarkommen. Besser es traf mich, die bald wieder weg war, als Lemon, die sich länger mit den Konsequenzen herumschlagen müsste.

»Hey«, sagte Nick sanft und zog eine Hand von meinem Kopf. Mein ganzes Sein konzentrierte sich augenblicklich auf den Punkt, an dem sich unsere Hände berührten. Seine Wärme umhüllte mich, und Hitze bildete sich in meinem Innersten, drohte mich gänzlich zu verbrennen. »Du machst dir zu viele Gedanken.«

»Ich weiß.« Ich fing seinen Blick auf und hielt ihn fest. Normalerweise zählte ich in meinem Kopf bis drei und wandte mich spätestens dann wieder von ihm ab. Doch heute rissen mich Nicks meergrüne Augen derart in ihren Bann, dass ich vollkommen vergaß, zu zählen. Ich wurde in ihn hineingezogen und war gefangen in der Vorstellung, für immer von ihm wie ein seltener Schatz angesehen zu werden.

»Äh, Nick? Ist es richtig, dass da so Mehlklumpen drin sind?«

Lemons Stimme zerschnitt die Verbindung zwischen Nick und mir, und wir fuhren auseinander. Aus mir unerklärlichen Gründen waren sich unsere Gesichter näher gekommen. Nick räusperte sich und ging wieder um die Kücheninsel herum, damit er sich selbst ein Bild von der Katastrophe in Lemons Schüssel machen konnte.

Ich kehrte derweil die übrig gebliebenen Scherben auf.

Nachdem sich Lemon und Nick um das Teigklumpen-Problem gekümmert hatten, ging der Rest relativ schnell. Wir räumten gemeinsam auf und putzten gewissenhaft die Oberflächen, damit Mom und Dad nicht der Schlag träfe. Während der Apple Pie im Ofen golden gebacken wurde, setzten sich Nick und Lemon wieder nach draußen.

Ich nahm mir ein paar Minuten für mich selbst und ging ins Gästebad, um mir Wasser ins Gesicht zu spritzen. Dort stemmte ich meine Hände aufs Waschbecken und blickte in den mit Naturholz eingefassten Spiegel. Ich sah fürchterlich aus. Wie frisch aus dem Bett gestiegen. Bei Models mochte das unwiderstehlich wirken, bei mir war es bloß abschreckend. Die eine Hälfte meines Haars war platt gedrückt, die andere ähnelte einem Vogelnest. Meine Wangen waren noch gerötet, und meine Wimperntusche war verschmiert.

»Lemon hätte ruhig was sagen können«, nuschelte ich, ehe ich das restliche Make-up mit Wasser beseitigte. »Und jetzt konzentriere dich aufs Wesentliche. Du hast Nick wegen einer einzigen Sache eingeladen. Lemon.«

Als ich glaubte, mich von meinen Gefühlen für Nick nicht mehr lenken zu lassen wie ein Fähnchen im Wind, kehrte ich in die Wohnküche zurück. Kurz überprüfte ich den Status des Apple Pie im Ofen und war mit der Färbung zufrieden. Als ich mich zum Gehen wandte, um mich den anderen anzuschließen, vibrierte Nicks Handy.

Ohne darüber nachzudenken, hob ich es auf, um es ihm zu bringen. Es vibrierte ein weiteres Mal, und ich erkannte, dass es sich um einen Anruf und nicht um eine Nachricht handelte. Obwohl ich mich dagegen wehrte, sah ich dennoch den Namen aus dem Augenwinkel.

Tatjana.

»Nick! Dein Handy klingelt!«, rief ich und rannte nach draußen, damit er den Anruf noch annehmen konnte. Was könnte sie von ihm wollen?

Innerlich stieß ich einen spöttischen Laut aus. Als würde ich nicht bereits eine ziemlich genaue Vorstellung davon haben, was Sache war.

Das Dumme war bloß, dass ich das Gleiche wie Tatjana wollte, und nur eine von uns beiden würde es bekommen. Nick.

Spoiler Alert! Ich wars nicht.

Nick joggte bereits über die Terrasse auf mich zu und nahm dankend das Handy entgegen. Sofort ging er dran und begrüßte Tatjana mit einem freundlichen Hey. Ich war froh, dass er sie immerhin nicht mit einem Kosenamen bedacht hatte.

Da er sich nicht wegbewegte, fühlte ich mich auch nicht schlecht dabei, meine Ohren zu spitzen. Wäre das Gespräch so geheim, würde er reingehen.

Lemon winkte mir zu, damit ich ihr meine Aufmerksamkeit schenkte. Mit gehobenen Brauen nickte sie zu Nick, der gerade darüber sprach, wie sehr er sich freute. Worüber?

Nick legte schließlich auf und sah mich dann überrascht an, als hätte er vergessen, dass ich hier war.

»Gute Nachrichten?«, fragte ich möglichst unbefangen. Er setzte sich an den runden Tisch, und nach kurzem Zögern folgte ich seinem Beispiel.

»Mehr oder weniger.« Rücksichtsvoll, wie er war, goss er mir frische Limonade ein. »Tatjana begleitet mich morgen zum

Abendessen. Ich habe nicht damit gerechnet, dass sie so kurzfristig kann.«

»Morgen Abend?«, hakte Lemon nach, und während Nick ihr antwortete, rauschte es in meinen Ohren. Ich musste mich zu einem Lächeln zwingen, weil ich sonst weinen würde.

Natürlich. Für ihn war es keine Selbstverständlichkeit gewesen, mit mir zusammen zu gehen. Wenn auch nur als Freunde. Er musste die Gelegenheit nutzen, um seine alte Flamme aufzureißen.

Ärger wallte in mir auf. Es war das erste Mal, dass ich gegenüber Nick Wut empfand. Noch nie zuvor hatte er eine realistische Erwartung meinerseits zerstört.

Am liebsten hätte ich mich in meinem Bett zusammengekauert und geheult, bis meine Augen rot und meine Nase verstopft wären. Doch ich war erwachsen und musste für Lemon da sein, die nichts von meinen inneren Kämpfen ahnte. Später, heute Nacht, würde ich mich in meinem Selbstmitleid suhlen können und meinem Ärger schon irgendwie Luft machen.

Für den Moment musste ich lediglich Nicks Blicken ausweichen. Ich bereute es fast, ihn eingeladen zu haben, und auch das war neu.

St. Mercy zerstörte mein Leben bereits einen Tag nach meiner Ankunft. Fantastisch.

• KAPITEL 8 •

what a woman gotta do

»Okay, ich bin bereit, euch davon zu erzählen«, verkündete Lemon fast schon feierlich, nachdem jeder von uns ein Stück Apple Pie verputzt hatte.

Ich hatte nicht damit gerechnet, dass sie das Thema von sich aus erneut anschneiden würde. Es geschahen scheinbar noch Zeichen und Wunder.

Mir entging jedoch nicht, dass sie Nick und mich zusammen angesprochen hatte. Wahrscheinlich sollte ich dankbar sein, dass sie mir überhaupt gestattete, zuzuhören.

»Ich bin ganz Ohr«, sagte ich ruhig.

Nick saß mir an dem runden Tisch schräg gegenüber und drehte sich leicht, damit er seine langen Beine ausstrecken konnte. Dadurch konnte ich nur noch seinen Hinterkopf sehen, da er Lemon mit seinem Blick fixierte. Was wohl in ihm vorging?

»Eigentlich streiten wir uns nie, aber sie ist plötzlich eifersüchtig auf alles und jeden, und ich weiß nicht, warum. Egal was ich mache, sie denkt, ich tue etwas, um sie … keine Ahnung, loszuwerden?« Sie schüttelte den Kopf, als würde sie die Sache nicht so ernst nehmen. Ihre bebenden Lippen straften die Geste jedoch Lügen. »Dabei liebe ich sie wirklich. Warum sollte ich das wegwerfen?«

»Ist das von ihr eine durchgängige Reaktion, oder gibt es immer wieder neue Situationen? Wie heute zum Beispiel«, hakte ich nach.

»Ich habe ihr eben gesagt, dass ich für ein Schulprojekt mit Eleanor eingeteilt wurde, und das hat ihr nicht gefallen. Sie hat gesagt, ich hätte das absichtlich gemacht.« Sie wischte sich die aufkommenden Tränen fort. »Ich glaube, das Problem liegt in ihrem Zuhause, aber darüber will sie nicht reden.«

»Was meinst du damit?«, fragte Nick vorsichtig.

»Ihre Eltern lassen sich gerade scheiden. Ihr Dad hat wohl eine Neue.«

Nick sah mich kurz an. Lemon war sehr pfiffig und hatte den Kern des Problems erkannt. Offenbar löste das jedoch nicht die Schwierigkeiten, die sie in der Beziehung mit Helena hatte.

»Können wir dir helfen?« Ich beugte mich vor und drückte ihre Hand ganz leicht, da sie mehrere Ringe trug und ich sie nicht quetschen wollte. Sie lächelte mich an, was ich als Triumph wertete.

Dann bekam das Lächeln etwas Schalkhaftes.

»Oje«, murmelte ich.

»Es ist nichts Schlimmes«, sagte sie sofort. »Aber wenn ihr das tun könntet, würde mir eine rieeeeeesige Last von den Schultern fallen. Ehrlich.«

»Ach ja?«

»Ihr?«, echote Nick schwach, dabei wusste ich, dass er der Letzte wäre, der Lemon einen Gefallen abschlagen würde.

»Ja!«, sagte sie voller Inbrunst und richtete sich auf. Dadurch entzog sie mir ihre Hand. Wie es für Lemon üblich war, gestikulierte sie damit, als hinge ihr Leben davon ab. »Bald ist der Halloween-Ball in der Schule, und Mom hat sich freiwillig gemeldet, Aufpasserin zu sein. Weil wir zu wenig Erwachsene haben.

Aber will ich wirklich mit Mom feiern? Nein. Also: Würdet ihr mit ihr sprechen und ihren Platz einnehmen? Ihr seid schließlich Erwachsene. Es spricht nichts dagegen, dass ihr nicht auch Aufpasser sein könnt. Außerdem seid ihr zu zweit und super verantwortungsbewusst.«

»Mom würde da widersprechen«, entgegnete ich.

»Ach, sie weiß das auch, selbst wenn sie es nicht zugibt. Also? Ja? Bitte!«

»Wenn ich es nicht besser wüsste, hätte ich gesagt, dass das kein spontaner Einfall von dir gewesen ist, sweet pumpkin«, murmelte Nick liebevoll und doch in die Ecke gedrängt.

»Sind wir denn noch da, wenn der Ball stattfindet?« Ich wollte nicht auf die knapp bemessene Dauer unseres Aufenthalts zu sprechen kommen. Doch noch weniger wollte ich Versprechungen machen und sie nachher nicht einhalten. Nick könnte unter Umständen vielleicht länger bleiben, ich musste nach zwei Wochen zurück an meinen Arbeitsplatz. Mehr Urlaub hatte ich nicht zusammenkratzen können. Eine Woche davon war bereits unbezahlt.

Trotzdem war es nicht überraschend, als sich Lemons Blick für einen kurzen Moment verdüsterte. In einigen Dingen waren wir doch gleich.

»Nächste Woche. Mein Kostüm ist schon fertig. Ich kann euch bei euren Kostümen auch helfen. Das muss nichts Großes sein.«

Ich hatte nicht vor, Lemon weiter betteln zu lassen. Außerdem erleichterte es mich, dass sie so viel Begeisterung für den Ball aufbringen konnte. Das bedeutete hoffentlich, dass sie den Konflikt mit Helena als reparabel ansah.

»In Ordnung. Ich spreche mit Mom. Nick muss sich aber nicht verpflichtet fühlen«, fügte ich an, um ihm einen Ausweg zu zeigen. Trotz meiner Verärgerung wollte ich ihn nicht in meine familiären Angelegenheiten ziehen, wenn er Besseres zu tun hatte.

Bedauerlicherweise kannte ich seine Antwort jedoch, bevor er sie aussprach.

»Das klingt nach Spaß.« Er grinste breit. Ich sah prompt auf meine Hände. »Im Gegenzug musst du aber das Kuchengeschirr in die Spülmaschine räumen.«

Lemon legte den Kopf schief. »Und im Gegenzug musst du in die Garage gehen und die Halloween-Dekoration holen. Mom hat mich darum gebeten. Danke!«

In Windeseile war sie mit den Tellern nach drinnen verschwunden.

»Warum fühlt es sich an, als hätte ich den Kürzeren gezogen?«, murmelte er in sich hinein.

Ich konnte mir ein knappes Lächeln nicht verkneifen, als ich mich erhob. »Du kannst ruhig gehen. Ich schau nach.«

»Warum willst du mich andauernd loswerden?« Die Frage war mit einem spielerischen Unterton gestellt, und ich glaubte nicht, dass er sie ernst meinte. Dass er diesmal tatsächlich ins Schwarze traf, würde ich ihm nicht sagen.

Er folgte mir zur weiß verputzten Garage, die links ans Haus anschloss. Man konnte sowohl von vorn als auch von hinten reingehen. Die Tür war natürlich nicht abgeschlossen.

»Ich habe dich eben angerufen, schon vergessen?«, erinnerte ich ihn. Mit der Hand fuhr ich auf der Suche nach dem Lichtschalter an der inneren Wand entlang.

Als ich ihn endlich fand und betätigte, sah ich mich Nick direkt gegenüber. Er hatte nicht damit gerechnet, dass ich stehen bleiben würde, und nun ragte er über mir auf. Wieder dieser eingehende Blick, der durch meine Blutbahnen direkt in mein Herz raste.

Ich schluckte. Wir standen uns so nahe, dass sein Oberkörper meine Brüste streifte, und ich ein verräterisches Ziehen in meinen Brustwarzen spürte. Auch meine Atmung beschleunigte sich. Ich war bloß noch Sekunden davon entfernt, meinem Verlangen nachzugeben, als er sich auch schon räuspernd abwandte. Er trat in die aufgeräumte Garage, in der es nach Feuchtigkeit und altem Holz roch. Ich atmete hörbar aus.

»Bin lange nicht mehr hier gewesen«, sagte er ins Nichts. Warum wirkte es auf mich, als würde er versuchen, mit allen Mitteln die peinliche Situation zu übertünchen? Wie ich es früher auf meinen Leinwänden mit Farbe getan hatte. Wenn mir ein Fehler unterlaufen war und ich nicht neu beginnen wollte. Also hatte ich den Pinsel in eine kräftige Farbe getaucht und den Makel überdeckt. Doch ganz gleich, wie gut die Farbe aussah, ich hatte immer um die Unvollkommenheit darunter gewusst.

»Warum solltest du auch?« Meine Stimme hatte einen schärferen Ton angenommen als beabsichtigt.

»Bronwyn … Fällt es dir auch so schwer?« Er blieb neben meinem alten Drahtesel stehen. Das Fahrrad, das ich vor zwei Jahren abgestellt und nie wieder angesehen hatte. Es war mintgrün mit diversen Bandaufklebern auf der Mittelstange und einem cremefarbenen Sitz. Überraschenderweise waren die Reifen noch voller Luft, wie ich nach einem kurzen Drucktest feststellte. Dad musste sich um die Instandhaltung gekümmert haben.

»Was genau?«

Während er das Lenkrad mit den goldenen Quasten festhielt, berührte ich mit einer Hand den Sitz. Wieder waren wir uns nahe, aber bei Weitem nicht gefährlich nah. Nicht so wie eben.

Ich hatte immer noch Probleme damit, mich auf unser Gespräch zu konzentrieren und nicht auf seine vollen Lippen zu starren. Besonders seine Oberlippe machte mir das Leben schwer. Wenn ich mir all die anzüglichen Dinge vorstellte, die ich mit ihm anstellen wollte, würde ich schon bald eine kalte Dusche brauchen.

»Hier zu sein«, erläuterte er. »Ich habe nicht gedacht, dass es mich so aus dem Gleichgewicht bringen würde.«

Neugierig runzelte ich die Stirn. »Du wirkst sehr souverän. Außerdem hast du dich bisher nicht mal mit Claire treffen müssen. Im Gegensatz zu mir.«

Seine Mundwinkel zuckten. »Erstens, sie hat mich vorhin auf dem Weg hierher angerufen. Und zweitens, machen wir einen Wettbewerb daraus, wer emotional mehr betroffen ist?«

Ich dachte an die vergangene Nacht zurück und die Andeutung seines Geheimnisses. Ob seines schlimmer war als meines? Wurde er sich Abgründen gewahr, seit er St. Mercy betreten hatte? Abgründe, von denen er geglaubt hatte, sie hinter sich gelassen zu haben? Manchmal glich es einer unmöglichen Aufgabe, aus Nick schlau zu werden.

»Ich habe nicht vor, ihn zu gewinnen.«

»Du willst immer gewinnen.«

»Stimmt ja gar nicht.« Schmollend verschränkte ich die Arme.

»Bronwyn, ich kenne dich seit fast zwei Jahrzehnten. Glaubst du, es gibt eine Seite von dir, die mir verborgen geblieben ist?« Wie ein maßregelnder Lehrer sah er mich an, und ich hatte das Gefühl, er würde direkt bis in meine Seele schauen.

»Wenn du wüsstest …«, scherzte ich und verschluckte mich beinahe an meiner eigenen Zunge, weil mein Mund plötzlich so trocken war.

Für ein paar Sekunden sahen wir einander lediglich an, sodass die Hitze erneut in mir aufwallte. Ich konnte mir nicht vorstellen, was er dachte oder sah. Und überhaupt war mein Verstand wie leer gefegt.

Allerdings schaltete sich schon bald mein Selbsterhaltungstrieb ein, und ich nahm den einfachen Weg aus der Situation. Mich an meinen Ärger klammernd darüber, dass er Tatjana zum Dinner eingeladen hatte, wandte ich mich ab.

»Die Dekorationen hat Mom immer hier aufbewahrt.« Ich deutete auf das längste Schwerlastregal an der Wand, das Dad eines Nachmittags mit Nick zusammengebastelt hatte. »Wann musst du noch mal zum Filmset?« Über seine Arbeit zu sprechen, fühlte sich sicher an.

Suchend ging er neben mir in die Hocke und besah sich die Label, die auf den durchsichtigen Plastikkisten angebracht waren. Mom hatte alles ganz genau beschriftet. Sie war eine richtige Ordnungsfanatikerin, und ich konnte nicht mal etwas dagegen haben. Dadurch gehörte sie zu den effektivsten Menschen, die ich kannte.

»Übermorgen. Es wird nur ein kurzer Shoot. Ein Tag vielleicht.«

»Darf ich mitkommen?« Ich riss die Augen auf. Was hatte ich da gesagt? Am liebsten hätte ich mir auf den Mund gehauen.

»Ähm, klar. Aber du wirst dich sicher langweilen.« Er kratzte sich am Hinterkopf. Wirkte tatsächlich verlegen, obwohl ich ihn bisher selten bis nie verlegen erlebt hatte.

»Ich kann dich bei einem Stunt beobachten, was soll daran langweilig sein?« Grinsend sah ich zu ihm runter.

»Du hast mich noch nie begleiten wollen«, warf er ein. »Warum jetzt?«

»Ich schätze, ich greife nach jeder Möglichkeit, St. Mercy zu entfliehen.«

»Das muss es sein«, murmelte er.

Es war nicht mal gelogen, aber es war auch nicht die ganze Wahrheit. Ja, ich wollte St. Mercy entkommen, und ja, ich wollte auch Zeit mit ihm verbringen. Letzteres würde er jedoch nicht verstehen. Vor allem, da ich mich bisher vehement geweigert hatte, ihn zu begleiten. Allein die Vorstellung, dass er sich in Gefahr begab, hatte mich in ein nervliches Wrack verwandelt. Ich wusste nicht, wie ich das übermorgen überleben würde, doch genauso wenig könnte ich in St. Mercy ohne ihn sein. Ein Dilemma.

»Hier, hab's gefunden.« Er zog die Halloween-Kiste hervor.

Mit einem lauten Rums landete sie auf dem verstaubten Boden. »Jeez, da hat sich einiges angesammelt.«

»Mom würde dagegen argumentieren, und am Ende würdest du ihr zustimmen.«

»Stimmt wohl.« Lachend hob er die Kiste auf und trug sie nach draußen.

Mit einem letzten Blick auf mein mintgrünes Fahrrad schaltete ich das Licht aus und folgte Nick ins Haus.

Er verabschiedete sich kurze Zeit später, und Lemon zog sich in ihr Zimmer zurück, wo sie laute Musik aufdrehte. Da sie sich vorhin so geöffnet hatte, ließ ich sie in Frieden.

In einer halben Stunde würden meine Eltern zurückkehren und sich dann für das Abendessen bereit machen. Bald schon würde die Nacht hereinbrechen. Ich konnte mir gerade nichts Schlimmeres vorstellen, als mit ihnen an einem Tisch zu sitzen und über mein Leben in New York zu sprechen. Deshalb rollte ich das Fahrrad aus der Garage und setzte mich drauf. Es war eine kurze Anpassung nötig, damit ich mit dem Rock fahren konnte, ohne mein ganzes Bein zu entblößen, doch es funktionierte.

Zum Glück gehörte Radfahren zu den Fähigkeiten, die man nicht so leicht verlernte. Schon nach wenigen Minuten konnte ich meine Gedanken treiben lassen und den Fahrtwind auf meinem Gesicht genießen. Die warmen Strahlen der untergehenden Sonne vertrieben jegliches Frösteln. Die Temperaturen sackten hier in der Nacht ziemlich schnell bis auf zwölf Grad ab, doch noch waren mein langärmeliges Shirt, der Rock und die Boots ausreichend. Dazu kam die schwüle Luft, die sich allmählich auffrischte. Wie ein Vorhang, der tagsüber auf die Stadt fiel und nun langsam zurückgezogen wurde. Alles in allem war das Wetter zu dieser abendlichen Stunde perfekt.

In New York traute ich mich nicht, Rad zu fahren. Der Verkehr hatte mir von Anfang an eine Heidenangst eingejagt, und wenn ich Orte nicht mit der Metro oder dem Bus erreichen konnte, bezahlte ich ein Taxi. Mit den Monaten hatte ich schließlich vergessen, dass ich das Radeln liebte. Doch jetzt erinnerte ich mich wieder daran, wie sehr ich es vermisst hatte.

Möglicherweise spielte auch die Umgebung eine entscheidende Rolle. Für eine lange Zeit hatte ich St. Mercy in meinen Gedanken dämonisiert. Dabei war die Kleinstadt so schön wie eh und je. Überall waren grüne Pflanzen, grüner Rasen, bunte Blüten und riesige Bäume. Weiße Häuser, Holzbauten auf Stelzen nahe dem Sumpfgebiet und alte, schwarze Laternen, die ausschließlich auf den Straßen zu finden waren, die direkt zum Zentrum führten.

Auf dem grauen Asphalt, der manchmal durch die Hitze aufgeplatzt war, glitt ich entlang, ohne ein einziges Mal anzuhalten.

Schließlich trieb es mich hinaus zu den Sümpfen hinter den letzten Häusern von Daisy und Ms Atwood. Ein Teil der Strecke klopfte mein Herz so heftig, weil ich Nick unter keinen Umständen begegnen wollte. Doch als ich die Stadtgrenze hinter mir gelassen hatte, beruhigte ich mich.

St. Mercy war auf der einen Hälfte von Hügeln umgeben, auf der anderen grenzte das Städtchen an den Sumpf, der sich über mehrere Meilen erstreckte. Sümpfe waren in Louisiana nichts Ungewöhnliches, und dieser Sumpf hier unterschied sich kaum von anderen. Die Gefahr, Alligatoren zu begegnen, war durchaus real. Auch sollte man keinen falschen Schritt wagen und so in ein Gewässer fallen, aus dem man sich nicht allein befreien konnte.

Ich hielt mich daher auf dem sicheren und trockenen Pfad, bis ich um mich herum nur noch Grün sehen konnte. Der Geruch von morschem Holz und feuchtem Moos erfüllte die Luft, als ich mein Fahrrad abstellte und mit geschlossenen Augen stehen blieb. Einfach, um die Natur ein paar Minuten auf mich wirken zu lassen. Die Geräusche von Vögeln, Kleintieren und das Schwappen des veralgten Wassers ans Ufer.

Während ich lauschte, kristallisierte sich ein Geräusch heraus, das nicht hierhergehörte. Es war von Menschenhand erzeugt.

Ich öffnete meine Augen wieder und sah mich in der Dämmerung um, bis ich durch die Lianen und schlanken Stämme der Zypressen im Sumpf eine Gestalt ausmachen konnte. Und nicht irgendeine, sondern …

»José?«, rief ich dem Mann zu, der mir erst heute Vormittag seine Handynummer gegeben hatte. Mein früherer Highschool-Crush.

Er wandte sich mir zu, und über die Distanz konnte ich sehen, wie sich seine Stirn glättete, als er mich erkannte. Seine Lippen verzogen sich zu einem Lächeln, während er eine Hand von seinem Köcher löste und mir zuwinkte.

»Warte, ich komme.«

Wir trafen uns in der Mitte. Er watete in seiner dunkelgrünen Fischerhose an Land, und ich ging ihm am Ufer entgegen. Hier war es feuchter als auf dem Weg. Jeder Schritt schmatzte und störte damit die Idylle des Ortes. Jetzt erblickte ich einen riesigen, metallenen Koffer sowie diverse Ausrüstung für … Ich wusste es nicht. Von Kolben über Plastikbehälter bis hin zu silbernem Werkzeug war alles dabei.

José musste meinen fragenden Blick bemerkt haben. »Ich sammle Proben für mein Studium.«

Er kletterte überraschend flink aus dem Wasser, bis er unweit neben mir wieder einigermaßen trockenen Boden unter den Gummistiefeln hatte.

»Studium?«

»Ja, ich studiere Biologie an der State. Nicht so romantisch, wie ich es mir vorgestellt habe. Aber mir gefällt es, dass ich einen Teil meiner Zeit auch außerhalb des Labors verbringen kann.«

Er legte seinen Köcher ab, verstaute ein kleines Glas, das offenbar mit Wasser gefüllt war, in den mit Schaumstoff gepolsterten Koffer und trocknete sich dann die Hände ab. Das Tuch warf er sich anschließend über die Schulter, bevor er mich musterte.

»Klingt interessant.«

Er lachte leise. Mir gefiel die Wärme in seinem Lachen. Die Ehrlichkeit. Dieser Eindruck deckte sich mit dem, den ich früher von ihm gehabt hatte. Er war ein aufrichtiger Mensch, der sagte, was er dachte, und der gleichzeitig rücksichtsvoll und empathisch sein konnte.

»Ich will nicht unhöflich sein, aber was machst du hier? Schon genug von der Kleinstadt?«

»Würde ich dann nicht eher nach Baton Rouge fahren?«

Er blickte an mir vorbei zu meinem Fahrrad. »Damit kämst du vermutlich nicht so weit.«

»Ich wollte bloß etwas abschalten. Tatsächlich ist die Natur ein Aspekt, den ich in New York vermisse.«

»Das verstehe ich.«

»Wirst du noch eine Weile hierbleiben? Was für Proben sammelst du?« Ich beugte mich über die Reagenzgläser, die mit so kleiner Schrift versehen waren, dass ich sie nicht lesen konnte.

»Ich untersuche das Wasser auf Chemikalien. Und nein, ich bin eigentlich fertig. Außerdem geht die Sonne gleich unter, und da will ich mich definitiv nicht hier aufhalten.« Um seine Worte zu unterstreichen, zog er die Träger seiner Fischerhose runter, bevor er aus ihr stieg, und tauschte auch gleich die Gummistiefel gegen normale Trekkingschuhe.

»Soll ich dich mitnehmen? Mein Van steht ein Stück weiter die Straße runter.«

Ich dachte kurz darüber nach. Es war schon ziemlich dunkel geworden, aber ich würde es noch rechtzeitig zurück auf die beleuchteten Straßen schaffen.

»Das ist schon okay. War schön, dich hier zu treffen.«

»Ebenso.« Er erwiderte mein Lächeln und begann dann damit, sein Equipment aufzusammeln und zu sortieren.

Ich hatte mein Fahrrad bereits erreicht, als mir eine Idee kam. Leider ließ sie sich nicht ignorieren, sodass ich mich erneut zu José wandte.

»Sag mal, hättest du morgen Abend Lust auf ein Dinner mit Freunden?«

»Was hast du gesagt?«

Ich wiederholte meine Frage, dieses Mal lauter, was der Sache eine gewisse Komik verlieh. Dadurch fühlte es sich jedoch weniger peinlich an.

»Gern, bisher habe ich nichts vor. Schreib mir die Details, dann hole ich dich ab.«

»Sweet. Bis morgen!«

»Bis morgen!«

• KAPITEL 9 •

have you no shame

»Du bist spät.«

Kaum hatte ich das Haus betreten, schlug mir ein Vorwurf entgegen. Am liebsten hätte ich mich nach oben in mein Zimmer geschlichen, doch mein Hunger trieb mich ins Esszimmer. Mom, Dad und Lemon hatten bereits Platz genommen. Ihre Teller waren noch makellos, doch der Braten auf der Tischmitte qualmte und verteilte einen appetitanregenden Geruch. Dazu gab es Kartoffeln, Gemüse und eine dunkle Rotweinsoße.

»Ich wusste nicht, dass ihr auf mich wartet«, sagte ich an den Türrahmen gelehnt.

»Was stehst du da? Setz dich«, sagte Mom. Sie antwortete mir erst, als ich mich auf meinen früheren Stammplatz gegenüber von ihr niedergelassen hatte. »Und natürlich warten wir auf dich. Du wohnst hier, oder nicht?«

»Für den Moment«, konnte ich mich nicht zurückhalten, zu sagen.

»Lasst uns anfangen«, brummte Dad. Er hatte sein Hemd aufgeknöpft und die Ärmel hochgeschoben. Sobald man ihn derart antraf, wusste man, dass der Feierabend eingeläutet war. Der Anblick hatte etwas Beruhigendes auf mich, und ich konnte während des Essens überraschenderweise vergessen, dass mich an diesem Tag so viel verärgert, herausgefordert und erschreckt hatte. Trotzdem war ich noch hier, und irgendwie war es mir gelungen, Nick nicht versehentlich von mir zu stoßen oder ihn anderweitig zu verlieren.

Nun, die Sache mit Tatjana ignorierte ich mal.

»Hast du dir überlegt, was du morgen tragen wirst?«, fragte Mom, und Lemon verdrehte die Augen.

»Ich verstehe nicht, warum du so besessen von meinem Kleidungsstil bist und nicht von dem meiner Schwester. Kannst du deine Obsession nicht gleichmäßig verteilen?« Scharfe Worte wie diese sahen mir wirklich nicht ähnlich. Dementsprechend nachvollziehbar waren die erschrockenen Blicke meiner Familienmitglieder. »Was? Habe ich unrecht?«

»Im Gegensatz zu dir ist Lemon ein aktives Mitglied unserer Gesellschaft, und sie weiß sich zu benehmen.«

»Was hat das zu bedeuten? Ich will gar kein aktives Mitglied eurer Gesellschaft sein«, erwiderte ich. »Deshalb bin ich nach New York gezogen. Erinnerst du dich?« Ich legte die Gabel zur Seite. Immerhin hatte ich meinen nagenden Hunger stillen können, bevor Mom mich attackiert und damit meinen Appetit vertrieben hatte.

»Nein, du bist geflohen, weil es einfacher war.«

Ich sprang auf. Die Hände stemmte ich auf den Tisch. »Du hast keine Ahnung, Mom.«

»Ach nein?« Seelenruhig tupfte sie mit der Serviette ihren Mund ab. »Du wolltest nicht akzeptieren, wer du bist und was du wirklich willst. Deshalb hast du so getan, als würdest du uns und St. Mercy gänzlich ablehnen. Du hast dich von den Hindernissen hier, aber auch von dem dahinter wartenden Glück abgewandt, um einen Weg einzuschlagen, der dir *vielleicht* gerade so genug ist, doch keinen Frieden und auf gar keinen Fall Glück bringen wird. Und jetzt hasst du mich, weil ich den Mut habe, dir die Wahrheit ins Gesicht zu sagen. Von Anfang an wollten wir das Gleiche, aber du hast dich so dagegen gesträubt, mir recht zu geben.«

»Ich hasse dich nicht«, sagte ich leise, dann wandte ich mich ab und ging möglichst ruhig in mein Zimmer. Jeder Schritt wurde von ihren Worten getragen, die in meinem Innersten widerhallten.

Sie hatte recht. So verdammt recht. Ich war nicht nach New York gegangen, um meine Leidenschaft zu verfolgen oder um im Big Apple meine Träume zu verwirklichen. Ich hatte St. Mercy verlassen, weil ich die Zukunft nicht bekommen konnte, die ich hier haben wollte und die auch Mom für mich vorgesehen hatte: das Haus mit Garten, eine Familie, meine Kunst und vor allem den Mann an meiner Seite. Ohne Nick hatte all das keine Bedeutung, so glücklich mich ein Leben hier auch machen würde. In New York machte mich alles unglücklich, aber immerhin hatte ich Nick, der Farbe in mein Leben brachte.

Das war das große Dilemma. Ich konnte nicht beides haben, und ich hatte gewusst, dass ich mich endgültig würde entscheiden müssen, sobald ich hierher zurückkehrte. Ohne Rückzieher dieses Mal.

Die Furcht saß mir tief im Nacken und drückte mich nieder. Ich konnte keinen Ausweg sehen.

In meinem Zimmer öffnete ich das Fenster und ließ frische Luft ein. Während ich Shilohs Nummer wählte, setzte ich mich auf die gepolsterte Fensterbank und dachte darüber nach, wie ich mein Leben würde ordnen können.

»Bronwyn!«, rief Shiloh. Ihre Stimme zu hören, war Balsam für meine Seele. »Alles in Ordnung? Wie ist es in St. Mercy?«

»Kannst du gerade reden, oder …«, … *bist du mit Miles beschäf-tigt?*, vervollständigte ich meine Frage in Gedanken.

»Ich bin in unserem Apartment. Also ja«, sagte sie wachsam. Und fragte dann noch mal: »Alles in Ordnung?«

Mit einer Hand fuhr ich mir durchs Haar und öffnete dabei mein Haargummi. Sofort löste sich ein Teil der Spannung in meinem Kopf. Die Worte von Mom hallten jedoch weiterhin nach.

»Ich …«

Lemon klopfte an meine Tür, öffnete sie vorsichtig und blickte durch den Spalt. Sie überraschte mich damit so, dass ich das Handy beinahe aus dem Fenster geworfen hätte.

»Oh, du telefonierst. Dann komme ich später-«

»Nein!«, unterbrach ich sie eilig. »Shiloh, ich rufe dich nachher wieder an.« Lemon sah mich unsicher an. »Komm rein.«

Mit allem hätte ich gerechnet, nur nicht damit, dass mich Lemon von sich aus aufsuchen würde.

Sie schloss die Tür hinter sich und blieb dann unschlüssig im Raum stehen. Ihr Blick wanderte von meinem Regal über mein gemachtes Bett und schließlich zu mir, bis sie einen Entschluss zu fassen schien.

»Rede mit mir, Bron«, bat sie. »Warum bist du so wütend auf Mom und Dad? Sie sind keine schlechten Menschen. Besonders Mom will dein Bestes.« Sie schlang ihre Arme um ihren Körper, als wäre ihr kalt.

Dieses schwierige Thema anzusprechen, kostete sie sichtbar Mut.

»Ich weiß. Es ist bloß …« Wie könnte ich ihr die Wahrheit sagen? Dass ich einzig und allein auf mich wütend war. Mit mir unzufrieden. »Ich glaube nicht, dass sie mich verstehen. Sie wollen mich doch eh nur nach ihren Vorstellungen formen.«

»Bist du sicher?« Sie legte den Kopf schief. Ihr blondes Haar fiel über ihre Schulter nach vorn. »Oder hast du Angst, dir selbst einzugestehen, was du willst? Mom hat nicht ganz unrecht, weißt du?«

Ich warf ein Kissen nach ihr. »Smarty-Pants.«

»Und?« Lachend fing sie es auf.

»Klar. Sicher. Du hast recht. Es ist einfach alles etwas viel auf einmal. Ich wünschte, Mom würde mich nicht so drängen, mir Dinge einzugestehen, für die ich noch nicht bereit bin. Davon abgesehen, darf ich ja wohl tragen, was ich will. Dass sie das ständig erwähnt, macht es schwieriger für mich, ruhig zu bleiben.« Seufzend blickte ich auf unseren Vorgarten. »Es war nicht vorgesehen, schon jetzt nach Hause zurückzukehren. Ehrlich gesagt dachte ich, ich hätte mehr Zeit.«

Lemon näherte sich mir, dann legte sie eine Hand auf meine Schulter. Im Stehen war sie so groß wie ich im Sitzen auf der erhöhten Fensterbank. Ihre Augen, die auch meine hätten sein können, glänzten vor ungeweinten Tränen.

»Wir sind deine Familie, Bronwyn«, wisperte sie und klang beinahe wieder wie die Vierjährige, die sich nachts in mein Bett geschlichen hatte. »Du musst Entscheidungen nicht allein treffen und deinen Schmerz nicht nur mit dir ausmachen.«

Mit einem zittrigen Lächeln legte ich eine Hand auf ihre.

»Bless my heart. Dich als Schwester zu haben, bedeutet mir alles.«

Den nächsten Tag verbrachte ich hauptsächlich mit Lemon in ihrem Zimmer. Sie akzeptierte meine Entscheidung, nicht mit unseren Eltern zu sprechen. Zumindest nicht über alles, was mein Leben betraf. Beim Frühstück und Lunch saßen wir alle beisammen, und ich versuchte, gute Miene zum bösen Spiel zu machen.

Dad ging zur Kirche, Mom, die nichts von Religion und noch weniger von einem Gott hielt, jätete Unkraut. Ich flocht Lemons Haar, hörte mir ihre Lieblingssongs an und traute mich sogar, ihr einige von meinen zu zeigen. Als sie herausfand, dass ich K-Pop genauso liebte wie sie, war sie restlos begeistert.

Ich erzählte ihr außerdem von Shiloh und davon, wie sie Miles kennengelernt hatte. Erwähnte meine Arbeit im Aquarium und zeigte ihr Fotos von den verschiedenen Becken und dazugehörigen Fischen. Als wir zu einem von meiner Kollegin geschossenen Bild kamen, das mich bei einem Tauchgang im größten Becken zeigte, starrte mich Lemon mit offenem Mund an.

»Oh my Lord, Bronwyn, du bist so cool!« Ich errötete, weil ich mich selbst überhaupt nicht so wahrnahm. Trotzdem erfreute ich mich an dem Kompliment. »Ehrlich. Ich dachte eigentlich, du könntest nicht mehr cooler werden. Mit dem Malen und Zeichnen und so, doch das hier? Wow.«

»Ich male schon lange nicht mehr«, murmelte ich.

»Du hast aber neue Farbe gekauft. Ich hab's gesehen.«

»Ms Tiffany hat mich dazu genötigt.«

»Ich bin sicher, es hat nicht viel Überredungskunst gebraucht. Wie wärs mit einem neuen Bild? Vielleicht von mir? Ich bin viel hübscher als vor zwei Jahren.« Sie klimperte mit ihren Wimpern. Lachend verpasste ich ihr einen Stoß, sodass sie mit dem Rücken auf ihrem Bett landete. »Das war kein Scherz!«

»Mal sehen«, sagte ich ausweichend.

»Das reicht mir für den Moment.« Sie richtete sich wieder auf und sah an mir vorbei auf ihren Wecker. »Du solltest dich vielleicht fertig machen. José holt dich bestimmt überpünktlich ab.«

»Wie kommst du darauf? Kennst du ihn?« Unabhängig davon hatte sie recht. Ich musste noch duschen. Sonderlich begeistert war ich von der Aussicht nicht, einen Abend mit Claire, Nick und Tatjana zu verbringen. Wahrscheinlich konnte ich froh sein, dass George, seine Mom und Claires Eltern als Puffer dienen konnten. Oder zumindest als Ablenkung. Vielleicht könnte ich mich auch strategisch klug an den Tisch setzen, um Nick nicht ansehen zu müssen.

»Jeder kennt ihn. Den aufstrebenden Meeresbiologen. Er ist nett, schätze ich. Nicht so nett wie Nick, aber okay.« Sie sprang vom Bett und begann, mich in Richtung Flur und Badezimmer zu scheuchen.

»Was meinst du damit? Was hat Nick damit zu tun?«

»Gar nichts«, flötete sie amüsiert, schubste mich sanft ins Badezimmer und zog die Tür zu. »Beeil dich. Ich suche derweil was zum Anziehen für dich aus.«

»Du kleine …«, grummelte ich, beschloss im nächsten Atemzug jedoch, dass es einfacher war, mich meinem Schicksal zu fügen.

Eine halbe Stunde später saß ich frisch geduscht, gepeelt und rasiert im Bademantel vor meinem halb ausgeräumten Kleiderschrank. Lemon zupfte und zerrte an meinen Haaren, während ich durch widerwilliges Kopfschütteln ein Kleid nach dem anderen ausschloss. Keines davon schien mehr zu mir zu passen. Zu blass. Zu kindisch. Zu … nicht ich.

»Au!«

»Es würde weniger wehtun, wenn du aufhören würdest, dich zu bewegen«, sagte sie warnend, ehe sie weiter mit dem heißen Lockenstab hantierte.

»Meine Frisur wird mich auch nicht retten, wenn ich dort im Bademantel aufkreuze.«

»Warum hast du nichts Schickes aus New York mitgenommen?«

»Ich wollte mir in Baton Rouge ein Kleid für die Hochzeit kaufen. Ich dachte nicht …« An irgendwelche Abendessen davor. »Ah, sweet Baby Jesus, ich sage einfach ab.«

»Und gibst dir damit vor allen die Blöße, nur weil du Nick

nicht mit dieser Tatjana sehen willst? Wirklich? Willst du so ein Vorbild für mich sein?«

»Ich will gar nicht wissen, was du dir alles in deinem hübschen Kopf zusammengesponnen hast.«

»Darf ich reinkommen?« Mom klopfte am Türrahmen der offenen Tür. Sie hielt in ihrer anderen Hand einen schwarzen, ominös aussehenden Karton. »Das wurde für dich abgegeben. Ist wohl von Claire.«

Mom legte ihn mir in den Schoß und wartete gebannt darauf, dass ich ihn öffnete. Auch Lemon blickte neugierig über meine Schulter.

»Fackle meine Haare nicht ab!«, rief ich, als mir der Geruch von verbranntem Haar in die Nase stieg.

»Jaja, öffne ihn!«

Die Schachtel beherbergte das schönste Kleid, das ich seit Langem gesehen hatte. Es war schwarz wie die dunkelste Nacht auf dem Land und hatte eine große Schleife aus fließenden Bändern, die im Nacken gebunden wurde. Der Rücken war offen, der Chiffonstoff würde locker von meiner Hüfte fallen und bis zu meinen Knöcheln reichen. Erst als ich es im Stehen vor meinen Körper hielt, sah ich den skandalösen Schlitz, der beinahe mein ganzes linkes Bein entblößen würde. Ich war sprachlos.

Mein Handy vibrierte, aber ich konnte meinen Blick nicht von dem Kleid wenden.

»Es ist Claire. Eine Nachricht«, sagte Lemon, die mein Handy vom Bett geklaubt hatte.

»Was schreibt sie?«

»*Hey Bron, ich hoffe, es gefällt dir. Ich würde mich freuen, wenn du es heute Abend trägst. XOXO C*«, las Lemon vor.

»Das ist sehr anständig von ihr«, kommentierte Mom. Unsere Blicke trafen sich. »Es wird gut an dir aussehen.«

»Danke«, murmelte ich.

»Komm, Lemon, deine Schwester möchte sich bestimmt umziehen.«

»Aber ich bin noch nicht fertig mit ihren Haaren. Eine Strähne fehlt noch!«

»Die kannst du gleich machen. Komm schon.«

Bevor ich reagieren konnte, war ich allein in meinem Zimmer. Das atemberaubende Kleid an den flauschigen Bademantel gedrückt. Was sollte ich tun? Hatte ich überhaupt eine Wahl? Natürlich würde ich das Kleid tragen, auch wenn mein Magen vor Nervosität Saltos machte.

Mein Handy vibrierte erneut. Dieses Mal war es José.

> **José:** Ich fahre in 5 min los. 🙈

Dann sollte ich mich wohl besser beeilen. Ich ließ den Bademantel von meinen Schultern gleiten und schlüpfte in den leichten Stoff. Ein versteckter Reißverschluss an der Seite verhinderte, dass mir das Kleid von meiner Hüfte rutschte. Die Schleife ließ sich einfach binden, und die zarten Bänder kitzelten mich am unteren Rücken.

Ich betrachtete mich in dem hohen Spiegel, der in die Tür meines Kleiderschranks eingelassen war. Das Kleid saß perfekt. Claire hatte immer noch ein gutes Auge. Ihr hatte eine Begegnung mit mir gereicht, und schon hatte sie meine Figur einzuschätzen gewusst. Ich hatte immer ein bisschen mit meinen großen Brüsten und meiner Hüfte zu kämpfen gehabt, doch beides wurde in dem Kleid perfekt betont. Ich wirkte nicht klein und quadratisch, sondern elegant, sinnlich und glamourös. Für die Hochzeit hatte ich zierliche Riemchensandalen mit Absatz mitgenommen, die neutral genug waren, um sie auch heute anzuziehen.

Lemon kehrte mit Mom zurück, als ich gerade dabei war, Rouge aufzutragen. Schweigend sahen sie mich einen Moment an.

»Oh my! Schamlosigkeit steht dir, Bron«, sagte Lemon und erntete einen entsetzten Blick von Mom. Ich hätte beinahe losgelacht. »Alle werden beeindruckt von dir sein.«

»Hier. Sie passen gut zum Outfit.« Mom reichte mir schwere, goldene Ohrringe. Da das Kleid an sich dezent war, würde der Schmuck umso mehr wirken.

»Danke.«

Ihr Lächeln war warm.

Ich wünschte, wir würden nicht ständig streiten und es könnte einfach immer so sein zwischen uns.

»Okay, und jetzt lass mich dein Haar in Ordnung bringen!«, rief Lemon, während sie erneut mit dem Lockenstab herumwedelte.

Meine Untergangsstimmung in Hinblick auf den heutigen Abend legte sich etwas. Abgesehen davon, Nick und Tatjana zusammen ertragen zu müssen, könnte es ganz in Ordnung werden. Claire würde in Anwesenheit von George nicht auf unseren Disput zu sprechen kommen, und das Essen im Silver Forks war ein Genuss. José würde außerdem ein angenehmer Gesprächspartner für den Abend sein. Mit ihm konnte ich sogar scherzen, ohne dass ich fürchten musste, er würde sich mehr erhoffen. Ich hatte die Einladung schließlich extra nicht als Date gelabelt.

Endlich war Lemon mit ihrem Werk zufrieden und ließ von meinem Haar ab. Sie hatte für richtig Volumen gesorgt, sodass es nicht wie sonst platt herabfiel. Mit schwarzen Klammern hatte sie es über eine Schulter drapiert, damit der freie Rücken, der zusammen mit dem Beinschlitz das Highlight des Kleides war, noch zu bewundern wäre.

»Fantastisch«, beglückwünschte sich Lemon selbst. Mom stieß spielerisch in ihre Seite.

»Danke euch beiden.« Ich wollte noch mehr sagen, doch es klingelte an der Tür, und wir wussten alle, wer das sein würde.

Deshalb gab ich mich damit zufrieden, Moms und Lemons Hände zu drücken, ehe ich die Treppen nach unten stieg.

Dad hatte José bereits in den Flur gelassen, und ich kam mir plötzlich wie auf dem Abschlussball vor. Genauso aufgeregt, aber irgendwie resignierter.

José hatte sich ebenfalls herausgeputzt. Er trug ein lilafarbenes Hemd mit schwarzen Knöpfen, eine schwarze Bundfaltenhose und glänzende Lederschuhe. Sein Jackett hatte er vermutlich im Auto gelassen. Als er mich sah, hörte er augenblicklich auf, durch seine gegelten Haare zu fahren.

»Verdammt«, sagte er. »Eigentlich wollte ich der Hingucker des Abends werden. Muss ich wohl an dich abtreten.«

Und so einfach hatte er die Stimmung gelöst. Ich fiel in sein Lachen ein, und selbst Dad schmunzelte.

»Los gehts.«

Ich hakte mich bei ihm ein und verließ das Haus, um einen Abend mit meiner einstigen besten Freundin, ihrem Verlobten, meinem besten Freund Schrägstrich Schwarm und seiner Ex zu verbringen. Das konnte ja nur lustig werden.

• KAPITEL 10 •

the one who gets me the most

»Ich meinte das ernst. Du siehst schick aus, Bronwyn«, sagte José, sobald wir in seinem schwarzen SUV saßen. Die Klimaanlage war aufgedreht, und ich fröstelte. Als José es bemerkte, schaltete er sie aus.

»Das gebe ich direkt zurück. Die Farbe steht dir hervorragend«, entgegnete ich ehrlich.

Bis zum Silver Forks würden wir zehn Minuten brauchen, da es sich am anderen Ende der Kleinstadt befand. Ich war so nervös wie schon lange nicht mehr und mutig genug, mir einzugestehen, dass das einzig an Nick lag. Wie würde er reagieren, wenn er mich in diesem Kleid sah? Würde es ihm überhaupt auffallen?

Wäre ich enttäuscht, wenn er es nicht bemerkte?

»Ich dachte mir, ich gehe heute mal ein Wagnis ein.« Er lachte leise, ehe er mich nach meinem Tag fragte und wir uns über den Wetterunterschied in St. Mercy und New York unterhielten. Der unverbindliche Small Talk reichte, damit ich nicht von meiner Aufregung überwältigt wurde.

Schließlich lenkte José den Wagen auf den nicht asphaltierten Parkplatz hinter dem gehobenen Etablissement. Mit der hellen

Fassade, dem großen, cremefarbenen Schild und der geschwungenen Schrift wurde bereits angedeutet, was einen im Inneren erwartete. Ich platzierte meine Absätze vorsichtig auf dem unebenen Boden und war froh, als José an meine Seite eilte, um mir als Stütze zu dienen.

»Nicht sonderlich durchdacht«, merkte er an. »Am Asphalt hätte das Restaurant wirklich nicht sparen sollen.«

»Schon okay. Es ist ja nicht weit.«

Als wir das Restaurant betraten, hatte er mich noch immer untergehakt, und ich hatte keine Eile, mich von seinem Arm zu lösen. Meine Knie fühlten sich ohnehin an wie Gummi.

Wir warteten am Eingang, um an unsere Plätze gesetzt zu werden. Sowohl links als auch rechts breitete sich der Essbereich aus. Von meinen letzten Besuchen wusste ich, dass es im hinteren Teil eine Bar mit Barhockern gab für diejenigen, die noch auf jemand warteten oder die einen Absacker trinken wollten. Das Restaurant war gut gefüllt, und die Stimmen verschiedener Altersklassen drangen bis zu uns durch, obwohl nicht an Trennwänden mit dekorativen Grünpflanzen gespart worden war. Um zumindest ein gewisses Maß an Privatsphäre zu gewährleisten.

Ich musterte die grünen Wände, die mit goldenem Stuck verziert waren. Überall hingen dekadente Kronleuchter von der Decke, Messingkerzenhalter waren an den Wänden angebracht, und der Boden glänzte in einem marmorierten Grau. Es gab ausschließlich runde Tische, die aber in ihrer Größe variierten.

José wechselte ein paar Worte mit der Kellnerin, die gerade aufgetaucht war und uns nach links führte. Vorbei an Mr Shorch, der in derselben Straße wohnte wie meine Eltern, bis zur Mitte des Raumes. Dann hatten wir unsere Dinner-Gesellschaft auch schon erreicht.

Derweil hatte ich anscheinend meine Stimme verloren. Mein Herz pochte mir bis zum Hals, weil ich bloß Nick ansehen konnte.

125

Ich bewegte und agierte wie eine Marionette. Begrüßte mit kratziger Stimme nacheinander alle Anwesenden, die aufgestanden waren, um uns willkommen zu heißen. Nick kam als Letzter an die Reihe, und die steile Falte zwischen seinen dunklen Augenbrauen verriet seinen Unmut.

Fein. Dann bemerkte er mein Kleid eben nicht. Doch worüber ärgerte er sich? Ging es um Claire?

Wir beugten uns zueinander, um uns zur Begrüßung auf die Wangen zu küssen. Seine Hand lag hauchzart auf meinem nackten Oberarm, als seine Lippen fast mein Ohr berührten.

»Was bedeutet das?« Er musste Josés Namen nicht nennen. Ich kannte Nick gut genug. Sein Ärger galt aus unerklärlichen Gründen mir und nicht Claire, was wiederum meine eigene Wut entfachte.

Ich löste mich von ihm, damit ich mich auf den freien Platz neben ihn sinken lassen konnte. Alle anderen hatten sich bereits wieder gesetzt. José zu meiner anderen Seite.

»Ich weiß nicht, was du meinst«, sagte ich unschuldig. Meine Stimme voll falscher Süße.

»Dieser Tonfall? Ernsthaft?«, presste er hervor, nachdem auch er sich gesetzt hatte.

»Du machst dich lächerlich, Nick«, zischte ich und tat so, als wäre ich mit meiner Serviette beschäftigt. Sorgsam breitete ich sie auf meinem Schoß aus. »Du hast kein Recht, meine Begleitung infrage zu stellen. Das ist auf deinem Mist gewachsen.« *Statt Tatjana hättest du einfach mich fragen können.*

Seine Kiefer mahlten. Er wandte sich von mir ab und Tatjana zu seiner Linken zu.

Obwohl sein Verhalten schmerzte, wollte ich mir davon nicht den Abend verderben lassen.

»Du siehst fantastisch aus«, sagte Claire über den Tisch hinweg. Sie saß mir direkt gegenüber. Zwischen uns lauter Blumengestecke, Gläser und bereitgestelltes Geschirr. Kellnerinnen und Kellner eilten herbei, um den Wein aufzufüllen und die Karten zu verteilen.

»Das Kleid passt perfekt. Danke.« Es war zwar nicht wie früher zwischen uns. Trotzdem erleichterte es mich, dass ich für den Moment unbeschwert mit ihr reden konnte.

»Claire hat ein gutes Auge dafür«, bestätigte Georges Mutter, Ms Rosewood. Sie war Ende vierzig, hatte makellose, sepiabraune Haut und trug einen schulterlangen, schwarzen Bob. Darunter blitzten auffällige Perlenohrringe hervor, und das pinke Kostüm stand ihr hervorragend. Wir waren insgesamt zu neunt, obwohl der Tisch für weniger Leute ausgerichtet war. Kein Wunder, dass alles etwas gedrängt wirkte.

Aus dem Augenwinkel sah ich, dass Nick eine Hand zur Faust geballt hatte. Ich widerstand dem Drang, meine Hand um seine zu legen. Er wirkte angespannt, vermutlich weil wir so nah beieinandersaßen. Wie José trug er eine schwarze Bundfaltenhose, doch er kombinierte dazu ein schwarzes, elegantes Shirt ohne Knöpfe, aber dafür mit einem Rundkragen und spitz zu laufendem Ausschnitt. Er hatte die Ärmel an den Handgelenken zweimal aufgerollt, was das Outfit leger wirken ließ. Ich konnte die Sehnen und Muskelstränge zählen, die sich unter seiner gebräunten Haut abzeichneten. Seine Haare hatte er bloß zurückgekämmt und auf Gel oder Haarspray verzichtet. Sein herbes Cologne stieg mir in die Nase und verwirrte wie jedes Mal meine Sinne.

»Ich freue mich sehr, euch hier zu haben«, sagte Claire schließlich freudestrahlend und hob ihr Weinglas, um einen Toast auszusprechen. George und Claire wechselten sich mit ihren Dankesworten ab und beteuerten, dass es ihnen viel bedeuten würde, mit uns ihr persönliches Liebesglück zu feiern. Ich war froh, als die Rede endlich endete, und ich das halbe Weinglas runterkippen konnte, um meiner Nervosität entgegenzuarbeiten.

Nachdem wir reihum bestellt hatten, war die Stimmung gelockert. José wurde in ein Gespräch mit Claires Eltern verwickelt, da ihre Mutter ebenfalls Biologie studiert hatte. Sie arbeitete zwar nicht mehr, doch ihr Interesse für biologische Vorgänge hatte überdauert.

Tatsächlich hatte ich Claires Eltern nie sonderlich gemocht. Meine Mom war mit ihren konservativen Vorstellungen zwar anstrengend, aber noch moderat gewesen. Claires Eltern hingegen hatten nie einen Hehl daraus gemacht, dass sie für ihre Tochter eine Karriere als Hausfrau und Mutter vorgesehen hatten.

Deshalb war ich froh, als ich von Tatjana angesprochen wurde. Dann dämmerte mir, dass es sich ja um Tatjana, Nicks Ex-Freundin, handelte, sodass ihre Worte mit einem Schlag eine ganz andere Bedeutung bekamen.

»Nick hat gesagt, dass New York nicht so ist, wie er es sich vorgestellt hat. Denkst du das auch? Würdest du hierher zurückkehren, Bronwyn?« Um in Tatjanas lächelndes Gesicht blicken zu können, musste ich an Nick vorbeisehen, der stocksteif dasaß und sein Weinglas umfasst hielt. Gosh, warum war sie bloß so schön? Sie strahlte eine Eleganz aus, die mir das Gefühl gab, eine Hochstaplerin zu sein, die hier nichts zu suchen hatte.

Und das Schlimme war: Sie tat es nicht absichtlich. Ihre natürliche Anmut war einfach ein Teil von ihr, so wie meine Unsicherheit ein großer Teil von mir war.

»Ich wusste nicht, dass New York nicht Nicks Erwartungen entspricht«, antwortete ich vielleicht etwas zu unterkühlt. Nick wandte sich mir zu, doch ich machte eine Kunst daraus, ihn nicht anzusehen. »Mir gefällt es im Big Apple.«

»Warum bist du eigentlich zurückgekommen, Claire?« Tatjana war anscheinend ganz schlecht darin, die Atmosphäre einzuschätzen. Für mich war die Stimmung an ihrem Tiefpunkt angelangt.

Claires verräterischer Blick huschte erst zu mir und dann zu

Nick. Alle Personen am Tisch, die unserem Gespräch lauschten, erkannten, was Sache war. Es musste mit uns zu tun haben.

Nun war ich es, die im Schoß eine Hand zur Faust ballte. Schweiß benetzte meine Stirn, und die drei entzündeten Kerzen auf dem Tisch schienen plötzlich Hitzewellen auszusenden.

»Persönliche Gründe«, sagte Claire endlich, als das Schweigen immer lauter geworden war. »Reue und dergleichen. Gefühle, die nicht immer schön sind.«

Tatjana öffnete den Mund, um nachzuhaken, als Nick eine Hand auf ihren Unterarm legte und sie so zurückhielt. Immerhin *diesen* Wink mit dem Zaunpfahl verstand sie.

Doch es war dieser Wink, der das Fass für mich zum Überlaufen brachte. Ich wollte losweinen, weil Nick sie mit dieser Selbstverständlichkeit berührte. Wie konnte er in jeder Frau eine potenzielle Partnerin sehen, nur nicht in mir? Der Anblick von Claire musste in ihm noch mal ganz andere Gefühle auslösen, und dennoch war er bereit, sich seiner Ex zu öffnen.

Trotz José fühlte ich mich wie das fünfte Rad am Wagen und brauchte Abstand. Sofort.

»Entschuldigt mich«, murmelte ich im selben Moment, als das Essen kam. Zum Glück achtete deshalb kaum jemand auf mich, und ich konnte mich zwischen der Kellnerin und dem Kellner hindurchdrängen, um die Toilette aufzusuchen.

Sie befand sich in einem abgegrenzten Bereich, und ich musste einen langen Flur entlanggehen, um sie zu erreichen. Gerahmte Bilder von Landschaftspanoramen hingen in regelmäßigen Abständen an den Wänden und wechselten sich mit grünen Plastikpflanzen in goldenen Töpfen ab.

Ich wusch mir für eine gefühlte Ewigkeit die Hände. Als eine Frau mit Schleife im Haar eintrat, nickte ich ihr zu und schlüpfte durch die geöffnete Tür zurück in den gedimmten Flur. Nur um dort Nick zu erblicken, der gegen die Wand lehnte und auf mich zu warten schien. Sobald er mich sah, stieß er sich ab und wartete, bis ich zu ihm aufgeschlossen hatte. Seine eigentlich meergrünen Augen verdunkelten sich, während er mich von oben bis unten musterte. Ein Schauer überkam mich. Sein Blick blieb einen Moment zu lange an dem Schlitz haften, der mein weißes Bein offenbarte.

»Was hast du eben gemeint? Dass es auf meinem Mist gewachsen ist?«

Ich hätte wissen müssen, dass er meine Worte nicht auf sich beruhen lassen würde. Wenn er etwas nicht verstand, verfolgte er es, bis es ihm logisch erschien.

»Nichts«, antwortete ich seufzend und drehte mich zum Gehen. Blitzschnell umfasste er meinen Unterarm. Sanft. Hauchzart. Sein Daumen strich über meine Haut. Ich blieb stehen, obwohl ich mich problemlos hätte befreien können.

Die Frau mit der Schleife schob sich an uns vorbei, und ich rückte zu Nick auf, sodass wir viel zu dicht zusammenstanden.

»Sag es mir bitte, Bronwyn.« Sein Blick bohrte sich in meinen, während ich vergeblich versuchte, wieder Boden unter den Füßen zu spüren. Im metaphorischen Sinn natürlich. In der Realität stand ich immer noch auf meinen zwei Beinen. Wenn auch nicht sonderlich sicher.

Es gab wohl nur den einen Weg hindurch, wenn ich nicht schon wieder der ewige Feigling sein wollte.

»Ich hatte eigentlich angenommen, dass wir gemeinsam in dieser Situation sind. Du und ich«, sagte ich und betonte die Worte, indem ich mit meinem Finger auf uns deutete. »Nicht du und ich und Tatjana. Du hast sie darum gebeten, dich zu begleiten. Muss ich dich daran erinnern? Hast du wirklich geglaubt, ich würde daraufhin allein auftauchen?«

Er ließ seine Hand sinken, und ich spürte die Abwesenheit seiner Berührung mehr, als mir lieb war.

»Das war ein Fehler«, raunte er. »Ich habe nicht nachgedacht. Die Situation hat sich ergeben, und irgendwie … Ich war so darauf fokussiert, irgendjemanden an meiner Seite zu haben heute Abend … Es tut mir leid, Darlin'. Du hast recht.«

Ich blinzelte Tränen fort und blickte zu Boden. Es bedeutete mir viel, dass er sich entschuldigte. Gleichzeitig schmerzte es, dass ich anscheinend nicht die Person gewesen war, die ihm an seiner Seite genügte.

»Geht es dir gut?«, zwang ich mich zu fragen, jetzt, da der größte Konfliktpunkt zwischen uns geklärt war. »Ich weiß, es muss schwer für dich sein, sie zu sehen, aber …«

»Woher willst du das wissen?«

Es irritierte mich, dass er irritiert klang. Gleichzeitig zuckte ich zusammen, weil die Worte an sich hart waren.

»Sorry.« Erneut wandte ich mich zum Gehen. Ein weiteres Mal hielt er mich fest. Dieses Mal an meinem Handgelenk. Sein Daumen strich zärtlich über meine Haut, und der neuerliche Körperkontakt raubte mir den Atem.

»Es ist okay. Ich bin … nicht ganz bei mir. Wahrscheinlich sollte ich gehen.« Nick seufzte.

So etwas war noch nie zuvor geschehen, oder? Diese Art von Annäherung? Hilflos sah ich ihn an.

»Was ist mit Tatjana?« Ich musste wirklich sämtliche Kontrolle aufbringen, um nicht zu zerfließen.

»Was soll mit ihr sein? Sie wird schon nach Hause finden. Es ist nicht weit.« Er lächelte. Ich runzelte die Stirn, suchte nach einer Erwiderung. »Du bist wunderschön, Bronwyn. Ich glaube, das habe ich dir noch nie zuvor gesagt. Aber das bist du. Besonders jetzt. Hier und heute.«

Mein Herz sprang förmlich aus der Brust. Er ließ behutsam meine Hand sinken, dann schob er sich an mir vorbei, um zurückzugehen.

Ich brauchte ein paar Sekunden, um mich zu sammeln. Um zu verstehen, was gerade geschehen war. Eine Grenze war überschritten worden. Aber wieso ließ er mich damit allein zurück?

Schließlich löste ich mich aus meiner Starre und folgte ihm. Ich hatte länger gebraucht als gedacht, da er sich anscheinend bereits verabschiedet hatte. Tatjana und José sahen mich fragend an.

»Es tut mir leid. Mir ist nicht gut«, entschuldigte ich mich hauptsächlich bei José.

»Soll ich dich begleiten?«, bot er sofort an. »Dich nach Hause fahren?«

»Vielen Dank, aber ich brauche frische Luft. Genießt euren Abend. Claire.«

Sie wirkte keineswegs so verärgert, wie ich es erwartet hätte. Tatsächlich lächelte sie, als sie mir gute Besserung wünschte.

Ich beschloss, mir später darüber Gedanken zu machen. Für den Moment musste ich Nick einholen, damit ich mit meinen Gefühlen nicht allein die Nacht verbringen musste.

Der Parkplatz lag zur Hälfte in Dunkelheit. Nick hatte seinen Jeep bereits erreicht, war jedoch noch nicht eingestiegen. Als er das Knirschen meiner hohen Schuhe vernahm, sah er von seinen Händen auf. Mein Ärger wurde noch größer, weil er an diesem Abend wieder besonders gut aussah. Wie unfair das alles war.

»Bronwyn?« Er ging um die Motorhaube herum. Ich konzentrierte mich auf jeden wackligen Schritt auf dem Kies, bis ich direkt vor ihm stand und ihm einen Finger in die Brust bohrte.

Ärger? Nein. Wut war in mir aufgeflammt.

»Du kannst so was nicht einfach sagen, Nick!«, knurrte ich. »Du kannst nicht sagen, dass ich wunderschön aussehe. Freunde tun das nicht auf diese Art und Weise. Das ist nicht …«

»Bronwyn …«, wiederholte er und sah mich an. Ich sah ihn an. Die Welt um uns hätte untergehen können. Ich würde es nicht bemerken.

• KAPITEL 11 •

head on fire

»Was meinst du?« Er drückte meine Hand nach unten. Ich rückte von ihm ab. »Warum darf ich dir keine Komplimente machen? Du machst mir ständig welche.«

Ich hätte es wissen müssen. Er hatte es nicht so gemeint. Schließlich hatte er selbst gesagt, dass er nicht ganz er selbst war. Warum war ich so ausgetickt?

»Ich beleidige dich öfter, als dass ich dir Komplimente mache«, entgegnete ich schmollend, weil es einfacher war. Schwieriger war es, die Wut in mir zu zügeln. Keinen Groll zu hegen, weil Nick keinen Abstand gewahrt hatte. Für ihn war das kein großes Ding. Aus diesem Grund müsste ich in Zukunft selbst die Grenzen ziehen. Um mein eigenes Herz zu schützen.

»Komm schon, ich fahre dich nach Hause.«

»Ich will gerade nicht bei dir sein.«

»Das schmerzt.« Stöhnend warf er sich eine Hand aufs Herz. Eine Geste, die mich an Miles erinnerte. Die beiden hatten zu viel aufeinandergehangen.

»Gut.«

Er lehnte sich zur Seite. »Oder willst du wieder rein?«

»Gosh, bloß nicht.« Ich erzitterte übertrieben.

»Dann lass es mich wiedergutmachen.«

Wenn es nur so einfach wäre …

Ich stieg kommentarlos auf der Beifahrerseite ein und konnte durch die Frontscheibe erkennen, wie Nick einmal nickte. Als hätte er einen eigenen Entschluss gefasst. Seltsam.

Nachdem er den Motor gestartet hatte, öffnete ich das Fenster und hielt meinen Arm nach draußen. Mit den Fingern fuhr ich durch den abgekühlten Luftstrom, während die Top einhundert Countrysongs im Hintergrund spielten.

»Kannst du einfach weiterfahren?«, fragte ich, weil ich noch mehr von dieser Nacht brauchte. Ich musste den Ärger loslassen und Nick wieder in die Schublade ›Bester Freund‹ verfrachten.

Wieso zum Teufel hatte ich mir erlaubt, ihn da herauszuholen? Wenn überhaupt hätte ich den Schlüssel wegwerfen sollen, als wir New York verlassen hatten. So viel Zeit wie jetzt hatten wir lange nicht mehr miteinander verbracht, und das sagte einiges aus. Im letzten Jahr hatte es uns mehr und mehr in andere Richtungen gezogen.

Nein. Das war nicht richtig. Er hatte sich mir entzogen. Mehr Jobs, mehr Dates, mehr Alles-ohne-mich. Ich war die traurige graue Maus gewesen, die zu Hause mit brennenden Augen auf ihn gewartet hatte.

Wie erbärmlich.

»Weinst du?« Ich hörte Panik in seiner Stimme.

»Nein.« Schniefend zwang ich mich zur Ruhe. »Da vorn. Ich brauche was zu trinken.«

»Alkohol wird das Problem, was immer es ist, nicht beseitigen«, ermahnte er mich mit gespielt strenger Stimme, als er vor der Tankstelle hielt. Wir hatten die Stadtgrenze von St. Mercy gerade hinter uns gelassen, was nicht bedeutete, dass wir weit gekommen waren.

Ich verdrehte die Augen, bevor ich in den Shop ging und mit einem Sixpack Bier wieder herauskam. Nick hatte die Zeit genutzt, um den Tank vollzumachen, und steckte gerade seine Kreditkarte wieder ein.

»Ich habe eine Idee. Hüpf rein, Darlin'.«

»Ich hasse es, wenn du mich so nennst.« Jedes Mal musste ich an seine Ex-Freundinnen denken, die er genauso gerufen hatte. Wahrscheinlich auch im Bett, während er in sie eindrang und bestimmt keinen Gedanken an seine armselige beste Freundin verschwendete.

»Ich hab's echt vermasselt eben, hm? Sorry, Bronwyn. Ehrlich.«

Ich beschloss, das Reden Silber und Schweigen Gold war. Nick drängte mich nicht weiter, als er den Jeep zurück in Richtung Stadt lenkte. Kurz vorher bog er jedoch ab, und ich erkannte, wohin er fuhr.

Die einsame Lichtung auf dem Hügel, von der aus einem die Stadt zu Füßen lag. Der Ort war kein großes Geheimnis, und des Öfteren fanden sich Jugendliche und Liebespaare hier ein. Heute Abend war das Schicksal gnädig mit uns, und wir mussten uns den Platz nicht mit irgendwem teilen.

»Das war eine gute Idee«, murmelte ich und stieg aus, sobald Nick die Handbremse betätigt hatte. Aus dem Kofferraum holte ich die Wolldecke, die ich eigentlich für das Motel eingepackt hatte, und legte sie mir um die Schultern. Die Schuhe zog ich aus, weil mir die Füße schmerzten.

»Ich gebe mein Bestes«, sagte er galant, ehe er mir mit einer Hand half, auf die Motorhaube zu klettern. Ich drohte auszurutschen. Blitzschnell hatte er seine Hand an meine Taille gelegt und mich vor einer Prellung am Hintern bewahrt. »Gehts?«

»Danke.« Als ich sicher auf der warmen Motorhaube saß, die Scheibe im Rücken, nahm ich einen tiefen Zug aus der Bierflasche. Ich bereute es etwas, nichts gegessen zu haben, jedoch hätte ich keinen Bissen runterkriegen können, wenn ich die Sache zwischen Nick und mir nicht geklärt hätte.

Doch war sie es nun? Geklärt?

Er hatte alles verleugnet und sich entschuldigt. Trotzdem fühlte ich mich nicht befreit.

Um des Friedens willen beschloss ich, für den Augenblick nicht darüber nachzudenken. Stattdessen blickte ich in den beeindruckenden Sternenhimmel.

»Das habe ich vermisst«, sagte ich nach einer Weile, als in mir Ruhe eingekehrt war. Sogar mein Herz klopfte nicht mehr so heftig.

»Wirklich?« Er lehnte sich ebenfalls zurück. Die Arme kreuzte er hinter seinem Kopf. »Ich dachte, du würdest nie wieder zurückschauen wollen.«

Ich nahm noch einen Schluck. Nur kurz spielte ich mit dem Gedanken, ihn zu belügen, wie ich es sonst immer getan hatte, wenn die Sprache auf St. Mercy fiel. Doch ich wollte ehrlich sein. Wie konnte ich je auf eine Veränderung in unserer Beziehung hoffen, wenn ich mich ständig hinter Halbwahrheiten versteckte?

»Ich habe es versucht. Eine Weile ist es mir auch gelungen, und um ehrlich zu sein, hasse ich es hier gerade ziemlich. Es bringt Dinge ans Tageslicht, für die ich noch nicht bereit bin. Wie ich geahnt hatte. Aber es steigen auch Erinnerungen auf, die ich vergessen hatte. Schöne Erinnerungen.«

»Mir geht es ganz ähnlich«, sagte er zögerlich. »Es ist nicht, wie Tatjana gesagt hat. Ich hasse es nicht in New York, und ich bereue es auch nicht, dorthin gezogen zu sein.«

»Okay«, sagte ich möglichst neutral. Wie sollte ich auch anders reagieren? Tatjanas Worte hatten mich unerwartet getroffen. Gleichzeitig hatte ich erkannt, dass auch Nick nicht mehr glücklich in New York gewesen war.

Er streifte mit den Fingerknöcheln über mein Bein, damit ich ihn ansah. Unsere Gesichter befanden sich auf einer Höhe, was sonst nie vorkam. Dazu war er zu groß und ich zu klein. Nun gab es keinen Größenunterschied zwischen uns. Ich konnte seine kantige Kieferpartie bewundern, seine nicht mehr ganz gerade Nase, die wenigen Sommersprossen, die darauf verteilt waren. Selbst in diesem Zwielicht sah ich jedes Detail seines Gesichts. Am stärksten wurde ich wie immer von seinen Augen beeinflusst.

»Du glaubst mir nicht«, stellte er fest.

»Was soll ich glauben? Dass Tatjana sich das einfach ausgedacht hat, um mich zu ärgern?«

»Wir haben darüber geredet, dass es schwer für mich ist, in New York Wurzeln zu schlagen. Den Rest reimte sie sich selbst zusammen.«

Ich forschte in seiner Miene nach einem Zeichen für Falschheit, stattdessen begegnete mir nur Ehrlichkeit darin.

»Warum hast du nicht mit mir darüber geredet?« Ich presste die Lippen zusammen. »Vergiss es. Ich will dir keine Vorwürfe machen.« Trotzdem schmerzte es, dass er nach einer einzigen Begegnung mit Tatjana über seine geheimen Gefühle mit ihr gesprochen hatte.

»Manchmal ist es unmöglich, mit dir zu reden.« Ich richtete mich abrupt auf, wodurch ich die Bierflasche beinahe umgestoßen hätte. Im letzten Moment konnte ich ein Unglück verhindern.

»Bitte was? Warum?«

Nick setzte sich ebenfalls auf. Unsere Knie berührten sich, doch ich war so entrüstet, dass das Verlangen in mir vergleichsweise klein blieb. Natürlich würde ich mir immer seiner Berührungen gewahr sein …

»Das war falsch formuliert, Darlin'. Entschuldige.«

»Komm mir nicht so!«

Er sah zur Seite und mahlte mit den Kiefern, als würde er sich jedes einzelne Wort zurechtlegen müssen, um zu verhindern, dass ich explodierte. Recht hatte er!

»Wie sage ich das am besten?« Frustriert leerte er seine Flasche in einem Zug, ehe er sich mit der anderen Hand durchs Haar fuhr. »Es gibt nicht viel in meinem Leben, das mir wichtig ist, aber du gehörst dazu, Bronwyn. Nein. Streich das. – Dein Glück steht für mich an erster Stelle. Dein Wohlbefinden. Dein Frieden. All das. Wie kann ich dir meine Probleme aufladen, wenn ich weiß, dass du sie nachempfinden wirst? Du bist der empathischste Mensch, den ich kenne. Und wenn deine Freunde und deine Familie leiden, leidest du mit. Wie kann ich dir meine Last aufbürden? Im Wissen, dass du sie mindestens genauso stark fühlen wirst wie ich?«

Ich war gerührt und frustriert gleichzeitig. Zum wievielten Mal an diesem Abend brannten meine Augen vor herannahenden Tränen?

»So ehrenvoll das auch ist, aber wie viel wert ist unsere Freundschaft dann? Wenn ich dir alles von mir gebe und du alles behältst?« Als er den Mund öffnete, um zu widersprechen, hob ich eine Hand. »Ich bin noch nicht fertig. Wir sind seit fast zwanzig Jahren befreundet, Nick. Und irgendwann während dieser Zeit hast du für dich beschlossen, dass es der bessere Weg wäre, mir deine Sorgen zu verschweigen. Vielleicht, um mich zu schützen, vielleicht um deiner eigenen Gefühle wegen. Vielleicht ist auch alles meine Schuld, weil ich es nicht realisiert habe. Deswegen sage ich es jetzt: Das ist nicht der richtige Weg. Nicht, wenn wir weiterhin zusammen sein wollen.«

Das hatte jetzt doppeldeutiger geklungen, als ich beabsichtigt hatte. Trotzdem war ich der Überzeugung, meinen Punkt ziemlich gut rübergebracht zu haben.

»Ich habe noch nicht genug getrunken dafür«, grummelte er, bevor er zwei weitere Flaschen aus der Verpackung nahm. Eine davon reichte er mir, und wir stießen die Flaschenböden gegeneinander.

»Also?«

»Ich möchte dir gern widersprechen …«

»Aaaber?« Ich zog das Wort in die Länge, um die Stimmung aufzulockern.

»Ich weiß selbst nicht mehr genau, wie es dazu gekommen ist. Du warst so beschäftigt, nachdem wir St. Mercy verlassen hatten, und danach … Claire hat bereits genug aufgewirbelt. Es war mein Fehler, dass ich für dich entschieden habe, anstatt nach deiner Meinung zu fragen.«

»Und es war meiner, dass ich die Distanz zwischen uns zugelassen habe. Ich hatte zu große Angst vor Abweisung, deshalb habe ich nie das Gespräch gesucht.«

Überrascht hob er den bis dahin gesenkten Blick. Er hatte damit begonnen, das Papierlabel von der Flasche zu knibbeln, und hielt darin nun inne.

»Abweisung von mir? Als würde das jemals passieren.« Er schnaubte ungläubig. Für ihn war es wohl das Lustigste, das er seit Langem gehört hatte. Für mich war es bittere Realität. Tag für Tag kreisten meine Gedanken darum, dass ich mehr für ihn empfand als für einen besten Freund.

»Nachdem das nun geklärt ist«, sagte ich, obwohl sich nichts klar anfühlte. »Ich fühle mich schlecht, dass ich José zurückgelassen habe.«

Seufzend lehnte ich mich wieder zurück gegen die Scheibe und sah in den Himmel hinauf. Froh, die Schwere des Gesprächs ablegen zu können.

»Mir geht es ähnlich«, sagte er. »Es war ziemlich cool von Tatjana, dass sie die Einladung angenommen hat. So ganz spontan.«

»Cool? Sie findet dich attraktiv und will dich zurück.«

»Sie hat einen Freund«, sagte Nick nüchtern.

139

»Was?«

»Darlin', du hast doch nicht geglaubt, dass ich eine potenzielle neue Freundin mit zu einem Dinner mit Claire und ihrem ganzen Anhang nehme, oder?« Er lachte leise. Ich spürte, wie mir die Hitze in die Wangen stieg. Mir wurde so warm, dass ich die Decke von meinen Schultern gleiten ließ. Wie peinlich.

»Oh, hm. Dann wird sie wahrscheinlich das Essen genossen haben und nach Hause gegangen sein«, nuschelte ich.

»Ich schätze, deine Reaktion bedeutet, dass José Single ist?« Bildete ich es mir ein, oder klang er nun ein wenig verschnupft?

Ich zuckte mit den Schultern. »Könnte sein. Weiß ich nicht.«

»Du hast ihn eingeladen, ohne dich danach zu erkundigen?« Der Unglaube in seiner Stimme hätte mich beinahe zum Lachen gebracht.

»Ich hab ihn rein freundschaftlich eingeladen. Warum muss ich seinen Beziehungsstatus kennen?«

»Bist du sicher, dass du das klar kommuniziert hast? Sein Blick hat eine andere Sprache gesprochen.«

Ich beobachtete ihn schweigend dabei, wie sich sein Kehlkopf bewegte, als er auch die nächste Flasche leerte.

»Meinst du wirklich?«, fragte ich dann doch, weil ich unsicher geworden war.

Er sah mich an. Sein Gesichtsausdruck unlesbar. »Du bist in diesem Kleid aufgekreuzt.«

»Ja, und? Darf man sich nur schön kleiden, wenn man ein Date hat?« Plötzlich erinnerte ich mich an meinen Aufzug und zupfte an dem Schleifenband an meinem Hals.

»Sicher nicht. Ich sag bloß, wie es für ihn ausgesehen haben mag. Es kann ja nicht schaden, wenn du es für ihn noch mal deutlich machst. Auch um ihn zu schützen.« Stirnrunzelnd ließ ich mir das durch den Kopf gehen. »Oder willst du vielleicht auf ein richtiges Date mit ihm?«

Wäre das so übel? José war ein attraktiver und vor allem kluger Typ, der meinen Humor teilte.

Nur mein Widerwillen, St. Mercy als meine Zukunft zu betrachten, sowie meine romantischen Gefühle für Nick standen dem im Weg. Frustrierend.

»Wahrscheinlich nicht«, antwortete ich nach einer gefühlten Ewigkeit, weil Nick noch immer auf eine Antwort gewartet zu haben schien.

Er lehnte sich wieder zurück. Anscheinend zufrieden.

Nachdem der Sixer geleert war, machten wir uns auf den Nachhauseweg. Den Jeep ließen wir stehen. Morgen würden wir zwar zum Filmset fahren, allerdings war es nicht weit bis zur Stadt. Notfalls könnte uns auch Daisy zur Stadtgrenze bringen, falls wir knapp in der Zeit lägen.

Ich hatte nicht so viel getrunken wie Nick, dennoch war ich ein wenig unsicher auf den Beinen. Dazu kam, dass Euphorie in mir aufwallte. Nick und ich hatten so viele Stunden allein miteinander verbracht. Wir hatten miteinander gesprochen, uns angesehen und versehentlich berührt. Es nährte meine träumerische Seite, und ich würde sehr gut schlafen können.

Während ich neben ihm auf nackten Sohlen eine Tanzeinlage einlegte, hielt er sich vor Lachen den Bauch. Ich brachte ihn dazu, mir seine Hand zu reichen, damit ich mich um meine eigene Achse drehen konnte. Seine andere Hand presste sich in meinen Rücken, als ich drohte, hintenüberzukippen.

»Vorsicht, Darlin'«, ermahnte er mich sanft.

Blinzelnd sah ich zu ihm auf. Er war leicht über mich gebeugt. Tatsächlich wie bei einem Tanz, bei dem er mich in Richtung Boden hatte absenken wollen. Seine Hände fühlten sich warm an meiner Haut an, die zu prickeln begann.

Ich war von ihm umschlossen. Wie ein Schmetterling, den er aus der Luft gepflückt hatte, um ihn aus der Nähe zu bewundern.

So sanft und schwerelos fühlte ich mich einzig in seiner Nähe. Nur wenn er mich so ansah wie jetzt. Als bestünde wahrhaft die Möglichkeit auf eine gemeinsame Liebe.

Wie albern. Der Alkohol hatte mir die Sinne vernebelt.

Räuspernd stellte ich mich wieder aufrecht hin und strich mein Kleid glatt.

Wir hatten St. Mercy schon längst wieder erreicht. Die Laternen erleuchteten den Weg. Kaum jemand kam uns entgegen. Die meisten hatten sich in ihre Häuser zurückgezogen oder lagen womöglich bereits in ihren Betten. So war das in der Kleinstadt.

Umso schneidender waren die plötzlich aufkommenden Stimmen. Wir hatten den großen Platz erreicht, und eine Gruppe Männer in Anzügen kam uns entgegen. Lautstark und weitaus torkelnder als ich. Sie hatten den Abend wohl in Ronny's Diner zugebracht.

Da wir von rechts kamen und sie von links, würden sich unsere Wege zwangsläufig an der Ecke kreuzen. In New York hatte ich keine guten Erfahrungen mit fremden Männern und Alkohol gemacht, weshalb ich unwillkürlich meinen ganzen Körper anspannte. Nicks Hand umfasste meinen Ellbogen. In dem Moment erkannte ich einen der Männer.

Der Bürgermeister. Georges Vater. Er war der Größte von ihnen, und schon die Art, wie die anderen zu ihm aufsahen, verriet seine Position. St. Mercy war vielleicht nur eine Kleinstadt, doch in dieser Kleinstadt galt der Bürgermeister als machtvoll.

Er sah George ähnlich. Honigblondes Haar und helle Augen. Die Wangen waren aufgedunsen von zu viel Alkohol und fettigem Essen. Ich hatte ihn auf den Fotos während meiner Internetrecherche nicht einschätzen können, doch jetzt in der Realität überkam mich eine direkte Abneigung. Sein Gebaren war voller Dominanz und Herablassung seinen Kollegen gegenüber und behagte mir ganz und gar nicht.

»… der vielversprechendste Spieler? Das war doch nicht dein Sohn, Bürgermeister«, prustete ein untersetzter Mann mit blauer, gelockerter Krawatte. »Bei allem Respekt.«

»Ach ja? Und wer sonst?«, grunzte der Bürgermeister, bevor er über seine eigenen Füße stolperte und von seinem Kumpan aufgefangen werden musste.

Nur noch wenige Schritte. Sie waren so in ihre Unterhaltung vertieft, dass sie uns bisher nicht bemerkt hatten. Ich wünschte, es würde so bleiben. Nick neben mir war mindestens genauso angespannt wie ich. Befürchtete er auch eine unangenehme Konfrontation mit den Alkoholisierten? Ich hatte meine Sorge eigentlich schon für übertrieben gehalten …

»Das war doch der Sohn von Ms Daisy. Wie war noch gleich sein Name?«, entgegnete der mit der blauen Krawatte. »Ned? Nathan?«

»Nick Badgley«, kam ihm ein anderer zu Hilfe. Den Finger in die Luft stoßend.

Das war der Moment, in dem wir die Kreuzung erreichten, und der Bürgermeister abrupt stehen blieb. Dadurch zwang er auch die anderen, anzuhalten. Ihre Blicke hoben sich, bis sie erst mich wahrnahmen und dann meine Begleitung. Blaue Krawatte zeigte mit einem wurstigen Finger auf ihn.

»Da isser«, lallte er und lachte, als hätte er etwas gewonnen.

Der Bürgermeister legte seine hohe Stirn in tiefe Falten, wodurch er noch bösartiger aussah.

»Talentiert?«, fragte er mit Abscheu. »Er war so närrisch, sich verletzen zu lassen, und ist dann wie ein beleidigtes Kind gegangen. Eine Schande!«

Nicks Finger gruben sich tiefer in meine Haut. Ein Blick in sein angespanntes Gesicht verriet mir, dass er sich seiner Reaktion nicht bewusst war. Wir waren unwillkürlich stehen geblieben, weil uns die Gruppe den Weg versperrte. Ich versuchte, Nick zur Seite zu ziehen, damit wir irgendwie heil aus dieser seltsamen Situation kämen.

Wie war ihr Gespräch auf Nick gekommen, und warum hatte sich der Bürgermeister zu einem derart gehässigen Kommentar hinreißen lassen?

Alles drehte sich. Die Szene vor meinen Augen ebenso wie meine Gedanken. Eines war mir jedoch klar: Wir mussten hier weg. Die Spannung in der Luft jagte mir einen kalten Schauer über den Rücken.

»Sie sollten besser den Mund halten, wenn Sie nicht wissen, wovon Sie sprechen.« Es folgte eine Sekunde der Verwirrung. Ich wusste, dass es Nicks Stimme war, die ich gehört hatte, aber ich konnte nicht fassen, was er da sagte. Wie er sich gab. Verhielt. Was …

»Was tust du da?«, zischte ich in seine Richtung. »Lass uns gehen.«

Er hörte mich nicht. Sein Blick fokussierte einzig den Bürgermeister. Der sich ebenfalls nicht bewegte.

»Ich weiß es am besten«, grollte er. »Mit einer Mutter wie deiner konnte ja kein richtiger Kerl aus dir werden.«

Es war, als wäre auf einmal ein Schalter umgelegt worden. Nick ließ mich los, stürzte voran und packte den Bürgermeister am Kragen. Er zog ihn mehrere Zentimeter in die Höhe, sodass dieser nur noch mit den Spitzen seiner Schuhe den Asphalt streifte.

Ich warf die Hände vor meinen Mund. Fassungslos. Ängstlich.

»Was hast du da gesagt?« Nick hatte jeglichen Anschein von Höflichkeit über Bord geworfen. Seine Stimme ein fast animalisches Knurren.

»Deine Mutter ist eine kleine Schl-«

Er kam nicht dazu, den Satz zu beenden. Nick schubste ihn von sich und brachte ihn zum Stolpern. Dadurch wurde die Wut des Bürgermeisters anscheinend angefacht, die seine Wangen blutrot färbte. Er preschte auf Nick zu und verpasste ihm einen Kinnhaken, der sich gewaschen hatte.

Ich schrie auf. Nick rang nach Atem. Eine Hand hatte er auf sein Knie gestützt, die andere umfasste sein getroffenes Kinn. Doch der Bürgermeister war noch nicht fertig und packte ihn an der Schulter. Er schlug ein weiteres Mal mit der Faust in sein Gesicht. Blut spritzte, als Nicks Haut an der Wange unter seinem Auge aufplatzte.

»Nick!«, schrie ich und löste mich endlich aus meiner Starre. »Sie! Hören Sie auf!«

Keiner von beiden beachtete mich. Nick lächelte. Seine Zähne blutrot, als er sich aufrichtete.

»Ich hatte gehofft, du würdest das tun.« Damit holte er aus und platzierte seine eigene Faust in das aufgedunsene Gesicht seines Gegenübers. Dieser klappte wie ein gefällter Baumstamm nach hinten.

• KAPITEL 12 •

the worst of you

»Rede nie wieder schlecht über meine Mutter«, presste Nick durch zusammengebissene Zähne hervor. Mit angewidertem Gesichtsausdruck spuckte er neben den Bürgermeister Blut auf den Boden. Dieser lag zwischen seinen treuen Anhängern und blinzelte heftig, als würde er doppelt sehen.

Ich packte Nick am Arm und hielt ihn mit aller Macht zurück, weil ich fürchtete, er würde sich bei einem weiteren Wort erneut auf einen der Anwesenden stürzen. Sekunden später fuhr das weiße Auto des Sheriffs vor, weil einer der Typen ihn gerufen hatte.

Der Sheriff ignorierte uns zuerst, nachdem er aus dem Streifenwagen gestiegen war. Sofort steuerte er den Bürgermeister an und erkundigte sich nach seinem Wohlbefinden. Die anderen Männer begannen, durcheinanderzureden. So laut und wirr, dass ich sie kaum verstand.

»Bitte einen Krankenwagen zum Hauptplatz«, sagte der Sheriff in sein Walkie-Talkie.

Ich versuchte, mit ihm und der weiblichen Deputy zu reden, ihnen zu sagen, dass Nick nicht angefangen hatte, aber sie drehten sich nicht mal in meine Richtung.

Der Bürgermeister deutete mit einem Finger auf Nick, der regungslos und blutend dagestanden hatte.

»Er hat mich geschlagen. Nehmt ihn fest. Sofort«, forderte er.

Als hätte der Sheriff bloß auf einen Befehl gewartet, zückte er die Handschellen. Er trat an mir vorbei und sah über mich hinweg.

Nick wehrte sich nicht, als ihm die Schellen angelegt wurden. Das Blaulicht des herannahenden Krankenwagens verfärbte erst sein Gesicht, dann meines.

»Nick! Sag doch was!«, rief ich ihm vollkommen verzweifelt zu, als er zum Auto geleitet wurde. Die Deputy legte eine Hand auf seinen Kopf, damit er sich beim Einsteigen nicht stieß.

Die Rettungssanitäterinnen kümmerten sich aufopferungsvoll um den Bürgermeister, ohne auch nur einen Blick in Richtung Nick zu werfen.

Ich hasste sie alle für ihre Ignoranz.

»Sorry, Darlin'. Das war so nicht geplant.« Er lächelte schief, ohne dass das Lächeln seine Augen erreichte. Dann wurde die Tür hinter ihm geschlossen. Wenige Minuten später hatte sich der Tumult aufgelöst. Ein paar neugierige Bewohnerinnen und Bewohner angrenzender Häuser kehrten der Straße den Rücken und verstreuten sich wieder. Bereit, sich am Morgen das Maul zu zerreißen.

Der Krankenwagen war ebenfalls fort, und auch die anderen Männer hatten sich verdünnisiert.

Ich zitterte am ganzen Körper. Meine Gedanken rasten.

Am liebsten hätte ich dem Drang nachgegeben, in die Knie zu gehen und loszuheulen. Aber wenn ich einmal damit anfing, würde ich nicht mehr aufhören können. Und Nick brauchte mich. Er war nicht er selbst. Dieses kalte Lächeln, das er dem Bürgermeister gezeigt hatte, war so angsteinflößend gewesen. Ein Ausdruck, den ich nie zuvor an ihm gesehen hatte.

Was zur Hölle ging hier vor sich? Es konnte nichts mit Claire zu tun haben, oder? Immerhin war er der Vater ihres Zukünftigen. Nein. Es war um Daisy gegangen.

Mit einem erstickten Schrei fasste ich mir an den Kopf. Ich musste mich konzentrieren.

Wenn Nicks Schweigsamkeit vorhin ein Hinweis darauf gewesen war, wie er sich auf der Polizeiwache geben würde, dann brauchte ich dringend eine Lösung. Bürgermeister Rosewood würde ihm diese Nummer nicht in die Schuhe schieben, wenn ich ein Wörtchen mitzureden hatte.

Meine Ressourcen waren limitiert, und ich kannte nur zwei Personen, die mir würden helfen können. Also rannte ich los.

Claire und George wohnten, wie ich von der Einladungskarte wusste, nicht weit von hier in ihrem eigenen kleinen, schnuckeligen Haus, das ich zu einem anderen Zeitpunkt bewundern würde. Doch nicht heute. Die Fenster waren verdunkelt. Drinnen regte sich nichts. Sie mussten schon zu Bett gegangen sein.

Egal. Alles war egal. Einzig Nick zählte.

Ich betätigte erst den Messingtürklopfer, hämmerte dann mit den Fäusten und den Handballen gegen die Tür.

»Claire! George! Wacht auf!«, schrie ich, ohne auf die Nachbarn zu achten. Sollten sie doch von dem Lärm geweckt werden.

Endlich ging das Licht im Flur an. Ich klopfte noch ein letztes Mal, ehe wenig später die Tür geöffnet wurde. George und Claire standen nebeneinander. Beide in dunklen Seidenpyjamas und Morgenmänteln. Zunächst wirkten sie genervt, dann erkannten sie mich, und ihre Mienen nahmen einen sorgenvollen Ausdruck an.

»Bronwyn?« George fasste sich zuerst. »Was ist passiert?«

»Hast du dich verletzt?«, fragte Claire, eine Hand instinktiv um meinen Oberarm gelegt. »Gosh, du bist ja eiskalt. Komm rein.«

Ich ließ mich von ihnen in den warmen Flur führen. Heller

Teppich, fliederfarbene Wände und teures Mobiliar. Ein Foto von Claire, Nick und mir auf einer schmalen, weißen Konsole.

Etwas Nasses tropfte auf meine Hände. Irritiert rieb ich mir über die Wangen. Tränen. Ich weinte. Vollkommen unter Schock stehend, suchte ich Claires Blick.

»Könnt ihr mir helfen?« Meine Stimme brach. Ich räusperte mich. *Sei stark.* »Bitte helft mir.«

Claire riss mich an sich und hielt mich fest in ihren Armen. »Alles, was du willst, Honey. Es wird alles gut. Wir sind ja da.«

Ich wollte ihr glauben.

Nachdem ich Claire und George in die Geschehnisse eingeweiht hatte, herrschte für ein paar Minuten drückende Stille. Eine leise Stimme meldete sich zu Wort, dass George vielleicht nicht der beste Ansprechpartner gewesen war. Meine Zweifel verflüchtigten sich jedoch schnell, als er seinen Vater leise verfluchte. Das Verhältnis zwischen ihnen war wohl schon seit einiger Zeit angeknackst, wenn ich Claire richtig verstand. Es fiel mir schwer, mich auf ihre Worte zu konzentrieren, weil Nick alles war, woran ich denken konnte.

Die Vorstellung, wie er in einer kalten Zelle saß und weiter aus seinen Verletzungen blutete, schnürte mir den Hals zu.

Claire gab mir eine Jogginghose, die ich unter mein Kleid ziehen konnte, sowie Socken, Schuhe und eine Jacke. Dann fuhren wir in Georges weißem Van los zum Sheriff's Office. Es ging mir nicht schnell genug. Ich konnte nicht still sitzen. Mit dem Knie wippte ich nervös auf und ab. Claire, die sich nach hinten zu mir gesetzt hatte, legte eine Hand auf mein Bein. Auch sie und George hatten sich etwas Passenderes angezogen, wodurch weitere kostbare Minuten vergangen waren.

Das Sheriff's Office befand sich zwischen St. Mercy und der Nachbarstadt Blue Mountain, wodurch wir fast eine Viertelstunde brauchten. Normalerweise war hier kaum etwas los, doch heute Nacht standen bereits fünf Autos auf dem Parkplatz.

Das frei stehende Gebäude war nicht weiter beeindruckend. Ein Betonklotz, an dem das obligatorische Sternenbanner neben der Flagge von Louisiana im Wind flatterte. Letztere zeigte einen Pelikan mit dessen drei Küken auf blauem Hintergrund. Aus seiner Brust quollen drei rote Tropfen – das Symbol dafür, dass er seine Kinder mit seinem eigenen Fleisch nährte. *Union, Justice, Confidence* stand auf einer Banderole darunter. Einheit, Gerechtigkeit, Zuversicht. Gerade jetzt glaubte ich keinem dieser proklamierten Eigenschaften.

Es hätte nicht viel gefehlt, und ich wäre auf den Eingang zugerannt. Einzig Claires Arm, der um meinen geschlungen war, hielt mich davon ab. George hingegen besaß weniger Zurückhaltung, und er preschte voran. Es machte mir Mut, dass er tatsächlich Ärger empfand, weil das doch bewies, dass Bürgermeister Rosewood falsch gehandelt hatte. Nick war das Opfer hier. Er hätte beschützt werden sollen, anstatt in Handschellen abgeführt zu werden.

Schließlich betraten wir den klimatisierten Innenbereich mit der langen, reinweißen Theke. Hinter einer Glastür befanden sich mehrere Schreibtische, von denen zwei besetzt waren. Ich konnte weder den Sheriff noch George sehen. Er musste sich an der Deputy, die heute Nacht am Empfang stand, vorbeigemogelt haben. Oder er hatte so viel Einfluss, dass sie es nicht gewagt hatte, ihn aufzuhalten.

»Wo ist Nick Badgley?«, fragte ich die Deputy hinter der Theke ohne Umschweife. Sie konnte sich ihre Höflichkeit in den Hintern schieben, wenn es nach mir ging. So wie die Polizisten mit Nick umgegangen waren. *Und mit mir*, kam mir der Gedanke.

Ich war Welten davon entfernt, ein Opfer zu sein, doch auch ich hatte unter Schock gestanden. Hatte Angst gehabt. Gleichzeitig hatte ich alles bezeugt, und man hätte mich noch vor Ort befragen sollen. Warum hatte man das nicht getan?

Der Bürgermeister. Bloß ein Wort von ihm, und es war Gesetz. Niemand zweifelte ihn an. Selbst im betrunkenen Zustand.

»Und wer sind Sie?« Die Deputy ließ sich nicht mal ansatzweise aus der Ruhe bringen.

Ich stemmte mich auf die Theke. Wir waren ungefähr gleich groß, weshalb ich mir ausnahmsweise nicht unterlegen vorkam.

»Ich war dabei, als der besoffene Bürgermeister ihn vermöbelt hat. Nick Badgley hat lediglich aus Notwehr gehandelt«, presste ich ungehalten hervor. »Ich war auch dabei, als sich der Sheriff nicht mal ein Bild von der Situation gemacht hat. Er hat bloß dem Bürgermeister zugehört. Wenn du mich jetzt also nicht durchlässt, dann werde ich all meine New Yorker Reporterfreunde anrufen und dafür sorgen, dass morgen früh ein Bericht gedruckt wird, in dem von der Korruption des Sheriff's Office in unserem County berichtet wird. Also?«

Nicht dass ich Reporterfreunde gehabt hätte …

»Sie ist seine beste Freundin«, fügte Claire an, als hätte das mehr Wert als meine Drohung.

Die Deputy sah von mir zu Claire und wieder zu mir, ehe ihr ein tiefes Seufzen entfloh. Ich wusste nicht, welches Argument sie letztlich überzeugte, doch das war nicht wichtig. Hauptsache, sie setzte sich in Bewegung.

»Folgen Sie mir.« Die Deputy kam um die Theke herum. Als Claire und ich uns ihr anschließen wollten, schränkte sie ein: »Nur eine Person.«

»Geh. Ich warte hier auf euch.« Claire drückte einmal meinen Arm, ehe ich mich beeilte, durch die zweite Tür zu gehen, die ich bis dahin nicht wahrgenommen hatte. Sie bestand aus glänzendem Metall, und hinter ihr befanden sich ein Aufenthaltsraum sowie zwei Zellen. In einer von ihnen saß Nick auf einer metallenen Pritsche.

Tränen schossen mir in die Augen, als ich sein angeschwollenes Auge, die Platzwunde auf seiner Wange und den Bluterguss an seinem Kinn bemerkte. Getrocknetes Blut klebte auf seinem Gesicht und seiner Kleidung.

»Man hätte ihm immerhin die Möglichkeit geben sollen, sich zu waschen.«

Die Deputy zuckte mit den Schultern, ehe sie sich umdrehte und wieder verschwand. Zum Glück bestand sie nicht darauf, zu bleiben. Ihre Attitüde brachte ungekannte Gefühle in mir zum Vorschein.

»Nick«, sagte ich, als ich die Gitterstangen erreicht hatte.

»Hey, Darlin'.« Reumütig lächelnd trat er auf mich zu. »So hatte ich mir den Abend nicht vorgestellt. Sorry.«

Mein Herz sank. »Wie geht es dir? Tut es sehr weh?«

Unwillkürlich hatte ich eine Hand nach ihm ausgestreckt, und als er nicht zurückzuckte, berührte ich sanft seine geschundene Wange. Er schloss die Augen. Seine Schultern entspannten sich leicht.

»Hmm, schon viel besser«, kommentierte er leichthin. Er sollte nicht scherzen. Das brachte mich nur mehr zum Heulen. »Hey, kein Grund, die Fassung zu verlieren.« Seine Fingerkuppen fingen die Tränen auf meinen Wangen ein.

»Weißt du eigentlich, wie …« Ich schluchzte.

»Hey, hey. Bronwyn.« Er umfasste mein Gesicht und suchte meinen Blick. »Es geht mir gut. Alles wird gut, okay?«

Ich wollte ihn fragen, wie er sich da sicher sein konnte, als die Tür aufgestoßen wurde und eine fuchsteufelswilde Daisy eintrat. Instinktiv wichen Nick und ich voneinander zurück. Ich schniefte.

»Mom, ich kann das erklären«, sagte Nick kleinlaut und rieb sich den Hinterkopf.

»Besser ist es, du Lümmel!« Gosh. So hatte sie ihn seit zehn Jahren nicht mehr genannt. Sie musterte ihn von oben bis unten, und ihr Blick verdüsterte sich zunehmend. »Was hast du dir nur dabei gedacht?«

»Es war nicht seine Schuld!«, rief ich. »Der Bürgermeister hat ihn zuerst geschlagen.«

Daisy schien mich erst jetzt wahrzunehmen. Ihre Miene wurde weicher, und sie streckte eine Hand nach mir aus. »Weiß ich doch. Bist du verletzt?« Ich schüttelte den Kopf und bekam gleichzeitig Schluckauf von meiner unregelmäßigen Atmung.

George und Claire schlossen sich mit dem Sheriff im Schlepptau unserer illustren Runde an. Seine kleinen, braunen Augen verengten sich, ehe er seinen Schlüsselbund von dem schweren Gürtel löste, um die Zelle aufzuschließen.

»Bürgermeister Rosewood zieht es vor, ihn nicht wegen Körperverletzung anzuzeigen«, verkündete er. »Sie können gehen.«

»Bitte was?« Selbst in meinen Ohren klang meine Stimme erschreckend schrill. »Nick hat jedes Recht auf eine Anzeige! Haben Sie den Blutalkoholpegel vom Bürgermeister gemessen? Sie haben nicht mal meine Zeugenaussage aufgenommen!«

Der Sheriff trat von der Tür zurück, damit Nick hindurchgehen konnte. Daisy nahm direkt seinen Arm.

»Lassen Sie es gut sein, Miss. Ihre Aussage würde gegen die von sechs Stadtverwaltern stehen.«

»Stark alkoholisierten Verwaltern!«, beharrte ich.

»Und Sie haben nichts getrunken?« Stille. Doch bevor ich betonen konnte, dass zwei wässrige Bier wohl kaum im Vergleich zu dem standen, was die Männer getrunken hatten, fuhr er fort: »Verbuchen Sie dies als unglücklichen Vorfall, und schließen Sie damit ab. Das ist das Beste für alle.«

»Bronwyn.« Nick fing meinen Blick auf. Jesus, er sah fürchterlich aus. Mit dem Blut und dem Auge und diesem Flehen in seinem Gesicht.

Ich ließ die Schultern sinken und gab mich geschlagen. Diesen Kampf würde ich nicht gewinnen. Doch der Vorfall hatte mir in Erinnerung gerufen, warum St. Mercy nicht mehr meine Heimatstadt war. Kleingeistige Menschen, Korruption. Nicht dass es beides in New York nicht geben würde …

Weil ich das Schlusslicht bildete, nahm ich das seltsame Verhalten von Daisy wahr. Als sie an George vorbeiging, ignorierte sie ihn und sah nicht mal in seine Richtung, als sie sich leise bedankte. War sie verlegen, weil George helfen musste? Nahm sie es mir übel, dass ich zuerst zu ihm und Claire gegangen war, anstatt sie aufgesucht hatte?

Nachdem wir das Sheriff's Office verlassen hatten, wurde kollektiv aufgeatmet. Nick war an einer Vorstrafe gerade so vorbei geschlittert, auch wenn ihn keine Schuld traf. Körperverletzung war kein geringes Vergehen, und wenn George seinen Vater nicht überzeugt hätte, denn anders konnte ich mir seinen Sinneswandel nicht erklären, hätte es böse für Nick ausgesehen. Meine Zeugenaussage hin oder her. Der Sheriff hatte recht. Niemand hätte uns geglaubt.

Ich konnte Nicks leeren Gesichtsausdruck und seine schneidenden Worte nicht vergessen. *Ich hatte gehofft, du würdest das tun.* So abfällig. So voller Hass. Dinge, die ich nicht mit Nick verband. Nie war er ausfällig geworden, beleidigend oder nachtragend gewesen. So war er nicht von Daisy erzogen worden.

Ehrlich gesagt, hatte es mir eine Heidenangst eingejagt. Die Kälte in meinem Inneren ließ sich auch jetzt nicht vertreiben.

George und Claire verabschiedeten sich recht schnell von uns und fuhren in ihrem glänzenden, weißen Van davon. Daisy ging ein paar Schritte voran. Entweder weil sie selbst eine Atempause benötigte oder weil sie erkannt hatte, dass Nick mit mir sprechen wollte. Er stellte sich vor mich, ohne mich zu berühren. Ging leicht in die Knie. Suchte meinen Blick, den ich ihm vorenthalten wollte. Meine Standhaftigkeit hielt genau zehn Sekunden an. Dann fiel ich in das Meergrün hinein, als wäre dies meine einzige Heimat.

»Das alles ist unentschuldbar, Bronwyn«, sagte er rau. Ich konnte nicht anders, als wieder all seine Verletzungen wahrzunehmen. Er musste Schmerzen haben. Es war falsch von mir, ihn hier festzuhalten. »Du hättest das nicht sehen sollen.«

»Warum? Warum hast du derart die Kontrolle verloren?« Mir wurde klar, dass Nick von Anfang an auf die Konfrontation gewartet hatte. Er hätte mich genauso gut auf die Rasenfläche ziehen können, um den Betrunkenen auszuweichen. Stattdessen hatte er dem Bürgermeister gegenüberstehen wollen.

»Du weißt doch, wir haben alle ein Geheimnis. Meines … Ich kann es dir noch nicht verraten.«

»Warum nicht?« Sein Geheimnis hatte etwas damit zu tun? Natürlich. Ich hätte sofort darauf kommen sollen. Bis auf dieses ominöse Geheimnis wusste ich alles über Nick.

»Ich bin nicht bereit.« Er presste seine Lippen zusammen. »Es ist wahrscheinlich besser, wenn ich morgen allein zum Filmset fahre. Sorry, Darlin'.«

»Nick …« Hätte ich noch Tränen gehabt, wären sie nun übergelaufen. Die Resignation in seiner Stimme brach mir das Herz.

Er strich über mein Haar und lächelte, als würde er damit die Pein verdrängen können. »Lieb dich.«

Als ob …

• KAPITEL 13 •

even in my dreams

Am nächsten Tag gab es nur ein Thema in St. Mercy: Nick Badgley, der Bürgermeister Rosewood geschlagen hatte und deswegen von der Polizei abgeführt worden war.

Es half nicht, dass er schon früh morgens zur Arbeit aufgebrochen war und somit niemandem Kontra geben konnte. Wäre er draußen gesehen worden, wären zumindest die Gerüchte zerstreut, denen zufolge er für zehn Jahre in den Knast musste.

Nachdem ich mir einen Coffee-to-go im Café Pearl geholt hatte, brannten mir die Ohren von all den verbreiteten Lügen. Eine haarsträubender als die nächste und immer die vieldeutigen Blicke in meine Richtung. Bevor ich mich dazu hinreißen ließ, etwas zu erwidern, was wieder falsch interpretiert werden würde, flüchtete ich nach Hause. Auch neu. Bisher war mein Familienhaus kein Ort des Schutzes oder der Geborgenheit gewesen.

Mom, die sicherlich bereits von den Geschehnissen gehört hatte, putzte geflissentlich die Küche. Ich stand mit meinem Pappbecher und einer Papiertüte mit Muffins im Türrahmen und starrte sie an. Leise Countrymusik dudelte aus dem weißen Plastikradio. Wie konnte Mom ständig so eine Ruhe ausstrahlen?

Neid stieg in mir auf. Mein Leben lag im Chaos, und der Grund dafür hatte sich davongemacht. Ich wollte Nick noch so viel sagen, wusste jedoch nicht, wie.

»Wenn du schon da rumstehst, kannst du mir auch helfen«, sagte sie und warf mir den feuchten Lappen zu.

»Iiih! Mom!« Beinahe hätte ich meinen Kaffee fallen gelassen.

»Was? Hast du etwas Besseres zu tun?« Herausfordernd blickte sie mich an. Ihre rot geschminkten Lippen zu einer dünnen Linie zusammengepresst.

»Zufälligerweise nein«, sagte ich möglichst hochmütig, um mir nicht anmerken zu lassen, wie unruhig ich innerlich war. Ich nahm eine der kitschigen Küchenschürzen und quietschgelbe Gummihandschuhe aus dem Schrank. »Was soll ich tun?«

»Wir müssen den hier abtauen und auswischen«, verkündete sie und wandte sich dem riesigen, doppeltürigen Kühlschrank zu, der meiner Meinung nach blitzblank war. Doch die perfekte Mutter und Hausfrau wusste es natürlich besser als ihre erfolglose und feige Tochter.

Es war nicht so, als wäre ich ein Schmutzfink. In New York hatte ich schließlich auch Ordnung halten müssen. Jedoch hatte ich immer nur das Mindeste getan und war damit ziemlich gut durchgekommen. Nick und Shiloh hatten sich jedenfalls nie beschwert. Es war aber auch nicht so, als wären sie sonderlich sauber gewesen.

Moms sorgfältige und konzentrierte Vorgehensweise steigerte meine Ungeduld ins Unermessliche, anstatt mir die bitter benötigte Ruhe zu verschaffen. Sie nahm Lebensmittelverpackung für Lebensmittelverpackung aus dem Kühlschrank und befahl mir, diese mit einem Tuch abzuwischen und zur Seite zu stellen.

In dem Tempo wären wir noch nächste Woche damit beschäftigt. Ich bereute es fast schon, so schnell ihrer Bitte nachgekommen zu sein, als sich dann doch eine Welle des Friedens in mir ausbreitete. Meine Gedanken beruhigten sich. Der Sturm wurde still. Gegenstand für Gegenstand. Es war fast so, als würde ich die Mauern in meinem Kopf abtragen, und bereits nach zehn Minuten konnte ich freier atmen.

Einzig das Klingeln meines Handys riss mich aus dieser kuriosen Trance. Es war Lemon, die mich offenbar während ihrer Lunchpause aus der Schule anrief.

»Was gibts?«

»Stimmt das? Hat Nick Bürgermeister Rosewood vermöbelt? Warum hast du mir das heute Morgen nicht gesagt? Ich musste es ausgerechnet von Liv erfahren.« Sie sprach den Namen Liv mit besonderem Ekel aus.

Seufzend zog ich die Handschuhe von meinen Fingern und setzte mich auf den Hocker.

»Du kannst Liv sagen, dass es andersherum war. Der fucking Bürgermeister hat Nick zuerst angegriffen. Er war sternhagelvoll. Der Bürgermeister. Nicht Nick. Dann hat er bloß mit dem kleinen Finger gewedelt und den Sheriff dazu gebracht, Nick festzunehmen. Geld regiert die Welt und so.«

»Sweet Baby Jesus, was?«

Seufzend rieb ich mir die Schläfen. Ich hätte nicht so die Fassung verlieren sollen. »Vergiss das. Sag bitte gar nichts.«

»Wie soll ich *nichts* sagen? Geht es ihm gut?« Ihre Stimme bebte. In meiner eigenen Verwirrung hatte ich vergessen, wie sehr auch Lemon sich um Nick sorgte. Sie war mit ihm aufgewachsen. Er war wie ein großer Bruder für sie, und an den meisten Tagen mochte sie ihn lieber als mich.

»Ich weiß es nicht«, antwortete ich nach einem Moment. »Er ist nicht zu Hause.«

»Solltest du nicht zu ihm? Du bist seine beste Freundin, Bron«, sagte Lemon vorwurfsvoll, ehe die Schulglocke sie davon abhielt, mir ein noch schlechteres Gewissen einzureden.

Ich legte auf und vergrub den Kopf in meinen gekreuzten Armen. Die Dunkelheit drückte gegen meine Lider. Ich lauschte dem gleichmäßigen Wischen hinter meinem Rücken.

»Wie war das Dinner?«

»Habe nicht viel davon mitbekommen«, gestand ich.

Schweigen. »Du und Nick seid früher gegangen?«

»Du kennst die Antwort doch schon«, murmelte ich schwach. Warum fühlte ich mich immer wie ein gemaßregelter Teenager, sobald Mom mir Fragen stellte? Das Problem lag sicher bei mir, doch es wäre einfacher, ihr die Schuld zuzuschieben.

»José ist sehr nett. Und klug. Ich mag ihn.«

Das brachte mich dazu, mich auf dem Hocker umzudrehen und Mom anzusehen. »Und Nick ist das nicht?«

»Das habe ich nicht gesagt.« Sie legte das Ledertuch zur Seite und schloss die Kühlschranktür. Sauberer wurde es da drin nicht mehr.

»Was meinst du dann damit? Worauf spielst du an?«

»Du könntest José daten. Nick ist nur dein bester Freund.« Die bittere Wahrheit aus einem anderen Mund zu hören, war selten eine schöne Angelegenheit. Lemon hatte schon was Ähnliches anklingen lassen, und ich hatte es nicht hören wollen. Jetzt diesen Vorschlag von der eigenen Mutter zu hören, brachte mich rundheraus zur Verzweiflung.

Bevor ich etwas erwiderte, dachte ich erneut an Lemon. Sie hatte gesagt, dass Mom und Dad nicht meine Feinde wären. Vielleicht wurde es Zeit, dass ich daran glaubte.

»Ich will ihn nicht daten. José«, sagte ich ruhig und mit fester Stimme.

Mom legte eine Hand an meinen Hinterkopf. Sie hatte ihre Handschuhe ausgezogen. Der Duft von Zitrone und Reinigungsmittel stieg mir in die Nase. Sanft strich sie mir übers Haar.

»Du liebst ihn sehr, nicht wahr?«

Meine Lippen bebten. »Woher weißt du das?«

»Ich bin deine Mom, oder nicht?« Sie beugte sich vor und küsste meine Stirn. »Ruf ihn an, wenn du an nichts anderes denken kannst. Klär die Sache, Bronwyn. Du bist niemand, der Dinge so lange aufschiebt.«

»Meine Gefühle habe ich ziemlich lange aufgeschoben«, erwiderte ich selbstironisch. Und den Besuch zu Hause.

»Vielleicht wird es deshalb Zeit, etwas zu riskieren, hm?«

»Vielleicht.« So ganz überzeugt war ich noch nicht.

»Ich muss einkaufen fahren. Kommst du mit?«

Kopfschüttelnd rutschte ich vom Hocker. »Ich sollte Dinge klären und so.«

»Good girl.« Lächelnd verließ sie die Küche. Ich starrte eine Weile auf die Stelle, an der sie bis eben gestanden hatte. Wenn mich nicht alles irrte, war das unser aufrichtigstes Gespräch seit … immer. Ich wusste nicht, wie ich mich diesbezüglich fühlen sollte.

Seufzend entsperrte ich mein Handy und betrachtete die letzten Nachrichten, die ich mit Nick ausgetauscht hatte.

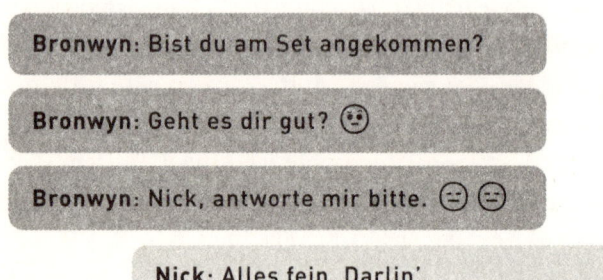

Warum fühlte es sich dann so an, als wäre überhaupt nichts in Ordnung?

Während ich das Für und Wider erwog, Nick anzurufen, kam eine Nachricht von José rein. Ich hatte ihm heute Morgen eine lange Entschuldigungsnachricht geschrieben, und bisher war er mir eine Antwort schuldig geblieben.

> **José:** Danke für die Entschuldigung. Ist aber nicht nötig. Wir haben uns wirklich amüsiert. 😊

Da ich an den drei hüpfenden Punkten sah, dass er noch mehr tippte, antwortete ich nicht direkt.

> **José:** Habe von den Gerüchten gehört. Geht es dir gut? Möchtest du reden?

> **Bronwyn:** Das ist lieb, aber es ist alles in Ordnung ... Oder nahe dran. 😄 😄

> **José:** Mit nahe dran muss man sich manchmal zufriedengeben lol. Was machst du heute?

> **Bronwyn:** Ich denke darüber nach, wie ich zu einem Filmset kommen kann. Nick geht mir aus dem Weg. 🙈

> **José:** Ich könnte dich fahren. Habe eh nichts vor.

> **Bronwyn:** Bist du sicher?

> **José:** Du meinst, weiß ich, dass wir bloß Freunde sind und du in Nick verliebt bist? 😁

Gosh. Wer wusste noch von meinen Gefühlen für ihn? War es nicht kurios, dass es alle wussten, nur er nicht?

José holte mich zwanzig Minuten später ab. Ich nutzte die Zeit, um mir eine marineblaue Cargohose und ein weißes Tanktop anzuziehen. Das Haar band ich zu einem Pferdeschwanz zusammen, da es draußen wieder fürchterlich schwül war. Mein Körper musste sich erst wieder an die hohen Temperaturen gemischt mit der drückenden Feuchtigkeit gewöhnen. Zwei Jahre hatten ausgereicht, um zu verweichlichen. Auch wollte ich auf einem Filmset nicht mit Sommerkleidchen und Sandalen auftauchen. Aus unerklärlichen Gründen erschien mir das unangemessen.

Nachdem ich noch etwas Wimperntusche und Rouge aufgetragen hatte, um nicht bleich wie ein Gespenst zu wirken, schlüpfte ich in meine Sneaker und trat mit meinem kleinen Rucksack auf die Terrasse. Im Vorbeigehen verabschiedete ich mich von Mom, die gerade vom Einkaufen zurückkam. Sie lächelte mir zu. Der Frieden zwischen uns erschien mir wie ein unsicheres Floß auf einem trügerischen Fluss.

Ich setzte mir die schwarze Sonnenbrille auf, nachdem ich eingestiegen und José begrüßt hatte. Wie auch gestern sah er makellos aus. Legerer bloß. Ein mintgrünes Poloshirt und eine weiße Leinenhose.

»Danke«, sagte ich und legte den Gurt um.

»Ach was, ich wollte immer mal ein Filmset sehen.«

»Irgendwie glaube ich dir nicht, aber danke, dass du es trotzdem sagst.« Ich öffnete die Navigationsapp auf meinem Smartphone. »Hier, das ist die genaue Adresse.«

»Danke.« Er tippte sie in sein Navi ein, bevor wir losfuhren.

Im Gegensatz zu gestern Abend war ich froh, dass die Klimaanlage angeschaltet war. So klebte ich mit meinen Armen nicht am Ledersitz fest und konnte die Fahrt tatsächlich halbwegs genießen.

Jedenfalls solange ich nicht darüber nachdachte, was ich Nick sagen sollte.

»Wie war das Essen gestern Abend?«, fragte ich, um Höflichkeit bemüht.

»Stimmt, du bist ja vorher abgehauen.« Er grinste breit, und ich grinste zurück. Es war einfach, mit ihm zu scherzen. In seiner Gegenwart legte ich nicht jedes Wort auf die Goldwaage. »Der Braten war zart und gut durchgebraten. Die herbe Soße hat eine fruchtige Note mit ins Spiel gebracht. Mit dem Tiefkühlgemüse konnte ich mich nicht anfreunden, aber wir dürfen von Silver Forks auch keinen New Yorker Standard erwarten.«

Ich lachte kopfschüttelnd. »Es tut mir jetzt noch mehr leid, dass ich nicht da gewesen bin, um deine Gaumenfreuden zu bezeugen. Und deine Kritik.«

»Uns hält nichts davon ab, es nachzuholen, Bronwyn. Ich fand dich schon in der Schule cool, und das hat sich nicht geändert.«

»Ehrlich? Mir ist es immer so vorgekommen, als würdest du mich weird finden.«

»Weird ist cool. Sorry, hätte damals wohl deutlicher sein sollen, aber ich war schüchtern.« Er zwinkerte mir zu, ehe er sich wieder auf die Straße konzentrierte. »Außerdem …«

»Ja?« Neugierig sah ich ihn an.

»Eure Dreiergruppe war ziemlich einschüchternd. Für jeden Außenseiter, meine ich. Als wäre kein Platz für jemand Neues.«

Mein Blick wanderte nachdenklich von ihm nach vorn und schließlich aus dem Seitenfenster. Darüber hatte ich noch nie ernsthaft nachgedacht, obwohl das total Sinn ergab. Wir waren für lange Zeit ein eingeschworenes Team gewesen, weshalb ich nie den Wunsch verspürt hatte, außerhalb unseres Kreises nach anderen Freundinnen oder Freunden zu suchen. In New York, als alles auseinandergebrochen war, war mir dann das erste Mal aufgefallen, wie allein ich ohne die beiden war. Ich hatte alle anderen Beziehungen schleifen lassen und mein ganzes Sein nach Claire und Nick ausgerichtet. Claire hatte sich rechtzeitig lösen können, und Nick musste mich immer noch mitschleifen.

Was für eine schlechte Freundin ich war. Immer ging es mir nur um mich selbst und meine eigenen, nicht erwiderten Gefühle.

»Jetzt wirkt es anders, nicht wahr?«

»Jeder in St. Mercy weiß, dass etwas passiert ist. Aber niemand weiß, was.«

»Same«, log ich, um nicht zugeben zu müssen, dass meine Gefühle der ausschlaggebende Grund waren, dass unsere Freundschaft zerstört worden war. Auch wenn Claire sich nun bemühte, sie wieder zu kitten, schien nichts mehr wie vorher zu sein. Oder jemals wieder werden zu können.

Für den Rest der Fahrt unterhielten wir uns über unsere Familien. Während das Thema auf meiner Seite schnell abgehandelt war, gab es bei José mehr zu entdecken. Er war das jüngste von insgesamt vier Kindern. Außer ihm ausschließlich Mädchen. Bis auf eine hatten sie sogar bereits selbst Kinder und lebten entweder in St. Mercy oder in Baton Rouge. Aus jedem Wort wurde deutlich, wie sehr José seine Nichten und Neffen vergötterte und dass er es liebte, eine so große Familie zu haben.

Während ich ihm zuhörte, erkannte ich, dass es wirklich toll wäre, ihn als Freund für mich zu gewinnen. Er war ein so positiver Mensch, der lieber das Gute sah, anstatt sich mit dem Schlechten zu beschäftigen.

Schließlich erreichten wir das Filmset kurz vor Baton Rouge auf einer abgesperrten Straße. Das umzäunte Gelände war kleiner, als ich gedacht hatte, doch Nick hatte gesagt, dass lediglich eine einzelne Szene gedreht werden musste. Es war klar, dass sie nicht alle Geschütze auffuhren, wenn sie nach einem Tag wieder alles einpacken mussten.

José parkte das Auto vor dem geschäftigen Eingang, vor dem bereits zwei Dutzend anderer Wagen standen. Menschen mit Ausweisen, Mikros vor dem Mund oder Gürteln mit den verschiedensten Utensilien rannten vom Parkplatz und wieder zurück zum Eingang. Öffneten die schweren Türen der Vans, plauderten miteinander und gingen dann wieder ihrer Wege.

Durch den Drahtzaun konnte ich auf eine Rennstrecke blicken. Es roch nach Feuer und Öl. Von irgendwoher stieg Rauch auf, doch ein flaches Gebäude, vermutlich eine Werkstatt, versperrte die Sicht auf der rechten Seite.

»Ohne Ausweis lassen sie uns bestimmt nicht rein«, überlegte José laut, und ich stimmte ihm zu.

»Ich versuche, Nick zu erreichen.« Wir waren jetzt so weit gefahren, und ich würde mich nicht abwimmeln lassen. Mom hatte recht. Ich war nicht der Typ, der Konflikte lange vor sich herschob. Nur manche, aber daran arbeitete ich ja nun.

Nick nahm nicht ab. Es klingelte und klingelte. Er würde mich nicht absichtlich ignorieren, wahrscheinlich war er gerade eingebunden.

»Entschuldigen Sie?« José und ich hatten den Eingang erreicht. Es gab ein einziges Tor, das zwar offen stand, das jedoch von Aufpassern bewacht wurde, die dafür sorgten, dass sich niemand Uneingeladenes aufs Gelände schmuggelte.

Also Menschen wie wir.

»Ja?« Gelangweilt sah der Typ von seinem Tablet auf. Er war ungefähr so groß wie José, etwas fülliger um die Mitte und hatte strohblondes Haar, das er in einem Dutt trug. Mit T-Shirt, Shorts und einem Tuch um den Hals war er wie alle anderen funktionalleger gekleidet. Als er mich sah, wurden seine Augen groß. »Yo, ich kenn dich«, sagte er im New Yorker Dialekt.

»Wie bitte?« Ich blickte José fragend an, doch er schüttelte ratlos den Kopf. Hatte ich einen prominenten Lookalike, von dem ich bisher nichts wusste?

»Du bist Bronwyn, oder? Wow. Dass ich dich mal in echt sehen würde. Wer hätte das gedacht?«

»Entschuldigen Sie, aber …«

»Sorry, Baby. Ich bin Benno.« Wir reichten uns die Hände, und ich stellte ihm José vor. Ich versuchte, es ihm nicht übel zu nehmen, dass er mich als Baby bezeichnet hatte. »Nick ist hier am Set mein bester Kumpel! Er hat mir alles von dir erzählt. Euch. Eurer Freundschaft und so. Darf ich sagen, dass du in echt noch viel hübscher bist als auf den Fotos auf seinem Handy?«

»Den Fotos?«, wiederholte ich schwach.

»Wir haben zwischen den Drehs echt viel Zeit. Da kommt man ins Reden. Wir arbeiten schon am dritten großen Projekt zusammen«, plapperte er weiter und bedeutete uns mit einem Winken, ihm zu folgen. Seinem Partner auf der gegenüberliegenden Seite rief er noch schnell zu, dass er mal eine Pause machen würde. Und schon hatten es José und ich aufs Gelände geschafft. Einfach so. Ich konnte es nicht fassen.

»Was hat Nick … erzählt?«, unterbrach ich seinen Monolog, nachdem ich mich wieder gefangen hatte.

Es waren so viele Leute unterwegs, dass wir gar nicht weiter auffielen. Benno führte uns um das Gebäude herum, sodass wir die Hektik in und vor den offenen Garagen beobachten konnten. Mehrere Autos, die alle gleich aussahen, wurden vorbereitet. Ich wusste nicht genau, was für Szenen gedreht werden sollten, doch dass sie gefährlich werden würden, stand außer Frage. Wofür sonst benötigten sie einen Stuntman?

Ich musterte die Männer, die Motorradhelme trugen, und fragte mich, ob sich unter einem von ihnen Nick versteckte.

»Ach, dies und das. Aber eigentlich ging es immer darum, dass er sich freute, wieder nach Hause zu kommen, um Horrorfilme mit dir zu schauen. Oder Liebesfilme.« Benno legte fragend den Kopf schief. »Jetzt, wo ich darüber nachdenke, weiß ich gar nicht, was er lieber mag.«

»Horrorfilme«, antwortete ich abwesend, weil ich endlich Nick entdeckt hatte.

Er hatte auf einer schwarzen Rennmaschine Platz genommen, war von Kopf bis Fuß in schwarze Schutzkleidung gehüllt und trug einen ebenso dunklen Helm mit verspiegeltem Visier. Trotzdem erkannte ich ihn augenblicklich an seiner Körperhaltung.

Ich nahm die Brille von meiner Nase, um besser sehen zu können, und befestigte sie am Kragen meines Tops. Da er sich inmitten der Rennstrecke befand, würde er mich im Getümmel nicht erkennen können. Worüber ich ganz froh war. Er sollte sich nur auf seinen Stunt konzentrieren.

Eine Drohne mit Kamera flog über ihn hinweg, und eine zweite Kamera war an einer Art Greifarm auf der Rasenfläche ausgefahren worden. Mehrere Befehle dröhnten durch diverse Lautsprecher, bevor ein lautes Hupen ertönte.

»Oh, es geht los«, rief Benno aufgeregt. »Ich werde nie müde, ihn und seine Stunts zu beobachten.«

Ich konnte ihm nicht zustimmen. Dabei zusehen zu müssen, wie sich Nick in Gefahr begab, stellte mit meinen Innereien schmerzhafte Dinge an. Mir wurde so verdammt übel. Wenn ich mir nicht auf die Innenseite meiner Wange gebissen hätte, dann hätte ich mich vermutlich vor aller Augen auf den Asphalt übergeben.

Der Motor heulte auf. Nick fuhr eine provisorische Rampe hoch, die zwischen mehreren parkenden Autos aufgebaut worden war. Das Bike flog förmlich durch die Luft, bis es nach mehreren Metern hart auf dem Boden aufkam. Der vordere Reifen brach zur Seite aus, und Nick krachte zu Boden.

Ich schrie auf.

»Yo, beruhig dich, Baby.« Benno sah mich an, als hätte ich den Verstand verloren.

»Pass auf, wie du mit ihr sprichst«, schaltete sich José sofort ein und stellte sich halb vor mich.

»Yo, ich meine doch nur, dass alles nach Plan verlaufen ist. Kein Grund zur Sorge«, murrte er und kratzte sich die Stoppeln im Gesicht.

»Nach Plan?«, wiederholte ich kraftlos.

»Schau!« Benno zeigte mit dem ausgestreckten Zeigefinger auf die Rennstrecke. Ich hatte mich nicht getraut, hinzusehen, aus Angst, dass ich etwas sah, das ich nie mehr aus meinem Verstand verbannen könnte. »Ihm geht es gut. Hat er heute schon drei Mal gemacht.«

In diesem Moment knisterten die Lautsprecher, und das erfolgreiche Ende der Szene wurde verkündet. Alle Anwesenden klatschten Beifall. Die Crew hatte sich um Nick versammelt, um ihn unter dem Wrack zu befreien. Er humpelte leicht, aber konnte ohne Hilfe stehen. Als ihm eine Assistentin half, den Sicherheitshelm abzunehmen, winkte er in unsere Richtung.

Es war eigentlich unmöglich, doch er erkannte mich aus der Entfernung, dessen war ich mir sicher. Ich konnte seinen Gesichtsausdruck nicht deuten. Sein Blick blieb einen Moment länger an mir hängen, ehe andere Dinge seine Aufmerksamkeit erforderten. Zum Beispiel, sich von einem Arzt durchchecken zu lassen.

»Bist du okay?« José berührte mich leicht am Arm.

Ich zwang mich dazu, ruhig zu atmen, was eine müßige Angelegenheit war. Bevor ich Nick nicht gesprochen hatte, würde ich mich nicht beruhigen. Immerhin konnte ich mich dazu bringen, meine Fäuste zu lösen.

Ich hatte die Fingernägel so fest in meine Haut gedrückt, dass sich die halbmondförmigen Abdrücke blutrot abzeichneten.

»Ich komme klar. Du kannst dich ruhig am Set umsehen.«
Das war das Mindeste, nachdem er mich hergebracht hatte. »Ich
muss mit Nick reden.«

Er sah mich mit einem forschenden Blick an. »Es würde mir
nichts ausmachen, jetzt direkt mit dir wieder zu fahren.«

»Das bedeutet mir viel. Wirklich. Danke, José.« Ich lächelte
zaghaft und erntete ein freundliches Nicken.

Nachdem Benno mich in die Richtung von Nicks Wohnwa-
gen gewiesen hatte, erklärte er sich dazu bereit, José alles zu zeigen. Ich war froh, dass José etwas anderes von diesem Ausflug
mitnehmen konnte als bloß meinen entsetzten Aufschrei.

Insgesamt standen hier vier Wohnwagen, und an einem von
ihnen hing ein Schild mit dem einzelnen Wort *Stuntman*. Ich
betrachtete es so eingehend, als würde es mir all die Geheimnisse über Nicks Arbeit erzählen können. Doch wollte ich wirklich wissen, wie oft Nick dem Tod von der Schippe gesprun-
gen war?

Mir war immer klar gewesen, was die Jobbeschreibung eines
Stuntmans forderte. Oft genug war Nick mit Verletzungen zurückgekehrt. Doch nie … Niemals war ich mir der Gefahr so
unmittelbar bewusst geworden. Als hätte mein Hirn mich davor bewahren wollen, mir vorzustellen, was während der Stunts
vor sich ging.

Da ich befürchtete, mir würden jeden Augenblick die Beine
versagen, ließ ich mich auf die metallenen Stufen zur Eingangstür sinken. Ich legte die Arme auf meine Knie und atmete durch
sie hindurch. Die Augen geschlossen.

»Atme«, presste ich immer wieder hervor, um mich daran zu
erinnern, dass mir Sauerstoff helfen würde.

Ein Schatten legte sich über mich. Ich wusste, ohne aufzusehen, dass es Nick war. Seine Schritte auf dem knirschenden Kies
würde ich immer wiedererkennen.

»Darlin'.« Hätte ich nicht bereits gesessen, hätte mich seine sanfte Stimme in die Knie gezwungen. »Darlin', sieh mich an.« Ich schniefte.

Nick ging vor mir in die Hocke. Seine Hände umschlossen meine. Sie waren so warm. So groß. Voller Schwielen.

Noch immer hob ich nicht den Blick. Seine meergrünen Augen würden mir den Rest geben. Mir jeglichen Halt entziehen.

Seine Hände wanderten meine bloßen Arme hinauf, ehe sie auf meinen Schultern landeten, dann umarmte er mich. Es war eine seltsame, ungemütliche und unerwartete Angelegenheit. Ich mit meinen eigenen Knien zwischen seinen Knien, sein Kinn auf meinem Kopf und mein Gesicht in sein verschwitztes, weißes Unterhemd gepresst. Ähnlich dem, das ich trug.

Er tätschelte meinen Kopf, als wüsste er genau, was ich fühlte. Aber wie könnte er? Seine Nähe entfachte in mir ein Feuer, das ich immer schwieriger kontrollieren konnte.

Unwillkürlich hatte ich meine Hände in seine Seiten gekrallt, weil ich ihn niemals gehen lassen wollte. Weder zurück auf dieses Motorrad noch sonst wohin.

Ich atmete seinen eigentümlichen Geruch nach Sandelholz, Schweiß und Leder ein. Mir wurde schummrig, und ich wartete nur noch darauf, wie ein Kartenhaus zusammenzufallen. Ich konnte mich nicht daran erinnern, wann wir uns das letzte Mal so nahe gewesen waren. Körperlich. Haut an Haut. Seine Knie an meinen. Seine Hände auf meinem Kopf und meiner nackten Schulter. Meine Hände an seinem muskulösen Oberkörper, den ich in meinen Träumen anbetete.

Trotzdem gelang es ihm innerhalb weniger Sekunden, alles zu zerstören.

»Du hättest nicht kommen sollen«, sagte er rau in mein Haar hinein. Die Sonne brannte auf unsere Köpfe.

Ich drückte ihn von mir. Zu unserem beidseitigen Bedauern hatte er nicht damit gerechnet. Noch während er mich festhielt, fiel er nach hinten. Da er bloß in der Hocke gesessen hatte, konnte er sein Gleichgewicht nicht halten. Und da ich mich nach vorn gebeugt hatte, fiel ich auf ihn drauf. Verknotet. Chaotisch.

Ich krachte mit meinen Knien auf den Kies zwischen seinen Beinen, mein Kinn bohrte sich unter sein Schlüsselbein, und beinahe hätte ich mir auf die Zunge gebissen. Immerhin waren meine Hände auf seinem harten Bauch gelandet.

»Autsch.« Ich richtete mich auf, wodurch meine Knie erneut über den Kies schürften. Die Cargohose war hinüber.

»Du hättest bloß sagen müssen, dass du mich zum Umwerfen attraktiv findest, Darlin'.«

»Schön, dass du dich amüsierst«, grummelte ich, als er entspannt einen angewinkelten Arm unter seinen Kopf legte. Er schien überhaupt nicht in Eile, sich wegzubewegen. Obwohl ich nach wie vor auf ihn gestützt war und zwischen seinen Beinen kniete.

Meine Wangen färbten sich rot. Allerdings war ich nicht bereit, die Unterhaltung, die er zuvor mit seinem leidseligen Kommentar begonnen hatte, auf sich beruhen zu lassen.

»Du warst verletzt«, sagte ich. »Innerlich.« Einen Finger drückte ich gegen seine Brust. »Wie hätte ich da fernbleiben sollen?«

Sein Lächeln verschwand. Der Ernst in seinen Augen verschlug mir den Atem.

»Du tust es ständig«, erwiderte er.

Mein Verstand war wie leer gefegt. Verdutzt sah ich ihn an. Was meinte er damit? Noch nie hatte er mir Vorwürfe wegen … irgendetwas gemacht. Noch nie hatte er mich derart verloren angesehen.

»W-was?«

Erst jetzt bemerkte ich seine andere Hand, die halb auf meinem Oberschenkel lag und locker meine Hüfte umfasste.

Wie existierte man? Wie atmete man? Was …

Viel zu schnell hatte er meine Hüfte auch mit seiner anderen Hand umfasst und mich von sich geschoben. Nicht für eine Sekunde ließ er mich los, als wir uns gemeinsam aufrichteten. Erst als er sich sicher war, dass ich auf meinen eigenen zwei Beinen stehen konnte, löste er sich von mir und wich einen Schritt zurück.

Wir waren beide von Kopf bis Fuß mit Staub und Dreck bedeckt. Es hatte mich nie weniger interessiert. Mein Blick war immer noch starr auf sein Gesicht geheftet. Er schluckte. Wirkte nervös. Dann sah er fort und rieb sich mit einer Hand das Kinn.

»Ich bin hier fertig«, sagte er schließlich. »Wir können zurückfahren.«

Und damit ließ er mich stehen.

• KAPITEL 14 •

a glitch

»Kommst du?« Er stand in der offenen Tür seines Trailers.

»Warum? Du hast gerade gesagt, wir sollen fahren.«

»Du hast dich verletzt.« Mit einem Kopfnicken deutete er auf meine Hände und meine Knie.

Erst jetzt bemerkte ich die Löcher, die die Steinchen nicht nur in meine Hose gerissen hatten. Ich blutete. »Fuck.«

»Sweet Jesus, hast du gerade geflucht?«

Ich war zwar nicht bereit, mir seine Stimmungsschwankungen gefallen zu lassen, hatte aber dennoch das Bedürfnis, mich vor einer Infektion zu schützen. Also folgte ich ihm widerwillig in den Trailer. Innendrin sah es recht karg aus. Nicks schwarzer Militärrucksack lag auf der grau melierten Sitzbank. In der schmalen Küche standen Plastikflaschen und benutzte Gläser. Ein paar Kleidungsstücke hingen an Haken oder lagen herum.

Ich wollte mich neben den Rucksack quetschen, doch Nick umfasste mein Handgelenk und zog mich hinter sich her zum Schlafbereich. Es war so eng, dass meine Brüste seinen Oberkörper streiften, als er uns beide drehte. Er drückte mich auf die Bettkante, um besser an meine Knie heranzukommen.

Wieder schoss Hitze in meine Wangen, die zusätzlich von meiner Verärgerung genährt wurde. Nick schien sich mehr und mehr von mir zu entfernen. Und ich schien mehr und mehr nach seiner Nähe zu verlangen.

Wenn ich doch nur den Mut hätte, ihm alles zu sagen. Mich für meinen Egoismus zu entschuldigen, weil ich zwischen ihm und Claire gestanden hatte. Könnte ich dann überhaupt noch darüber reden, dass ich ihn liebte?

Ich wusste bereits, wie es enden würde. Es würde unsere Freundschaft zerstören. Er wäre nicht wütend, aber verlegen. Wir würden nicht mehr entspannt miteinander umgehen können.

Nachdem er einen weißen Plastikkoffer mit einem roten Kreuz aus der Küche geholt hatte, stellte er diesen neben mir aufs Bett. Erneut hockte er sich vor mich. Begutachtete erst meine aufgeschürften Hände und dann meine Knie.

»Ich hätte dich besser auffangen sollen«, murmelte er.

»Das ist nicht deine Schuld«, sagte ich automatisch.

»Du bist verletzt. Natürlich ist es meine Schuld.«

»Nick«, ermahnte ich ihn. Er sollte sich nicht für alles verantwortlich fühlen.

»Lass uns nicht diskutieren, okay?« So grummelig wie heute hatte ich ihn noch nie erlebt. Was war bloß in ihn gefahren?

»Ich möchte aber diskutieren«, entgegnete ich. »Darüber, dass du nicht die Verantwortung für mich trägst. Und vor allem möchte ich darüber reden, dass du mir nie gesagt hast, wie gefährlich dein Job wirklich ist.« Ich sog scharf die Luft ein, als er meine Wunden mit Desinfektionsmittel reinigte.

Unwillkürlich dachte ich an Shiloh. Sie hatte mir davon erzählt, wie sie und Miles sich begegnet waren und dass sie sich gegenseitig in unserem Badezimmer verarztet hatten. So hatte ihre Romanze begonnen. Würde so meine Freundschaft mit Nick enden?

Sei nicht so dramatisch, befahl mir meine innere Stimme.

»Natürlich trage ich Verantwortung, wenn du dich an meinem Arbeitsplatz verletzt.« Er stockte und klebte ein weißes Pflaster auf meine Haut. »Und es ist kein Geheimnis, dass mein Job seine Gefahren mit sich bringt. Solange ich ein gutes Team habe und mich an die Regeln halte, passiert nichts Schlimmes.«

»Soll ich dich daran erinnern, wie du vor ein paar Wochen nach Hause gekommen bist? Dein Arm …«

»Meinem Arm geht es gut, Bronwyn.« Er war mit seiner Geduld am Ende. »Nichts, was nicht schon mal passiert wäre.«

»Einmal ist einmal zu viel«, entgegnete ich wütend, nachdem er auch das zweite Pflaster platziert hatte. Er senkte den Kopf. Das staubige Haar war alles, was ich sehen konnte, als er sich um meine Knie kümmerte. Seine rauen Fingerkuppen auf meiner Haut, bevor er mit einem Ruck das Loch in der Hose erweiterte.

»Hey!«

»Die Hose ist eh hinüber. So komme ich besser ran.« Er grinste mich kurz an.

»Das wäre trotzdem meine Entscheidung gewesen.«

»Du kannst sie auch ausziehen.« Da er mich nicht ansah, blieb ich stumm. Ich konnte seine Stimmlage nicht deuten. Zog er mich auf, oder war auch ihm die körperliche Hitze zwischen uns aufgefallen?

»Auf keinen Fall«, beeilte ich mich, zu sagen, und war trotzdem gefühlt einen Herzschlag zu spät. Die Stille war lang gewesen. Zu bedeutungsschwer.

Nicks Atmung ging schwerer. Seine Hand lag in meiner Kniekehle. Mit dem Daumen strich er an meiner Wunde entlang. Hauchzart. Fast, als würde ich es mir einbilden, seine Berührung dort zu spüren.

»Ein so entschiedenes Nein, Darlin'?« Er schmunzelte. Trotzdem hielt er das Kinn gesenkt.

»Ich habe keine Wechselkleidung dabei.«

»Nur deshalb?«

»Warum sonst? Du hast mich oft genug mit weniger Kleidung gesehen.«

Er murmelte etwas, das verdächtig nach »Nicht oft genug« klang, doch das konnte ja nicht sein.

Oder?

Ich seufzte auf, als er endlich damit fertig war, sich um mich zu kümmern. Nachdem er aufgestanden war, ragte er über mir auf. Dieses Mal konnte er den Sturm in seinen Augen nicht vor mir verbergen. Das Problem war bloß, dass ich ihn nicht verstand. Nick war zu einem Mysterium für mich geworden.

Die einzige Person, auf die ich mich restlos verlassen konnte. Von der ich geglaubt hatte, sie immer verstehen zu können, hatte sich verändert.

»Mein Job ist mein Job, Darlin'«, sagte er nach einem kurzen Moment. Ich hatte den Faden unseres Gesprächs beinahe verloren. »Besser, du findest dich damit ab.«

Ich folgte ihm zum Wohnraum. »Willst du das wirklich ein Leben lang machen? Ist das dein Traum?«

»Was ist daran verwerflich? Dein Traum ist es, im Aquarium zu arbeiten, und ich verurteile das nicht im Geringsten«, antwortete er beim Packen seiner Sachen.

»Das ist nicht mein Traum.« Erst nachdem ich es ausgesprochen hatte, wurde mir klar, dass es der Wahrheit entsprach. »Es macht Spaß, dort zu arbeiten. Noch mehr, weil ich weiß, wie sehr es Mom stört, dass ich mich derart körperlich verausgabe. Aber es ist nicht mein Traum.«

»Das wusste ich nicht.« Stirnrunzelnd sah er mich an. Hätte ich es nicht besser gewusst, hätte ich gesagt, dass ich damit seine Welt auf den Kopf gestellt hatte.

»Natürlich nicht.« Ich verschränkte die Arme, weil ich mich

verwundbar fühlte. »Trotzdem oder gerade deshalb ist es nicht abwegig, dass du auch einen anderen Traum hast.«

»Du weißt, welcher das war.« Er wandte sich wieder von mir ab und schnürte den Rucksack zu.

Ich nickte einmal. »Aber ich weiß nicht, warum du ihn fallen gelassen hast.«

»Es war unmöglich, ihn zu erreichen. Am Ende des Tages hätte es mich mehr gekostet, als es mir gebracht hätte.«

»Football war dein Leben, Nick. Ich hätte … Ich hätte dich in allem unterstützt, und deine Mom sicher auch.« Ich hätte sogar meinen Traum von uns dreien im Big Apple weggesperrt, um ihn glücklich zu sehen.

»Manchmal ist das alles nicht so einfach. Und jetzt ist der Zug abgefahren. Besser, die Vergangenheit nicht aufzurütteln.«

»Und wenn es nichts anderes gibt, was dich so glücklich macht?«

»So spielt das Leben. Das hier reicht mir. Die Karriere als Stuntman ist vielleicht gefährlich, aber sie macht auch Spaß. Man kann weit kommen. Ich bin schon weit gekommen.«

»Das weiß ich, und das will ich dir gar nicht absprechen«, beeilte ich mich, zu sagen. Wieder fühlte ich die Kluft, die sich zwischen uns auftat. »Allerdings hoffe ich, du lässt ein bisschen Raum für mehr. Das würde ich mir für dich wünschen.«

»Selbst wenn wir dann getrennt würden?«

Ich wünschte, er würde mich ansehen. Es war schwer, eine Diskussion mit seinem Hinterkopf zu führen.

»Hast du etwas Bestimmtes im Sinn?« Ich war stolz auf mich, weil meine Stimme nicht zitterte. Die plötzliche Angst, die mir die Kehle zuschnürte, ließ sich wie immer vertuschen.

Schweigen breitete sich zwischen uns aus. Ich konnte meine Neugier kaum zügeln, ehe sich Nick dem Ausgang zuwandte. Dadurch konnte ich immerhin sein Profil sehen. Seine Miene schien zu ausdruckslos. Unbeteiligt gar.

»War bloß theoretisch. Lass uns gehen.«

Theoretisch? Was auch immer das zu bedeuten hatte. In der Tür blieb er stehen und blickte über seine Schulter zu mir zurück. »Wie bist du eigentlich hergekommen?«

»Äh, José hat mich gefahren. Er müsste sich hier auf dem Gelände rumtreiben. Mit Benno.«

»José?«, wiederholte er unterkühlt. Seine Lider senkten sich, sodass ich das Meergrün seiner Augen nicht mehr sehen konnte.

»Er ist nett.« Ich zog eine Schnute, weil ich den Ärger, der in Wellen von ihm ausging, nicht verstand. Es war doch wohl besser, von José gefahren zu werden, als ein Taxi zu bezahlen …

»Dann kann er ja auch so nett sein und dich wieder mitnehmen.« Er verließ den Wohnwagen und entfernte sich mit großen Schritten. Der Kies knirschte hart unter den Sohlen seiner schweren Stiefel.

»Nick!« Er ging weiter. Ich lief ihm nach. »Nick Badgley! Wenn du nicht sofort stehen bleibst, rufe ich deine Mom an!«

Prompt hielt er an. Atemlos holte ich ihn ein. Er hatte sich eine schwarze Pilot-Sonnenbrille auf die Nase geschoben, in deren Gläsern ich mich selbst gespiegelt sah.

»Das war ein Schlag unter die Gürtellinie«, kommentierte er trocken.

»Du hast mir keine Wahl gelassen. Andauernd rennst du weg.«

»Was willst du, Halfers?« Kein *Bronwyn*. Kein *Darlin'*.

»Du benimmst dich kindisch.«

»Dann musst du dich ja darüber freuen, dass dir auf dem Heimweg mein kindisches Verhalten erspart bleibt. Noch was?« Wir starrten uns an. Oder besser, ich starrte mein Spiegelbild an. »Hab ich mir gedacht. Wir sehen uns in St. Mercy.«

Dieses Mal hielt ich ihn nicht auf, als er an mir vorbeischritt. Meine Finger zuckten. Meine Stimmbänder juckten unangenehm. Doch ich knickte nicht ein.

Stattdessen löste ich meine eigene Sonnenbrille von meinem Ausschnitt und setzte sie auf. Damit niemand die merkwürdige Person sah, die mitten auf dem Filmset losheulte.

Eine halbe Stunde später hatten wir uns von Benno verabschiedet. Ich saß neben José im Auto und lauschte seiner begeisterten Erzählung vom Set. Es lenkte mich von meinen rasenden Gedanken und Gefühlen ab. Josés ehrliche Freude war wie ein frischer Wind, der mir Luft zum Atmen gab.

Den Dreck und die aufgerissene Hose quittierte er mit hochgezogenen Brauen. Nachdem ich ihm versichert hatte, dass es mir gut ging, hakte er nicht weiter nach. Dafür war ich mehr als dankbar, schließlich hatte ich mich nur gerade so wieder im Griff. Ich wollte wirklich nicht in seinem Auto losheulen.

Er hatte mit dem Regieassistenten reden können und war ebenfalls mit anderen ins Gespräch gekommen. Man hatte ihm sogar ein Angebot gemacht, als Komparse bei den nächsten Dreharbeiten mitzuwirken.

»Das habe ich aber ausgeschlagen.« Er lachte, und ich konnte sehen, wie geschmeichelt er sich fühlte.

»Warum?« Neugierig wartete ich auf seine Antwort. In New York hätte jeder in meinem unmittelbaren Bekanntenkreis die Chance wahrgenommen, um damit seinen Lebenslauf aufzupolieren und auf Partys anzugeben.

»Ich bin Biologe und kein Schauspieler. Das überlasse ich dann doch den Profis.« Er grinste breit. »Danke, dass ich dich begleiten durfte. Meine Schwestern werden vor Neid erblassen, wenn ich ihnen davon erzähle.«

»Du bedankst dich bei mir? Gosh, es ist mir so peinlich, dass ich dich überhaupt dazu gebracht habe, mich zu fahren.« Wie verzweifelt ich gewesen war. Das Bedürfnis, Nick zu sehen, hatte jeglichen logischen Gedanken vertrieben.

»Hey, für mich war das ein toller Ausflug. Wenn ich bald wieder zur Uni muss, werde ich mich gern an heute zurückerinnern.«

»Jetzt machst du mehr draus, als es gewesen ist«, neckte ich ihn. Er zuckte mit einer Schulter. »Wann musst du eigentlich wieder los? Es ist keine vorlesungsfreie Zeit, oder?«

»Ich mache diesen Monat ein Selbststudium. Dafür muss ich aber zwei Mal die Woche zum Labor in Baton Rouge und ziemlich viele Berichte schreiben. Ist aber angenehm so. Vorlesungen können manchmal echt öde sein.«

»Glaub ich. Meine beste Freundin hat Mathematik studiert. Wenn sie bloß angefangen hat, darüber zu reden, musste ich schon gähnen.«

»Beste Freundin? Ist sie in New York? Das klingt nicht nach Claire.«

Ich zuckte zusammen. Ja. Es hatte eine Zeit gegeben, da war Claire meine beste Freundin gewesen. Nun gehörte Shiloh dieser Spot. Ich hoffte sehnlichst, dass sich das nicht wieder änderte. Shiloh war … einer der besten Menschen, den ich kannte.

Ich erzählte José von ihr und von Miles, von unserer WG und der lustigen Zeit dort. Erst nach und nach wurde mir klar, dass ich in New York vielleicht nicht durchgehend glücklich gewesen, doch von viel Liebe umgeben gewesen war.

Das Glück war endlich auf meiner Seite. Nachdem mich José vor dem Haus rausgelassen hatte, befürchtete ich bereits, meinen Eltern eine Erklärung für meinen abgerissenen Aufzug geben zu müssen. Doch die Haustür war abgeschlossen, und niemand war zu Hause. Lediglich ein Zettel und ein Stück Auflauf zum Aufwärmen warteten auf mich.

Wir sind bei Tante Francis. Komm vorbei, wenn du möchtest.
Lieb dich, Mom.

No way in hell. Tante Francis würde genüsslich vor Publikum mein Leben auseinanderpflücken. Ihre spitze Zunge würde keine Rücksicht auf meinen momentanen, überaus labilen Gefühlszustand nehmen.

Nachdem ich mich unter den heißen Wasserstrahl in der Dusche gestellt hatte, fühlte ich mich minimal besser. In Jeansshorts aus meinem Abschlussjahr und einem waldgrünen Oversize-Shirt machte ich mich über den Auflauf her. Gosh, das Essen von Mom war noch besser als in meiner Erinnerung. Ich wünschte, ich könnte mich weiter von ihr versorgen lassen. Dann würde es meinem Magen definitiv besser gehen als mit dem ständigen Fast Food.

Mein Handy vibrierte. Ein neuer Gruppenchat. Ich prustete die halbe Ladung Auflauf aus meinem Mund auf die Kücheninsel.

> **Claire:** Hey ihr. Ich dachte, ich reaktiviere mal unseren Chat. Wie geht es euch? 🖤

Hell, no. Nope. Auf gar keinen Fall!

> **Nick:** Gut. ☺

Was bedeutete dieser Smiley? So nett war er während des ganzen Dinners nicht zu Claire gewesen. Okay. Wir waren früh gegangen, aber …

Claire: Bronwyn?? Ich weiß, dass du die Nachricht gelesen hast. 😎

Claire: Du hängst ständig an deinem Handy.

Meine Gedanken rasten auf der Suche nach einer Möglichkeit, mich aus dieser verqueren Situation zu winden. Eilig legte ich die Gabel weg und ignorierte das Chaos, das ich angerichtet hatte.

Bronwyn: Gut.

Claire: Sehr schön.

Ihre Antwort war so prompt gefolgt, dass sie das Handy wahrscheinlich in beiden Händen hielt.

Claire: Heute um neun an unserem Platz? Was sagt ihr? 😭

Hatte sie den Verstand verloren? Wem wollte sie etwas damit beweisen? Oder hatte sie uns beide nur hergelockt, um sich doch von George zu trennen und … Nick ihre Gefühle zu gestehen?

Mein Herz zog sich schmerzhaft zusammen.

Nein. Das war bloß meine Angst, die mich dazu brachte, das zu denken. Ich hatte Claire und George zusammen gesehen. Wie auch immer sie einst empfunden hatte, sie war nicht länger in Nick verliebt. Sie liebte George und wollte mit ihm zusammen in die Zukunft schreiten. Oder wie man das so im Märchen machte …

Nick: Bin dabei. Bier? 🍺 😎 😎

> **Claire:** Und ich bring was zu knabbern mit.
> 😵 Bronwwwwwyn?

Es schmerzte so sehr. Flashbacks von unserem Damals. Von Claire als meiner besten Freundin und Nick als meinem besten Freund. Noch bevor wir den schrecklichen Schwur geleistet und unsere Geheimnisse aufgeschrieben hatten.

> **Bronwyn:** Nicht in der Stimmung. Sorry.

Ich schaltete das Handy auf lautlos und räumte die Küche auf. Obwohl ich noch immer ein Loch in meinem Magen hatte, war mir der Appetit vergangen.

Es ging dabei gar nicht um Claire, sondern darum, wie sich Nick vorhin verhalten hatte. Völlig irrational. Ich kam nicht dahinter, was ihn gestört hatte. Schließlich war ich extra seinetwegen zu ihm gefahren. Wie viel mehr konnte er noch von mir als bester Freundin erwarten?

Ich schüttete etwas Zitronenlimonade in ein Glas und mixte sie mit ordentlich Wodka. Der Alkoholvorrat meiner Eltern war schon lange nicht mehr mit einem Schlüssel abgeschlossen. Sie vertrauten Lemon blind, anders als mir früher, und da ich nicht mehr hier wohnte, gab es wohl keinen Grund, an der Tradition festzuhalten.

Mit dem randvollen Glas fristete ich auf der Liege im Garten mein unglückseliges Dasein. Mit dem Untergang der Sonne wurde es kühl, doch der Alkohol wärmte mich ausreichend.

»Hier bist du.«

»Jesus Christ!«, schrie ich und zuckte zusammen. »Claire?«

Sie trat aus der Dunkelheit der Garage und hielt mir ihr gleißendes Handy entgegen, das sie als Taschenlampe nutzte. »Bin vorn rein. Deine Eltern schließen immer noch nichts ab.«

Claire war so lässig gekleidet wie zuletzt in New York. Nicht mehr die vornehme Lady, die einen reichen Verlobten an der Angel hatte, sondern eine unabhängige Frau, die es nicht kümmerte, sich die Hände schmutzig zu machen. Oder die perfekt manikürten Fingernägel. Eine enge, schwarze Jeans, weiße Sneaker und ein leuchtend weißes T-Shirt. Ihr Haar hatte sie zu einem Dutt geknotet, und soweit ich das in dem dämmrigen Licht sehen konnte, hatte sie auf Make-up verzichtet.

»Was machst du hier?«

»Ist das nicht offensichtlich?« Sie löschte das Licht an ihrem Handy und stellte sich vor mich, eine Hand in ihre Hüfte gestemmt. »Dich abholen. Komm schon. Nick wartet im Auto.«

»Nein danke!«

»Stell dich nicht so an.« Sie legte den Kopf schief. »Dieses Mal liegt es nicht an mir, oder? Habt ihr euch gestritten?«

»Ich kann mich nicht zwischen Pest und Cholera entscheiden.«

»Die beleidigte Leberwurst zu spielen, steht dir nicht, Honey. Lass uns gehen. Komm.« Sie zog mich an einer Hand hoch. Ich wehrte mich nicht übermäßig. Wie immer war mein Herz willig, aber mein Fleisch schwach, wenn es um Nick ging. Oder war mein Verstand willig, und mein Herz hatte sich mit meinem Fleisch verschworen?

Es war schon spät. Mein Hirn machte nicht mehr mit.

Nick und ich hatten uns zwar gestritten, doch ich verbrachte lieber verärgert Zeit mit ihm, als verärgert und ohne ihn.

Als Claire mich zur Garage zog, blieb ich stehen. Mit einem Kopfnicken deutete ich auf die Terrassentür.

»Wir können auch ganz entspannt durch das Haus gehen«, merkte ich an.

»Wo wäre da der Spaß?« Sie grinste breit, schaltete das Licht an ihrem Handy wieder an und führte mich dann durch die stickige Garage.

Ich hatte verdrängt, dass Claire so sein konnte. Dass New York ihr jegliches Licht und Lachen ausgesaugt hatte. Jetzt hatte sie ihre Lebenslust wiedergefunden. In unserer alten Heimat.

Die Claire, die mich gerade an der Hand hielt, hatte kaum noch etwas mit der Claire gemein, die mich beschuldigt hatte, egoistisch zu sein.

Sobald wir die Garage verließen, fiel mein Blick auf Nick, der auf der Beifahrerseite des weißen Vans saß. Das Licht im Inneren war eingeschaltet, wodurch ich sein zerschundenes Gesicht deutlich erkennen konnte. Bildete ich es mir bloß ein, oder waren die Blutergüsse noch schlimmer geworden?

Allein der Anblick reichte aus, dass wieder Zorn in mir hochkochte. Scharf und heiß. Der Bürgermeister würde hoffentlich irgendwann das bekommen, was er verdiente.

»Steig schon ein«, ermunterte mich Claire, ehe sie die Fahrerseite des Vans ansteuerte.

Ich öffnete die Tür hinter Nick, weil ich von diesem Platz aus nur seinen Hinterkopf sehen musste, während wir zur alten Eiche fuhren. Es war mir jedoch nicht in den Sinn gekommen, dass der Anblick seines seidig aussehenden Haars ausreichte, um mich nervös zu machen. Er rief mir in Erinnerung, wie es sich angefühlt hatte, als ich es versehentlich mit dem Handrücken gestreift hatte. Während er vor mir gekniet und sich um meine Wunden gekümmert hatte. Während seine Finger auf meiner Haut gelegen hatten, und es ihm nichts ausgemacht hätte, wenn ich mich ihm nackt gezeigt hätte. Für ihn war ich wie eine Schwester. Nichts weiter.

Ich schwieg, und Claire startete den Motor.

»Schön, dass wir jetzt alle beisammen sind. Dann kann es ja losgehen.«

Wie früher war sie euphorisch und voller Tatendrang. Sie blickte beim Ausparken in den Rückspiegel und wirkte konzen-

185

triert. Anders als ich hatte sie schon vor Jahren ihren Führerschein gemacht. Nick und sie hatten sich damit abgewechselt, mich abzuholen, weil ich zu ängstlich gewesen war, selbst das Fahren zu lernen.

»Bronwyn Honey, wir haben Bier, Süßkram und Chips. Willst du sonst noch was?«

»Bin wunschlos glücklich.« Nick schnaubte. »Hast du was zu sagen?«, fragte ich daraufhin an ihn gerichtet.

»Jemand wie du kann nie wunschlos glücklich sein.«

»*Jemand wie ich?* Was hat das denn zu bedeuten?« Fassungslos beugte ich mich vor.

Nick verrenkte sich fast den Kopf, um mich anzusehen. »Du willst eben alles. Ganz easy.«

»*Alles?* Das ist doch wohl ein Scherz.«

»Leute! Hey!« Claire grätschte mit ihrer kraftvollen Stimme dazwischen, bevor die Sache weiter eskalieren konnte. Ich verschränkte die Arme und blickte aus dem Seitenfenster. »Das soll ein toller Abend werden. Lassen wir unsere Konflikte für den Moment gut sein, ja?«

Das war einfacher gesagt als getan.

Unser üblicher Treffpunkt von früher war auch der Ort, an dem wir unsere Zeitkapsel begraben hatten. Er befand sich gerade noch innerhalb der Stadtgrenzen auf einem Hügel. Direkt neben dem Friedhof, an den die weiße Kirche angrenzte. Dort stand eine riesige Eiche mit gigantischen Ästen, die sich in sämtliche Richtungen ausbreiteten. Auf der Wiese davor hatten wir damals ein Loch gegraben und die Kiste darin verschwinden lassen.

Als wir heute hier oben ankamen, lud mir Claire mehrere Decken und Kissen aus dem Kofferraum auf die Arme. Sie schnappte sich die Tüte mit dem Essen, und Nick war für die Getränke und die Kerzen zuständig. Als wären keine zwei Jahre vergangen, agierten wir wie früher. Ich breitete die Decken unter der

Eiche aus, ohne die Stelle anzusehen, an der sich die Zeitkapsel befand. Nick verteilte die Teelichter auf die Glaslaternen, die an den niedrigen Zweigen des Baumes hingen.

Es war kühler geworden, sodass ich meine nackten Beine in eine Decke hüllte, bevor ich mich setzte. Nick schien für ein paar Sekunden nicht zu wissen, wo er mit sich hinsollte.

Auch nachdem wir uns zu einem sitzenden Dreieck zusammengefunden hatten und leise Popmusik aus einer schwarzen Box tönte, wurde die Atmosphäre nicht angenehmer.

Wir stießen trotzdem miteinander an, wobei ich froh war, bereits etwas Härteres als Bier gehabt zu haben. Nicks Anwesenheit zerrte an meinen Nerven. Es war so weit gekommen, dass ich lieber mit Claire sprach als mit ihm, und das sollte was heißen.

»Warum sind wir hier, Claire?«, fragte ich, nachdem sich niemand um ein Gesprächsthema bemüht hatte.

»Du bist so anders.« Claire schüttelte lachend den Kopf. Nick ballte eine Hand zur Faust. Er hatte sich zwar zu mir auf die rot karierte Decke gesetzt, hatte auf dieser aber so weit entfernt wie möglich Platz genommen. »Früher hättest du mich einfach machen lassen.«

Ich hasste es, dass mir alles an ihm sofort auffiel. Jede Geste und jede Veränderung in der Mimik.

»Das war, bevor wir uns gestritten haben und du abgehauen bist.« Es war nicht mein Plan gewesen, das anzusprechen. Insbesondere nicht im Beisein von Nick. Doch der Tag hatte mich bereits an meine Grenzen gebracht, und ich konnte nicht mehr klar denken.

»Ist es schlimm, dass ich meine beiden besten Freunde auf meiner Hochzeit haben will?«

»Warum hat es erst eine Hochzeit gebraucht, um uns zu kontaktieren? Du hast mich vor der Einladung nicht einmal angerufen.«

187

»Ich dachte nicht, dass du meinen Anruf entgegennehmen würdest.« Sie nahm noch einen tiefen Schluck vom Bier. »Außerdem bist du überdramatisch. Es war ein Streit, nichts weiter. Ich finde, es wird Zeit, dass wir nach vorn schauen.«

Ein Streit, nichts weiter? Sie hatte mich mit ihren Worten damals so tief verletzt. In Verzweiflung gestürzt. Mich an meinem eigenen Werten zweifeln lassen. Ich war davon überzeugt gewesen, kein guter Mensch zu sein. Ihrem und Nicks Glück im Wege zu stehen, nur weil ich nicht allein sein wollte.

»Bullshit«, sagte ich bloß und stopfte mir gleich drei Käsestangen in den Mund.

»Bronwyn, ist es so falsch von mir, dass ich Frieden will? Dass ich euch zurückwill?« Flehentlich sah sie abwechselnd mich und Nick an, der auffallend schweigsam war.

»Aber es geht nicht immer allein um dich«, entgegnete ich. »Du hast dich nicht mal richtig für dein Verhalten entschuldigt. Und verlangst trotzdem, dass ich einfach nach vorn schaue?«

»Mir ist in New York die Decke auf den Kopf gefallen. Alles hat sich schlimm angefühlt. Ich war nicht glücklich und habe eben Abstand gebraucht. Du weißt, warum.«

»Genau. *Du* hast Abstand gebraucht. Nicht ich. Und Nick vielleicht auch nicht. Ich bin froh, dass es dir jetzt besser geht. Wirklich. Im Gegensatz zu dir konnte ich nicht heilen. Im Gegensatz zu dir wurde ich ständig von deinen verletzenden Worten verfolgt. Und nur weil du jetzt happy bist, soll ich das alles vergessen? Weil *du* es so willst?«

Nick starrte mich an. Claire öffnete den Mund, doch kein Laut kam über ihre Lippen.

»Ich habe doch gesagt, dass ich nicht kommen will.« Abrupt stand ich auf. Notfalls würde ich auch zu Fuß nach Hause gehen. So weit war das nicht.

Claire sprang ebenfalls auf und sah mich an. Ihre Hände waren zu Fäusten geballt. »Es tut mir leid, okay? Alles. Meine Worte. Mein Verhalten. Wirklich. Ich hätte unsere Freundschaft nicht mit Füßen treten sollen, weil ich mich selbst gehasst habe. Aber das ist vorbei. Können wir nicht einfach wieder Freunde sein?«

Nick, der wohl nicht allein sitzen bleiben wollte, erhob sich ebenfalls. Er berührte Claire sanft an der Schulter. Mein Herz sank. Natürlich. Er würde sich sofort auf ihre Seite schlagen, wie er es sonst auch immer getan hatte.

»Sie hat ein Recht auf ihre Gefühle, Claire«, sagte er. Ich brauchte ein paar Sekunden, ehe mein Verstand die Worte verarbeitet hatte.

Er gab … *mir* recht?

»Du nicht auch …«

Nick unterbrach Claire, bevor sie ihren Vorwurf aussprechen konnte. »Hey, Bronwyn sagt ja nicht, dass wir nicht mehr miteinander befreundet sein können. Wir alle müssen gerade mit einigen Dingen zurechtkommen.«

Sie erwiderte seinen Blick mit einer Intensität, die mir Angst machte. »Manche mehr als andere.«

»Was hat das zu bedeuten?«, fragte ich. Obwohl mich Nick verteidigt hatte, fühlte ich mich wieder außen vor.

Gosh. Wann hörten diese Unsicherheiten endlich auf?

Wenn du ehrlich zu dir und allen anderen bist.

»Nichts.« Claire rieb ihre Oberarme, als würde sie frösteln. »Ich verspreche, dich nicht mehr zu drängen, Bronwyn. Können wir trotzdem noch ein bisschen hier beisammensitzen? Gibst du mir das?«

Abwartend sah sie mich an. Nick blickte wieder überallhin, nur nicht in meine Richtung.

»Okay. Ich denke … Okay.« Ich fand ihr Verhalten zwar kindisch und naiv, aber ich wusste, dass sie es gut meinte. Sie wollte mich nicht verlieren.

Und obwohl wir nichts gelöst hatten, obwohl wir uns im Kreis zu drehen schienen, fühlte es sich besser an als vorher.

Claire sprach am meisten. Sie konnte Nick sogar ein leises Lachen entlocken und mich mit einer Geschichte von ihr und George auf einer Kuhweide aufheitern. Nick und ich hingegen sprachen kein einziges Wort mehr miteinander. Statt Kälte existierte jedoch eine unerklärliche Hitze zwischen uns, und diese Hitze würde mich schon bald dazu bringen, etwas zu sagen, was ich nie wieder würde zurücknehmen können.

Ich liebe dich, Nick, echote es bereits viel zu oft in meinem Kopf. *Ich will dich nicht verlieren. Bleib. Bitte bleib bei mir.*

• KAPITEL 15 •

the course of love

Ich sah Nick für zwei Tage nicht. Obwohl wir in derselben Stadt waren, liefen wir uns nicht über den Weg. Er besuchte mich nicht, und ich schaute nicht bei ihm oder Ms Atwood vorbei. Vormittags fuhr ich ziellos mit meinem mintgrünen Fahrrad die Straßen entlang und endete meistens irgendwo im Sumpf, wo ich José traf. Während er hüfttief im Wasser stand, saß ich auf meiner Regenjacke und zeichnete meine Umgebung.

Zunächst hatte ich mein ehemaliges Hobby mit großem Widerwillen und vor allem mit großer Angst wieder aufgenommen. Schneller als gedacht stellte sich jedoch eine Art Routine ein. Ich musste mich bloß umsehen, und die Welt brannte sich in die Innenseiten meiner Lider ein. So sah ich, wie ich das Bild zu Papier bringen musste. Meine innere Kritikerin konnte ich anfangs schlecht ausschalten, und mehr als einmal zerknüllte ich eine Skizze, um neu zu beginnen. Aber auch diese Etappe meisterte ich.

Während ich also Skizze für Skizze an neuem Selbstbewusstsein gewann, veränderten sich die Bilder auf meinen Lidern. Aus Schwarz-Weiß wurde Farbe. Im Unterbewusstsein kreierte ich bereits die perfekten Mischungen, machte einen Plan, welche

Ölfarben zuerst aufgetragen werden sollten. Ob Alla prima oder ob fett über mager in Schichten. Wie viele Pinselstriche und in welchem Winkel. Wie viele Stunden Tageslicht ich in welchem Zimmer haben würde, damit ich weiter daran arbeiten könnte.

Ich kam meinem Ich von damals immer näher, und überraschenderweise schreckte ich nicht davor zurück. Eine Art Frieden legte sich über mich. Das war der einzige Grund, warum ich nicht einknickte und Nick bisher nicht aufgesucht hatte.

Dieses Mal blieb ich eisern.

José und ich verstanden uns immer noch super. Ich hatte ihn bei einem Videocall mit Shiloh bekannt gemacht, und auch sie waren sofort auf einer Wellenlänge. Ich freute mich sehr darüber, dass ich jemanden zu unserem Freundeskreis hinzufügen konnte.

Am Donnerstag nach der Schule überredete mich Lemon, mit ihr und Helena auf den Jahrmarkt in das Nachbarstädtchen Blue Mountain zu gehen. Dieses war etwas größer und bot mehr Platz für die Schaustellerinnen und Schausteller, die das ganze Jahr über von Stadt zu Stadt zogen. Ich war schon lange nicht mehr auf einem Jahrmarkt gewesen und war insgeheim sehr aufgeregt, von Lemon eingeladen worden zu sein.

Sie und Helena hatten sich schon am Montag wieder versöhnt, was mich sehr gefreut hatte. Immerhin war eine von zwei Schwestern glücklich. Das sollte gefeiert werden.

Dad hatte sich dazu bereit erklärt, uns zu fahren. Dabei hatte er es sich nicht nehmen lassen, mich mal wieder zu kritisieren. Er warf mir ironischerweise nicht vor, keinen Führerschein zu haben, sondern dass ich keinen festen Freund hatte, der uns fahren könnte. Früher wäre ich wütend gewesen und hätte mich dafür geschämt. Heute konnte ich nur noch darüber lachen.

»Wenn du das noch einmal erwähnst, Dad, verspreche ich dir, dass ich Single bleibe, bis ich fünfzig bin. Dann hast du immerhin auch in deinem hohen Alter noch was zu tun und kannst mich überall hinkutschieren.«

Er schnaubte, doch ich konnte das Zucken seiner Mundwinkel sehen. Ich hätte nicht gedacht, dass wir einen ähnlichen Humor hatten. Wieder kam mir in den Sinn, dass Mom und Dad trotz ihrer Fehler auch nur Menschen waren. Menschen, die mich liebten. Sie stellten sich unter meinem Glück vielleicht etwas anderes vor als ich. Doch sie hatten mich niemals verstoßen, weil ich nicht ihrer Meinung gewesen war. Nein. Bevor das hatte geschehen können, hatte ich mich selbst ins Exil begeben.

Blue Mountain ähnelte St. Mercy sehr. In den Augen mancher Bewohnerinnen und Bewohner meiner Heimatstadt sogar zu sehr. Als hätte sich der Bürgermeister während einer Ratsversammlung hingesetzt und verkündet, Blue Mountain nach dem genauen Ebenbild von St. Mercy zu erbauen.

Vollkommener Blödsinn, wenn man mich fragte. Amerikanische Kleinstädte waren nun mal nicht sonderlich individuell. Da bildeten diese beiden keine Ausnahme.

Ich sah mich interessiert um, als die Menschenmenge auf den Wegen dichter wurde. Je näher wir dem Zentrum kamen, desto mehr Leute tummelten sich auf den Straßen. Die meisten pilgerten zum Jahrmarkt, einige trugen bereits Popcorn oder gewonnene Plüschtiere mit sich herum, und andere machten sich schon auf den Heimweg, um den Rest des frühen Abends zu genießen.

Da die letzten Meter bis zum Platz abgesperrt waren, hielt Dad an einer Kreuzung an. Mit einem Lächeln warf er uns raus.

»Ruft an, wenn ihr abgeholt werden möchtet.« Er ließ das Fenster runterfahren, nachdem ich bereits ausgestiegen war. »Aber nicht zu früh. Mom und ich wollen auch mal einen Abend ohne euch genießen.«

»Ew, Dad«, kommentierte Lemon. Sie packte eilig Helenas Handgelenk und ging voraus.

»Bis später, Dad.« Ich winkte ihm zu und folgte dann den zwei Mädels, bevor sie mich in der Masse abhängten. Seit ich New York verlassen hatte, hatte ich nicht mehr so viele Menschen auf einem Haufen gesehen. Das erinnerte mich daran, wie sehr ich anfangs in der großen Stadt damit zu kämpfen gehabt hatte. Egal wo man sich in New York aufhielt, man war mit neunundneunzigprozentiger Sicherheit nicht allein.

»Wartet auf mich!« Immerhin waren Lemon in ihrem schwarzen Kleid und Helena mit ihrer weißen Schleife im Haar leicht zu erkennen. Die meisten anderen trugen Shorts und T-Shirts oder bunte Sommerkleider.

Ich hatte mich heute für ein grünes Ensemble entschieden. Eine mintgrüne Hose, die bis zur Taille reichte und dann locker bis zu meinen weißen Sneakern abfiel. Darüber trug ich ein feinmaschiges, bauchfreies Netzshirt in Dunkelgrün, durch das man meinen schwarzen BH sehen konnte. In New York würde das nicht viel Aufmerksamkeit erregen. Hier in Blue Mountain folgten mir jedoch einige Blicke.

Ich schob den Riemen meiner weißen Tasche über meine andere Schulter, ehe ich im Fenster eines parkenden Autos meine Frisur überprüfte. Mein Haar fiel glatt auf mein Schlüsselbein. Ich schob es mir auf der einen Seite hinters Ohr.

»Du siehst gut aus! Komm schon«, bat Lemon drängelnd, während Helena mich bewundernd ansah.

»Tatsächlich finde ich, dass deine Schwester alle anderen mit ihrem Outfit in den Schatten stellt.«

Ich errötete. »Danke, Helena.«

»Sie hat recht«, stimmte Lemon nach einem prüfenden Blick zu. »Trotzdem will ich jetzt endlich Popcorn.«

»Und Zuckerwatte!«, rief Helena begeistert.

»Und ins Gruselkabinett!«

Das Ganze ging noch eine Weile so weiter und brachte mich zum Lachen. Ich war damit zufrieden, ein paar Schritte hinter ihnen zu gehen und alles auf mich wirken zu lassen, während sich die beiden von Stand zu Stand arbeiteten. Immer wieder warfen sie einander verliebte Blicke zu, und Lemon konnte ihrer Freundin sogar einen Kuss stehlen.

Als sie vor dem Zuckerwattestand hielten, ließ ich es mir nicht nehmen, ein Foto von ihnen zu machen. Darauf waren sie einander zugewandt, die pinke Zuckerwatte zwischen ihnen und der glitzernde Stand dahinter.

Zufrieden schickte ich Lemon das Foto zu, dann entfernte ich mich. Sie kamen sehr gut ohne mich zurecht, und ich wollte ein wenig Zeit für mich haben.

Ich stand vor der Krake, auf die mich keine zehn Pferde kriegen würden. Erschaudernd drehte ich mich weg und steuerte die Greifarmautomaten an. Es gab insgesamt zwölf von ihnen, die einander gegenüberstanden. Die meisten waren mit Plüschtieren gefüllt. Lediglich bei zweien ließen sich Süßigkeiten angeln, und bei einem war zwischen dem Plastikspielzeug ein Tablet vergraben. Wenig überraschend stand vor genau diesem Ms Atwood, die die Maschine wie besessen mit einem Dollar nach dem anderen fütterte.

Oh, dear me!

Daisy stand direkt hinter ihr und versuchte, sie davon abzubringen, weiter ihr Geld zu verschwenden.

»Ich möchte dieses Tablet. In St. Mercy ist es besser aufgehoben als in Blue Mountain.«

»Ms Atwood ...« Daisy seufzte, als ihr Blick auf mich fiel. »Schau mal! Bronwyn ist da. Wir sollten uns lieber mit ihr beschäftigen.«

Das brachte Ms Atwood tatsächlich dazu, aufzusehen. Unzufrieden presste sie ihre faltigen Lippen aufeinander, dann streckte sie mir einen Packen Dollarscheine entgegen.

»Versuch du es.«

»Was?«

Sie drückte die Scheine gegen meinen Bauch, bis ich sie ihr abnahm. »Dalli, dalli! Wir haben nicht den ganzen Tag Zeit. Wir wollen nach Hause, bevor es dunkel wird.«

Ich blickte zu dem dunkler werdenden Himmel. »Das wird knapp.«

»Worauf wartest du dann noch?«

»Du musst nicht …«, begann Daisy entschuldigend, wurde jedoch von einem sehr aggressiven Schnauben von Ms Atwood unterbrochen.

»Was muss, das muss. Los!«

Ich hatte schon jetzt ein schlechtes Gewissen dabei, so viel Geld zu verschwenden. Tatsächlich hatte ich weder bei Geschicklichkeits- noch bei Gewinnspielen je Glück gehabt, und ich glaubte nicht, dass sich dies in den nächsten fünf Minuten ändern würde. Trotzdem führte kein Weg daran vorbei, zu tun, was die alte Dame von mir wollte.

Ich legte den ersten Schein in den Schlitz und stellte mich meiner ganz persönlichen Tortur.

»Bist du allein hier?«, fragte mich Daisy über das Klimpern der Maschine hinweg. Dutzende Lichter rahmten die Konsole, an der ich mich abarbeitete.

»Meine Schwester und ihre Freundin laufen hier noch irgendwo rum.« Der Greifarm war nicht mal in die Nähe des Tablets gekommen. Ms Atwood schnalzte mit der Zunge. »Sorry«, murmelte ich.

»Entschuldige dich nicht. Mach weiter.«

»Hättest du doch was gesagt! Dann hätten wir alle zusammen fahren können.« Daisy lehnte sich mit verschränkten Armen an den Automaten. Sie war immer schon so gewesen. Selbstbewusst, lässig und anscheinend sorglos. Mit einer Hand strich sie sich eine Strähne ihres kurzen Haars aus der glatten Stirn.

»Mein Dad hat uns gefahren.« Ich blickte konzentriert auf den Glaskasten vor mir. Der Greifarm bewegte sich auf mich zu, ein Stück nach links und – an dem Tablet vorbei. Es gab nicht mal einen Trostpreis.

Frag nicht. Frag nicht. Frag nicht.

»Nick läuft hier auch irgendwo rum.« Ich musste nicht mal fragen. Daisy kannte uns beide in- und auswendig. »Ihr seid aneinandergeraten, oder?«

»Aneinandergeraten? Wir? Pff ...« Ich blickte eilig von ihr zurück zum Automaten. Nach Claire war sie schon die zweite, die das sofort erkannt hatte.

»Ihr habt euch noch nie gestritten. Interessant.« Aus dem Augenwinkel sah ich, wie Daisy sich umsah und schließlich das weiße Riesenrad mit den orangefarbenen und blauen Glühbirnen fixierte. »Warst du schon drauf?«

»Warum sollte ich?« Anscheinend kannte sie mich doch nicht so gut. Ich hatte vielleicht keine ausgeprägte Höhenphobie, aber die Angst davor, zu fallen, schüchterte mich ziemlich ein.

»Die Aussicht ist schön.« Daisy nahm mir die restlichen Scheine aus der Hand und umfasste meine Schultern.

»Daisy Badgley! Wir waren noch nicht fertig!«, beschwerte sich Ms Atwood und eilte hinter uns her. Für eine Frau in ihrem Alter konnte sie doch recht flink sein, wenn sie wollte.

»Daisy«, sagte ich leicht panisch, als ich bemerkte, wo sie mich hinmanövrierte. Leute sprangen auseinander, um uns Platz zu machen, weil Daisy vor nichts haltmachte.

»Versuch's mal. Es ist nicht so schlimm, wie du es dir vorstellst.«

»Sondern schlimmer?«

Wir kamen vor dem Eingang zum Stehen. Sie sah mir tief in die Augen.

»Wenn du es wirklich nicht aushältst, wink mir zu, und ich hole dich persönlich da runter. Versprochen.«

Stirnrunzelnd versuchte ich, zu begreifen, was hier vor sich ging. Doch ich verstand ihre Eile nicht. Woher kam diese Dringlichkeit, mich in das Riesenrad zu zwingen? Ich wollte zwar mehr Neues wagen, aber musste nicht unbedingt mit meiner Höhenangst beginnen.

»Okay«, gab ich schließlich nach. Ich wollte keine große Sache daraus machen, und wenn es Daisy glücklich stimmte …

»Super.« Sie grinste breit. »Dann mal los.«

Sie bezahlte für mein Ticket und begleitete mich dann bis zur nächsten freien Gondel. Grummelnd setzte ich mich in die Kabine, während sie vom Rad weiter vorwärtsgeschoben wurde. Allein, dass ich mich so schnell reinsetzen musste, stresste mich. Als dann noch die Klappe nicht sofort geschlossen wurde, war ich fast so weit, wieder rauszuspringen.

Bevor ich die Gondel verlassen konnte, kletterte jemand schwer atmend ins Innere.

Ich schreckte in meinen Sitz zurück.

Nick ließ sich mir gegenüber auf die Bank sinken. Die Klappe fiel zu. Er grinste mich an. Pflügte sich mit einer Hand durchs Haar, ohne dass es danach durcheinander aussah. Unfair.

»Was machst du hier?« Ich blickte von ihm durch das Plexiglas in meinem Rücken nach draußen. Wir stiegen bereits nach oben, weshalb ich Daisy winkend in der Menge erkennen konnte. Ms Atwood grinste breit.

»Hab mich extra beeilt.«

»Nick.«

Er legte den Kopf leicht schief. Musterte mich. »Das hast du noch nie getragen.«

»Was?« Ich sah an mir herunter.

»Das Outfit.«

»Doch«, widersprach ich prompt. »Du warst bloß nicht da.«

»Touché.«

»Wusste nicht, dass das ein Gefecht war«, murmelte ich verärgert. Nick lenkte mich sogar von meiner akuten Höhenangst ab. Die Gondel hatte noch nicht den höchsten Punkt erreicht, doch schon jetzt konnte ich über die Dächer der Stadt hinwegblicken. Die untergehende Sonne im Westen und der schimmernde Nachthimmel im Osten.

Seine Kiefer mahlten. Ich wusste, dass ich gerade schwierig war. Das änderte aber nichts an meinen Gefühlen. Er hatte mich verletzt. Hatte mich wie vor den Kopf gestoßen am Filmset stehen lassen. Weil ich es gewagt hatte, seinen Traum infrage zu stellen? Wir waren beste Freunde. Mit wem sonst sollten wir über unsere Sorgen reden? Und dann noch sein seltsamer Kommentar in Claires Auto, dass ich alles haben wollte und nie zufrieden wäre. Das war einfach gemein gewesen.

»Ich sollte mich entschuldigen«, sagte er schließlich. Er beugte sich leicht nach vorn, sodass seine Hände meine Knie berührten. Abwartend sah ich ihn an. »Ich habe mich nicht angemessen verhalten. Es …« Er schluckte. »Es gab keinen Grund für mich, eifersüchtig zu sein. Tut mir leid, Bronwyn.«

»Eifersüchtig? Du? Wann?« Er hatte sich entschuldigt. Fein. Aber was zur Hölle faselte er da?

Er sah mich an. Eine Sekunde. Zwei. Seine Schultern bebten, und er barg das Gesicht in seinen Händen. Lachte er etwa?

»Nick? Alles in Ordnung?«

»Ah, ich bin so ein Vollpfosten.« Er lachte tatsächlich. Mit den Fingern rieb er sich über die Augen und lehnte sich dann wieder auf der Bank zurück. Breitbeinig, sodass meine Knie zwischen seine Beine passten. »Du hast es nicht mal gemerkt …«

»Ich verstehe gar nichts. Geht es um José?«

»Vergiss es, Darlin'.« Obwohl er das sagte, obwohl er darüber lachte, den Schmerz konnte er nicht aus seiner Stimme vertreiben. Das Schlimmste war, dass ich nicht wusste, was das zu bedeuteten hatte. »Können wir wieder von vorn anfangen?«

»Wann genau?«

»Du machst es mir echt nicht einfach, oder?« Seine Lippen zogen meine Aufmerksamkeit auf sich. Sie glänzten leicht, als hätte er sie gerade erst befeuchtet. Wie würde es sein, sie auf meinen zu spüren? Sie zu kosten? Von ihm gekostet zu werden? »Claire hat recht. Du hast dich verändert.«

»Weil ich widerspenstiger geworden bin?«

»Weil du endlich sagst, was du willst, ja. Oder eben nicht willst. Was du wirklich denkst.«

Nicht ganz. Aber ich würde nicht widersprechen. »Jemand sagte, ich wäre sowieso nie zufrieden.«

»Ich war echt ein Mistkerl.«

»Ich halte dich nicht auf, wenn du dich weiterhin selbst beleidigen willst.« Sein Mundwinkel hob sich. »Ich verstehe nur nicht, wieso du so über mich denkst.«

»Das war falsch. Ich wollte bloß etwas sagen, das dich verletzt.«

»Macht es nicht wirklich besser.« Ich verschränkte die Arme.

»Ich weiß. Es tut mir leid. Ehrlich, Bron.« Wir schwiegen uns einen Moment an, ehe er nach draußen deutete. »Schau mal.«

Wir hatten den Zenit erreicht, und der Ausblick war noch schöner als eben. Das Riesenrad blieb stehen, damit wir den vollkommenen Moment genießen konnten. In meinem Kopf arbeitete ich bereits mit Skizzen, Farben und Pinseln. Gleichzeitig merkte ich, wie mein Blick von Nick angezogen wurde. Ich sah nicht fort, als er ihn erwiderte. Mein Herz schlug mir bis zum Hals.

Dieses Mal war ich sicher. Ich bildete mir die sexuelle Spannung zwischen uns nicht ein. Seine Knie, die von außen leichten Druck auf meine ausübten. Seine Hand, die auf meiner lag, ohne dass ich bemerkt hatte, wann er sie dort platziert hatte.

Sein Blick, der sich auf meine Lippen senkte, als ich mit der Zunge darüberfuhr. Ich konnte kaum Atem holen. Alles in mir fühlte sich schwer und heiß an. Die Luft zwischen uns knisterte.

Unwillkürlich hatten wir uns einander zugeneigt. Es war ohnehin so eng in der Gondel, dass nicht viel Bewegung nötig gewesen war, um seinen Atem auf meiner Wange zu spüren. Er duftete nach Pfefferminze. Weil ich vor Aufregung fast zerging, schloss ich die Augen. Es half nicht. Ich spürte alles von ihm. Am allermeisten jedoch die Hitze, die von ihm ausging.

Die Erwartung steigerte sich ins Unermessliche.

Und dann spürte ich ihn.

Ich konnte nicht sagen, wer von uns beiden den letzten Abstand überwand. In der Sekunde darauf war es auch schon egal. Sein Mund presste sich auf meinen. Ich umfasste seine Schultern, und er zog mich an sich.

Noch eben hatten wir uns züchtig gegenübergesessen, und im Jetzt saß ich breitbeinig auf seinem Schoß und küsste ihn voll brennender Leidenschaft.

Ich küsste meinen besten Freund, als würde mein Leben davon abhängen.

Er stöhnte, als ich ihn mit meiner Zunge neckte. Seine Hände wanderten nach unten, umfassten meinen Po und massierten ihn leicht. Ich seufzte. Er nahm die Einladung an und stieß seine Zunge in meinen Mund. Gierig saugte ich an ihr. Zum Dank wurde sein Stöhnen tiefer. Drang direkt aus seiner Kehle hinauf.

Feuer brannte in meinen Adern. In meinem Bauch kribbelte es, und zwischen meinen Beinen sammelte sich Hitze und Feuchtigkeit. Außerdem konnte ich seine Erektion unter mir spüren. Wie sie gegen mich drückte.

Die Erkenntnis, dass ich ihn erregte, gab mir ein solches Gefühl der Schwerelosigkeit, dass ich mich vollkommen vergaß. Alles.

Ich vergaß alles.

»Darlin'«, raunte er, als ich meine Lippen an seinem Hals hinabwandern ließ. »Darlin'.«

Seine Hände wanderten unter mein Netzshirt an meinen Rücken, ehe sie sich um meine Taille legten. Mit den Daumen fuhr er an dem Saum meines BHs entlang. Neckte mich, indem er sie nur ganz kurz darunter schob. Eine minimale Berührung meiner Brüste.

Ich erschauerte und eroberte ein weiteres Mal seinen Mund. Zärtlich biss ich in seine Unterlippe und verlor mich gänzlich in ihm.

»Nick«, flüsterte ich an seinen leicht geschwollenen Lippen.

Er raunte meinen Namen, beugte sich herab. Vergrub sein Gesicht in meinem Ausschnitt. Er küsste das Tal zwischen meinen Brüsten durch das Netz hindurch und …

Mit einem Ruckeln, das wir nicht ignorieren konnten, setzte sich das Riesenrad wieder in Bewegung. Damit wurden wir zurück in die Wirklichkeit gezerrt.

Wir schreckten zurück, als wäre unsere Zeit abgelaufen.

Einen Moment starrten wir uns an, dann kletterte ich wortlos von seinem Schoß und setzte mich ihm mit fahrigen Bewegungen gegenüber. Unsere Atmung ging stoßweise. Dass die Scheiben nicht beschlagen waren, lag nur an der Öffnung über der Türklappe.

Ich wagte es nicht, Nicks Blick zu erwidern.

Sweet Baby Jesus, was haben wir getan?

Während ich verzweifelt versuchte, eine ruhige Fassade herzustellen, fuhr ich mit den Fingern durch mein Haar. An meinem Gesicht konnte ich nicht viel machen. Mein Taschengurt war auf meine Hüfte gefallen, und ich brauchte ein paar Versuche, ihn wieder auf meine Schulter zu ziehen, weil meine Hände so sehr zitterten.

»Bronwyn, ich …«

Ich wusste nicht, was er sagen wollte, da in diesem Moment die Türklappe von außen geöffnet wurde. Ich konnte die Gondel mit den weiß-gelben Lichtern nicht schnell genug verlassen.

Oh Gott. Oh Gott. Oh Gott.

Auf der Metallplattform klang jeder Schritt wie ein ohrenbetäubendes Trommeln. Am Ausgang wartete Ms Atwood mit einem Tablet und Daisy auf uns. Ich konnte den Blick von Letzterer nicht erwidern, aus Angst, sie würde alles an meinem Gesicht ablesen können. Stattdessen rückte ich bis zu Ms Atwood auf, um Nick Platz zu machen.

Daisy hatte das Ganze irgendwie eingefädelt, damit er und ich uns aussprachen. Es war sicherlich nicht in ihrem Sinn gewesen, dass wir wie Teenager übereinander herfielen.

»Haben Sie es doch geschafft?«, fragte ich mit einem Nicken aufs Tablet.

»Ein junger Mann hat mir geholfen. Ging ganz schnell.« Sie grinste breit, und ich lächelte zurück.

Ich murmelte etwas, das ich im nächsten Augenblick direkt wieder vergessen hatte. Mein Gehirn hatte sich nicht wieder erholt. In Gedanken war ich noch mit Nick auf dem Riesenrad.

In Gedanken presste ich meinen Körper an seinen.

In Gedanken machten wir da weiter, wo wir aufgehört hatten.

Er starrte mich an. Seine Augen dunkel im Lichterglanz des Jahrmarkts. Daisy, die von mir abgewandt stand, redete mit ihm, doch sein Blick galt allein mir. Verheißungsvoll.

Eilig wandte ich mich ab.

»Ich sollte Lemon und Helena suchen«, nuschelte ich. Alle drei folgten mir, als ich mich in Bewegung setzte. Mit halbem

Ohr lauschte ich Ms Atwoods Plänen, die sie für das Tablet hatte, mit dem anderen hörte ich, dass Daisy Nick von einem Telefonat mit seinem ehemaligen Coach aus der Highschool erzählte. Er hatte wohl vergeblich versucht, ihn zu erreichen.

Die Information reichte, um mich von meinem konstanten Verlangen abzulenken, Nick die Kleider vom Leib zu reißen. Ich hatte gewusst, dass der Coach und er sich letzte Woche begegnet waren, aber mir war nicht klar gewesen, dass es dabei vielleicht um etwas gegangen war. Was wollte der Coach von ihm?

»Hmpf«, machte Ms Atwood unzufrieden. Sofort sah ich, was diese Reaktion hervorgerufen hatte.

Claire und George spazierten in einer großen Gruppe mit ihren Eltern direkt auf uns zu. Nicht absichtlich. Da war bloß die eine Lücke in der Menge, die auch wir hatten nutzen wollen.

Panisch suchte ich nach einem Ausweg, um Nick eine weitere Konfrontation mit Bürgermeister Rosewood zu ersparen. Zu spät.

»Lass gut sein, Nick«, bat Daisy bereits. Ich blickte zurück. Sie hatte ihre Hände um seinen Arm geschlungen. Sein Körper war von Kopf bis Fuß angespannt. Die kalte Wut in seinen Augen hatte jedes Verlangen, das noch zuvor darin gestanden hatte, im Keim erstickt.

Ich blickte zu Claire, die uns ebenfalls erkannt hatte. Ihre Augen wurden groß, und sie sagte etwas zu George. Irgendwie gelang es ihnen, ihre Eltern zu einem anderen Stand zu manövrieren. Bevor der Bürgermeister Nick gesehen hatte. Ich hingegen hatte seine gelb verfärbte Wange deutlich erkannt und wünschte mir, dass das Zeichen von Nicks Hass, auch wenn ich ihn nicht verstand, eine Weile länger sichtbar sein würde.

Als die brenzlige Situation glücklicherweise umgangen worden war, drehte ich mich zu Nick um. Er hatte sich nicht beruhigt. Folgte dem Hinterkopf des Bürgermeisters mit finsterem Blick.

»Wir sollten gehen«, verkündete Daisy, die ihren Sohn noch nicht losgelassen hatte.

Nick presste die Lippen zusammen, die ich vor fünf Minuten noch berührt hatte.

»Geh schon vor«, bat er seine Mom, nachdem er den Blick endlich von dem Objekt seines Hasses lösen konnte.

Daisy musterte erst ihn, dann mich, bevor sie nickte und sich bei Ms Atwood einhakte.

»Was geht hier vor sich, Nick?« Meine Neugier verdrängte für kurze Zeit alles andere.

Seine Stirn glättete sich, als er seinen Kopf leicht senkte, um meinen Blick zu erwidern.

»Ich sage es dir später, ja?« Wieder wurde ich von ihm vertröstet.

»Ich wünschte, du würdest mir nicht ausweichen.«

»Das …«

Ich wartete.

Als er seinen Satz nicht beendete, drehte ich mich um und ließ ihn stehen. Das Gefühl von Unzulänglichkeit folgte mir. Wir hatten uns geküsst. Wir hatten der Hitze zwischen uns nachgegeben. Er schien zumindest körperlich genauso zu fühlen wie ich. Trotzdem konnte er genauso wenig ehrlich zu mir sein wie ich zu ihm. Mangelndes Vertrauen war die größte Schwäche unserer Beziehung.

• KAPITEL 16 •

one night

In der darauffolgenden Nacht konnte ich kaum schlafen. Unruhig wälzte ich mich von einer Seite auf die andere, während ich von Hitzewallungen heimgesucht wurde. Immer wieder spürte ich Nicks raue Hände auf meinem Körper. Seine Zunge an meiner. Es war, als wäre ich in einem Albtraum gefangen.

Am Freitagvormittag schrieb er mir eine Nachricht. Er fragte, wie es mir ging und ob es passen würde, wenn er Lemon, Helena und mich um Viertel vor sieben abholen würde. Rechtzeitig zum Halloween-Prom, auf dem wir Aufpasser spielen würden.

Ich konnte den ganzen Tag nichts essen, weil Schmetterlinge nervös in meiner Magengegend umherflatterten. Weder sie noch ich kamen zur Ruhe.

> **Bronwyn:** Sollte passen, danke. Und mir gehts gut.

Mir würde es sogar noch besser gehen, wenn du mir endlich sagen würdest, was dich so sehr an dem Bürgermeister stört. Abgesehen davon, dass er ein Arschloch war, das grundlos andere beleidigte.

Xo? Er hatte mir noch nie einen digitalen Kuss samt Umarmung geschickt. Was bedeutete das?

Ich presste meine Faust an den Mund, um nicht laut loszuschreien. Das war ja peinlicher als Lemons Verhalten.

Seit einer Stunde lag ich auf ihrem Bett und beobachtete sie dabei, wie sie ein Outfit nach dem nächsten anzog und wieder verwarf. Das Vokuhila-Kleid, das sie sich eigentlich ausgesucht hatte, hing unangetastet an dem goldenen Haken hinter der Tür. Es war anscheinend doch nicht gut genug, um Helena zu beeindrucken. Dabei war es wunderschön. Natürlich schwarz und mit vielen glänzenden Steinchen auf der Korsage. Mit Lemons Boots sähe es fantastisch aus.

Ich drehte mich seufzend auf den Rücken, presste mein Handy ans Herz und schloss die Augen. Wie würden wir uns heute begegnen? Die Stimmung zwischen uns war so seltsam wie noch nie. Sexuell aufgeladen und gleichzeitig total distanziert, weil wir beide nicht ehrlich waren. Ich, weil ich ihm nichts von der Tiefe meiner Gefühle für ihn verriet. Er, weil er mir irgendetwas anderes verschwieg.

»Ich weiß«, jammerte Lemon. »Das sieht fürchterlich aus.«

Sie hatte mein Seufzen als Ablehnung interpretiert. Dabei sah sie sehr süß aus in ihrem karierten Hüftrock und dem Spaghetti-Top. Das wollte ich ihr gerade versichern, als sie sich neben mich aufs Bett warf.

»Sag mal, wird das Leben irgendwann leichter?«

Ich drehte mich auf die Seite, damit ich ihr die Strähnen aus dem Gesicht streichen konnte.

»Inwiefern?«

»Dass du nachfragen musst, macht mir wenig Hoffnung. Jeez. Ich hasse es, mich so unsicher zu fühlen.«

»Ich dachte, du und Helena habt euch versöhnt?«

»Schon. Aber es ist nicht wie vorher. Ach, egal …« Sie strampelte mit ihren Füßen in der Luft. »Ich zieh einfach dieses scheußliche Kleid an, und gut ist.«

»Es ist nicht scheußlich. Außerdem ist es total egal, was du anziehst. Du siehst immer schön aus. Und für Helena erst recht.«

»Warum hast du dir dann letztens solche Gedanken über dein Outfit gemacht?« Skeptisch zog sie die Augenbrauen in die Höhe.

»Aus Gründen«, sagte ich ausweichend, dann gab ich ihr einen leichten Klaps auf die Schulter. »Los jetzt. Zieh dich an. Ich muss mich auch fertig machen und kann nicht länger Händchen halten.«

»Wann genau hast du mein Händchen gehalten?«

»Teenager«, sagte ich mit einem Stöhnen und hüpfte von ihrem Bett. »Bis in zwanzig Minuten.«

»Ich werd länger brauchen!«

Ich lehnte mich noch einmal zurück in den Raum. »Tja, Pech gehabt, dann kommt Nick uns abholen. Wenn du nicht fertig bist, fahren wir ohne dich.«

Wir streckten uns gegenseitig die Zunge raus, bevor wir in Gelächter ausbrachen.

Während ich meinen Bademantel gegen ein luftiges, elfenhaftes Kleid austauschte, dachte ich mit Erleichterung daran, dass immerhin eine Baustelle in meinem Leben aus dem Weg geräumt worden war. Lemon und ich verstanden uns wieder so gut wie vor meinem Auszug. Ich würde mich in Zukunft mehr um sie bemühen. Nichtssagende Textnachrichten durch hoffentlich stundenlange Videocalls austauschen, bei denen wir miteinander lachen und weinen könnten. Uns wieder nahe sein. Trotz der Entfernung.

Dieses Mal würde ich reifer an die Sache herangehen, um sie nicht erneut zu enttäuschen. Ich war die Ältere und sollte mich ihr gegenüber auch so verhalten.

Ich drehte mich vor dem Spiegel an meiner Schranktür einmal nach links und einmal nach rechts. Das Kleid war aus einem hellen, fliederfarbenen Stoff und hatte weite Dreiviertelärmel. Der glatte Satinunterrock reichte bis zur Mitte meiner Oberschenkel, und der Überrock – eine Lage Chiffon – war mit einzelnen, fliederfarbenen Federn besetzt. Wie schon das schwarze Killerkleid hatte auch dieses einen Beinschlitz, der allerdings bei Weitem nicht so skandalös war. Außerdem gab es weder an meinem Rücken noch an meinem Dekolleté einen Ausschnitt, was für eine Aufsichtsperson bei einem Highschool-Prom unpassend gewesen wäre. Sich erwachsen verhalten und so. Ich setzte zum Schluss noch spitze Aufsätze in meinem hellen Hautton auf meine Ohren, um zumindest ein bisschen als Elfe durchzugehen.

Danach schlüpfte ich in zierliche Sandaletten ohne Absatz, legte noch etwas schimmernde Farbe auf meine Wangenknochen und kämmte dann ein letztes Mal durch mein offenes Haar. Fertig.

Zufrieden verstaute ich mein Handy in der glitzernden Clutch und holte dann Lemon in ihrem Zimmer ab.

Sie war wunderschön. Ein anderes Wort fiel mir nicht ein, auch wenn es ihr kaum gerecht wurde. Sie trug ein Vampirgebiss aus Plastik, und ein Tropfen Kunstblut rann ihr Kinn entlang.

»Helena wird sich nicht mehr einkriegen«, sagte ich lächelnd und ergriff ihre Hand. »Die Ohrringe sind schön.«

Lange, goldene Stäbe, die ihren schmalen Hals betonten. Ihr Haar hatte sie zu einem geflochtenen Dutt aufgetürmt. »Hat Helena mir geschenkt. Zu unserem Einmonatigen.«

»Ihr seid so süß, dass ich kotzen muss.« Ich untermalte meinen Kommentar mit Würgegeräuschen und wurde von Lemon förmlich die Treppe runtergejagt.

Lachend trafen wir auf Mom und Dad, die bereits mit ihren Smartphones bereitstanden, um ihre Töchter bei allerlei Posen abzulichten. Glücklicherweise klingelte es wenige Minuten später an der Tür. Nick hatte Helena bereits abgeholt. Sofort hatten sie und Lemon nur Augen füreinander.

Ich konnte nicht entscheiden, wer mehr strahlte: Lemon in ihrem schwarzen Vokuhila-Kleid oder Helena in ihrem pinken Hosenanzug und den aufgemalten Bissspuren an ihrem Hals.

Meine Eltern zogen die beiden auf die Veranda, um Pärchenfotos zu schießen. Sie wollten unbedingt den Moment festhalten, in dem Helena Lemon das Blumenbouquet für ihr Handgelenk überreichte. Pinke Blüten mit weißem Schleierkraut und grünen Zierblättern dazwischen.

Ehe ich michs versah, standen Nick und ich allein im Flur. Er in seinem cremefarbenen, langärmeligen Hemd und schwarzer Anzughose und ich in meinem Kleid. Ich war froh, dass ich meine Clutch umklammern konnte, sonst hätte ich nichts mit meinen Händen anzufangen gewusst.

Okay. Nicht wahr. Mir kamen mindestens ein Dutzend Dinge in den Kopf, aber keine von ihnen war jugendfrei.

Nick lächelte unsicher. »Shit. Vollkommen crazy, dass wir jetzt zwei Jahre später Aufpasser spielen müssen.«

»Hm, ja.« Ich deutete mit der Clutch auf ihn. »Schönes Hemd.«

»Schönes Kleid.«

Ich schmolz dahin. Hier und jetzt. Im Hausflur meiner Eltern.

»Stellst du jemanden dar, den ich nicht kenne, oder …?«

»Hab noch eine Maske. Das sollte als Verkleidung für irgendwas reichen.« Er grinste.

»Sollen wir?«, beeilte ich mich, zu sagen, bevor ich mich wirklich nicht mehr bewegen konnte.

Nachdem das Shooting endlich beendet war, konnten wir zum Ball aufbrechen. Und auch nur, weil ich betonte, dass das Aufsichtspersonal eigentlich früher da sein sollte.

Auf dem Parkplatz vor dem wenig beeindruckenden Gebäude der St. Mercy Highschool war bereits die Hölle los, und Nick konnte erst in der vorletzten Reihe einen freien Parkplatz ergattern. Glücklicherweise trug niemand von uns Absätze, sodass wir nicht Gefahr liefen, uns auf dem Weg bis zur Turnhalle das Genick zu brechen.

»Auch wenn sich die Schule kein bisschen verändert hat, wirkt sie anders«, sagte ich auf dem Weg über den Platz.

»Irgendwie schon«, stimmte mir Nick zu, als er sich die schmale, schwarze Maske umband, die sich an die obere Hälfte seines Gesichts schmiegte.

Am Eingang der Halle zeigten Helena und Lemon ihre Eintrittskarten vor, ehe sie mit einem letzten Winken in unsere Richtung verschwanden – um noch mehr Fotos zu machen.

Nick und ich begrüßten eine der anwesenden Lehrerinnen, die uns noch von früher kannte. Wir tauschten ein paar Nettigkeiten aus, ehe sie uns erneut in unsere Aufgaben einweihte. Wir hatten schon miteinander telefoniert, weshalb ich jetzt nur noch mit halbem Ohr zuhörte.

Mein Blick wanderte über die geschmückte Turnhalle. Es gab wie auch bei meinen unzähligen Bällen in der Vergangenheit runde Tische mit weißen, gestärkten Tischdecken darauf, riesige Blumenbouquets in der Mitte und Holzstühle, über die schwarze Hussen gezogen worden waren. Überall fanden sich Kürbisse, falsche Spinnweben und in Gläsern eingelegte Fake-Organe. Schwarze Fledermausattrappen sowie Geister aus Stofflaken hingen von der Decke und rundeten das Bild ab.

Schließlich wurden wir uns selbst überlassen und platzierten uns zunächst neben dem Büfett.

Zufrieden bediente ich mich an den Gurkenschnitten und dem Nudelsalat. Nick goss uns beiden etwas aus dem alkoholfreien Punsch ein, bevor ein schalkhaftes Grinsen auf seinen Lippen erschien.

»Was hast du vor?«, fragte ich.

»Es schaut niemand, oder?« Ich stellte mich automatisch dichter an Nick, sodass niemand sehen konnte, was er tat, als er einen silbernen Flachmann aus seiner hinteren Hosentasche fischte und einen Teil des Inhalts in unsere beiden Becher verteilte.

»Du Rebell«, witzelte ich und nahm den Becher an.

Nick ließ den Flachmann wieder in seiner Hosentasche verschwinden, ehe er mit mir anstieß. »Niemand hat gesagt, dass wir nichts trinken dürfen.«

»Dich hat früher auch das Verbot nicht davon abgehalten«, erinnerte ich ihn und nahm einen tiefen Schluck. Die Fruchtbowle schmeckte nun eindeutig schärfer.

»Jetzt tust du so, als hätte ich andauernd Regeln gebrochen.« Er blickte von oben auf mich herab. Den Rand des roten Bechers an seine Unterlippe gelegt. Eine Sekunde verging, dann nahm er einen tiefen Schluck.

»Es gibt nur wenige, die du nicht gebrochen hast.« Ich hob eine Braue.

»Du hast mindestens genauso viele nicht beachtet.«

Ich zuckte mit den Schultern. »Habe nie etwas anderes behauptet.«

Fast hatten wir wieder in unsere alte Dynamik zurückgefunden, wäre da nicht diese unterschwellige Hitze gewesen. Sie sammelte sich in meinem Bauch und ging tiefer und tiefer, bis ich seinem Blick nicht mehr ausweichen konnte. Er dachte an gestern Abend zurück.

Es war nicht so, als wäre ich plötzlich zur Telepathin geworden, doch ich sah meine Erinnerung in seinen Augen widergespiegelt.

Ich schluckte schwer.

»Ms Halfers?« Widerwillig drehte ich mich um. Ms Patch, meine ehemalige Kunstlehrerin, hatte mich gefunden. »Sie sind es! Wie schön es ist, Sie hier zu treffen. Damit habe ich überhaupt nicht gerechnet.«

Ich lächelte gezwungen. »Ms Patch, es ist … eine Überraschung.«

Ms Patch hatte jedes meiner Bilder zerpflückt und meine Fähigkeiten mit dem eines Kindergartenkindes gleichgesetzt. Da war es nur verständlich, dass sie nicht zu meinen Lieblingspersonen gehörte, oder?

»Was bringt Sie hierher? Sind Sie nicht in die große Stadt, um dort Ihr Glück zu versuchen? Nicht als Künstlerin, nehme ich an, oder?« Sie lachte über ihren eigenen Witz.

Haha.

»Warum nehmen Sie das an?«, mischte sich Nick ein, den sie bis dahin geflissentlich ignoriert hatte. Nun sah sie ihn über den Rand ihrer halbmondförmigen Brille an. Sie hatte sich für den Abend herausgeputzt: Ein quietschgelber, enger Hosenanzug traf auf hochtoupiertes, graues Haar.

»Dear me, sind Sie das? Mr Badgley?« Sie musterte ihn abschätzig von oben bis unten. »Um auf Ihre Frage zurückzukommen: Harte Arbeit ist nicht alles. Man braucht Talent.«

»Und das hat sie.«

»Ist in Ordnung, Nick«, beschwichtigte ich ihn. »Ich brauche ihre Zustimmung nicht mehr.« Abgesehen davon hatte sie recht. Ich hatte keine Karriere als Künstlerin verfolgt.

»Das bedeutet aber nicht, dass sie dich beleidigen kann, weil ihr danach der Sinn steht.«

»Es ist nur dann eine Beleidigung, wenn mich interessiert, was sie zu sagen hat. Tut es jedoch nicht.«

Nick sah mich einen Moment an, dann zuckte er mit den Schultern und ließ die Sache auf sich beruhen. Ms Patch war dem Inhalt unseres Gesprächs mit aufgeplusterten Wangen gefolgt. Jetzt drehte sie sich um und murmelte irgendetwas darüber, wie unverschämt wir wären.

Zum Glück würde ich nie wieder ein Wort mit ihr wechseln

müssen. Ich hoffte bloß, dass Lemon sie nicht als Lehrerin bekäme. Ms Patch gehörte zu den Personen, die ihren Ärger an ihren Mitmenschen ausließ.

Ich ließ meinen Blick über die Anwesenden schweifen und genoss die Freude, die sich in ihren Gesichtern widerspiegelte. Mittlerweile hatten sich auch einzelne Pärchen aufs Parkett getraut und schwangen das Tanzbein. Gerade lief ein langsamer Dean-Lewis-Song, den ich mir wegen Shiloh bereits tausendmal hatte anhören müssen.

»Hast du noch was?«, fragte ich Nick, als ich die gepanschte Fruchtbowle ausgetrunken hatte.

Sein Mundwinkel zuckte nach oben, und er machte uns beiden noch einen Special-Mix, mit dem wir an den Tischen vorbeiwanderten. Immer noch hing diese Schwere zwischen uns, und sie würde vermutlich auch nicht vergehen, bevor wir nicht miteinander gesprochen hatten.

Doch mit Nick über unseren leidenschaftlichen Moment reden? Ich konnte mir nichts Peinlicheres vorstellen.

Langsam zeigte der Alkohol Wirkung und betäubte mich. Zurück in unserer alten Schule zu sein, riss mein Herz auf ungeahnte Weise auf. Ich war unfähig, die Erinnerungen, ob gut oder schlecht, zurückzuhalten.

Es war nicht schlimm, Nick, Claire und mich in der Mensa zu sehen. Wie wir zusammen aßen, lachten und plauderten. Es war an sich auch nicht grausam, daran zurückzudenken, wie ich nach der Schule auf die beiden gewartet hatte, damit wir zusammen nach Hause gehen konnten. Doch hinter dieser Fassade … Dahinter hatte mein Herz gepocht und geschmerzt. Dahinter war es eine Qual gewesen. Immerzu hatte ich Claire nicht vernachlässigen wollen, weil ich Nick liebte. Immerzu hatte ich Angst, Nick würde mit Tatjana durchbrennen. Immerzu war meine Unsicherheit mein Begleiter gewesen.

»Darlin'?« Nick klang besorgt.

Unwillkürlich war ich schneller gelaufen. Die Weite der Turnhalle war plötzlich nicht mehr weit genug. Die Menschen waren zu viel.

Erst als ich die Halle durch einen der Seiteneingänge verließ, spürte ich, wie sich ein Teil meiner Anspannung löste. Mein Brustkorb wurde nicht länger brutal zusammengepresst, und ich konnte wieder einen tiefen Atemzug nehmen.

»Zu viel?«, fragte Nick mit einem Nicken in Richtung roter Becher.

Ich leerte ihn. »Zu wenig.«

Wir befanden uns in dem Gang, der die Turnhalle mit dem Schulgebäude verband. Hier gab es mehrere Vitrinen, in denen die Auszeichnungen der Schülerinnen und Schüler ausgestellt wurden. Auch ein Foto von Nick war zu sehen, zeigte den besten Spieler der Saison, bevor er sich verletzt und dann aufgehört hatte.

Unwillkürlich steuerte ich auf eben jene Vitrine zu. Ich kannte sie in- und auswendig.

»Wow«, kommentierte Nick dicht hinter mir. Ich konnte seinen Atem in meinem Nacken spüren und erschauerte. »Sehe ich immer noch so aus?«

»Es sind bloß zwei oder drei Jahre vergangen.« Ich lachte, weil seine Bemerkung so absurd war.

»Ich bin nicht mehr so grün hinter den Ohren«, murmelte er gespielt beleidigt.

»… auf der Toilette trinken und dann …« Zwei Schüler, vielleicht sechzehn, kamen aus der Richtung des Schulgebäudes auf uns zu.

An und für sich nichts Auffälliges, hätte einer von ihnen nicht eine Wodkaflasche in der Hand gehalten.

Sie erkannten uns im selben Moment wie wir sie, und ich

genoss den Schreck, der sich auf ihren Gesichtern abzeichnete. Nick, der sich breitbeinig und mit verschränkten Armen vor ihnen aufbaute, schien es ähnlich zu gehen. Er genoss die Rolle des Aufsehers viel zu sehr.

»Wen haben wir denn da?«

Sie machten halbherzige Versuche, die Flasche mit ihren Körpern zu verstecken, und ich musste mir auf die Zunge beißen, um nicht laut loszulachen.

Als sie erkannten, dass das Kind bereits in den Brunnen gefallen war, entschieden sie sich für eine andere Strategie.

Sie eilten auf uns zu. »Bitte sagen Sie nichts Ms Poach«, baten sie gleichzeitig. Der mit der Flasche drückte sie Nick entgegen. »Sie können sie haben. Wir wollten gar nichts trinken. Sehen Sie, sie ist noch fast voll.«

»Fast voll ist nicht voll, oder?« Nick nahm die Flasche an.

»Wir haben nichts getrunken. Nur aufgemacht. Dabei ist was rausgespritzt.« Er log wie gedruckt.

Ich überließ Nick die Entscheidung, was zu tun wäre. Da sie uns den Alkohol bereits freiwillig übergeben hatten, erschien mir die Situation nicht mehr so dramatisch.

Das schien auch Nick so zu sehen, da er mit einer Hand auf die Turnhalle zeigte.

»Ab mit euch! Wenn ich euch noch mal mit irgendwas erwische, gibts Ärger«, sagte er streng. »Eure Namen?«

»Das ist Wade Simmons, und ich bin Fredrick Bowen.«

»Okay, Simmons und Bowen, amüsiert euch. Ohne Alkohol.« Das ließen sie sich nicht noch mal sagen. Sie stolperten übereinander, um möglichst schnell von uns wegzukommen.

Als sie die schwere Tür zur Turnhalle öffneten, drang kurzzeitig Rihannas Stimme bis zu uns, ehe sie mit dem Zuknallen wieder erstickt wurde. Lediglich der schwere Bass vibrierte weiterhin in meiner Brust.

»Wie war das mit zu wenig?« Triumphierend hielt Nick die Glasflasche in die Höhe.

»Wir können nicht noch mehr trinken. Als Aufpasser und so«, gab ich zu bedenken.

»Ach komm, es ist mindestens ein halbes Dutzend vom Lehrpersonal anwesend«, sagte er lachend. »Aber …«

In dem Moment wurde die Tür ein weiteres Mal geöffnet, und ich hörte Ms Poachs nervtötende Stimme, weil sie sich wegen irgendetwas oder irgendjemandem beschwerte. Wie früher stieg Panik in mir auf und brachte mich zum Handeln: Ich fasste Nick am Arm, öffnete die Tür zum Wartungsraum und drückte sie möglichst leise ins Schloss.

Oh, fuck.

• KAPITEL 17 •

small disaster

Dunkelheit umhüllte uns. Lediglich das sanfte Mondlicht drang durch das einzelne Fenster des länglichen Raumes bis zu uns. Dieser war kaum größer als unser Badezimmer in New York und zugestellt mit allerlei Handwerkszeug, die der Hausmeister und die Reinigungskräfte benötigten.

Ich drückte ein Ohr an die Tür, um zu bestimmen, wann die Gefahr vorüber wäre. Abgesehen von dem Bass konnte ich jedoch nichts hören.

»Was machst du da?«, fragte Nick neugierig.

»Psst!«

»Glaub mir, ich tue dir einen Gefallen, indem ich rede.«

Seufzend drehte ich mich zu ihm um und erschrak vor seiner Nähe. Nur die Flasche trennte uns voneinander. Er hielt sie zwischen uns in die Höhe.

Ich nahm sie ihm kurzerhand ab und trank einen Schluck, ohne den Blick von ihm abzuwenden. Er tat es mir daraufhin gleich.

»Inwiefern ist das ein Gefallen?«

Seine Augen verdunkelten sich. Er stellte die Flasche und danach unsere Becher neben uns ins Regal. Sein Blick, der sich in meinen bohrte, entzündete meinen Körper. In einer fließenden Bewegung hatte er sich die schwarze Maske von den Augen gerissen und auf den Boden geworfen.

»Wenn ich nicht rede, muss ich etwas anderes tun«, raunte er und beugte sich nach unten. Seine Hände platzierte er rechts und links neben meinem Kopf. Instinktiv bog ich ihm meine Hüfte entgegen, während mein Verstand mich davon abhielt, mich von der Tür in meinem Rücken zu lösen.

»Was genau?« Gosh, was sagte ich denn da? Wie kam ich dazu, mit dem Feuer zu spielen?

Seine Nase streifte meine. Sein Atem vermischte sich mit meinem.

Ich roch den Alkohol, die roten Beeren und seinen eigenen Geruch nach Seife und Sandelholz, der allein mich fast schon zum Höhepunkt brachte.

»Das fortsetzen, was wir gestern begonnen haben«, antwortete er, während er mit den Zähnen mein Kinn streifte. Meinen Kiefer hinaufwanderte, bis er mir leicht ins Ohrläppchen biss.

Ich machte irgendein Geräusch zwischen Seufzen und Stöhnen, von dem ich schwören konnte, dass ich es noch nie zuvor gemacht hatte. Auch Nick stöhnte auf, als hätte es ihn genauso überrascht. Er vergrub das Gesicht in der Kuhle zwischen meinem Hals und der Schulter.

»Gestern?«, wiederholte ich stirnrunzelnd. Meine Hände hielt ich an meinen Seiten zu Fäusten geballt, um sämtliche Streifzüge zu unterbinden. Noch wollte ich ihn zu mir kommen lassen. Noch brauchte ich Bestätigung, dass ich nicht die Einzige war, die von dem Netz gefangen gehalten wurde, das sich gestern auf dem Jahrmarkt um uns gebildet hatte. »Würdest du mich noch einmal erinn…«

Er küsste mich.

Ein welterschütterndes Ereignis ganz ohne Worte zusammengefasst.

Nick umfasste mein Gesicht mit den Händen, drückte seinen Körper hart an meinen und küsste mich tief und eingehend und langsam. Nicht mit der gleichen Hektik wie am gestrigen Abend. Sondern so, als würde sich die Welt in Zeitlupe drehen. Als würde er dafür bezahlt werden, den Kuss in die Länge zu ziehen.

Ich öffnete mich ihm sofort, wodurch es keine Zurückhaltung mehr gab. Selbst wenn ich gewollt hätte, hätte ich es nicht geschafft. Hätte ich mich nicht mehr von Nick lösen können.

Wie von selbst schoben sich meine Hände unter sein Hemd. Ich fuhr über seine Bauchmuskeln, die unter meiner Berührung erzitterten, während er mit seiner Zunge über meine strich. Das Gefühl riss mir den Boden unter den Füßen weg. Seine Zunge an meiner. Allein das war Grund, zu schmelzen. Wenn ich daran dachte, was es noch alles gab. Was er noch mit mir tun könnte, und ich mit ihm … Meine Synapsen knallten förmlich durch.

Ich blieb einzig deshalb aufrecht, weil er mit einem Arm meine Taille umschlang. Fester presste er mich gegen die Tür und mehr noch sich selbst an meinen Körper.

»Die ganze Nacht konnte ich nur daran denken«, gestand er heiser während einer kurzen Unterbrechung unseres Kusses. Doch es war bei Weitem keine Unterbrechung unserer gegenseitigen Erkundung.

Mit zittrigen Fingern öffnete ich die Knöpfe seines Hemdes. Noch einen. Und noch einen.

»Ich auch«, flüsterte ich nervös. Wieder berührte er meine Wangen. Neigte mit den Daumen unter meinem Kinn mein Gesicht nach oben, damit ich ihm Aufmerksamkeit schenkte.

»Ich habe mich gefragt, wie du schmecken würdest, Darlin'«, sagte er so direkt, dass ich zischend Luft holte. »Darf ich dich kosten, Bronwyn?«

Es gab keine andere Antwort, als zu nicken.

»Sag es«, bat er. Flehte er. Ich konnte ihm ansehen, dass seine Selbstbeherrschung am seidenen Faden hing, doch für mich würde er sich umdrehen und den Raum verlassen.

Wenn ich keinen Schritt weitergehen wollte, würde er aufhören.

»Ja«, hauchte ich. »Ich will, dass du mich kostest.«

Als wäre ein Schalter in ihm umgelegt worden, ließ er seine Zurückhaltung fahren. Er küsste mich so tief, dass mir schwindelig wurde. Nun schmeckte ich die Beeren und den Wodka auf seiner Zunge, ehe er mir erlaubte, das Hemd von seinen Schultern zu schieben. Im Halbdunkel konnte ich seine perfekten Muskeln nicht nur bewundern, sondern auch anfassen und kneten und hoffentlich bald auch mit meiner Zunge kosten. Doch Nick hatte andere Dinge im Sinn, wie er bereits angekündigt hatte.

Er ging vor mir in die Hocke und versperrte mir dadurch die Sicht auf das beeindruckende Greifentattoo auf seinem Rippenbogen, das er sich vor einem Jahr hatte stechen lassen. Mit den Händen fuhr er zeitgleich meinen Körper hinab, bis sie an meinen Hüften ankamen. Von dort aus hob er mein linkes Bein an, das durch den Schlitz im Kleid offenbart wurde. Sanft hauchte er mehrere Küsse von meinem Knie bis zur Innenseite meines Oberschenkels, als er das Bein höher hob. Er rückte näher heran, damit er meine Kniekehle auf seine Schulter ablegen konnte.

Ich sah mit halb geschlossenen Lidern zu ihm nach unten. Als hätte er es gespürt, hob er für einen kurzen Moment seinen Blick. Seine Lippen geschwollen und leicht geöffnet und seine Augen voll glänzender, köstlicher Versprechungen.

Dann setzte er seinen Pfad fort, bis er meine empfindlichste Stelle erreicht hatte. Feuchtigkeit hatte sich dort gesammelt und mein Höschen durchnässt. Als ich Nicks Zunge durch die hauchdünne Spitze spürte, konnte ich ein Stöhnen nicht länger unterdrücken.

»Bless my heart«, keuchte ich.

Er war schonungslos. Sah gar nicht ein, mir Erholung zu gönnen. Neckte mich mit seiner Zunge, mit der er am Rand meines Slips entlangfuhr. Hoch und runter. Langsam, dann schnell. Ohne dass ich es bewusst wahrgenommen hätte, hatte er irgendwann das Höschen auf der einen Seite von meinem Bein gestreift, sodass es auf der anderen zu Boden glitt.

»Lass dich fallen, Darlin'«, bat er, mit einer Hand meinen Oberschenkel knetend, während er mit den Fingern der anderen hauchzart meine Klitoris berührte. Es hätte nicht viel gefehlt, und ich wäre in dem Moment schon zersplittert.

Meine Atmung ging nur noch stoßweise. Ich war unfähig, einen klaren Gedanken zu fassen. Überhaupt darüber nachzudenken, wo wir waren, wer wir waren oder was wir zusammen taten.

»Lass dich fallen«, wiederholte er. »Halte nichts mehr zurück, Darlin'.«

Und dann küsste er mich an meiner intimsten Stelle, als hätte er ein Leben lang darauf gewartet, mir zu huldigen.

Er saugte langsam, präzise, streute dazwischen Küsse auf meine Haut und begann dann von Neuem, während seine Finger in mich eindrangen. Einer, zwei … Ich verlor den Verstand und vergaß alles außer den Empfindungen, die er mir schenkte.

»Nick«, japste ich auf. »Ich kann nicht …«

»Doch, du kannst«, sagte er schwer atmend. »Fuck this, du schmeckst so gut, Bronwyn. Wie ist das möglich?«

Ich zerschmetterte. Ich verdrehte die Augen, mit den Fingern kratzte ich über das Holz der Tür. Mit der anderen Hand zerpflügte ich Nicks Frisur. Ich stöhnte viel zu laut, aber das war mir egal. Der Bass fuhr mit dem Orgasmus durch meinen Körper.

»Du bist noch nicht fertig«, ermahnte er mich amüsiert, ehe er seinen Worten Taten folgen ließ. Als seine Zunge in mich eindrang, hätte die gesamte Schule in sich zusammenfallen können, ich hätte mich nicht von der Stelle bewegen können.

Ich war absolut, unweigerlich verloren. Ein kleines Desaster, das mich endgültig mein Herz kosten würde. Ein weiterer Höhepunkt überrollte mich und ließ mich vollkommen erschöpft zurück.

»Bronwyn?« Ich blinzelte. Erwachte wie aus einem langen, tiefen Traum. »Dein Handy. Jemand ruft dich an.«

Ich hätte wimmern mögen, als Nick sich minimal zurückzog, um aufzustehen. Der Anblick seines entblößten Oberkörpers ließ meine Fingerspitzen kribbeln. Er hatte mich zwei Mal mit seiner bösartigen Zunge zum Höhepunkt gebracht, und jetzt wollte ich ihm Gleiches angedeihen lassen, doch … Er hatte recht. Mein Handy klingelte. Es befand sich in meiner Tasche, die irgendwann unbeachtet auf dem Boden gelandet war.

Nick entließ vorsichtig mein Bein von seiner Schulter und wartete, bis ich ohne seine Hilfe gerade stehen konnte, bevor er die glitzernde Clutch vom Boden klaubte. Meine Knie zitterten wie Wackelpudding.

Ich nahm ihm die Tasche ab und holte das Handy daraus hervor. Aus dem Augenwinkel sah ich, wie er sich sein Hemd wieder anzog, obwohl ich selbst in dem schwachen Licht sehen konnte, dass er einer Fortsetzung nicht abgeneigt gewesen wäre. Dann sah ich den Namen auf dem Display.

»Lemon? Was ist los?«

»Wo zum Teufel bist du, Bron?« Sie schluchzte. »Ich will nach Hause.«

Nick musste ihre aufgelöste Stimme gehört haben, da er mich sorgenvoll musterte.

»Warum? Was ist passiert?«

»Können wir einfach fahren? Bitte?«

Ich entschied mich dafür, dass es besser wäre, das Gespräch persönlich fortzusetzen. »Wir treffen uns am Eingang.«

»Ich bin schon da. Beeilt euch.«

Ich legte auf.

»Wir müssen los«, verkündete ich, ohne Nick direkt ins Gesicht zu sehen. »Lemon geht es nicht gut.«

Ich bückte mich, um mein Höschen wieder hochzuziehen und wandte mich zur Tür. Plötzlich konnte ich den Raum nicht schnell genug verlassen.

»Darlin' …«

»Ich weiß, was du sagen willst, und ich will es nicht hören. Das würde alles kaputt machen.« Wenn er sich nur mit einer Silbe entschuldigte, würde ich schreien. »Wir hatten Spaß. Wir sind erwachsen. Lemon braucht uns.«

Ich liebe dich mehr noch, als ich für möglich gehalten habe.

Dich als Liebhaber zu haben, wäre ein wahr gewordener Traum.

Dich zu verlieren, ist mein Albtraum.

Glücklicherweise hielt er mich dieses Mal nicht zurück. Da ich keinen Spiegel hatte, musste ich blind mein Aussehen korrigieren, während ich durch die Menge an Schülerinnen und Schülern schritt. Dicht gefolgt von Nick. Ich kämmte mit den Fingern durch mein Haar, wischte mögliche Schminkreste unter meine Augen fort und strich über meine Lippen, die sich wund anfühlten. Immerhin hatte er mir nicht das Kleid ausgezogen, sodass es noch genauso saß wie zuvor. Lemon würde hoffentlich nichts bemerken. Falls doch, würde ich sie zwar nicht belügen, aber ich wüsste auch nicht, was ich ihr erzählen sollte.

Wir fanden meine Schwester zusammengekauert neben dem Eingang. Sie hockte auf dem Boden, die Arme um ihre Knie geschlungen. Tränen rannen ihre Wangen hinab und hinterließen schwarze Mascaraspuren. Das Kunstblut hatte sie sich bereits mit den nunmehr roten Händen weggewischt.

»Hey«, sagte ich sanft und ging neben ihr in die Hocke. »Hey, es wird alles gut, Lemony.« Ihr Spitzname brachte sie dazu, laut aufzuschluchzen und mir heftig in die Arme zu fallen. Wenn Nick nicht hinter mir gestanden und mich mit seinen Beinen gestützt hätte, wäre ich rückwärts hingeknallt.

»Ich will n-nach H-Hause«, schluchzte sie.

»Okay. Natürlich.« Irgendwie gelang es mir, mit ihr im Arm aufzustehen. »Wo ist Helena?«

»Sie ist sch-schon g-geg-gangen.«

»Ehrlich? Ohne uns was zu sagen?« Lemon zuckte mit den Schultern, sah mich aber nicht an. »Wir sind für sie verantwortlich.«

»Moment«, mischte sich Nick ein. »Ich habe was auf der Mailbox.«

Er entfernte sich einen Schritt von uns, um die Nachricht abzuhören. Mein Blick folgte ihm. Mein bester Freund.

Was hatten wir getan? Was hatte ich zugelassen? Würde es alles zerstören?

Nur kurz erlaubte ich mir den Gedanken, dass er womöglich genauso empfand wie ich. Dass er tiefe Gefühle für mich hegte, die über reine Freundschaft und körperliche Anziehungskraft hinausgingen.

Dann landete ich wieder in der Realität, und Nick kehrte zurück. Helenas Mom hatte ihn angerufen. Sie war sicher nach Hause gekommen.

»Dann lass uns fahren«, sagte ich, weil ich den Schmerz meiner Schwester noch weniger ertrug als meinen eigenen.

danger in me

»Bronwyn, wir sollten reden«, sagte Nick. Er war mit uns ausgestiegen, nachdem wir das dunkle Haus erreicht hatten. Nur die Veranda war erleuchtet. Die Art meiner Eltern, auf uns achtzugeben.

Lemon hielt sich krampfhaft an meiner Hand fest. Ich konnte jetzt nicht über ihn und mich und uns nachdenken.

»Später«, antwortete ich, und weil er uns gefahren hatte: »Danke«.

Nick war ein empathischer Mensch. Immer schon gewesen. Für die Menschen, die er einließ, würde er alles tun. Auf sie nahm er Rücksicht. Besonders auf Lemon. Sie war für ihn wie eine Schwester, und er wollte sie nicht leiden sehen.

Deshalb ließ er das Thema auf sich beruhen, berührte sanft ihre Schulter und streifte meinen Arm. Ich blinzelte Tränen fort, während ich Lemon ins Haus brachte.

Ich half ihr beim Entkleiden, wusch ihr Gesicht und flocht ihr Haar. Nachdem sie sich in ihren blauen Pyjama mit den gelben Badeenten gekleidet und in ihr Bett geschleppt hatte, setzte ich mich neben sie. Ruhig streichelte ich ihren Kopf.

»Soll ich Mom wecken?« Sie schüttelte den Kopf. »Willst du heiße Schokolade?«

»Ich habe gerade Zähne geputzt.«

Ich hob eine Braue. »Dann putzt du sie danach eben noch mal.«

»Ich bin traurig. Willst du jetzt unbedingt mit mir streiten?« Beinahe hätte ich gelacht. Immerhin konnte sie mich in die Schranken verweisen. Geduldig wartete ich. Dank Nick war ich mehr als wach. Der Alkohol war längst aus meinem System verschwunden. Ich war stattdessen voller Adrenalin und Endorphine. »Ich wollte nicht mit Helena tanzen.«

»Okay«, sagte ich vorsichtig, aus Angst, sie mit einem falschen Kommentar zu verschrecken. Wie ein Rehkitz, an das ich mich annäherte.

»Es ging wieder darum, dass ich angeblich nur auf mich gucke und sie nicht verstehen will. Ich weiß nicht, was ich tun soll. Ich verstehe sie ja, doch ich will nicht etwas tun, was mir nicht gefällt.« Ich nickte, und ihr düsterer Blick streifte mich. »Willst du nichts dazu sagen?«

»Was soll ich denn sagen?«

»Du bist meine ältere Schwester. Hast du keinen Rat?«

Ich überlegte eine Weile. »Ich möchte dir nicht dazu raten, etwas zu tun, was du nicht möchtest. Aber das Leben und besonders die Liebesbeziehung zwischen zwei Menschen besteht daraus, Kompromisse einzugehen. Dinge zu tun, die einem auf den ersten Blick keinen Spaß machen, der Partnerin jedoch Freude bereiten. Ich spreche hier von Sachen, die einem selbst nicht wehtun.«

»Tanzen?«

»Zum Beispiel.« Ich fuhr mit dem Finger die Silhouette einer aufgedruckten Ente entlang und dachte unwillkürlich an Nick. »Aber es scheint mir, als würde es bei euch noch um viel mehr gehen als das. Ihr seid beide unsicher, was die andere fühlt. Ihr vertraut einander nicht genug. Dazu kommt die Angst, die sie wahrscheinlich hat, weil ihre Eltern sich trennen.«

»Das heißt, wir müssen uns auch trennen?« Sie schien schockiert allein von der Vorstellung.

»Quatsch. Aber ihr müsst miteinander reden. Immer wieder. Eure Unsicherheiten kommunizieren und Vertrauen gewinnen. Sodass sich Helena nicht zurückgewiesen fühlt, wenn du keine Lust hast, zu tanzen. Sodass du tanzen kannst, um ihr eine Freude zu bereiten.« Ich tippte gegen Lemons Nasenspitze. »Aber am allermeisten, damit ihr wieder lachen könnt.«

Sie bedachte mich mit einem langen Blick, ehe sie sich tiefer in die Kissen kuschelte. »Das wäre schön.«

»Find ich auch.«

»Kannst du Helena das Gleiche sagen?«

Ich lachte auf. »Ich bin sicher, du kriegst das selbst hin.«

Sie schmollte einen Moment. »Hast du Nick geküsst?«

»Was?« Ich schrie beinahe.

»Also habt ihr euch geküsst. Wow. Während ich mich fast von Helena getrennt habe, hast du ihm deine Zunge in den Hals gesteckt.«

»Ey!« Ich kitzelte sie ein paar Sekunden. Atemlos sahen wir einander an. Ich beugte mich leicht zu ihr vor. »Und was, wenn er mir die Zunge in den Hals gesteckt hat?«

»Bäh! Hau ab!«

Besser gelaunt als zuvor, verließ ich ihr Zimmer.

Während ich unter der Dusche stand und all die Stellen berührte, die Nick vorher berührt hatte, wurde ich von Freude und Traurigkeit gleichermaßen übermannt.

Eine Nachricht von Nick erwartete mich, als ich in mein Schlafzimmer zurückkehrte. Ich traute mich fast nicht, sie zu öffnen.

Nick: Wir müssen wirklich reden.

Bronwyn: Warum?

Ich hätte nicht gedacht, dass ich noch mehr Panik empfinden könnte als vor diesem Abend.

Nick: ??

Nick: Über das, was passiert ist, Bronwyn.

Es bedurfte keiner außergewöhnlichen Vorstellungskraft, Nicks verärgerte Stimme zu hören. Es hätte mich nicht überrascht, wenn er direkt hinter mir gestanden hätte.

Das Problem war meine Hoffnung. Sie war ein kleines, erbärmliches Pflänzchen, das seit unserer Spielhochzeit im Kindergarten gewachsen war, obwohl es weder viel Licht gesehen noch neue Nahrung bekommen hatte. Wie Unkraut hatte es sich in meinem Herzen eingenistet. Sich geweigert, von der Realität ausgerissen zu werden. Und jetzt, da ich Nick geküsst hatte, nachdem er Dinge mit mir getan hatte, die mir die Röte ins Gesicht trieben, hatten die Wurzeln dieses Pflänzchens neue Kraft gewonnen und drückten mir das Herz zu. Ich hoffte, Nick und ich würden miteinander sprechen und er würde mir seine unendliche Liebe gestehen. Ich hoffte, wir wären ab morgen offiziell ein Paar. Ich hoffte, meine Zeit als seine beste Freundin voll unerfüllter Sehnsucht wäre endlich vorbei.

Doch die Sache mit der Hoffnung war, dass sie öfter zerschlagen als erfüllt wurde. Und weil ich nie gelernt hatte, ohne Hoffnung zu leben, beschloss ich, die Tür zu schließen. Lieber bewahrte ich mir die Chance auf ein Happy End, als dass Nick mir in einem Gespräch sagte, dass er keine Gefühle für mich hatte.

> **Bronwyn:** Es ist passiert. Lass es uns vergessen. Gute Nacht.

Ich schaltete das Handy auf lautlos und drehte mich im Bett auf die Seite. Mir war nach Heulen zumute, doch die Tränen wollten nicht kommen. Stattdessen bewunderte ich die Pflanze in meinem Inneren und die Blüten, die durch Nicks Aufmerksamkeit entstanden waren.

Mit Hoffnung konnte ich leben. Mit Hoffnung war ich zufrieden.

Schlaf machte in dieser Nacht einen großen Bogen um mich. Um vier Uhr morgens gab ich es auf, ihn zu jagen. Um halb fünf hatte ich mir meine Malutensilien und meine Staffelei auf den Gepäckträger meines Rads geschnürt. Um fünf Uhr saß ich am glitzernden, kleinen See außerhalb von St. Mercy, als die Sonne allmählich über den Horizont rückte.

Ich zeichnete und malte und dachte nicht nach, während ich die Farben verglich und mischte und mich selbst in dem Panorama verlor, weil es mich erfüllte. Es füllte die Leere, die Nick und ich mit unserer Leidenschaft kreiert hatten.

Das, was ich vorher nur erahnt hatte, war jetzt zur Tatsache geworden. Ich wusste, was ich all die Jahre verpasst hatte. Ich wusste, was ich von nun an verpassen würde.

Seine Hände auf meiner Haut, als gehörten sie dorthin.

Ich umklammerte den Pinsel fester.

Seine Lippen, die gleichzeitig weich und unnachgiebig sein konnten.

Das Orange war zu kräftig geworden. Ich versuchte eine andere Mischung.

Und schließlich seine Zunge, mit der er verruchte Dinge anstellte, die ich auch jetzt noch nicht verarbeitet hatte.

Ich legte den Pinsel auf die Ablage der Staffelei und betrachtete mein fertiges Werk.

Nachdem mein Verstand innerhalb weniger Sekunden sämtliche Fehler erkannt und katalogisiert hatte, konnte ich das überraschende Urteil fällen, dass es mir gefiel.

Nach zwei Jahren Pause hatte ich noch nicht wieder zu mir gefunden, doch ich hatte auch nicht so viel verloren, wie ich befürchtet hatte.

Ich wischte mir den Schweiß von der Stirn. Dunkle Wolken hatten sich aufgetürmt, und die Hitze wurde zunehmend drückender. Im Oktober war ein plötzlicher Regensturz oder gar ein Sturm nichts Ungewöhnliches. Ich wollte nicht riskieren, dass mein Bild dem Wasser zum Opfer fiel. Deshalb packte ich alles wieder zusammen auf mein Fahrrad.

Kurz bevor ich mich auf den Rückweg machte, blickte ich auf mein Handydisplay. Keine neue Nachricht von Nick. Stattdessen hatte mir Shiloh geschrieben. Ich sollte sie anrufen, zögerte es aber hinaus. Sie würde sofort an meiner Stimme erkennen, dass etwas passiert war. Und da ich nicht hören wollte, dass ich mit Nick sprechen sollte, schrieb ich ihr lediglich eine Nachricht zurück. Ich war beschäftigt und würde mich in den nächsten Tagen noch mal melden. Bis dahin hatte ich hoffentlich mein Leben sortiert.

In der Stadt herrschte reges Treiben. Die Bewohnerinnen und Bewohner behielten die sich zusammenbrauenden Gewitterwolken im Auge, konzentrierten sich jedoch auf die Vorbereitungen des anstehenden Kürbisfestes. Nachdem sie sich in Blue Mountain auf dem Jahrmarkt amüsiert hatten, wollten sie den Nachbarn nun insgeheim zeigen, wie man ein richtiges Stadtfest organisierte.

Es war jedes Jahr das Gleiche, weshalb ich mich nicht wunderte, als ich sofort eingespannt wurde. Mir wurde von meinen Eltern gerade genug Zeit gelassen, mein Fahrrad abzustellen. Dann sollte ich auch schon dabei helfen, das provisorisch errichtete Podest zu schmücken. Claire und George kamen wenig später dazu.

»Weil wir ja schon nächste Woche heiraten, sind wir als Ehrengäste geladen«, erklärte sie nach einer kurzen Begrüßung.

Ich bildete es mir nicht ein, die Anspannung zwischen uns schien seit dem letzten Treffen gelöster. Ich musste mir nicht länger über jedes Wort Gedanken machen. Es fühlte sich natürlicher an, bei ihr zu sein. Immerhin etwas, das St. Mercy verbessert und nicht zerstört hatte.

»Nett«, kommentierte ich, während ich eine Papiergirlande anbrachte, bestehend aus orangefarbenen Kürbissen und bunten Blättern. Das Podest war zwar überdacht, aber sollte es wirklich zu einem Regensturz kommen, wäre ein Großteil der Deko hinüber. Trotzdem machte die halbe Stadt weiter. Als würde es nur deshalb nicht regnen, weil sie sich so große Mühe gab.

»Hast du schon ein Kostüm?«, fragte Claire, die George dabei zur Hand ging, die Lichterkette unter dem Dach zu befestigen. Er stand auf einer Trittleiter und wirkte ziemlich souverän bei dem, was er da tat.

Es war Tradition, auf dem Kürbisfest in historischer Southern-Belle-Kleidung aufzutauchen. Höchst unbequem, aber schön auf Erinnerungsfotos.

»Ich ziehe das von vor drei Jahren an«, antwortete ich. »Es hängt noch in meinem Schrank.«

»Oh«, entschlüpfte es Claire.

Ich blickte sie an. »Was?«

»Nichts.« Ihre Wangen röteten sich.

»Claire«, sagte ich warnend.

»Es ist nichts.« Ich wartete. George lächelte amüsiert. Immerhin einer, der Spaß hatte. »Bloß, dein Dekolleté damals war ziemlich freizügig.«

Ich verdrehte die Augen. »Ja, und?«

»Erinnerst du dich nicht mehr, wie unwohl du dich gefühlt hast?«

»Nein«, antwortete ich, ehe die Erinnerung anklopfte. Tatsächlich hatte Claire recht. Beim Anprobieren war mir die Freizügigkeit nicht aufgefallen, erst nachdem mir unsere halbe Schulstufe hinterhergesehen hatte, war ich auf den Trichter gekommen, dass es für meine neunzehn Jahre vielleicht zu offenherzig war. »Na ja, das war damals.«

Claire nickte nach einem Moment. »Stimmt, du bist selbstbewusster geworden.« Sie sah an mir vorbei. Es kribbelte in meinem Nacken. »Hey, Nick! Hat Ms Atwood dich endlich freigelassen?«

Ich drehte mich nicht um und murmelte lediglich eine knappe Begrüßung, damit ich nicht offensichtlich unfreundlich war. Was ich gar nicht sein wollte. Aber nun ja, Verlegenheit und so.

»Ich wünschte, es wäre so«, hörte ich ihn sagen. Seine Stimme verursachte einen warmen Schauer in mir und steigerte das Kribbeln in meinen Adern. »Sie hat mir damit gedroht, mich zum Dachdecken zu verdonnern, wenn ich den Pfadfindern nicht dabei helfe, Kürbisse zu schnitzen.«

»Sie sind gleich da vorn. Im Pumpkin-Patch.« Claire deutete mit ihrem Arm nach links, wo ein mit dunklen Latten umzäunter Bereich zu sehen war, in dem sämtliche Kürbisse ausgestellt worden waren. Zwei Pfeiler und ein riesiges Schild, auf dem in kräftigem Orange *Harry's Pumpkin-Patch* geschrieben stand, dienten als Eingang. Jemand hatte die Holzpfeiler mit ausgetrockneten Maiskolben und -pflanzen geschmückt.

Abgesehen davon gab es noch eine Instagram-Ecke, um die

sich Mom und Lemon kümmerten. Heuballen dienten als Abgrenzung und auch als Sitzgelegenheit. Mehrere kleine Vogelscheuchen waren drum herum gruppiert, Blättergirlanden und bereits zu Fratzen geschnitzte Kürbisse hatten sie auch verteilt.

An der Ostseite des großen Platzes steckte wie jedes Jahr ein Pfahl mit Holzplanken im Boden, die als Orientierungsschilder dienten. Darauf geschrieben standen die einzelnen Attraktionen. Manche, wie das Pumpkin-Patch, waren bereits fertig aufgebaut, andere, wie das Büfett oder das Minilabyrinth für Kleinkinder, würden noch errichtet werden, bis heute Abend um sechs Uhr die Pforten geöffnet wurden. Jeder würde heute oder in den nächsten Tagen vorbeikommen und vielleicht einen Apple Cider oder einen Kürbiseintopf genießen. Jedoch würde man sich nur am nächsten Sonntag verkleiden müssen, um Einlass zu erhalten. An dem Tag gab es auch ein großes Feuer. Tatsächlich freute ich mich schon darauf.

Nick entfernte sich wieder von uns, und ich sah ihm nach. Immerhin hatte er nicht erneut darauf bestanden, mit mir zu reden. Gleichzeitig fühlte es sich an, als hätte ich alles zwischen uns kaputt gemacht. Dabei hatte ich doch das Gegenteil gewollt!

»Shit. Autsch«, rief ich, als ich mir einen Nagel versehentlich halb in meinen Finger anstatt ins Holz getrieben hatte. Der Hammer fiel auf die Holzdielen, und ich betrachtete mit Entsetzen das viele Blut, das aus meiner Fingerkuppe tropfte. Die Girlande flatterte neben mir im Wind.

»Was ist passiert?«, rief Claire schockiert.

»Nichts Schlimmes«, beschwichtigte ich sie.

»Lass mich mal sehen.« Nick.

Mein Magen sackte gefühlt in meine Kniekehlen und kam nicht wieder rauf. Nick war bei meinem Ausruf sofort umgekehrt. Jetzt nahm er meine Hand vorsichtig in seine, um die Wunde zu untersuchen.

»Ist schon okay«, krächzte ich. »Der Nagel steckt nicht drin.«

Als ich versuchte, ihm meine Hand zu entziehen, hielt er sie fest. »Sei nicht irrational. Wir müssen die Wunde zumindest desinfizieren.«

»Und vielleicht eine Tetanusspritze?«, schlug George vor. Er war von der Trittleiter runtergeklettert und sah mich mit gerunzelter Stirn an.

Claire presste ein sauberes Taschentuch auf die Wunde. Ich zuckte zusammen.

»Komm. Ich begleite dich zu Dr. Reeves«, sagte Nick.

Es wäre albern, zu protestieren. Nick würde weiterhin darauf bestehen, mir zu folgen, und Claire würde bloß erkennen, dass etwas zwischen uns vorgefallen war, und sich einmischen.

»Geht schon. Ich halte hier die Stellung«, sagte sie und zwinkerte mir zu. Was auch immer das zu bedeuten hatte.

Nachdem Nick und ich den Platz verlassen hatten, trat ich von ihm weg. Dieses Mal ließ er es zu.

»Ich kann allein gehen«, murmelte ich.

»Das weiß ich«, entgegnete er verkrampft.

Schweigend schritten wir nebeneinanderher. Ließen das Chaos der Vorbereitungen hinter uns. Ich erzitterte wegen des kühlen Winds, der die schwere Feuchtigkeit in der Luft vertrieb. Vielleicht musste ich mir heute Abend noch eine Jacke anziehen. Meine Jeansshotpants und das langärmelige Shirt waren zusammen mit den Boots gerade so warm genug.

Nick trug wieder seine Arbeitsklamotten. Sneaker, Jeans und ein schwarzes T-Shirt, das sich bei jedem Schritt an seine Muskeln schmiegte. Eilig sah ich wieder auf meine Wunde. Das Taschentuch hatte sich bereits bis zur Hälfte mit Blut vollgesogen. Ich musste es neu falten und wieder auf die Wunde drücken.

»Tut es sehr weh?«

»Es geht schon«, antwortete ich. Endlich hatten wir die Arztpraxis erreicht, die in einer ruhigen, mit Magnolien gesäumten Nebenstraße lag. Ich atmete erleichtert auf. »Du musst nicht mit reinkommen. Wenn was passiert, bin ich ja in sicheren Händen.«

Er nickte knapp, aber wartete, bis ich die drei Treppenstufen zum Eingang hochgegangen war, bevor er etwas sagte: »Bronwyn?« Ich hielt inne. »Sind wir okay?«

Die mitschwingende Unsicherheit in seiner Stimme brach mir das Herz. Bei all meinem Selbstschutz und meiner Angst hatte ich nicht darüber nachgedacht, dass es ihm ähnlich gehen könnte. Ich hatte nicht geglaubt, dass ich ihm mit meinem Schweigen schaden würde.

Deshalb drehte ich mich zu ihm um und bemühte mich um ein Lächeln. »Alles okay.«

Sein Blick bohrte sich in meinen. Er kaufte es mir nicht ab.

»Wir sehen uns später«, sagte er bloß, obwohl ich bereits mit einer weiteren Frage gerechnet hatte.

Glücklicherweise war nichts los in der Praxis, und Dr. Reeves konnte sich schnell um meine Verletzung kümmern. Sie musste nicht genäht werden, doch er stimmte zu, dass Vorsicht besser als Nachsicht wäre, weshalb er mir eine Spritze setzte.

Mit einem rosafarbenen Pflaster als Trophäe kehrte ich zum Platz zurück und stellte mit Erleichterung fest, dass die Wolken weiterzogen. Bis auf ein paar vereinzelte Tropfen hatten sie uns verschont.

Ich suchte Claire auf, die mit dem Podest fertig geworden war. Es sah wirklich romantisch-herbstlich aus, und ich konnte mir gut vorstellen, wie schön es bei Nacht wirkte.

»Da bist du ja! Wie gehts der Verwundeten?« Sie betrachtete mich eingehend. »Und wo ist Nick?«

»Mir gehts gut. Wann haltet ihr eure Rede?« Ihre Frage nach Nick überging ich geflissentlich, da ich keinen Schimmer hatte.

Claire ließ sich allerdings nicht so leicht an der Nase herumführen. Sie stemmte die Hände in die Hüften. »Am Sonntag. Und was ist hier los? Wieso bist du so komisch?«

»Ich bin nicht komisch. Wo soll ich noch helfen?« Vergeblich suchte ich nach einer Aufgabe, die mich möglichst sofort von Claire wegführte. Die Vorbereitungen neigten sich jedoch dem Ende zu, und es gab nicht mehr viel zu tun.

»Bronwyn, Honey, warum machst du es dir immer so schwer?«

»Tu nicht so, als würdest du wissen, wovon du sprichst«, entgegnete ich schärfer als geplant. »Und kümmere dich nicht um Nick und mich.« *Das kann ich auch ohne deine Hilfe vermasseln.*

Sie biss sich auf die Unterlippe, wodurch sie ihren bis dahin perfekt sitzenden, roten Lippenstift verschmierte.

»Ich wünschte, das könnte ich.«

Irritiert beäugte ich sie. »Es ist ganz easy. Halt einfach den Mund.« Wow, so unfreundlich war ich lange nicht mehr gewesen.

»Ich kann das nicht gut sein lassen, Bronwyn. Das ist der Grund, warum ich dich … und Nick eingeladen habe. Weil alles meine Schuld ist.« Sie näherte sich mir, obwohl ich ihr nicht ganz folgen konnte. Spielte sie darauf an, dass sie mir Vorwürfe gemacht hatte, mehr für Nick zu empfinden? »Du hast den Schlüssel, nicht wahr?«

»Was sagst du da, Claire?«

»Benutze ihn«, beschwor sie mich. Ihre Augen füllten sich mit Tränen.

»Was?«

»Benutze ihn, und lies mein Geheimnis. Das wird alles aufklären. Ich … Du musst es lesen, bitte.« Eine perfekt geformte Träne rann ihre Wange hinab. »Bitte hass mich danach nicht, Bronwyn. Bitte nicht.«

• KAPITEL 19 •

three secrets

Bitte hass mich danach nicht, Bronwyn. Claires Worte hallten in meinem Verstand nach, als ich nach Hause ging. Ich konnte mir nicht vorstellen, was ihr Geheimnis war. Sicher, ich hatte das eine oder andere Mal darüber nachgedacht, was sie wohl aufgeschrieben hatte, aber nie hätte ich geglaubt, dass es etwas mit mir zu tun hatte.

Schon mit vierzehn Jahren war sie ein offenes Buch für mich gewesen. Es hatte nichts gegeben, das ich ihr nicht von der Nasenspitze hätte ablesen können. Insbesondere wenn es mich betraf.

Oder?

Nun begann ich, daran zu zweifeln. Wie viel hatte sie vor mir verstecken können? Hatte sie wie ich ihre Gefühle für Nick aufs Papier geschrieben?

Auch wenn wir uns geschworen hatten, die Zeitkapsel nur zu dritt zu öffnen, um gegenseitig unsere Geheimnisse zu lesen, konnte ich meine Neugier nicht zügeln. Außerdem hatte sie mir ihr Einverständnis gegeben, und solange ich nicht Nicks Geheimnis las, wäre alles in Ordnung.

Meine Zeit in St. Mercy neigte sich dem Ende zu, und ich wollte nicht mit Was-wäre-wenns im Gepäck nach New York zurückkehren. Deshalb beeilte ich mich, den Schlüssel mit dem geflochtenen Band aus meinem Schmuckkästchen zu holen.

Nervosität ergriff mich. Was, wenn ihr Geheimnis mehr zerstören als heilen würde? Was würde ich dann tun?

»Dann ist es auch zu spät«, murmelte ich, während ich auf meinem Rad durch die hereinbrechende Dunkelheit strampelte.

Je näher ich der alten Eiche auf dem Hügel kam, desto ruhiger wurde ich. Seltsam. Ich hätte gedacht, das Gegenteil wäre der Fall. Vielleicht half es, dass wir erst vor wenigen Tagen hier gewesen waren. Ich hatte den Ort unseres Schwurs nach mehr als zwei Jahren nicht allein aufsuchen müssen. Es war gar nicht so schlimm gewesen, weil ich ohnehin von meinem Ärger auf Nick und Claire abgelenkt gewesen war.

Ich lehnte das Fahrrad an den dicken Stamm der mehr als einhundert Jahre alten Eiche, bevor ich die Lampen im Baum entzündete, damit ich sehen konnte, was ich da tat.

Aus der Garage meiner Eltern hatte ich noch eine aufklappbare Handschaufel mitgehen lassen. Damit ausgerüstet, zählte ich vom Stamm genau zehn Schritte in südwestlicher Richtung ab und von dort drei nach rechts. Ich trat ein paarmal mit der Ferse auf den festen Boden. Das hier müsste der richtige Ort sein.

Ohne Umschweife fiel ich auf die Knie und begann, zu schaufeln. Schon nach wenigen Minuten war ich außer Atem. Ich zweifelte bereits an meinem Verstand und meiner Erinnerung, weil ich eigentlich nicht geglaubt hatte, dass die Kapsel so tief vergraben war. Doch da stieß die Eisenspitze der Schaufel gegen etwas Hartes.

Mein Herz sank. Ich legte die Schaufel beiseite und zog die Kapsel, bei der es sich eigentlich um eine Plastiktruhe handelte, aus der Erde. Sie hatte sich gut gehalten. Bis auf ein paar Kratzer, die meine Schaufel zu verantworten hatte, war sie lediglich schmutzig.

Erdklumpen kugelten von der Oberfläche, als ich einmal kräftig pustete, ehe ich die Kiste in die Nähe der Baumlichter trug. Ich setzte mich im Schein der Kerze auf eine Wurzel, die sich aus dem Boden wölbte. Mit verschmutzten Fingern fischte ich den Schlüssel aus meiner Hosentasche.

»Jetzt oder nie«, murmelte ich und steckte den Schlüssel rein. Er bewegte sich nicht. Meine Nerven waren zum Zerreißen gespannt. Ich holte den Schlüssel wieder raus, pustete ins Schloss, versuchte es noch mal. Dieses Mal ging er besser rein, und ich konnte ihn umdrehen.

In der Kiste befanden sich lediglich drei gefaltete Zettel. Auf jedem von ihnen stand einer unserer Namen. Den Schwur, den wir währenddessen geleistet hatten, hatten wir nie aufgeschrieben, sondern lediglich gesagt und mit dem Zuschließen der Truhe besiegelt.

Zuoberst lag Nicks Geheimnis, das ich sorgfältig herausholte und in den Deckel legte. Drunter fand ich meinen Zettel. Eigentlich wusste ich noch Wort für Wort, was ich mit blauem Kugelschreiber draufgekritzelt hatte. Trotzdem faltete ich das Stück Papier auf und las erneut mein Geheimnis.

Ich werde Nick für immer lieben.

Mehr nicht. Das war mein größtes Geheimnis, und es hatte sich seit jenem Tag in mein Herz gegraben. Ich drückte es mit geschlossenen Augen an mich. Wie oft ich mir vorgestellt hatte, diese Worte laut aussprechen zu können.

Nachdem ich mich wieder halbwegs gefangen hatte, faltete ich den Zettel wieder zusammen und legte ihn neben Nicks in den Deckel. Einer war übrig.

Claire hatte ihren Namen mit ihrem pinken Füllfederhalter geschrieben. Den hatte sie sogar nach New York mitgenommen, nur um ihn dort bei ihrem übereilten Auszug zurückzulassen.

Bitte hass mich danach nicht, Bronwyn. Ich hörte ihre Stimme, als würde sie direkt neben mir stehen. Genauso nah fühlte sich auch plötzlich die Erinnerung an jenen Tag an.

Vor acht Jahren hatten wir von dem Konzept einer Zeitkapsel erfahren, und es hatte nicht lange gedauert, bis wir auf die Idee kamen, ebenfalls eine haben zu wollen. Aber anders als üblich, wollten wir es edgier gestalten. Düsterer. Ich konnte mich nicht mehr daran erinnern, wer den Einfall gehabt hatte, unsere größten Geheimnisse aufzuschreiben. Wir würden sie einander erst vorlesen, wenn wir alle dazu bereit wären.

Und dann, am Tag des Vergrabens, wurde ein Schwur hinzugefügt. Um unsere Freundschaft zu schützen. Wir einigten uns darauf, niemals romantische Gefühle zwischen uns kommen zu lassen. Und wenn dies doch geschah, würden wir diese Gefühle für uns behalten. Weil aus drei unweigerlich zwei werden würden. Und im schlimmsten Fall sogar nur eine.

Damals war es mir als kein großes Opfer erschienen. Ich hätte eh nie den Mumm gehabt, Nick meine Gefühle zu gestehen, und ich hatte noch nichts von Claires Gefühlen geahnt. Bis heute hatte sie mir nicht gestanden, dass sie mehr für Nick empfunden hatte, und Nick … Er hatte ebenfalls nie direkt gesagt, dass er in Claire verliebt war. Aber besonders in New York hatte er sie mir immer vorgezogen. Stets hatte er Rücksicht auf sie genommen und mich den Wölfen zum Fraß vorgeworfen. Nie so, dass ich ernsthaft verletzt wurde. Zumindest nicht auf die Weise, die er hätte sehen können.

Blinzelnd kam ich wieder zu mir. Einmal noch holte ich tief Luft, dann faltete ich Claires Zettel auseinander und las den Inhalt.

Las ihn ein weiteres Mal. Und noch mal. Die Bedeutung der Worte änderte sich nicht. Die Worte änderten sich nicht. Nichts änderte sich.

Ich weiß, dass Bronwyn Nick liebt, aber ich kann ihnen nicht erlauben, zusammenzukommen. Ich will nicht ohne meine Freunde sein. Deshalb schlage ich den Schwur vor. Es tut mir leid. Es tut mir so, so leid.

Mein erster Gedanke war: *Sie liebt ihn überhaupt nicht.* Zumindest war dies nicht ihr Geheimnis. Es war natürlich trotzdem möglich, dass sie Gefühle für ihn hegte, doch nach diesem Geheimnis … Ich war nicht mehr davon überzeugt. Sofort folgte eine weitere Erkenntnis: *Sie hat es gewusst und absichtlich versucht, mein Leben zu sabotieren.* Aber warum hatte sie mir dann meine Gefühle vorgeworfen?

Du hast Gefühle für ihn, obwohl wir uns geschworen haben, einander niemals romantisch zu lieben. Das ist alles deine Schuld, Bronwyn.

Ich hatte seither angenommen, dass sie wütend auf mich war, weil sie meinetwegen nicht mit ihm zusammen sein konnte. Offenbar lag ich damit falsch, oder? Sie hatte sich lediglich unter Druck gesetzt gefühlt. Ich hatte meine eigene Unsicherheit auf sie projiziert und fälschlicherweise angenommen, sie würde Nick auch lieben.

»Bronwyn?«

Ich erstarrte. Ich war so von meinen eigenen, wirren Gedanken abgelenkt gewesen, dass ich Nicks Herannahen nicht bemerkt hatte. Er stand bereits direkt vor mir, blickte von oben auf mich herab. Ein tiefes Stirnrunzeln, als er die Situation zu erfassen versuchte.

»Das ist nicht …«, beeilte ich mich, zu sagen, und sprang auf. Die Kiste und die Zettel fielen von meinem Schoß. »Du verstehst nicht. Ich habe auf Claires Bitte hin ihr Geheimnis gelesen. Nicht deines.«

»Noch nicht«, entgegnete er finster. Die Lippen zu einer grimmigen Linie verzogen. »Claire sagte, ich würde dich hier finden.«

»Sie wollte, dass ich ihrs lese, und das andere ... dein Geheimnis ... Das ist nicht wahr«, verteidigte ich mich. »Ich würde es nicht einfach lesen.«

Er bückte sich, um den Zettel mit seinem Namen darauf aufzuheben. »Willst du wissen, was es sagt?« Eine solch kalte Wut ging in Wellen von ihm aus, dass ich einen Schritt zurückwich. Aber er folgte mir. »Ich bin der Sohn des Bürgermeisters, Bronwyn. Georges Halbbruder. Der Bastard am Stadtrand, von dem niemand weiß. Ist das nicht zum Totlachen?«

»Nick ...« Meine Stimme brach. Mein Herz brach. Es gab nichts in mir, das nicht in Stücke gerissen wurde. Wie hatte ich die Wahrheit nicht sehen können? Sie hatte mir direkt ins Gesicht gelacht.

»Lies es.« Er streckte mir den Zettel entgegen. Bloß weil ich ihm in dieser Situation nichts abschlagen konnte, nahm ich ihn an. »Es ist jetzt eh alles egal. Mein Leben ist eine Katastrophe.«

»Sag das nicht«, bat ich zitternd. Mir war so kalt.

Er zuckte mit den Schultern. Seine Augen suchten etwas in meinem Gesicht, aber ich konnte nicht sagen, ob Nick fündig wurde. Resigniert versenkte er die Hände in den Hosentaschen und entfernte sich auf dem gleichen Weg, den er gekommen war. Ließ mich allein mit seiner Wahrheit in meinen Händen. Seinem dunkelsten Geheimnis, das er mir bereits offenbart hatte.

Mit fahrigen Bewegungen öffnete ich den Zettel erst, als ich Nicks Silhouette nicht mehr in der Dunkelheit ausmachen konnte. Nur kurz hatte ich mit mir gerungen, ob ich es tun sollte. Doch die Antwort war klar – er wollte es mich wissen lassen. Er hatte diese Angst vermutlich ein Leben lang mit sich getragen, und jetzt war es so weit. Er konnte und wollte sie nicht mehr in sich halten. Wenn die Konfrontation mit Bürgermeister Rosewood eines gezeigt hatte, dann dass Nick innerlich kurz vorm Explodieren war. Und ich hatte es nicht geahnt. Nicht mal ansatzweise.

Hank Rosewood ist mein Vater. Er hat bereits einen Sohn. Eine Frau. Mom sagt, er hat sie belogen. Er weiß, dass ich sein Sohn bin, aber er will nichts mit uns zu tun haben. Ich habe George gesehen, meinen Halbbruder, und ich hasse ihn. Ist mir egal, ob er etwas dafürkann. Fuck. Ich hasse alles.

Ich weinte hemmungslos. Wie hatte ich mit allem so falschliegen können? Ich war so von meinen eigenen Unsicherheiten geblendet gewesen, dass ich nicht richtig hingesehen hatte. Claire war unter dem Druck ihres eigenen schlechten Gewissens zerbrochen und nicht wegen ihrer Gefühle Nick gegenüber. Jahrelang hatte sie vermutlich darauf gewartet, dass meine Gefühle für Nick verblassten. Stattdessen waren sie immer weiter gewachsen, und sie hatte es gesehen, weil sie von Anfang an von ihnen gewusst hatte.

Und Nick war nicht getroffen, weil Claire sich verliebt hatte. Zumindest nicht gänzlich. Ich konnte zwar immer noch nicht ausschließen, dass er sie auf romantische Weise mochte, aber … Ging es nicht eher darum, *wen* sie heiraten wollte? Die Erkenntnis traf mich hart. Eine seiner besten Freundinnen war mit seinem verhassten Halbbruder verlobt. George.

Nicks Verhalten ergab jetzt viel mehr Sinn. Seit unserer Rückkehr hatte er sich Claire gegenüber entspannt verhalten, nur in Georges Nähe war er verunsichert gewesen.

Wusste Claire auch davon? Hatte auch sie seinen Zettel gelesen?

Einzig Nicks Verhalten ihr gegenüber in New York konnte ich mir noch nicht erklären. Doch ich war bereit, mich von meiner vorgefertigten Meinung zu distanzieren, wenn es bedeutete, Nick zu helfen.

Und wenn doch rauskäme, dass er Claire liebte? Dann würde ich dies endgültig akzeptieren müssen.

Ich wischte mir grob über die Wangen, ehe ich mich an den Dreck erinnerte, der meinen Fingern anhaftete. Hervorragend.

Unter größter mentaler Kraftanstrengung legte ich alles wieder so zurück, wie es gewesen war. Ein kleiner Haufen Erde blieb auf der Oberfläche, weil die Kiste irgendwie nicht mehr ganz so genau ins Loch passte wie vorher. Nachdem ich die Erde mit der Schaufel platt gedrückt hatte, hatte ich mich halbwegs gefangen.

Es gab nur einen Ort, den ich jetzt aufsuchen wollte. Nur eine Person.

Mit Claire und meiner Enttäuschung würde ich mich später noch beschäftigen. Jetzt musste ich Nick sehen. Ich bekam seinen verletzten Gesichtsausdruck nicht aus dem Kopf.

Als ich mit dem Rad zu ihm fuhr, versuchte ich, meinen eigenen Ärger herunterzuschlucken. Nick hatte mir all die Jahre nicht genug vertraut, um mir von seinem leiblichen Vater zu erzählen. Es war nicht so, als hätte ich ihn nie nach seinem Vater gefragt. Doch nachdem Nick nichts dazu hatte sagen wollen, hatte ich angenommen, dass sein Dad unrühmlich von der Bildfläche verschwunden war.

Dass Daisy, zweifellos auch Ms Atwood und Nick, ein derartiges Geheimnis mit sich trugen? Es überstieg beinahe meine Vorstellungskraft. Mir auszumalen, wie schwer es für Nick gewesen sein musste, Bürgermeister Rosewood zu begegnen, half dabei, meine eigenen verletzten Gefühle zu ignorieren. Darum würde ich mich auch später kümmern können. Jetzt ging es erst mal um Nick.

Mein Herz krampfte sich schmerzhaft zusammen. Ich wünschte, ich hätte ihm vorher schon zur Seite stehen können.

Mittlerweile war es stockduster, weshalb ich durch das Küchenfenster sehen konnte, dass Ms Atwood und Daisy am Tisch beisammensaßen. Eine geöffnete Flasche Rosé zwischen ihnen und Jazzmusik im Hintergrund, deren Saxofonklänge leise nach außen drangen.

Gosh, ich könnte ihnen jetzt nicht begegnen. Das wäre zu viel. Ich wäre außerstande, Daisy in die Augen zu sehen, nach dem, was ich erfahren hatte. So wie ich sie kannte, wollte sie mein Mitleid sicher nicht haben.

Ich ging zur rechten Seite des Hauses. Weg von Ms Atwoods Haus und zu einem Laubbaum hin. Er besaß einen einzigen, dicken Stamm, anders als unsere Eiche, und seine Äste waren stark und verlässlich. Ich war schon mehr als einmal darauf geklettert, um Nick in seinem Zimmer zu besuchen. Das letzte Mal war schon eine Weile her, aber das machte sicher keinen Unterschied. Klettern war bestimmt wie Radfahren. Man musste einfach loslegen, und dann würde man sich schon wieder an die richtige Abfolge erinnern.

Hoffentlich.

»Here goes nothing«, murmelte ich, nachdem ich das Rad abgestellt hatte. Ich umfasste den am tiefsten hängenden Ast mit beiden Händen und stieg auf die kleine Hervorhebung an der Rinde. Das war der erste Schritt. Der zweite folgte sogleich, indem ich den anderen Fuß etwas weiter oben platzierte.

So weit, so gut.

Ich schaffte es bis zum langen, robusten Ast, der direkt bis zu Nicks Fenster reichte. Das Problem war, dass ich meine Angst vor dem Fallen verdrängt hatte. Und die Erinnerung daran, dass es mir in der Vergangenheit nur gelungen war, Nicks Zimmer zu erreichen, weil er mich davon abgehalten hatte, nach unten zu sehen.

Anscheinend war mein Selbsterhaltungstrieb ohne ihn nicht

vorhanden, denn das Erste, was ich tat, als ich mitten auf dem Ast hockte, war, nach unten zu blicken.

Holy motherfucker.

Ich war wie erstarrt. Schweiß bildete sich auf meiner Stirn. Mein Herz raste, und meine Innereien verknoteten sich. Es war nicht so hoch. Selbst wenn ich fallen würde, würde ich mir höchstens eine Verstauchung zuziehen. Nur wenn ich blöd aufkäme und mit dem Kopf … Und dann vielleicht …

»Nick?«, rief ich, in der Hoffnung, er würde mich hören. Seine Vorhänge waren zugezogen, doch ich hatte von unten Licht gesehen, das zwischen den Lücken erkennbar gewesen war. Aber war sein Fenster geöffnet gewesen? Ich konnte mich nicht erinnern, und ich konnte auch nicht nachsehen, weil mein Blick am Boden festklebte. »Oh my gosh, ich werde heute sterben.«

»Ich glaube, das Urteil steht noch aus.«

Fast hätte ich den Griff um den Ast unter mir gelöst, weil ich mich so erschreckte.

»Sag doch was!«

»Hab ich.« Er klang … nicht wie er selbst. Deshalb dauerte es einen Moment, ehe ich die verschiedenen Gefühle aus seiner Stimme herausgefiltert hatte. Verärgerung. Scham. Humor.

»Das meinte ich nicht«, presste ich hervor. »Kannst du mir helfen? Bitte? Am besten, bevor ich abstürze.«

»Du stürzt schon nicht ab, und wenn doch, fahre ich dich zu Dr. Reeves.«

»Du bist gerade so was von keine Hilfe«, beschwerte ich mich.

»Bronwyn.« Ich schluckte. Wie konnte mir der Boden plötzlich noch weiter entfernt erscheinen? »Darlin', sieh mich an. Komm schon.«

»Und wenn ich falle?«

»Ich habe nicht gesagt, dass du loslassen sollst. Heb deinen Kopf. Na los. Auf drei.« Er wirkte gefasster. »Eins. Zwei. Drei.«

Eine Zehntelsekunde danach gab ich mir innerlich einen Ruck und hob das Kinn. Mein Blick traf mit einer solchen Wucht auf seinen, dass ich beinahe doch das Gleichgewicht verloren hätte.

»Gut gemacht«, lobte er mich und lächelte leicht. »Und jetzt atme tief durch. Durch die Nase ein und durch den Mund wieder aus.«

»Ich weiß nicht, wie mich das auf die andere Seite bringen soll«, grummelte ich, tat dann aber wie geheißen. Ein und aus.

»Warst du schon immer so unausstehlich?«

»Machst du dich jetzt über mich lustig?«

»Eigentlich beschwere ich mich über dein Verhalten, aber nenn es ruhig, wie du willst.« Er stützte sich auf dem Fensterbrett auf, bevor er sich hochzog und daraufsetzte. Erst jetzt bemerkte ich, dass er obenrum nichts anhatte.

Natürlich nicht.

»Nick!«

»Darlin', du schaffst das. Komm.« Er streckte mir seine starken Arme entgegen, und plötzlich wirkte die Distanz zu ihm gar nicht mehr so weit. Nur einen Meter, bevor ich seine Fingerspitzen würde berühren können.

Noch einmal atmete ich durch die Nase ein und durch den Mund wieder aus, ehe ich mich mit einer Hand vom Ast löste. Ich blickte wieder nach unten, doch ich konzentrierte mich darauf, einzig den Ast zu sehen und nicht das, was mich darunter erwartete.

Nämlich ein schmerzhafter Fall.

»Ich kann das nicht«, sagte ich zitternd.

»Du hast es doch gerade getan. Jetzt noch mal mit der anderen Hand.« Mein ganzer Körper schien zu vibrieren. Meine Situation würde sich nicht verbessern, je länger ich hier hockte. »Ich glaube an dich, Bronwyn.«

Das tat er wirklich. Nick hatte nie an mir gezweifelt. Er hatte mir vielleicht nicht all seine Geheimnisse anvertraut, doch er war immer davon überzeugt gewesen, dass ich alles schaffen konnte, was ich mir vornahm.

Ich wagte es, mein rechtes Bein zu heben, ein Stück nach vorn zu ziehen, und es dann mit dem linken zu wiederholen, bevor ich wieder meine Hände benutzte.

Mein Herzschlag war der stete Rhythmus in meinem Inneren, an dem ich mich orientieren konnte. Genauso wie Nick, der mir weiterhin Mut zusprach, auch wenn ich zu konzentriert war, um die genaue Bedeutung herausfiltern zu können.

Schließlich spürte ich Nicks Hände, die sich um meine Oberarme schlossen, und in einem Rutsch hatte er mich zu sich gezogen. Er auf der Fensterbank sitzend, und ich auf seinem Schoß seitwärts zu ihm.

Schweiß perlte mir von der Stirn. Sowieso war ich vollkommen schmutzig und durchgeschwitzt. Ich ekelte mich vor mir selbst, doch Nick hielt mich einfach fest. Als wäre ihm nicht mal in den Sinn gekommen, Abstand zu wahren.

»Good girl«, sagte er an meinem Ohr, und ich erzitterte. Er legte seine Wange an meine Schläfe. Die Arme um meinen Oberkörper geschlungen.

Nach und nach beruhigte sich mein Körper. Das Zittern verebbte, und meine Atmung ging gleichmäßiger.

»Du kannst mich jetzt loslassen«, sagte ich schließlich.

»Und wenn ich nicht will?« Obwohl er das fragte, schob er mich im gleichen Moment nach drinnen in sein sicheres Zimmer.

Als ich mit den Füßen auf den Holzdielen aufkam, wirkte meine Kletteraktion schon wieder sehr weit entfernt. Ich nahm mir jedoch vor, die Peinlichkeit nicht so schnell wieder zu vergessen. Ich wollte mir nicht ausmalen, was geschehen wäre, wenn Nick mich nicht gehört hätte.

»Wie kann es sein, dass dein Zimmer hier genauso aussieht wie in New York?« Dessen war ich mir noch nie vorher bewusst geworden. »Abgesehen von der Dachschräge.«

»Vielleicht, weil es mir so gefällt?« Er war nun ebenfalls aufgestanden und lehnte sich mit verschränkten Armen gegen eben jene Dachschräge. Ein kurzer Blick auf ihn, und mir wurde wieder heiß. Seine gebräunte Haut, die kleinen Narben, die er sich während des Sports oder bei der Arbeit zugezogen hatte, und vor allem die Muskeln und Sehnen, die sich deutlich abzeichneten. Ich hatte all das berührt. Vor wenigen Tagen. Es war weitaus mehr geschehen als das. Mein bester Freund hatte mich mit seiner Zunge zum Höhepunkt gebracht, und seitdem hatte ich an kaum etwas anderes denken können.

»Immerhin mögen wir beide Grün«, murmelte ich. Abgesehen davon fand sich nicht viel Farbe im Schlafzimmer. Es gab dunkelgraue Wände, graue Kopfkissen, Naturholzmöbel und einen cremefarbenen Teppich mit grauen Akzenten. Die helle, olivgrüne Bettwäsche und die Grünpflanzen setzten die einzigen Farbakzente. Selbst die Bilder an der Wand waren Schwarz-Weiß-Fotografien von diversen Schauspielern, die Nick respektierte. Morgan Freemann. Sylvester Stallone. Meryl Streep.

»Es gibt viel, das wir beide mögen, Darlin'.« Es kribbelte in meinem Nacken. Sein intensiver Blick schien sich förmlich in mich hineinzubohren. »Warum bist du hier?«

Die Lebensgefahr, in der ich eben noch geschwebt hatte, hatte mich alles vergessen lassen. Jetzt erinnerte ich mich wieder an den Grund meines Kommens. Nicks Geheimnis.

Aber ich konnte mich so nicht mit ihm unterhalten. Meine Arme juckten, meine Handballen waren aufgeschürft, und überhaupt fühlte ich mich Nick nicht gewappnet.

»Kannst du mir was zum Anziehen leihen? Ich brauche eine Dusche«, sagte ich ausweichend.

»Du willst hier duschen?«, fragte er ungläubig, als hätte ich das noch nie getan.

»Ich will nicht noch mal nach Hause zurückmüssen, duschen und wieder herfahren. Also?«

»Du …« Eilig schloss er den Mund wieder, als hätte er es sich anders überlegt. Abwartend sah ich ihn von der Zimmertür aus an. »Warte.«

Ich beobachtete ihn dabei, wie er aus zwei Schubladen seiner Kommode, auf der ein Flachbildfernseher stand, eine kurze Jogginghose und ein für mich riesiges, aber für ihn wohl passendes T-Shirt holte. Beides drückte er mir in die Hand.

»Lass deine Tür zu, ja?« Stirnrunzelnd sah er mich an. »Ich will nicht, dass deine Mom weiß, dass ich hier bin. Und wenn sie die Dusche hört und dich aber hier sieht, dann …«

»Sie betrinkt sich gerade eh mit Nana«, sagte er und warf sich aufs Bett.

»Nick!«

»Jaja, geh nur. Auch wenn ich nicht weiß, warum das ein Problem sein sollte. Du bist nicht das erste Mal durchs Fenster gestiegen.«

Nein. Vorher hatte es sich jedoch auch nie so gefährlich angefühlt. Vorher hatte ich seine Zunge nicht an meiner empfindsamsten Stelle gespürt. Vorher …

• KAPITEL 20 •

middle with you

Ich flog förmlich aus dem Zimmer, darauf achtend, die knarzenden Dielen im Flur zu überspringen. Kiara bellte. Hatte sie mich gehört? Oh nein.

Mitten im Flur hielt ich inne und bewegte mich nicht. Kiara wurde still, als würde auch sie warten.

So sehr ich die Labradorhündin auch liebte, gerade wünschte ich mir, sie würde mich nicht ebenso sehr lieben. Schon sah ich sie um die Ecke watscheln. Schwanzwedelnd und mit dickem Bauch, in dem sie vermutlich mehr als einen Welpen trug.

Sie scharwenzelte um meine Beine und strich mit dem Kopf gegen mein Knie, bis ich mich erbarmte, sie zu kraulen.

»Gutes Mädchen. Jetzt geh wieder zu deiner Mommy«, flüsterte ich. Sie sah mich aus ihren großen, braunen Augen an, nachdem ich meine Hand wieder zurückgezogen hatte. »Na, geh schon.«

Ein paar Sekunden vergingen, doch dann raschelte es in der Küche, und sie tapste davon, in der Hoffnung, Leckerlis abzustauben.

Ich schwitzte aus sämtlichen Poren. Warum ich so eine Angst davor hatte, von Daisy erwischt zu werden, konnte ich nicht sagen. Doch ich musste mich gleich mit Nick unterhalten, ohne dass sie von uns wusste. Ohne dass sie uns unterbrach.

Endlich erreichte ich das Badezimmer und nahm mir als Erstes ein Handtuch aus dem Regal. Immerhin wurden sie hier drin aufbewahrt. Ich hätte es nicht noch mal zurück zu Nick geschafft, ohne dabei die Fassung zu verlieren. Es war mir schon fast peinlich, wie sehr meine Synapsen durchknallten, sobald ich ihn oberkörperfrei sah. Als hätte ich in meinem ganzen Leben noch nie jemanden seines Kalibers nackt gesehen.

»Okay, hab ich auch nicht, aber …« Ich betrachtete kurz mein Spiegelbild. Dreck, Schweiß, verschmierte Wimperntusche. Yes. Nicht das, was ich sehen wollte.

Sobald ich den heißen Duschstrahl auf meiner Kopfhaut spürte, entspannte ich mich. Ich benutzte wie früher Daisys Seife und schrubbte meinen gesamten Körper von oben bis unten, bis ich nur noch rosa verfärbte Haut sah, und der Zitronenduft alles einhüllte. Nachdem ich schnell meine Haare gewaschen hatte, trocknete ich mich ab und föhnte mein nasses Haar an, damit es zumindest nicht mehr tropfte.

Nicks Hose reichte mir bis zu den Schienbeinen, und ich musste die Schnüre am Bund kräftig zuziehen, damit sie mir nicht sofort wieder runterrutschte. Das weiße Shirt zog ich über meinen fliederfarbenen BH, der sich bei manchen Bewegungen darunter abzeichnete, doch das war okay. Gerade fühlte ich mich wieder wie ich selbst, und ich könnte mit Nick über sein Geheimnis reden, ohne mich von meinem Verlangen übermannen zu lassen.

Ich hätte vielleicht mein Handy mitnehmen und googeln müssen, ob es einen Ratgeber für Frauen gab, die nach ihren besten Freunden lüsterten, und was dagegen zu tun wäre.

Beim Falten meiner Kleidung sammelte ich gleichzeitig meinen Mut zusammen. Es war ja nicht so, als wäre ich damit allein. Auch Nick wollte mich. So viel war selbst mir klar.

Wir müssten bloß … Abstand wahren.

Zurück im Zimmer hatte sich Nick endlich ein langärmeliges Shirt über seine schwarze Jogginghose gezogen. Der Fernseher lief im Hintergrund, als ich die Tür schloss und meine Kleidung auf einen Stuhl legte.

»Können wir jetzt reden?«

Er sah mich unter halb geschlossenen Lidern an, als wäre er kurz vorm Einschlafen gewesen. Was überhaupt nicht stimmte. Nick schlief innerhalb von zwei Sekunden ein, wenn er wollte. Oder er war wach. Es gab bei ihm kein Schlummern.

»Ich bin nicht derjenige, der sich bis gerade versteckt hat.« Seine Stimme war dunkel und rau. Wie eben lag er auf seinem Bett, den Kopf auf einem Arm aufgestützt und die andere Hand auf seinem flachen Bauch zusammen mit der Fernbedienung.

Lass dich gehen, hatte er in demselben Tonfall gesagt, und seine Hände hatten sich in meine Beine gegraben.

»Ich habe mich nicht …«, begann ich, ehe ich es mir anders überlegte. Darüber zu diskutieren, würde mich nicht weiterbringen. Ich setzte mich neben ihn im Schneidersitz aufs Bett und sah ihn an, auch wenn er an mir vorbeiblickte. »Ich will ehrlich sein. Zuerst habe ich dir Vorwürfe gemacht, weil du bis heute ein derart großes Geheimnis für dich behalten hast.«

Das schien seine Neugier zu wecken. Er sah mich zwar nicht an, doch er schaltete die Sitcom aus.

»Jetzt nicht mehr?«

Ich schüttelte den Kopf. »Ich bin noch traurig, aber nicht verärgert. Du hast das getan, was du für dich und wahrscheinlich auch für Daisy für am besten gehalten hast. Das kann ich verstehen.«

»Es ist nicht so, als hätte ich nie darüber nachgedacht, es dir zu erzählen, Bronwyn.«

»Ich weiß.«

»Es gab immer wieder Momente, da … Mir fehlten einfach die Worte. Und heute ging es ganz leicht.«

»Ich hätte dein Geheimnis nicht gelesen, wenn du mir nicht davon erzählt hättest«, betonte ich. Ich wollte, dass er wusste, dass ich sein Vertrauen niemals missbraucht hätte.

Anders als Claire.

Über sie wollte ich jetzt allerdings nicht nachdenken. Hier ging es um Nick.

»Ich war bloß wütend auf die ganze Situation. Ich hab das nicht so gemeint.« Endlich richtete er sich auf und erwiderte meinen Blick. Behutsam ergriff er meine Hand. »Natürlich würdest du das nicht tun. Doch ich bin froh, dass du es jetzt weißt.«

»Wann hast du davon erfahren?« Wir verschränkten unsere Finger ineinander, streichelten uns gegenseitig, lösten sie wieder. Ein stiller Tanz.

»Da war ich elf oder zwölf. Mom hat immer ein Geheimnis daraus gemacht, aber an dem Abend hat sie mich zu sich geholt. Wie Erwachsene, sagte sie. Dann hat sie mir alles erzählt.«

»Sie hat ihn geliebt?« Es fiel mir nicht schwer, sie mir als Achtzehnjährige vorzustellen. Sie war immer noch unglaublich jugendlich und hatte sich ihre spielerische Seite bewahrt. Was mir hingegen schwerfiel, war, Mr Rosewood als jungen Mann vor mir zu sehen.

»Zumindest die Version, die er von sich gezeigt hat«, sagte er. »Sie hat nicht gewusst, dass er verheiratet war. Seine Frau und … sein Kind wohnten zu der Zeit in Baton Rouge, und er arbeitete hier.«

»Er hat sie ausgenutzt und sich dann abgewendet?« Er nickte, den Blick auf unsere Hände gerichtet. »Was für ein Mistkerl. Ich wünschte, ich hätte ihm dafür selbst eins überbraten können.«

»Eins überbraten?« Ich wertete sein leises Lachen als kleinen

Erfolg. »Er hat es nicht verdient, dass wir uns weiter mit ihm aufhalten. Ich hätte nicht die Kontrolle verlieren dürfen.«

»Er hat Daisy beleidigt! Nicht nur, dass er sich nicht um euch gekümmert hat, er ist auch noch so unverschämt, sich über euch stellen zu wollen! Er ist ein niveauloses Arschloch. Ich wünschte, alle in der Stadt würden das sehen.« Ich schnaubte. »Stattdessen ist er Bürgermeister geworden.«

»Ja, das war wie ein Schlag ins Gesicht damals.« Plötzlich zog er mich an meiner Hand nach vorn, sodass ich fast auf ihm lag. Ich unterdrückte einen Aufschrei. Er war wieder mit dem Rücken in die Kissen gesunken, und ich musste mich auf seinem Brustkorb abstützen. »Jetzt geht es mir besser.«

»Das ist großartig, aber …« Als ich mich wieder zurückziehen wollte, legte er eine Hand in meinen Nacken, und mein Widerstand schmolz dahin.

Wir sahen uns tief in die Augen, wie wir es schon Hunderte Male zuvor getan hatten, doch erst seit Kurzem rasten mein Herz und mein Verstand dabei davon. Weil ich wusste, dass ich nicht länger die Einzige war, die die körperliche Anziehung verspürte.

»Bless my heart«, flüsterte ich an seinen Lippen, bevor ich sie mit meinen verschloss. Sofort drückte er mich fester an sich. Stöhnte in meinen Mund hinein, bevor er mir erlaubte, ihn mit meiner Zunge zu erkunden.

Mit den Händen strich ich über seinen Körper. Holte all das nach, was ich mir während des Proms selbst verwehrt hatte. Ich beeilte mich, ihm das Shirt vom Kopf zu ziehen und mit den Lippen eine Spur von seinem Kinn hinab zu seinem Brustkorb zu hinterlassen. Zentimeter für Zentimeter arbeitete ich mich vor, ehe ich links und dann rechts an seinen Brustwarzen saugte.

»Darlin', du bringst … mich noch … um«, stöhnte er. Seine Finger fuhren durch mein Haar. Mit der anderen Hand krallte er sich in die Decke, während ich rittlings auf ihn stieg, um noch tiefer mit meiner Zunge zu wandern. An dem Tattoo auf seinem linken Rippenbogen entlang und noch weiter hinab.

»Du schmeckst nach Sommer«, sagte ich, als ich ihm eine kurze Verschnaufpause gestattete.

Bevor er etwas darauf erwidern konnte, fuhr ich mit meinen Fingerspitzen an seinem Hosenbund entlang. Ich hatte die deutliche Wölbung bereits an meinem Bauch gespürt und war neugierig.

Neugieriger als ohnehin schon, und das sollte etwas heißen. Ich hatte Nick verständlicherweise noch nie zuvor nackt gesehen. Dementsprechend war ich völlig ahnungslos, was mich erwartete.

Kurz kam mir der Gedanke, dass es egal war. Ich liebte Nick schon so lange, und sein Äußeres war ein toller Bonuspunkt. Doch worum es mir ging, fand sich in seinem Herzen und in seinem Verstand.

Seine Erektion würde ich dennoch nicht verschmähen. Ich nahm, was ich kriegen konnte, und dieses Mal würde er mir alles geben, so wie ich ihm alles gegeben hatte.

Ich löste mich von dem Bund seiner Sweatpants und zog mir das T-Shirt, das er mir geliehen hatte, über den Kopf, sodass er mich in meinem Spitzen-BH sehen konnte. Seine eigentlich meergrünen Augen wurden schwarz.

Seine großen Hände schienen sich fast ohne sein Zutun zu bewegen, bis er damit meine Taille umfasste. Die Schwielen seiner Handflächen auf meiner empfindlichen Haut ließen mich erzittern. Ein Seufzen folgte. Wie oft hatte ich mir das vorgestellt?

»Ich bin dran«, verkündete ich ungewöhnlich heiser. Damit entzog ich mich ihm und rückte weiter an seinen Beinen hinab. Meine Brüste berührten seine Hose, bevor ich sie mit seiner Hilfe nach unten zog.

Ich ließ mir Zeit damit, ihn erst von einem Hosenbein zu befreien, dann von dem nächsten. Ganz unten angekommen, bewegte ich mich wieder nach oben. Meine Hände strichen über seine behaarten Beine, ebenso meine Brüste. Doch jetzt spürte er die Berührung mehr, weil nur noch die Spitze uns voneinander trennte.

»Darlin' …« Er keuchte auf, als ich seine Boxershorts nach unten zog. Sein Penis ragte vor mir auf. Alles kribbelte in mir, und ich konnte den Blick nicht abwenden, weil *ich* das vollbracht hatte. Weil er *mich* wollte und niemanden sonst in diesem Augenblick.

Jetzt und hier gehörte seine Aufmerksamkeit mir allein.

»Ich habe noch was gutzumachen«, wisperte ich und nahm seine Erektion in meine Hand. Mein Blick wanderte zu Nick nach oben. Er hatte die Augen geschlossen. Befand sich in Sphären, auf die er mich das letzte Mal getragen hatte.

»Fuck. Ich weiß nicht, ob ich das ertrage«, presste er hervor.

Ich wartete, bis er nach unten sah. Bis er mich ansah. Dann berührte ich seine Eichel mit meiner Zunge, ohne den Blick von ihm zu wenden. Ich wollte sehen, was das mit ihm anstellte. Wollte mich für immer daran erinnern.

Ich wusste nicht, wie ich in diese Lage geraten war. Wann die Grenzen verwischt worden waren und von wem. Doch ich wusste, dass das Ende zwangsläufig kommen würde, und um all die kommenden Jahre ohne ihn zu ertragen, wollte ich so viele Erinnerungen kreieren wie irgend möglich.

Er krallte sich in die Decke, berührte mein Haar, strich über meine Wange. All das, während ich ihn leckte und an ihm saugte und ihn blies. Ich wollte ihn um den Verstand bringen. Er sollte den Abgrund sehen und mit offenen Augen hineinspringen.

Schließlich wechselten wir Positionen, und ich kniete vor ihm auf dem Bett, während er über mir aufragte. Er wich meinem Blick nicht aus, als er noch zwei, drei Mal in meinen Mund stieß, ehe er sich verlor.

»Shit, ich kann nicht mehr. Ist es okay?«, presste er hervor. Seine Hand locker in meinem Haar.

Ich nickte.

Ihn überkam ein heftiger Orgasmus, und ich schluckte mehrmals, glücklich, ihn glücklich zu sehen, bevor wir uns sanft voneinander lösten. Mit dem Handrücken wischte ich mir über das Kinn. Nick zog mich an den Schultern nach oben und küsste mich, was das Kribbeln in meinem Bauch neu entfachte.

Nach ein paar Minuten ging ich ins Badezimmer, um mein Gesicht zu waschen. Als ich in sein Zimmer zurückkehrte, erlaubte ich der Verlegenheit nicht, Einzug zu erhalten. Ich kleidete mich wieder in das T-Shirt, nachdem auch er sich seine Shorts angezogen hatte.

Er hatte das Licht der Nachttischlampe gedimmt und hielt die Decke neben sich auf. Ohne nachzudenken, nahm ich die Einladung an. Sein Körper an meinem befriedigte mich auf eine ganz eigene Weise.

»Wir könnten noch mehr tun«, hauchte er an meinem Ohr und knibbelte an meinem Ohrläppchen. Er wusste bereits, dass ich davon erschauerte.

»Ich weiß«, antwortete ich, bevor ich die Fernbedienung fand und den Fernseher einschaltete.

»Aber?«

Aber mit seinem besten Freund zu schlafen, ist der letzte Schritt? Der Meter vor dem Ende? Ich würde es tun. Ich hatte Nick bereits so viel von mir gegeben und würde auch eine vollkommene Nacht mit ihm bekommen. Das machte mir keine Angst. Nur das Danach ließ mir den Schweiß ausbrechen. Jetzt könnten wir uns noch darauf freuen. Wir waren abgelenkt. Konzentrierten uns auf den Sex, der uns bevorstand, nahmen deshalb die Krise dahinter noch nicht wahr. Oder eher Nick nicht. Ich konnte sie nämlich zu deutlich sehen.

»Ist Vorfreude nicht die schönste Freude?« Unter der Decke streichelte ich mit den Fingerspitzen seinen harten Bauch und genoss das Gefühl seiner zitternden Muskeln. Ich blickte ihn forschend an. »Ich will dich, Nick. Ganz. Aber nicht heute. Heute wollte ich dich verwöhnen.«

Das ließ er sich einen Moment durch den Kopf gehen. »Da fiele mir noch mehr ein …«

Seine Hand wanderte unter meinen Hosenbund. Ich stöhnte auf. Mein Herz machte einen Satz. Er küsste mich hart, und ich hatte ihm nichts entgegenzusetzen.

Ich hätte all meine Argumente vergessen, wenn es nicht in jenem Moment an seine Zimmertür geklopft hätte. Wie von der Tarantel gestochen, zog er sich zurück, und ich warf die Decke über meinen Kopf.

Daisy.

»Nick?«

Bitte, lass sie mich nicht entdecken. Innerlich musste ich trotz der Situation lachen.

Vielleicht war es auch bloß Nick zu verdanken, der direkt hier bei mir war. Ich war glücklich.

• KAPITEL 21 •

happiness never lasts

Am nächsten Tag hatte Nick eine Überraschung für mich vorbereitet. Wir waren glücklicherweise nicht von Daisy ertappt worden, und am frühen Morgen hatte mich Nick mit meinem Rad auf dem Autodach nach Hause gefahren. Nur um mich zwei Stunden später wieder abzuholen.

Wie gestern auch lag über allem eine graue Wolkendecke, und die Luft war drückend. Ob es heute endlich regnen würde?

St. Mercys Bewohnerinnen und Bewohner würden sämtliche Gottheiten anbeten, um die Papierdekorationen vor dem drohenden Unwetter zu beschützen. Da ich das Kürbisfest erst morgen besuchen würde, machte ich mir keine großen Gedanken. Es kam, wie es kommen würde.

Ohnehin war mein Kopf voll mit Bildern der gestrigen Nacht. Was ich mich getraut hatte. Was Nick zugelassen hatte. All das und mehr.

Noch jetzt brannten meine Lippen, die leicht geschwollen waren. Ich konnte bloß froh sein, dass meine Eltern in den Samstagmorgen hineinschliefen. Ebenso Lemon, die wieder mit Helena gesprochen hatte, wie sie mir per Textnachricht mitgeteilt hatte.

261

»Wohin fahren wir?«, fragte ich Nick, nachdem ich ihn mit einem schüchternen Kuss begrüßt hatte. Er legte eine Hand in meinen Rücken und presste mich an sich, drehte uns herum, bis der Wagen hinter mir war und drückte mich dann dagegen. Alles, während er meinen wunden Mund erneut eroberte. Ich zerschmolz unter seinen Händen.

»*Das* ist eine Begrüßung, Darlin'«, korrigierte er mich lachend, bevor er liebevoll mit meinem Pferdeschwanz spielte. Seine andere Hand lag weiter an meiner Taille, als wäre dort ihr angestammter Platz. »Und wir machen uns eine schöne Zeit heute.«

»Okay.« Ehrlich, was sollte ich sonst sagen?

Nachdem ich in den Jeep gestiegen war, fuhr Nick rückwärts aus der Einfahrt und legte dann eine Hand besitzergreifend auf mein Knie. Zunächst wusste ich nicht, was ich mit meinen eigenen Händen tun sollte, bis ich den Mut ergriff und die Linke auf seiner platzierte. Sein Mundwinkel zuckte leicht, doch er sagte nichts.

»Wohin fährst du?« Wir hatten die Hauptstraße von St. Mercy verlassen und fuhren direkt in die Swamps hinein. Zumindest in den Teil, der noch befahrbar war.

»Hast du die Insel schon vergessen?«

»Die Insel? Wirklich?« Aufgeregt wandte ich mich ihm zu. Der Gurt schnitt unangenehm in meinen Hals, und ich musste ihn mit beiden Händen nach vorn ziehen.

Die Insel war unser Treffpunkt gewesen, seit wir alt genug gewesen waren, um mit dem Auto die Stadt zu verlassen. Nick und Claire hatten sich stets mit dem Fahren abgewechselt, und jedes Mal war der Ausflug einer Flucht aus dem Alltag gleichgekommen. Soweit ich wusste, suchte sie niemand außer uns auf, und wenn doch, so hatten sich unsere Besuche nie überschnitten.

»Du freust dich?«

»Sehr. Das kann ich jetzt echt gebrauchen«, gab ich zu und lächelte selig.

Mein Glück war allerdings von kurzer Dauer. Und Nicks ebenso, wie ich befriedigt feststellte. Immerhin trug er die Verantwortung für die Situation.

Wir erreichten den Steg, an dem das Boot lag, das uns zur Insel bringen würde, doch wir waren nicht allein. Claire und George warteten bereits mit Sack und Pack auf den Holzplanken. Claire saß auf einer Plastikkühltruhe, und George blickte bei unserer Ankunft von seinem Smartphone auf.

»Du hast Claire eingeladen?«, rief ich, noch während wir im Auto saßen.

»Claire. Nicht George«, betonte er durch zusammengebissene Zähne.

»Damit hättest du rechnen müssen«, erwiderte ich. »Immerhin sind wir jetzt beide schlecht gelaunt.«

»Ich bin nicht schlecht gelaunt.« Viel zu energisch schlug er seinen Sicherheitsgurt zurück.

»Natürlich nicht.«

Wir stiegen gleichzeitig aus. Der Jeep stand perfekt geparkt neben dem weißen Van von George. Um uns herum gab es bloß Bäume, Gebüsch und den See. Aus diesem wuchsen rote Ahornbäume, Zitterpappeln, Birken und für den Sumpf typische Nymphenbäume empor. Kleine Inseln wurden von ihren Wurzeln geschaffen. Nebel lag über dem Horizont und offenbarte lediglich die dunkle Silhouette unserer Insel. Es war kühler als außerhalb der Sümpfe, aber die Luftfeuchtigkeit war höher.

»Ihr seid zwei Minuten zu spät«, kommentierte Claire lautstark, ohne sich vom Steg auf uns zuzubewegen.

»Ich wusste nicht mal, dass wir euch treffen«, entgegnete ich.

Nick machte sich hinter mir am Kofferraum zu schaffen, und ich trat zur Seite. Sträubte mich innerlich, zu Claire und George

263

aufzurücken, auch wenn er mich nett anlächelte. Ich konnte ihn nicht ansehen, ohne nach Ähnlichkeiten zwischen ihm und Nick zu suchen. Die Stirnpartie war dieselbe, wie ich nun erkannte. Vielleicht auch die Lippen, doch abgesehen davon hatte George viel von seiner Mutter geerbt. Sein Hautton war ein paar Nuancen dunkler und seine Nase breiter als die von Nick, obwohl der sie sich schon einmal gebrochen hatte. Das blonde Haar und die grünen Augen hatte George hingegen von seinem Dad. Nick hatte eine ähnliche Augenfarbe.

Es verwirrte mich.

»Was? Du hast gedacht, ihr seid nur zu zweit?« Claire musterte mich neugierig.

»Ist ja nicht so, als wäre es im letzten Jahr anders gewesen, oder?«

Ich hatte noch keine Zeit gehabt, ihr ihre Täuschung zu verzeihen. Oder überhaupt darüber nachzudenken, was für Auswirkungen der Schwur gehabt hatte. Hätte ich mich ohne ihn anders verhalten?

Hätte ich mehr riskiert?

»Bronwyn …« Ihre Stimme verlor sich.

»Komm, wir laden die Sachen auf«, sagte George und hielt Claire dadurch ab, das Fass schon zu Beginn unseres Ausflugs zum Überlaufen zu bringen.

Nick hatte ein paar Decken eingepackt sowie Getränke, Kerzen und Taschenlampen. Claire war für unser leibliches Wohl verantwortlich gewesen. Ich versuchte, mich nicht von meiner schlechten Laune niederringen zu lassen. Immerhin könnte ich den Tag mit Nick verbringen, wenn auch nicht allein.

Es waren die kleinen Dinge im Leben …

Das Boot gehörte eigentlich Ms Atwood und wurde von niemandem außer uns genutzt. Dementsprechend rustikal wirkte es. An einigen Stellen war es bereits verrostet, und die weiße

Farbe blätterte ab. Trotzdem sprang der Motor sogleich an, als Nick ihn aufzog. Entweder er hatte sich nach unserer Ankunft schon darum gekümmert, es fit zu machen, oder Claire hatte es instand gehalten.

Ich setzte mich auf die Bank gegenüber von Claire und George, während Nick das Steuer übernahm. Wir alle konnten das Boot bedienen, doch er war bei Weitem der beste Kapitän.

Schon bald wurden wir von dem Nebel verschluckt, was der allgemeinen Stimmung nicht zuträglich war. Erst als wir den Steg unserer Insel erreichten und sich die Sonne einen Weg durch die dichten, grauen Wolken bahnte, schien ein Teil unserer Last von uns abzufallen.

Ein Reiher stob kreischend über uns hinweg.

»Bist du schon mal hier gewesen?«, fragte ich George.

»Ein, zwei Mal«, antwortete er mit großen Augen. »Aber ich kann immer noch nicht glauben, wie es hier aussieht.«

»Ich weiß, was du meinst.«

Die Insel war nicht viel größer als ein Fußballfeld und ungleichmäßig hoch. Es gab einige Uferbänke, die in den glitzernden See hineinragten, und dann wieder schmale Buchten, gegen die das Wasser schwappte. Anders als sonst in den Sümpfen hatte diese Insel sogar eine mit Moos überwucherte Grasfläche, auf die wir uns allerdings nicht setzen konnten, da sie viel zu feucht war.

Wir hatten in den Jahren, in denen wir die Insel regelmäßig aufsuchten, eine kleine, behelfsmäßige Hütte sowie ein Sonnendeck gebaut. Nick stieg testweise auf die teilweise morschen Bretter, doch da er nicht einbrach, konnten wir die Decken und unsere Vorräte darauf ablegen.

Die Sonne wärmte meinen Nacken, auch wenn die Feuchtigkeit in der Luft hing wie ein Spinnennetz, das sich über meine Haut legte.

»Bin ich die Einzige, die am Verhungern ist?«, fragte Claire in die Runde. Sie hatte sich neben die Kühltruhe gesetzt und holte nun nach und nach deren Inhalt heraus.

»Was hast du mitgebracht?«, fragte Nick, der neben Claire Platz genommen hatte. George saß auf ihrer anderen Seite, sodass in dem Sitzkreis noch eine Stelle für mich frei geblieben war: genau zwischen den beiden Männern, die sich nicht ausstehen konnten.

Wobei ich Nicks Wut nicht teilen konnte. Immerhin hatte George seinen Vater davon überzeugt, die haarsträubende Anzeige fallen zu lassen. Ob er wusste, dass Nick sein Halbbruder war?

Nick zumindest schien nicht erpicht darauf, ein Gespräch mit ihm zu beginnen. Bei allem, was er sagte, sah er entweder mich oder Claire an.

Ich ignorierte Claire so weit wie möglich. Sie hatte nicht mal den Mumm gehabt, mir ins Gesicht zu sagen, was sie auf den Zettel geschrieben hatte. Stattdessen hatte sie mich allein zu unserer Zeitkapsel geschickt, damit sie meiner unmittelbaren Reaktion entgehen konnte.

Während Claire weiter auspackte, ging ich in die Hütte, um nachzusehen, ob unser Geschirr noch zu gebrauchen wäre. Wir hatten es vor langer Zeit hier deponiert, und wahrscheinlich hatte es ebenso lange keine Spülbürste mehr gesehen.

Das Innere der Hütte war klein und gedrungen. Es bestand aus einem rechteckigen Raum, in dem sich eine Truhe, eine Feuerstelle sowie drei Regalbretter befanden, die ich eigenhändig an die Wand geschraubt hatte. Gläser, Besteck und Teller waren in der Truhe.

»Ihr zwei solltet euch vertragen«, sagte Nick, der mir gefolgt war. Seine Nähe hatte sofort die üblich gewordene Wirkung auf mich. Herzrasen, Flattern im Bauch und Hitze, die sich zwischen meinen Beinen sammelte. Als ich seinen Oberkörper streifte, bemerkte ich, dass auch sein Atem schwerer ging.

»Du weißt nicht, was sie getan hat«, zwang ich mich, zu antworten, bevor ich den Faden verlor.

»Ist es wirklich unverzeihlich?« Seine Lippen an meiner Stirn halfen nicht dabei, mich zu konzentrieren.

»Ich hatte noch keine Zeit, darüber nachzudenken«, lenkte ich ein und fand langsam wieder zu mir. Ich schob ihn mit beiden Händen an seiner harten Brust raus. »Aber jetzt bin ich hungrig.«

Claire hatte sich mit dem Essen Mühe gegeben. Im Gegensatz zu mir hatte sie ein Händchen dafür, mit den wenigsten Zutaten etwas Köstliches zuzubereiten. Sicherlich ein weiterer Grund, warum George sie bewunderte.

Auch wenn ihr Verlobter die gedrückte Stimmung sicherlich wahrnahm, ließ er sich davon nicht einschüchtern. Vor allem aber war er ohnehin zu sehr von seiner Zukünftigen abgelenkt. Immer wieder kehrte sein warmer Blick zu ihr zurück. Ein sanftes Lächeln auf seinen Lippen, während er sie dabei beobachtete, wie sie das Gemüse aus den Tupperdosen holte und gerecht unter uns verteilte.

Er war wirklich hin und weg. Obwohl ich mit Claire gerade auf keinen grünen Zweig kam, freute ich mich über ihr gefundenes Glück.

Nach dem Essen blieben Claire und ich auf dem Sonnendeck zurück, während Nick und George in entgegengesetzten Richtungen nach Feuerholz suchten. Sie waren gleichzeitig aufgestanden, hatten sich kurz angesehen und sich dann wie Kinder voneinander abgewendet.

Da ich jedoch gerade erst von dem Schmerz erfahren hatte, den Nick in sich trug, beschränkte ich meine Reaktion auf ein verurteilendes Schnauben. Er quittierte das Geräusch mit einem finsteren Blick, ehe er sich mit langen Schritten davonmachte.

»Es fühlt sich nicht ganz echt an, nach so vielen Jahren wieder zusammen hier zu sein.«

»Ich habe das Gefühl, wir haben in der letzten Woche kaum etwas anderes zueinander gesagt«, antwortete ich Claire möglichst distanziert.

»Ich nehme an, du hast das Geheimnis gelesen? Mein Geheimnis?«, hakte sie nach.

Verärgert presste ich die Lippen zusammen. Es sollte mich nicht wundern, dass sie sich auf die erstbeste Gelegenheit stürzen würde, darüber zu sprechen.

Im Normalfall wäre ich aufgestanden und gegangen. Doch Nicks Worte verfolgten mich. *Ist es wirklich unverzeihlich?* Wahrscheinlich nicht.

»Du hättest es mir sagen sollen.« Ich lehnte mich auf meine Hände zurück und streckte die Beine aus. Müdigkeit überkam mich, während erneut dichte Wolken über uns hinwegzogen.

»Ich war zu feige.«

»Immerhin erkennst du das an.«

»Es ist die Wahrheit.« Sie zuckte mit einer Schulter, ehe auch sie ihre Beine ausstreckte. Genauso wie ich trug sie helle Jeans und ein Top, wenn auch in Gelb statt in Blau wie meines. »Wie oft ich darüber nachgedacht habe, es dir zu sagen. Dir meinen Segen zu geben, ihm deine Gefühle zu gestehen.«

»Ich brauche deinen Segen nicht«, stellte ich klar.

»Das freut mich, zu hören. Dennoch kannst du nicht abstreiten, dass dich der Schwur auf die eine oder andere Weise beeinflusst hat, oder?«

»Natürlich hat er mich beeinflusst. Ich wollte vor euch nicht wie eine ehrlose Verräterin dastehen.« Sie zuckte zusammen. Vielleicht war meine Antwort etwas zu harsch ausgefallen. Ich bemühte mich um Ruhe. »Aber das ist nicht das Einzige, das mich bis jetzt zurückgehalten hat. Vielleicht habe ich unseren Schwur auch als Ausrede benutzt. Ich weiß es nicht.«

»Du meinst, du wolltest nichts riskieren?«

»Wie du war ich feige, ja. Ich hatte dich und ihn, warum das aufs Spiel setzen? Warum euch riskieren?«

Claire betrachtete mich einen Moment schweigend. »Was ich jetzt sage, tue ich nicht aus meinem schlechten Gewissen heraus. Ich sage es, weil es die Wahrheit ist, okay?«

»Was auch immer kommen wird, kann mir nicht gefallen«, murmelte ich.

»Das, was du für Nick fühlst, fühlt er mindestens genauso stark für dich, Honey. Seit ihr mich als fünftes Rad aufgenommen habt, wusste ich das. Das war der Grund für den Schwur. Für meine Unsicherheit«, sagte sie, ohne mich aus den Augen zu lassen. »Es wäre einfach gewesen, wenn nur du Gefühle gehabt hättest. Selbst wenn du sie ihm gestanden hättest, hätte ich nicht fürchten müssen, außen vor zu bleiben. So wie Nick ist, hätte er sich bedankt und weitergemacht. Aber ich wusste schon immer, dass er dich auch liebt, Bronwyn. Es ist mir ein Rätsel, dass jeder von außen sehen kann, was ihr füreinander empfindet, nur ihr selbst nicht. Es wäre lustig, wenn es nicht so traurig wäre.«

»Das ist Unsinn. Ich hätte erkannt, wenn Nick mich lieben würde«, gab ich stur zurück. »Deine Analyse ist von vorn bis hinten falsch.«

»Glaubst du?« Ein wissendes Lächeln zierte ihre vollen Lippen. »Wenn überhaupt, war er mal *in dich* verschossen. Immer hat er dich mir vorgezogen. Immer hat er Rücksicht auf dich genommen.«

Claire legte lachend den Kopf in den Nacken. »Ach, Honey, ich wünschte, du würdest deine Augen öffnen.«

»Was meinst du damit?«

»Das hat er bloß getan, damit ich als Puffer zwischen euch herhalte. Zugegeben, ich habe die Rolle gern ausgefüllt, weil ich dadurch im Mittelpunkt stand, doch eigentlich ging es nur darum, dass er sich dir nicht offenbaren wollte.«

Wie mechanisch schüttelte ich den Kopf. Es fühlte sich nachvollziehbar an, gleichzeitig hatte ich Angst, es zu glauben.

»Wirklich«, setzte sie nach. »Irgendwann wurde es mir aber zu viel. Eure beidseitig unterdrückte Sehnsucht zu sehen, machte auch mich unglücklich. Ich habe mich selbst mehr und mehr für das gehasst, was ich begonnen habe. Mit dem Schwur. Es war unmöglich, mir selbst in die Augen zu sehen. Andererseits war ich noch zu egoistisch, um mir die Wahrheit einzugestehen, dass ich selbst das Problem verursacht hatte. Es war leichter, dir die Schuld zu geben, Bronwyn.«

»Weil ich nicht aufhören konnte, ihn zu … lieben?«

Sie nickte. »Jetzt weiß ich, wie unfair und gemein das von mir war. Es tut mir leid. Sehr.«

Bevor ich etwas erwidern konnte, riss ein heftiger Wind an unseren Haaren und peitschte sie uns ins Gesicht. In der nächsten Sekunde folgte ein Platzregen und durchnässte alles.

Nick und George kamen zu uns gelaufen. Das Feuerholz brachten sie eilig in die Hütte, während der Sturm die Planken um uns herum klappern ließ. Claire setzte sich auf die Truhe, und ich hockte vor der kleinen Feuerstelle, über der wir damals einen Luftschacht frei gelassen hatten. George und Nick mussten ihre Köpfe einziehen, bevor sie sich auf die Decken setzten, die ich in der Truhe gefunden und vor der Feuerstelle ausgelegt hatte. Sie sahen grimmig drein.

»Was ist los?« Sofort erkannte ich, dass etwas vorgefallen war. Dann wandte sich Nick zu mir um. Im ersten Moment dachte ich, dass feuchte Erde an seiner Schläfe klebte. Dann entzündete Claire eine Kerze, und ich sah, dass es Blut war. »Was ist passiert?«, rief ich erschrocken.

Ich war bloß nicht aufgesprungen, weil mir der Platz dafür fehlte. Ich hätte Claire bestimmt sonst versehentlich einen Ellbogen ins Gesicht gerammt.

»Dieser Mistkerl hat das Boot nicht richtig festgemacht, und jetzt ist es weg«, knurrte Nick und deutete umständlich auf George neben sich.

»Der Wind war zu stark und hat den Knoten gelöst«, verteidigte sich George prompt. Seine eigentlich warme Art war verschwunden. Er hatte genug von Nicks Attitüde.

»Ein Knoten, der richtig gemacht wird, geht nicht so einfach auf«, beharrte Nick.

»Und dein Kopf?« Mir war es gelungen, aufzustehen. Ich trat auf Nick zu, doch er wich meiner Hand aus.

»Ein Zweig hat mich getroffen. Nichts weiter.« Als er meinen verletzten Gesichtsausdruck wahrnahm, wurde seine Miene weicher. Auch seine Kiefer entkrampften sich. »Es geht mir gut, Darlin'.«

»Wir hätten bei dem Sturm ohnehin nicht von hier weggekonnt«, betonte Claire. Das war ihre Art, ihren Verlobten in Schutz zu nehmen.

»Und danach? Wie ihr wisst, haben wir hier noch nie Empfang gehabt.« Nick holte sein Handy heraus, um sein Argument zu bekräftigen. Die Hütte schien um uns herum zu wackeln, das Holz stöhnte auf. Ich hoffte, dass kein Baum auf die Hütte krachen würde. Das Reetdach war da kein ausreichender Schutz.

»Irgendjemand wird schon nach uns sehen«, beschwichtigte ich Nick. »Können wir erst mal Feuer machen? Wir sind alle klitschnass.«

Nachdem sich George in Nicks Augen etwas rehabilitiert hatte, indem er das Holz zum Brennen brachte, wirkte die Situation nicht mehr ganz so schlimm. Claire hatte mit unserer kurzen Unterhaltung vorhin immerhin dazu beigetragen, dass der Gipfel meines Ärgers geschmolzen war. Ich war zwar auch jetzt noch nicht bereit, ihr gänzlich zu verzeihen – geschweige denn ihr wieder zu vertrauen –, doch ich konnte mir eingestehen, dass ich sie als Freundin vermisste. Weil sie so anders war als ich. Rational und sanft. Selbstbewusst und humorvoll. Ihr Charme hatte mich immer gefangen genommen, und auch jetzt war es ihm zu verdanken, dass sich die Stimmung aufhellte.

Wir saßen auf dem Boden und betranken uns. Da wir in nächster Zeit nicht selbst mit dem Boot fahren würden, gab es keinen Grund, sich zurückzuhalten. Doch ich hatte nicht kommen sehen, wie anhänglich Nick unter Alkoholeinfluss wurde.

Wir saßen im Schneidersitz nebeneinander, und fast beiläufig berührte er mit seiner Hand meinen Rücken. Dort, wo die anderen beiden es nicht sehen konnten. Sie wanderte unter den Saum meines Tops. Langsam. Unerträglich langsam. Ich erzitterte, was nicht an der nasskalten Kleidung lag.

Ich beugte mich zu ihm und tat dabei so, als würde ich neues Holz nachlegen. In Wahrheit flüsterte ich ihm etwas ins Ohr.

»Wenn du so weitermachst, kann ich für nichts garantieren.«

Er drehte leicht seinen Kopf, damit die anderen nicht sehen konnten, wie sich seine Lippen bewegten.

»Vielleicht will ich gar nicht, dass du noch für irgendwas garantieren kannst.«

Bless. My. Heart. Ich war ihm nicht gewachsen.

Ich rückte von ihm ab. Meine Wangen heiß. Dann fiel Nicks Blick auf George, woraufhin er sich sogleich verdüsterte. Auch Claire bemerkte seine Reaktion. Sie seufzte leise. Ihre Hand war mit Georges auf ihrem Bein verschränkt.

»Vielleicht solltet ihr reden«, schlug sie vor.

Der Regen prasselte weiter aufs Dach, doch ich bildete mir ein, dass zumindest der Wind nachgelassen hatte.

George sah fragend von ihr zu Nick. »Claire?«

Sie weiß es, schoss es mir durch den Kopf.

»Das ist unnötig«, entgegnete Nick abweisend.

»Ich glaube nicht.« Claire gab Georges Hand frei. Sie wirkte unglaublich streng und entschlossen. Ich war noch zu fassungslos von der Tatsache, dass sie nicht nur mein Vertrauen missbraucht hatte, sondern auch Nicks. Sie hatte sein Geheimnis gelesen. »Ich bin jetzt mal egoistisch. In nicht mal einer Woche heiraten wir, und ich will euch alle dabeihaben. Ohne Krieg.«

»Wovon redest du, Schatz?« George tat mir leid. Er hatte als einziger keinen blassen Schimmer, was hier vor sich ging.

»Nick wird es dir sagen.«

»Werde ich nicht.« Als er sich erheben wollte, legte ich eine Hand auf seinen Oberschenkel. Überrascht sah er mich an.

»Ist es unverzeihlich?«, warf ich ihm seine eigenen Worte von vorhin entgegen. »Oder trifft ihn eigentlich keine Schuld?«

Er schloss die Augen. Ich war zu ihm durchgedrungen.

• KAPITEL 22 •

walking on the clouds

Nick stand auf und wartete, bis George es ihm gleichtat. Zusammen stellten sie sich unter die kleine Überdachung vor der Hütte. Die Tür blieb offen, doch der Wind war zu laut, um hören zu können, was Nick seinem Halbbruder sagte.

»Du hast uns beide belogen, Claire«, sagte ich leise, um die beiden Männer nicht zu stören. Meine Stimme zitterte. Ich traute mich nicht, Claire anzusehen. Wut kochte in mir hoch. Mehr noch als gestern, weil sie dieses Mal nicht mich, sondern Nick hintergangen hatte.

»Ich dachte, das hätten wir hinter uns gelassen«, erwiderte sie.

George schüttelte den Kopf. Nicks Mundwinkel bogen sich nach unten. Keiner von beiden schien erfreut über die Tatsache, dass ihre Leben seit Beginn an miteinander verbunden gewesen sind.

»Ich weiß nicht, was du erwartet hast. Dass wir uns darüber freuen, dass du unsere Geheimnisse gelesen und gegen uns verwendet hast?«, presste ich hervor. Gosh, wie sehr ich sie schütteln wollte wegen ihres Egoismus. »Es geht hier nicht nur um deine Hochzeit. Du hast ja keine Ahnung, wie sehr Nick mit der

Wahrheit all die Jahre zu kämpfen hatte! Und jetzt zwingst du ihn dazu, sich auf einer fucking Insel seinen Gefühlen zu stellen und für George den Überbringer der Hiobsbotschaft zu spielen? Ernsthaft? Sweet Baby Jesus, du bist wirklich egoistisch.«

»Wenn du das so siehst, warum hast du ihn dann gerade eben selbst noch überzeugt, mit George zu sprechen?«

»Weil du es auf die Spitze getrieben hast, Claire. Gosh, wie hätte er noch eine Woche überstehen können, wenn er weiß, dass du es weißt? Dass du es George jeden Moment sagen könntest?«

»Es ist besser, wenn die Wahrheit draußen ist.«

»Für wen?«

»Was?«

»Für wen ist es besser? Für dich, weil du endlich keine Geheimnisse mehr bewahren musst, oder für George und Nick, die in dieser Situation die Opfer sind und sich nun irgendwie damit zurechtfinden müssen?«

»Du musst mich wirklich hassen, wenn du denkst, dass ich nicht das Beste für George will.« Sie reckte ihr Kinn und blickte wieder zu den Männern.

»Ich glaube, du weißt nicht immer, was das Beste ist.«

»Selbst wenn das stimmt, versuche ich es zumindest.«

»Was soll das bedeuten?« Mit verengten Augen sah ich sie an.

»Nichts. Bleib einfach weiter in deinem sicheren Kokon, und hau dann wieder nach New York ab. Das kannst du so gut.«

Abgesehen davon, dass ich nicht weiter eskalieren wollte, wusste ich nichts auf ihren Angriff zu erwidern und blieb still.

»Das ist absolut absurd«, sagte George, als er zurück in die Hütte stürmte. Nick blieb draußen gegen den Rahmen gelehnt stehen. Den Blick auf den tosenden Sturm gerichtet. »Mein Dad ist bestimmt kein Heiliger, aber er würde nie sein eigenes Kind verstoßen.«

»Nick ist kein Lügner«, sagte ich ruhig.

Sein Blick schoss zu mir, ehe er wieder Claire fixierte, die ihn mitfühlend ansah. Vor ihr ging er in die Knie und nahm ihre Hand in seine.

»Das ist nicht wahr, oder?«

»Ich denke, du kennst die Antwort bereits.« Ihre Stimme zitterte leicht.

»Und du weißt es wie lange schon?« Selbst ich konnte sehen, dass er sich vor ihr verschloss. Er fühlte sich verraten.

»Eine Weile«, gab sie zu.

»Bevor wir uns kennengelernt haben?« Sie nickte. »Deshalb hast du Dad immer die kalte Schulter gezeigt.«

»Abgesehen vom Offensichtlichen finde ich ihn auch ansonsten nicht besonders sympathisch, George. Ich liebe dich und nicht ihn.«

Er ließ ihre Hand los. »Ich … Das ist …«

Er überließ es unserer Vorstellungskraft, den Satz zu beenden.

Weil es kein anderer tat, kümmerte ich mich um das Feuer. Nick kehrte irgendwann ins Innere zurück, und wir verbrachten die nächsten Stunden schweigend miteinander. Ich las ein Buch auf meinem Handy, Nick spielte wie Claire irgendein Handygame, und George starrte ins Nichts. Ich hatte Mitleid mit ihm. Das war nicht der richtige Ort gewesen, um diese Nachricht zu hören und zu verarbeiten.

Gegen Nachmittag ließ der Regen endlich nach, bis er schließlich gänzlich aufhörte. Rastlos, wie wir waren, stürmten wir aus der Hütte und verteilten uns auf der Insel. Empfang hatten wir weiterhin keinen, und das Boot war weit und breit nicht zu sehen. Es dauerte noch knapp eine Stunde, ehe uns Hilfe erreichte. Überraschenderweise war es Dad, der mit Daisy in seinem Boot auftauchte.

Ich umarmte ihn fest, was ihn wohl noch mehr als mich überraschte. Trotzdem ließ ich ihn erst nach einer Minute los.

»Daisy wusste, wo ihr seid, aber sie hatte kein Boot. Als wir euch nicht erreichen konnten und euer Boot mitten auf dem See fanden … Das hat mir einen echten Schreck eingejagt«, gestand er und strich mir liebevoll über die Wange. »Du bist zu alt, um mir solche Sorgen zu bereiten, Fräulein.«

»Sorry, Dad«, murmelte ich zerknirscht. »Es war ein Unfall.«

»Schon okay. So was passiert nun mal hier draußen. Ich bin bloß froh, dass ihr wohlauf seid. Können wir?«

»Nichts lieber als das.«

Nick, Claire, George und ich brauchten Abstand. Der Tag war nicht so gelaufen, wie wir uns das vorgestellt hatten. Ich verabschiedete mich von Nick, indem ich kurz seine Hand umfasste, weil ich vor den anderen nicht zu offensichtlich sein wollte. Gerade weil ich wusste, dass sich das Mindesthaltbarkeitsdatum unseres neuen Beziehungsstatus dem Ende näherte. Spätestens dann, wenn wir St. Mercy wieder verließen, würden wir uns der Realität stellen müssen. Oder besser gesagt ich.

Während ich in Dads Auto auf der Beifahrerseite saß, grübelte ich über Claires Worte nach. Das Problem war, dass ich nicht unterscheiden konnte, was ihr üblicher Bullshit war und was die Wahrheit.

Konnte ich von meiner eigenen Unsicherheit so geblendet gewesen sein, dass ich Nicks Gefühle für mich vollkommen ignoriert hatte? Sie waren nicht mal auf meinem Radar aufgetaucht. Doch was, wenn ich den Gedanken zuließ, dass unsere Anziehung nicht nur auf körperlicher Ebene existierte?

Was, wenn es ihm all die Jahre ganz genauso wie mir ergangen war? Wenn er nicht an meine Gefühle geglaubt hatte und sich lieber mit einer Freundschaft zufriedengegeben hatte, als gar nicht in meinem Leben zu sein? Wenn wir uns beide etwas vorgemacht hatten?

»Gosh.« Mir schmerzte der Kopf allein von der Möglichkeit.

»Alles okay?« Dad warf mir einen sorgenvollen Blick zu. »Hast du dich verletzt?«

»Kopfschmerzen. Liegt am Wetter«, erklärte ich eilig, damit er keine weiteren Fragen stellte.

»Ich war überrascht davon, dass du und Claire wieder miteinander sprechen.«

»Sie hat mich zu ihrer Hochzeit eingeladen, Dad.« Zum Glück hatten wir St. Mercy bereits erreicht, und in wenigen Minuten wären wir zu Hause, wo ich mich in meinem Zimmer verbarrikadieren könnte.

»Deine Mutter hat es dir bestimmt nicht erzählt, aber Claire kam zu uns. Als sie wieder nach St. Mercy gezogen ist, war sie sogar ständig bei uns.«

»Was? Warum?«

»Das kann ich dir nicht genau sagen. Wahrscheinlich hat sie dich vermisst.«

»Dann hätte sie mich anrufen sollen.«

»Es war wohl einfacher, sich mit uns zu unterhalten.« Er schmunzelte. »Jedenfalls denke ich, dass sie vielleicht noch eine Chance verdient hat.«

»Wieso glaubst du, dass sie im Unrecht ist?«

»Sie hat es angedeutet. So, da sind wir.«

Nachdem er den Wagen in die Garage gefahren hatte, schlurfte ich als Erstes unter die Dusche. Es war durch den Sturm etwas abgekühlt, und da ich trotz des Feuers nicht richtig getrocknet war, erschauerte ich ständig. Den Rest des Abends verbrachte ich dann doch mit meiner Familie auf der Couch, anstatt mich in meinem Zimmer zurückzuziehen. Wir redeten über keine schwierigen Themen, sahen uns einen neuen Film auf Netflix an, und Lemon übernahm den Popcorn-Dienst. Es war wie früher und gleichzeitig entspannter.

Mom enthielt sich jeden Kommentars über mein Outfit – eine schwarze Samtjogginghose mit Goldapplikationen und ein weißes Tanktop – oder über meine Zukunft. Dad machte ein paar lahme Jokes, und Lemon quasselte ständig in den Film rein.

Ich liebte es. Trotzdem dachte ich unablässig an Nick.

Ich erinnerte mich jetzt mit besonderer Klarheit daran, was Claire damit gemeint hatte, als sie auf meinen skandalösen Ausschnitt zu sprechen gekommen war. Ich starrte mein Dekolleté im Spiegel an.

»Ich kann das nicht anziehen«, protestierte ich.

Lemon, die bereits ihr schwarzes Rüschenkleid samt Mieder angezogen hatte, sah mich gelangweilt von der Seite an.

»Du hast doch einen Knall.«

»Bitte was? Pass auf, wie du mit deiner großen Schwester sprichst!«, rügte ich sie mit einem humorvollen Unterton.

»Ich meine ja nur«, murmelte sie kleinlaut. »Es steht dir hervorragend, und immerhin hast du Brüste, die du zeigen kannst.«

»Lemon!« Instinktiv legte ich eine Hand auf eben jene Brüste.

»Willst du das etwa bestreiten?« Seufzend löste sie ihren Blick von mir und sah an sich selbst herab. »Du hättest nicht so gierig sein und etwas für deine kleine Schwester übrig lassen sollen.«

»Das war nicht wirklich eine aktive Entscheidung, Sweets«, entgegnete ich nun mehr amüsiert als verlegen. Ich hatte in den zwei Jahren entweder vergessen, wie forsch Lemon sein konnte, oder sie hatte ihren Sinn für Humor und Direktheit in der Zeit meiner Abwesenheit entwickelt. So oder so genoss ich ihre Offenheit.

»Jedenfalls protestiere ich, wenn du etwas anderes anziehst. Können wir los?«

»Wartet Helena?«, fragte ich vorsichtig. Wir hatten seit dem Prom nicht viel über sie geredet. Ich hatte zwar mal nachgehakt, doch abgesehen davon, dass sie sich wohl wieder versöhnt hatten, hatte ich nichts aus Lemon herausbekommen.

»Hm.«

Ich ließ meine Hand sinken und wandte mich Lemon direkt zu. Sie spielte mit den Schnüren ihres Mieders, als würde sie die Angelegenheit nichts angehen.

»Hör zu, ich bin wirklich keine Expertin auf dem Gebiet Liebesbeziehungen, aber …«

»Wenn du jetzt sagst, wir gehören nicht zusammen, nur weil wir uns streiten, schreie ich«, unterbrach sie mich.

Ich lächelte nachsichtig, bevor ich gegen ihre Stirn tippte. »*Aber* Kommunikation ist der Schlüssel. Entweder ihr lasst euch aufeinander ein, oder ihr geht getrennte Wege. Denk mal darüber nach.«

Sie machte ein abfälliges Geräusch, doch ich konnte sehen, dass sie über meine Worte nachdenken würde.

Ich setzte mich mit dem schweren Taftrock auf die Bettkante, um meine elfenbeinfarbenen Schuhe anzuziehen. Wieder in diesem Southern-Belle-Kleid zu stecken, gab mir Flashbacks, die ich nicht genoss. Andererseits war ich nicht die Person, die ich damals gewesen war. Als ich mich vor Jahren in dieses eisblaue Kleid mit den Puffärmeln, dem eng anliegenden Spitzenmieder und dem Herzausschnitt geworfen hatte, hatte ich gehofft, Nick würde mich endlich als Frau sehen. Dass er jede Rationalität über Bord werfen und mir seine tiefen Gefühle gestehen würde.

Das war natürlich nicht passiert. Er hatte förmlich an Tatjana geklebt, und ich hatte mich verlegen vom Acker gemacht. Weil mich jeder angestarrt hatte bis auf die Person, von der ich angestarrt werden wollte.

Jetzt wusste ich immerhin, dass Nick mich körperlich attraktiv fand. Er wollte mit mir schlafen. Mich berühren und all die Dinge anstellen, die auch ich mir schon so lange ausmalte.

Nachdem Mom meine Perlenkette um meinen Hals befestigt hatte, zog ich noch meine weißen Handschuhe an und betrachtete mich ein letztes Mal im Spiegel im Flur. Ich hatte mich für einen Lippenstift in chocolate-nude entschieden, der das Eisblau des Kleides komplementierte. Auch der Rest meines Make-ups passte perfekt dazu. Kleine Löckchen ringelten sich um mein Gesicht. Die restlichen Haare fielen mir in Wellen über den Rücken, da ich sie mit einer Spange am Hinterkopf befestigt hatte.

»Das habe ich vermisst«, sagte Mom, eine Hand auf meine bloße Schulter gelegt. »Euch beide bei mir zu haben.«

»Um an jemandem herumnörgeln zu können?«

Unsere Blicke trafen sich im Spiegel. »Ich gebe zu, dass ich manchmal übertrieben habe. Ich mache auch Fehler, Bronwyn, und meine übertriebene Fürsorglichkeit war einer davon. Es tut mir leid. Alles. Ich respektiere dich und deine Entscheidungen. Bitte lauf nicht mehr vor uns davon. Auch wenn du in New York lebst, kannst du uns immer noch besuchen. Und wir dich natürlich auch.«

»Musst du mich gerade jetzt zu Tränen rühren?« Ich drehte mich zu ihr um und umarmte sie fest. »Danke, Mom.«

»Eine Sache will ich aber noch loswerden. Ein letztes Mal.« Wir rückten voneinander ab, sodass ich ihr ernstes Gesicht sehen konnte. Die kleinen Fältchen um ihre Augen, die feucht glänzten. »Du willst vielleicht nicht das Leben leben, das ich mir für dich ausgemalt habe. Aber deshalb musst du nicht gleich alle Seiten deines früheren Ichs von dir abstreifen. Du bist eine Künstlerin, Bronwyn. Selbst wenn du das nicht als Karriere anstrebst, wobei wir dich unterstützen würden, solltest du diesen Teil nicht gänzlich aufgeben.«

»Woher weißt du …?« Da sie mich nie in New York besucht hatte, wusste sie kaum etwas über mein Leben dort. Somit auch nicht, ob ich malte oder nicht.

»Nick ist ein guter Junge.«

»Ihr habt miteinander gesprochen?« Ich wusste nicht, was ich davon halten sollte.

»Nicht sehr häufig. Hier und da mal. Sei nicht sauer. Aus dir war manchmal nichts rauszukriegen.«

»Ich bin nicht sauer. Bloß überrascht.«

»Seid ihr endlich fertig?« Lemon streckte ihren Kopf durch die geöffnete Eingangstür. »Können wir?«

»Versuch einfach, Entscheidungen zu treffen, unabhängig davon, was alle anderen darüber denken.« Mom trocknete mit einem Stofftaschentuch meine Wangen, bevor sie mich freigab. »Viel Spaß euch!«

»Danke, Mom. Hab dich lieb.«

»Ich dich auch.«

Lemon und ich gingen zu Fuß zum Kürbisfest. Das Wetter war zwar immer noch unbeständig, und ein kühler Wind, der meine Haare durcheinanderbrachte, kündigte bereits weiteren Regen an. Trotzdem waren die Temperaturen angenehm, und ein bisschen Bewegung würde uns beiden guttun.

Ich hakte mich bei ihr ein, als wir die Maple Road erreichten. Sie führte direkt zum Kürbisfest. Wir begrüßten ein paar unserer Nachbarinnen und Nachbarn, die sich ebenfalls verkleidet auf den Weg gemacht hatten. In meinem Bauch kribbelte es vor Aufregung. Ehrlich gesagt, konnte ich es kaum abwarten, Nick zu sehen.

Wir hatten tagsüber miteinander geschrieben, und er hatte

mir versichert, dass es ihm gut ging. Er war überraschenderweise nicht sauer auf Claire. Allerdings hatte er ihr auch noch nie irgendetwas übel genommen.

Manchmal schien es, als könnte ihn nichts ins Wanken bringen. Während all seiner vergangenen Liebesbeziehungen hatte er nicht einmal tiefgehende Gefühle zugelassen. Trennungen hatten ihn nie in seinem Alltag beeinflusst. Immer hatte er die Schultern gezuckt, ein paar Tage Trübsal geblasen, und das wars dann.

Anders als ich beabsichtigt hatte, wollte ich mich nicht mehr vor ihm zurückziehen. Ich würde in der kommenden Woche alles von mir auf den Tisch legen, weil es keinen Unterschied mehr machte, wie ich jäh erkannte. Ob er sich jetzt von mir abwandte oder erst nachdem wir miteinander geschlafen hätten – es würde mir so oder so das Herz brechen.

Das Kürbisfest erstrahlte nach dem Regenguss gestern in neuem Glanz. Alle Papiergirlanden waren ersetzt worden, sodass kein Unterschied zu vorher bemerkbar war. Die Lichtergirlanden, die überall angebracht waren, tauchten den runden Platz in der Dunkelheit in ein gruseliges Halloween-Abenteuer.

Unheimliche Streichmusik drang aus versteckten Boxen, Leute schrien durcheinander und lachten, Menschen in gruseligen Clownskostümen oder auf Stelzen teilten die Menge. An einem Spielstand platzten Luftballons, auf die mit Pfeilen geschossen wurde. An dem nächsten fielen Bambusbecher in sich zusammen, und weiter hinten konnten Fische aus einer Wasserbahn geangelt werden.

»Da vorn ist Helena«, sagte ich, nachdem ich Lemons Freundin neben Harry's Pumpkin-Patch erblickt hatte. Sie trug ein wunderschönes, weißes Spitzenkleid, in dem sie sich bestimmt weitaus leichter bewegen konnte als ich in meinem Taftrock. »Geh ruhig.«

Lemon hatte bereits einen Schritt vor gemacht, als sie sich

noch einmal zu mir drehte. Nervös schob sie sich das Haar hinter die Ohren.

»Kommunikation ist alles?«

»Genau. Du schaffst das.«

»Danke, Bron.« Blitzschnell landete ein Kuss auf meiner Wange, dann sprintete sie auch schon davon.

»Immerhin eine von uns, die ihre Probleme löst«, murmelte ich, als plötzlich Nick neben mir stand.

Wir wandten uns einander zu, sodass ich ihn in seinem Outfit bewundern konnte. Er hatte sich für ein schwarzes Ensemble mit Weste, weißem, gestärktem Hemd und Messingknöpfen entschieden. Da es zu warm und feucht für eine schwere Anzugjacke war, konnten alle Anwesenden sein breites Kreuz deutlich erkennen, das durch Hemd und Weste betont wurde. Seine Ärmel hatte er bis zu den Ellbogen aufgerollt, sodass an seinem linken Arm eine Lederarmbanduhr zum Vorschein kam, die ich nicht kannte.

»Nana hat darauf bestanden, dass ich sie anziehe. Sie hat ihrem Mann gehört. Bless his soul«, antwortete er auf meine unausgesprochene Frage. Das Haar hatte er sich zurückgekämmt, den Dreitagebart etwas gestutzt. Es war doch ungerecht, dass ein Mann so umwerfend aussehen konnte, ohne viel dafür zu tun.

Okay, das stimmte nicht. Er machte viel Sport, aber trotzdem …

Er umfasste mit einer Hand meine Taille und drückte mich an sich. Sein Kopf senkte sich, ehe er im letzten Moment abdrehte und mit seiner Wange über meine strich.

Ich erschauerte.

»Ich erinnere mich an dieses Kleid«, raunte er, während ich versuchte, Atem zu schöpfen.

»Ach … ja?«

»Um genau zu sein, erinnere ich mich eigentlich nur noch an diesen Ausschnitt.« Noch enger drückte er mich an sich. Oder ich rückte näher. So genau konnte ich den Unterschied nicht mehr ausmachen. »Sweet Baby Jesus, ich traue mich nicht mal, hinzugucken.«

»Das wird ein schwieriger Abend für dich«, neckte ich ihn, weil ich mich freute, diesen Effekt auf ihn zu haben. Mit einem einzigen Kommentar hatte er meine Nervosität aufgelöst.

»Ich werde mich um Zurückhaltung bemühen.« Er rückte leicht von mir ab und sah mir ins Gesicht.

»Du schaust wirklich nicht?« Ich schmollte gespielt.

»Nur einmal. Ganz kurz.« Entgegen seiner Aussage blickte er weiter mich an und brachte mich damit zum Lachen.

»Du schaffst das.«

»Du überschätzt entweder meine Selbstbeherrschung oder unterschätzt deine Wirkung auf mich. Aber tun wir's.« Er senkte den Blick auf mein Dekolleté. Seine Augen verdunkelten sich. Er presste seine Lippen zusammen, ehe er sich abrupt abwandte. Ich konnte sehen, wie sein Kehlkopf aufgeregt hüpfte, als er eine Hand auf seinen Mund legte.

»Dear God …« Seine Lider schlossen sich für einen Moment. »Wie lange erfreuen wir uns noch der Vorfreude?«

Ich hob seinen Arm und hakte mich bei ihm ein. »Bis heute Nacht, denke ich.«

Sein Blick schoss zu mir. »Ehrlich?«

»Nicht nur deine Selbstbeherrschung wird hier überschätzt, Nick.«

»Darlin' …« Als hätte er sich das Folgende bereits ausgemalt, zog er mich routiniert zwischen zwei holzverkleidete Stände und presste mich mit seinem Körper gegen die Wand in meinem Rücken.

Ich keuchte auf, als er mich voller Leidenschaft küsste. Die Hitze in mir wallte augenblicklich auf. Als hätte sie bloß darauf gelauert, eine Gelegenheit zu bekommen.

Nick hielt meine Handgelenke über meinem Kopf zusammen, während er mit den Lippen weiter auf Streifzug ging, bis er die Wölbungen meiner Brüste erreicht hatte. Mir schwirrte der Kopf. Ich stöhnte viel zu laut dafür, dass wir jeden Moment erwischt werden könnten. Mit der Zunge fuhr er an dem Ausschnitt meines Kleides entlang, biss leicht in die weiche Haut, ehe er mich losließ und einen Schritt zurückwich. Er stand mir direkt gegenüber an die andere Seitenwand gelehnt. Unsere Atmung ging stoßweise, die Leidenschaft spannte sich wie ein Netz zwischen uns. Langsam ließ ich die Arme sinken.

»Heute Nacht?«

»Heute Nacht«, bestätigte ich.

»Wir könnten jetzt schon …«

»Claire und George halten noch ihre Dankesrede.« Auch wenn ich nicht gut auf sie zu sprechen war, würde ich weiterhin meine Pflicht als ihre ehemals beste Freundin tun.

Nicks Blick verdüsterte sich. »Immerhin habe ich was, worauf ich mich dann freuen kann.«

»Siehst du? Vorfreude.« Ich grinste triumphierend.

Seine Mundwinkel zuckten. »Glaub mir, heute Nacht werden wir beide es bereuen, so lange gewartet zu haben.« Die Worte hingen für einen Moment schwer in der Luft, weil sie so viel mehr implizierten, für das wir beide nicht bereit waren. Ein Gespräch über unsere Vergangenheit und unsere – oder viel eher meine – Gefühle. »Na komm, ich muss unter Leute, sonst wirds hier noch heikel. Außerdem habe ich Lemon versprochen, ihr beim Kürbisschnitzen zu helfen.«

• KAPITEL 23 •

flame

Ich spürte Nicks körperliche Präsenz den ganzen Abend neben mir. Genauso seinen Blick, der mir überallhin zu folgen schien. Wenn uns jemand beobachten würde, würde dieser Jemand schnell darauf kommen, dass zwischen uns mehr war als Freundschaft.

Gosh, ich konnte die Nacht kaum erwarten.

Wir trafen beim Kürbisschnitzen auf Mom und Dad, die sich mit Nick unterhielten. Lemon und Helena waren wieder ein Herz und eine Seele. Ihr gemeinsamer Kürbis hingegen hatte weder das eine noch das andere, und man würde ihm einen Bärendienst erweisen, ihn einfach zu entsorgen.

Ich hatte schon lange keinen Kürbis mehr geschnitzt, war mit meinem Ergebnis jedoch sehr zufrieden.

»Gruselig genug?«, fragte ich Lemon und drehte den Kürbis zu ihr.

»Hab vergessen, wie gut du darin bist, Bron.«

»Unheimlich gut«, stimmte Helena zu und erschauerte.

Danach folgte Claires und Georges Rede auf dem Podium. Sie bedankten sich bei der ganzen Stadt für die Hilfe bei den Vorbereitungen für ihre Hochzeit nächste Woche. Da nicht alle in die kleine Kirche neben dem Friedhof passten, wären zu der Trauung nur die engsten Freundinnen, Freunde und Familienmitglieder eingeladen. Bei der anschließenden Feier durfte aber die ganze Stadt dabei sein.

Claire und George schienen das perfekte Pärchen zu sein. Doch Schein war nicht alles, und ich wusste, dass es mit Sicherheit noch einige Gespräche zwischen ihnen geben würde. Ich war immer noch schockiert davon, wie viel Claire all die Jahre zurückgehalten hatte. Verheimlicht. Ich hatte gewusst, dass sie mir eine Sache nicht sagte, die sie mit uns unter der Erde vergraben hatte. Aber nie hätte ich geglaubt, dass sie unsere Geheimnisse lesen und sie dann für sich behalten würde.

Ich erinnerte mich noch genau daran, wie Nick und ich unsere Zettel vor Claire angefertigt hatten. Während sie noch über ihr Geheimnis hatte nachdenken müssen, war Nick die Eiche hochgeklettert, um ein paar Laternen anzubringen. Ich hatte von unten zugesehen und ihm alle paar Minuten zugerufen, er sollte aufpassen.

Das musste der Moment gewesen sein, in dem Claire heimlich unsere Geheimnisse gelesen und für sich entschieden hatte, was zu tun wäre.

Ein Vertrauensbruch, den ich erst würde überwinden müssen. Doch ich wollte nicht nachtragend sein, weil es mir letztlich selbst schaden würde.

Nach ihrer Rede, in der auch Nick und ich als treue Gefährten erwähnt wurden, setzte punktgenau der Regen ein. Nicht nur ein leichtes Tröpfeln, sondern ein richtiger Sturzbach, der auf uns niederprasselte. Sofort beeilten sich alle Anwesenden, wertvolle Auslagen ins Trockene zu bringen. Ich verlor Nick zeitweise aus den Augen, da er bei den schweren und unhandlichen Dingen half, wie den Karren und Ständen, während ich mich um die Holzstatuen und Lampions kümmerte.

Irgendwann war ich so durchnässt, dass das Kleid mich wie ein zentnerschweres Gewicht niederdrückte. Ich konnte kaum laufen, ohne mich übermäßig anzustrengen.

Als ich auf den ersten Blick nichts mehr fand, wobei ich anpacken konnte, stellte ich mich unter das spitze Vordach der Bank von St. Mercy. Direkt am Hauptplatz. Von dort aus hatte ich alles im Auge und erkannte zufrieden, dass das meiste gerettet worden war. Viele der Gäste liefen bereits verrichteter Dinge nach Hause, und nur noch die Standbesitzerinnen und -besitzer erledigten die letzten Handgriffe.

Atemlos machte ich Nick aus, der sich aus den Schatten schälte. Ohne die Lampions und einzig mit dem Licht der Straßenlaternen war es viel dunkler als zuvor. Deshalb erkannte ich ihn erst, als er nur noch wenige Meter von mir entfernt war.

Auch seine Kleidung war von oben bis unten durchweicht. Sein Haar durcheinander. Ein paar Strähnen fielen ihm in die Stirn und verliehen ihm ein verwegenes Aussehen.

»Hey«, begrüßte er mich und verhakte seine Finger mit meinen, nachdem er sich ebenfalls untergestellt hatte.

»Hey«, presste ich hervor.

»Musst du noch was tun?« Ich schüttelte den Kopf. Überrascht, dass ich dazu überhaupt noch imstande war, wenn er mich so ansah, als läge ich bereits nackt vor ihm. »Mom ist heute bei Nana.«

Misstrauisch beäugte ich ihn. »Wie hast du das angestellt?«

»Ich habe gar nichts getan.« Lachend schritten wir durch den Regen zu seinem Auto. Keiner von uns beiden machte sich die Mühe, sich zu beeilen. Ein bisschen mehr Regen würde jetzt auch nichts mehr ändern. »Nana und sie machen ohnehin einmal die Woche einen Spielabend mit ihren Freundinnen. Heute findet der bei Nana statt. Sie hat auch Kiara mitgenommen, weil sie jeden Moment ihre Welpen kriegen kann.«

»Die ganze Nacht?« Ich war nicht überzeugt. Er öffnete mir

die Tür, und ich stieg eilig ein, wobei er mir etwas mit meinem Rock helfen musste.

Er lief um die Motorhaube herum und kletterte dann auf den Fahrersitz, bevor er die Tür zuschlug. Das Prasseln des Regens auf der Windschutzscheibe hatte etwas Beruhigendes an sich. Es erinnerte mich an das herbstliche New York, das ich gerade jetzt verpasste.

»Vielleicht habe ich erwähnt, dass ich Besuch bekomme.«

»Nick!«

»Was? Habe ja nicht deinen Namen genannt.« Er lächelte mich dennoch reumütig an. »Verzeih mir. Aber ich will mich ganz und gar auf dich konzentrieren, Darlin'. Keine Zurückhaltung. Keine Ablenkung. Ohne Unterbrechung. Nur du und ich.«

Darauf konnte und wollte ich nichts erwidern. Er hatte recht. Ich wollte ihn genießen, ohne mir Gedanken darüber machen zu müssen, ob wir von Daisy gehört werden könnten.

In der einen Sekunde saß ich noch angespannt neben ihm im Jeep, in der nächsten standen wir im Flur vor seinem Zimmer. Es war so schnell gegangen, mein Verstand kam nicht hinterher.

Wir waren wie zwei Magnete, und sobald wir uns gegenüberstanden, wurden wir voneinander angezogen, küssten uns, lagen uns in den Armen.

Meine Lippen fühlten sich schon jetzt geschwollen an, dabei erwartete mich noch eine ganze Nacht voller Abenteuer.

Ich lehnte mich gegen die Wand, wölbte mich Nick gleichzeitig entgegen, als er sein Gesicht in meinem Ausschnitt vergrub. Ein tiefes Keuchen entfuhr mir.

Seine Zunge, die an der Naht des Mieders entlangfuhr, brachte mich um den Verstand.

Noch bevor wir es in sein Zimmer schafften, zogen wir uns die Kleidung aus. Da sie feucht war, mussten wir uns gegenseitig helfen.

Ich hatte nicht gewusst, dass es erotisch sein konnte, wenn mir jemand anderes die Handschuhe von den Armen zog. Doch ich wurde eines Besseren belehrt. Finger für Finger, so langsam wie irgend möglich, dann, als meine Hände frei waren, knöpfte ich seine Weste auf und ließ sie zu Boden fallen.

»Jesus fucking Christ«, stöhnte er, bevor er mich umdrehte, sodass ich mich an der Wand abstützen konnte, als er die Schlaufen, Häkchen und Schleifen an der Rückseite meines Kleides löste.

Ein langes Seufzen löste sich aus meiner Kehle. Ich hatte nicht bemerkt, wie eng das Kleid gesessen hatte. Mit einem leisen Rascheln fiel es zu Boden, und ich stand lediglich in einem Satinunterkleid und Unterwäsche da.

Als ich mich wieder umdrehen wollte, hielt mich Nick davon ab, indem er sich dicht hinter mich stellte. Ich konnte seine Erektion an meinem Po spüren. Feuchtigkeit und Hitze sammelten sich in meiner Mitte, weil ich ihn so sehr wollte. Jahre hatte ich damit verbracht, mir vorzustellen, wie es wäre, ihn in mir zu spüren, ihn zu reiten, von ihm genommen zu werden, und heute sollte es endlich so weit sein.

»Warte.« Er strich mein Haar zur Seite, grub seine Hände in meinen Bauch und seine Nase in meinen Nacken. Dabei nahm er die Geschwindigkeit aus seinen Bewegungen, als hätte er sich selbst zur Erschöpfung getrieben. Obwohl ich sicher war, dass er weit davon entfernt war, müde zu sein. »Eine Sekunde.«

Ich legte meinen Kopf zurück und schloss die Augen. Überall dort, wo sich unsere Körper berührten, brannte meine Haut. Ein Zeichen dafür, dass nach dieser Nacht nichts mehr so sein würde wie vorher.

Während er Atem schöpfte, wurde ich mutiger. Ich löste meine Hände von der Wand und griff hinter mich, spürte ihn, ohne zurückzusehen. Zog sein Hemd aus der Hose und kratzte leicht mit den Fingernägeln über seine feuchte Haut.

»Kann ich dich jetzt ansehen?«, fragte ich leise. »Ich will dich sehen, Nick.«

»Als würde ich dir je etwas abschlagen.«

Ich vermisste seine Hände, sobald er sie von meinem Körper nahm, um sein Hemd zu öffnen. Langsam drehte ich mich zu ihm um, beobachtete, wie er sich vor mir entblößte, während ich das Gleiche tat.

Sein Blick folgte meinen Händen, mit denen ich die dünnen Träger von meinen Schultern zog. Mehr brauchte es nicht, um aus dem Unterkleid zu steigen. Er verlor gleichzeitig die Strümpfe und die Hose, sodass wir beide nur noch in Unterwäsche voreinander standen.

Er hielt mir seine Hand hin, die ich, ohne zu zögern, annahm. Daran führte er mich endlich in sein Schlafzimmer. Die Tür ließen wir geöffnet, schließlich war Daisy nicht im Haus. Sosehr sie auch alles über ihren Sohn wissen wollte, in seine Liebesbeziehungen hatte sie sich noch nie eingemischt.

Ich ließ mich auf den Bettrand nieder und öffnete meine Beine, damit sich Nick vor mich stellen konnte. Er streichelte meine Wangen, dann meinen Hals und schließlich mein Schlüsselbein, bevor er sich zu einem kurzen, aber tiefen Kuss herabbeugte. Ich krallte mich an seinen Seiten fest, legte meinen Kopf in den Nacken, als er mit seinen Lippen weiterwanderte. Mit besonderer Zärtlichkeit löste er den Verschluss meines BHs und zog ihn mir schrecklich langsam aus.

»Oh Gosh«, stöhnte ich, als er meine Brüste mit seinen Händen umfasste und massierte.

»Besser als alles«, sagte er, ehe er überall dort, wo er mich mit seinen Händen berührt hatte, seinen heißen Mund folgen ließ. Ich konnte nicht mehr nachdenken. Nur noch fühlen. »Du weißt nicht, wie sehr ich sie sehen wollte. Berühren. Darlin', du bist vollkommen.«

Irgendwann konnte ich nicht mehr aufrecht sitzen und fiel rücklings auf die Matratze. Nick wanderte tiefer. Immer tiefer.

»Nick! Ich brauche …«

»Ich bin da, Darlin', ich weiß.« Und er wusste es wirklich. Wieder kündeten seine Finger das an, was sein Mund und seine Zunge zu Ende bringen würden. Er massierte meine empfindsamste Stelle, bevor er zwei Finger in mich einführte. Den Slip hatte er längst weggeworfen. Ohne Umschweife vergrub er sein Gesicht zwischen meinen Beinen, legte sie sich auf die Schultern und massierte mit einer Hand weiter meine Brust, die perfekt in seine raue Handfläche passte.

Ich war im Himmel. Im Paradies. Irgendwo, wo ich diese fantastischen Gefühle bis zur Unendlichkeit auskosten durfte. Ein Spektakel.

Und mit diesem Gedanken stürzte ich rasant herab und schrie laut auf, als hätte ich das erste Mal im Leben einen Höhepunkt erfahren. Meine Hände in die Bettdecke gekrallt wie Nick noch zwei Tage zuvor, als ich mich revanchiert hatte.

Nun tauchte er auf, schob seine schwarze Boxershorts über seine Erektion und dann nach unten. Obwohl ich weiter nach Atem rang, zog ich mich von der Bettkante in die Mitte des Bettes. Mit fiebrigem Blick verfolgte er jede meiner Bewegungen, ohne sich selbst zu regen.

Ich saugte seinen Anblick gänzlich in mich auf. Versuchte, mir alles von ihm einzuprägen. Ich wollte Nick in- und auswendig kennen. Wollte wissen, wo er am empfindsamsten war und bei welcher Berührung er den Verstand verlor.

Mein bester Freund. Mein Vertrauter.

»Starrst du bloß, oder lässt du dich von mir berühren?«, fragte ich, als es mir zu lange dauerte. Ein Fenster war geöffnet, und ich erzitterte unter dem Luftzug. Es prasselte nur noch leise aufs Dach, trotzdem hatte es abgekühlt.

Nick schaltete das Nachtlicht an, bevor er aus der Schublade Kondome holte.

»Darf ich?«

Er sah mich einen kurzen Moment an. »Ich glaube, das pack ich jetzt nicht. Später?«

Ich lächelte. »Später.«

Nachdem er sich das Kondom selbst übergestreift hatte, kletterte er auf mich, bis er direkt über mir lag. Mit den Armen stützte er sich seitlich von meinem Kopf ab. Instinktiv hatte ich meine Knie auseinandergeschoben, sodass ich seinen harten Penis bereits an meiner feuchten Öffnung spürte.

Ich hob unter Anstrengung meinen Kopf und presste meine Lippen auf seine. Neckte ihn mit meiner Zunge. Spielte mit ihm, als sein Stöhnen in meines überging. Dann endlich drang er Zentimeter um Zentimeter in mich ein. Er musste ein wenig mit seiner Hand nachhelfen, doch er passte perfekt in mich. Es passte alles.

Ich fühlte mich vollkommen mit ihm in mir.

Schwer atmend legte er seine Stirn auf meine, nachdem ich ihn gänzlich aufgenommen hatte. Er bewegte sich nicht, und auch ich traute mich nicht, mich zu rühren.

»Weißt du, wie lange ich davon geträumt habe, Bronwyn? Wie viele Jahre?«, raunte er an meinen Lippen. »Verdammt. Verdammt.« Er schluckte schwer.

»Was ist los?« Besorgt strich ich über seine Wange. Er wirkte, als würde er innerlich einen Kampf ausfechten, den er in jedem Fall verlieren würde.

»Du hast mich für alle anderen verdorben, Darlin'. Das ist los.« Ich erwiderte nichts darauf. Konnte nicht, da er sich eben diesen Moment ausgesucht hatte, um einen Rhythmus anzuschlagen, in den ich mich erst noch einfinden musste.

Ich krallte mich an seinem Rücken fest, streichelte zwischendurch selbst meine Klitoris und schwebte durchgehend auf meiner Wolke durch ein Meer aus Empfindungen.

Er leckte über meine Brustwarze und biss leicht hinein, was mich erschauern ließ.

Schließlich fanden wir einen gemeinsamen Rhythmus, und ich spürte einen weiteren Höhepunkt über mich hereinbrechen. Aufschreiend streckte ich die Füße durch, als für ein paar Sekunden alles schwarz wurde. Nick bewegte sich schwitzend über mir weiter. Wir küssten uns, und unsere Blicke hielten einander fest, kurz bevor er seinen eigenen Höhepunkt fand.

Keuchend ließ er sich auf mich sinken, während er noch ein paarmal in mich hineinstieß. Sein Gesicht in der Kuhle meines Halses vergraben.

Liebevoll strich ich ihm das Haar aus der Stirn. Ich konnte nicht fassen, dass wir es endlich getan hatten. Dass er endlich mein gewesen war.

Im Laufe der Nacht streichelten, küssten und kosteten wir uns gefühlt überall. Nicht nur ich war von der Obsession getrieben, ihn zu erkunden. Auch Nick schien jeden Zentimeter von mir berühren zu wollen.

Vom Bett landeten wir in der Dusche und von dort wieder in seinem Zimmer, wobei wir seinen frei geräumten Schreibtisch gut zu nutzen wussten. Ich brachte ihn um den Verstand und er mich, und nachdem er zum dritten Mal gekommen war, und ich den Überblick über meine eigenen Orgasmen verloren hatte, setzte bereits die Dämmerung ein.

Vollkommen erschöpft und wund kuschelten wir uns unter der Decke aneinander und schliefen eng umschlungen ein.

• KAPITEL 24 •

my eyes on you

Am nächsten Morgen war die Stimmung merkwürdig. Ich hatte nach dem Aufwachen kurz darüber nachgedacht, abzuhauen, bevor Nick erwachte, das Vorhaben dann aber sogleich verworfen. Es wäre unfair gewesen, ihn allein zu lassen, nachdem wir uns die ganze Nacht körperlich geliebt hatten. Dass ich ihm währenddessen auch meine Seele verschrieben hatte, war allein mein Problem.

Er wachte kurze Zeit später auf. Ich hatte mir wieder Kleidung von ihm geliehen und unsere feuchten Klamotten vom Boden geklaubt und aufgehängt. Es war noch früh am Morgen, weshalb ich hoffte, dass Daisy noch nicht so bald auf der Matte stünde. Sie wusste sicher, dass Nick nicht gerade zur Fraktion der Frühaufsteher gehörte.

»Morgen«, begrüßte er mich und gähnte verschlafen. Zuckersüß.

»Kaffee?« Ich wollte gerade nach unten in die Küche gehen.

»Gern. Bin sofort da.« Damit verschwand er nackt im Badezimmer, aber ohne mich wirklich angesehen zu haben.

Gott, hilf mir. Ich wollte ihn noch immer. Wieder. Hatten wir nicht ausreichend Sex gehabt?

296

Kopfschüttelnd bereitete ich den Kaffee zu, dessen kräftiges Aroma mich wieder zu Verstand brachte. Zumindest hatte ich das angenommen. Als Nick in die Küche trat, stieg mein Puls sofort wieder in die Höhe, und mein Verlangen sandte züngelnde Flammen in meinen Unterleib.

Es gab noch so viele Dinge, die ich mit ihm tun wollte. Leidenschaftliche, verruchte, verbotene. Alles. Ich wollte alles.

Eilig wandte ich mich ab und sortierte die Tassen im Schrank, ohne wirklich hinzusehen. Ich hörte, wie Nick sich an die Kücheninsel setzte. Dann, wie die Bodendielen leise knarzten. Aus dem Augenwinkel bemerkte ich, dass er aus dem Fenster blickte. Er hatte ein Star-Wars-T-Shirt und eine Jeans angezogen. Das Haar lag ungeordnet auf seinem Kopf, und ich bekam Flashbacks davon, wie ich meine Finger in seine Wellen gekrallt hatte, als seine Zunge …

»Autsch.« Abgelenkt, wie ich war, war ich mit der Stirn gegen die offene Schranktür gelaufen.

Sofort war Nick bei mir, um sich das Unheil anzusehen. Distanz existierte zwischen uns nicht mehr. Sein Brustkorb berührte meine Brust, und ich bemerkte, wie meine Brustwarzen sich sofort unter dem T-Shirt abzeichneten. Ich hatte nicht daran gedacht, meinen BH wieder anzuziehen, und …

Seine Finger strichen sanft über meine Stirn. »Ein blauer Fleck«, sagte er leise, bevor sein Blick meinen auffing. »Sollen wir reden? Wir sollten reden.«

Frage und Antwort in einem. Vielleicht müsste ich dann ja nicht viel sagen.

»Kann ich vorher noch meinen Kaffee trinken?«, fragte ich möglichst gut gelaunt, als würde mir mein Arsch nicht auf Grundeis gehen.

»Wie wäre es mit währenddessen?«

Dagegen konnte ich wohl nicht argumentieren, wenn ich nicht

kleinlich sein wollte. Ich reichte ihm eine Tasse und hielt mich dann mit beiden Händen an meiner fest. Nach kurzem Abwägen entschied ich mich, auf meiner Seite der Insel zu bleiben. Da hier jedoch keine Hocker waren, blieb ich aufrecht stehen und war somit genau auf Augenhöhe mit Nick. Ungewohnt.

Ich hielt es ihm zugute, dass er wartete, bis ich die Hälfte getrunken hatte. Er selbst hatte nur einen Schluck genommen, als würde er seinem Magen nicht so recht trauen.

»Also … Fangen wir mit dem Einfachen an.« Er spielte mit der Ecke eines Werbeprospekts, den Daisy auf dem Küchentresen liegen gelassen hatte. Ein Zeichen dafür, dass nichts daran einfach war. Auch für ihn nicht. Die Erkenntnis half mir dabei, mich etwas zu entspannen. Ich war nicht die Einzige hier, die vor Nervosität Bauchschmerzen bekam. »Wir haben beide Spaß miteinander.«

Obwohl er es wie ein Statement formulierte, sah er mich abwartend an. Ich ließ ihn nicht lange zappeln, schließlich hatte er recht. Und es abzustreiten, wäre kindisch gewesen.

»Würde ich auch sagen.«

Er nickte. »Und weiter?«

»Das fragst du mich?«

»Glaub mir, ich habe auch mich selbst gefragt.«

»Was kam dabei raus?«

»Ziemlich viel Mist.«

»Kein einziger Vorschlag, mit dem man arbeiten könnte?« Mir entging der Fakt, dass er mir nicht seine unendliche Liebe gestanden hatte, ganz und gar nicht. Würde es ihm ähnlich wie mir gehen, hätte er doch bestimmt etwas in die Richtung angedeutet, oder?

»Einer war vielleicht dabei.« Mit dem Finger zog er Kreise auf der blank polierten Arbeitsfläche. Sofort stieg ein Kribbeln in mir auf. Samt der Erinnerungen der letzten Nacht, als er ähnliche Formen auf meinen Körper gezeichnet hatte. »Was ist, wenn wir das als vorübergehenden Spaß betrachten? Hier in St. Mercy genießen wir das, was wir einander zu geben bereit sind, und in New York ist alles wieder wie vorher.«

Als sein Blick den meinen traf, war ich von meinen eigenen Gefühlen so eingenommen, dass ich sein Gesicht nicht lesen konnte.

»Glaubst du, das funktioniert?«

»Wir sind erwachsen, oder nicht? Es muss nicht unsere Freundschaft zerstören, Bronwyn. Das will ich nicht. Ohne dich ist mein Leben echt beschissen …« Während ich kaum wagte, zu atmen, schien er nicht still sitzen zu können. Er riss Stück um Stück den Prospekt auseinander. »Wir könnten auch jetzt … aufhören, wenn du denkst, dass das besser wäre.«

»Ich weiß es nicht«, sagte ich nach einem Moment. Freundschaft. Er sah mich als Freundin, die er zufällig auch attraktiv fand. Das war in Ordnung. Gosh, ich wusste doch, dass man Gefühle nicht erzwingen konnte, warum war ich bloß so enttäuscht? »Ich …«

»Kannst du mir sagen, was in deinem Kopf vorgeht? Damit wir zusammen eine Entscheidung treffen können?« Dieses Mal erkannte ich die Verwundbarkeit, die er mir offenbarte. Er hatte Angst, ich würde ihn komplett zurückweisen. Sowohl als Freund als auch als Liebhaber.

Ich rang mit mir selbst, mit meiner eigenen Angst und Unsicherheit. Warum fand ich nicht den Mut, ihm zu sagen, dass ich ihn liebte?

Weil es dann wirklich vorbei wäre. Hier war er und bot uns einen Ausweg, den ich nur annehmen müsste, und alles wäre wieder beim Alten. Ich müsste bloß weiter meine Gefühle für mich behalten.

Ein Klacks.

»Bis zur Hochzeit«, sagte ich mit kratziger Stimme.

»Bedeutet was?«

Ich löste meine Hände von der Tasse und ging um die Theke herum, bis ich direkt vor ihm stand. Er wandte sich mir auf dem Stuhl zu. Instinktiv schien er nach mir zu greifen. Seine Hände fuhren unter das weite T-Shirt, das ich mir von ihm geliehen hatte. Haut an Haut. Ich erzitterte.

Kurz flackerte meine alte Unsicherheit auf, ehe ich sie davonjagte, dann umschlang ich seinen Hals und lehnte mich an ihn. Meine Lippen an seinem Ohr und meine Brustwarzen hart an seinem Oberkörper. Er stöhnte leise.

»Ich will dich auf so viele Arten und Weisen, Nick. Bis zur Hochzeit will ich mir alles nehmen«, raunte ich und drängte mich enger an ihn. Ich spürte seine Reaktion, rieb mich an ihm und genoss die Macht, die ich über ihn hatte. Zart biss ich in sein Ohrläppchen. Er packte mich mit einer Hand fester an meinem Hintern, wartete aber noch ab, bevor er nachgab. »Danach ist es vorbei, wie du gesagt hast. Danach sind wir wieder Nick und Bronwyn. Beste Freunde für immer. Also, was auch immer du mit mir anstellen willst, du tust es besser bis zur Hochzeit. Was sagst du dazu?«

Die Grenzen waren gesteckt. Keine Gefühlsduseleien mehr von mir. Nur noch Sex mit meinem besten Freund. Eine Woche lang. Das wars.

Um meine Zukunft würde ich mich allein kümmern. Die Zweifel, die ich hegte, seit ich nach St. Mercy gekommen war, würde ich unabhängig von meiner Liebe zu ihm beseitigen. Ich würde genießen, was Nick zu bieten hatte, und währenddessen würde ich mein Leben endlich auf die Kette kriegen. Ohne ihn.

Er packte mich unterm Hintern und hob mich auf die Arbeitsfläche. Die Tassen schob ich eilig zur Seite.

»Klingt perfekt für mich«, antwortete er und atmete mich tief ein. Sein Gesicht an meinem Hals. »Aber ich muss dich warnen, Darlin'.«

»Ach ja?«

»Ich habe viel vor. Sehr viel.« Er beugte sich nach unten und saugte durch das T-Shirt an meiner Brust. Stöhnend ließ ich mich gänzlich zurückgleiten. Mein Hinterkopf traf auf die Rosenquarzplatte der Kücheninsel. »Stell dich auf wenig Schlaf ein.«

Mit einer Hand in seinem Haar zwang ich ihn, zu mir aufzusehen. »Glaub mir, mein Verstand ist schmutziger als deiner.«

Seine Mundwinkel zuckten. »Wetten?«

»Ich gewinne.«

»Vielleicht auch nicht.« Er war sehr von sich überzeugt.

Ich grinste. »Lass mal sehen.«

Und was er mir zeigte, überzeugte mich. Fast.

Die Hochzeit rückte immer näher und mit ihr das Ende unserer Vereinbarung. Doch ich hatte beschlossen, nicht zu viel darüber nachzudenken, sondern die Gegenwart zu genießen. Nicks Haut an meiner. Seine Lippen auf meinen. Er in mir.

Es war eine Herausforderung und ein Nervenkitzel in einem, Möglichkeiten zu finden, mit ihm zusammenzukommen. Wir waren uns darin einig, niemandem von unserer Übereinkunft zu erzählen, gerade weil daraus nichts entstehen würde.

Gosh, wenn es doch nur nicht so vertrackt wäre. Zum ersten Mal wünschte ich mir, nicht mit ihm befreundet gewesen zu sein. Es wäre einfacher gewesen, auf Dates zu gehen, sich einander anzunähern, ohne die Angst im Nacken, sich Gefühle gestehen zu müssen.

Es hätte keine fast zwanzigjährige Freundschaft auf dem Spiel gestanden.

Wenn ich nicht von Claire in irgendwelche Vorbereitungen eingespannt wurde, begleitete ich Nick zur Highschool, wo er nun täglich dem Footballteam zuschaute und mit dem Coach plauderte oder ihm wie heute assistierte. Wenn ich nicht hier war, schnappte ich mir meine Staffelei und malte. Selbst wenn ich auf der Tribüne auf Nick wartete, konnte ich nicht mehr still sitzen und skizzierte alles, was ich sah, und was ich nicht sah.

Nick und ich waren komplett auf Abstand gegangen, was unsere Zukunftspläne anging. Ich mischte mich nicht mehr in seinen Karriereweg ein, und auch er verlor kein Wort über meine aufblühende Kreativität.

Lemon setzte sich manchmal neben mich auf die Tribüne, nachdem sie ihren letzten Kurs absolviert hatte. Manchmal redeten wir eine Stunde lang nicht. Ich zeichnete meine Umgebung, sie machte ihre Hausaufgaben. Es rührte mich, weil ich wusste, dass sie bloß Zeit mit mir verbringen wollte. Ganz gleich, was wir währenddessen taten. Schon bald wäre ich wieder verschwunden.

Dieses Mal würde es mir viel schwerer fallen. Vor zwei Jahren war ich selbst noch furchtbar jung und naiv gewesen. Ich hatte nicht geahnt, was es bedeuten würde, meine Schwester zwei Jahre lang nicht zu sehen. Ihr Alterssprung von zwölf auf vierzehn war enorm gewesen, und beinahe war ich zu spät zurückgekehrt. Beinahe waren ihre Mauern für mich zu einem unüberwindbaren Hindernis geworden.

»Was malst du da?«, fragte sie mich am Mittwoch nach der Schule. Sie blickte über meine Schulter auf meinen Skizzenblock.

»Das ist José. Er nimmt Proben aus den Sümpfen, um sie zu analysieren.«

»Wirklich? Das klingt spannend.«

»Ja, oder? Gestern habe ich ihn noch mal begleitet, heute musste er wieder ins Labor.«

Lemon schwieg einen Moment. Es war kein bedeutungsträch-

302

tiges Schweigen, eher nachdenklich. Trotzdem machte es mich nervös.

»Was ist?«

In dem Moment trug die angenehme Brise Nicks amüsiertes Lachen zu uns herauf. Der Coach schlug ihm freundschaftlich auf die Schulter. Beide hatten Trainingshosen und Sportschuhe an. Im Gegensatz zum fünfzigjährigen Coach, der mit einer Jacke in den Schulfarben Blau und Weiß herumlief, war Nick lediglich in ein weißes T-Shirt geschlüpft, das seine breite Brust betonte. Nicht zum ersten Mal nahm ich die neugierigen Blicke der Cheerleaderinnen in seine Richtung wahr, die am anderen Ende des Platzes trainierten. Wer war ich, ihnen das zu verübeln?

Aber im Gegensatz zu ihnen würde ich Nick heute Nacht um den Verstand bringen. Ich hatte mir schon etwas ausgedacht und unter anderem einen Malkittel besorgt, unter dem ich vielleicht nichts tragen würde. Unsere Wette lief noch immer ...

»Siehst du? Gerade jetzt ...« Lemon schüttelte den Kopf.

»Was denn? Sprichst du mit mir, oder redest du mit dir selbst?«

»Okay. Fein.« Sie zog die Worte in die Länge und würzte sie mit überspanntem Frust. Bevor sie sich jedoch erklären konnte, vibrierte mein Smartphone. Ich zögerte, den Anruf anzunehmen, bis ich sah, dass es Shiloh war. Sie und Lemon hatten sich bereits bei einem Videocall kennengelernt.

»Hey, Shiloh!«, rief Lemon und winkte ihr heftig zu, nachdem sowohl meine Freundin in New York als auch ich die Kamera geöffnet hatten. Shiloh winkte zurück. Sie saß an ihrem Schreibtisch, die Haare zu einem Pferdeschwanz gebunden. »Du kommst genau richtig!«

»Genau richtig wofür?« Fragend sah sie von mir zu Lemon, die sich an meine Schulter quetschte, um ins Bild zu passen.

»Ich habe eine essenzielle Frage an meine Schwester.«

Oh nein.

»Bin ganz Ohr.« Shiloh wirkte amüsiert.

Lemon nickte einmal und rückte dann ein Stück ab, um mich anzusehen.

»Also gut, das ist meine Frage.« Die Einleitung machte es bloß schlimmer. »Wen willst du wirklich haben? José oder Nick? Ich werde einfach nicht schlau aus dir, und Shiloh bestimmt auch nicht.«

Ich hätte mich beinahe an meiner eigenen Spucke verschluckt.

»Sie hat nicht unrecht«, sagte Shiloh aus meinem Handy.

»Wie kommst du darauf, dass da überhaupt eine Wahl besteht?«, beeilte ich mich, zu fragen. Jeez, das wollte ich wirklich nicht hier tun.

Lemon musterte mich argwöhnisch. Wenn ich keine Geheimnisse preisgeben wollte, müsste ich ihrem Blick standhalten. In Shilohs Richtung wagte ich gar nicht, zu schauen.

»Also ist es Nick?«

»Lemon!«

Aus dem Augenwinkel sah ich, wie Shiloh interessiert den Kopf neigte.

»Was? Ist das wirklich so weit hergeholt?« Wenn sie wüsste …

»Nick ist mein bester Freund, und José … ist auch ein guter Freund. Wir haben einander nie gedatet und werden auch nie daten. Das habe ich von Anfang an klar gesagt. Und er ebenso.«

»Gut. José ist also abgehakt«, sagte Shiloh, und Lemon nickte heftig.

»Nick auch!«, fügte ich hinzu.

»Nein«, sagte meine Schwester langsam. »Ich glaube nicht. Du magst ihn mehr als bloß einen besten Freund. Ich seh das.«

»Ich auch!«, zwitscherte Shiloh.

Ich machte ein abfälliges Geräusch, auch wenn ich mich nicht respektlos Shiloh gegenüber verhalten wollte. Doch Lemon brachte mich noch in ein frühes Grab. »Ich dachte, du wirst nicht schlau aus mir, Lemon.«

»Wollte nur ein bisschen was aus dir herauskitzeln. Ehrlich, jeder sieht das. Jeder hört das«, erklärte meine Schwester.

»Jeder?« Ich stockte und rammte den Kohlestift versehentlich so hart in das Papier, dass die Spitze abbrach. Das Handy hielt ich weiterhin hoch. »Wie meinst du das?«

Nick und ich waren vorsichtig gewesen. Wir hatten uns entweder bei ihm getroffen oder bei mir, wenn alle bereits geschlafen hatten. Zumindest hatte ich das geglaubt.

»Wenn du seinen Namen sagst, blinkst du auf wie ein Christbaum, Bron. Ich verstehe nicht …« Sie biss sich auf die Unterlippe, bevor sie mir einen kurzen Seitenblick zuwarf. »Hast du Angst?«

Shiloh hatte wohl beschlossen, dass es besser wäre, zu schweigen und mich den Kampf allein ausfechten zu lassen. Nicht dass sie zuvor auf meiner Seite gewesen wäre.

Ich wollte Lemon und sie nicht anlügen. Genauso wenig wusste ich allerdings, wie ich ihnen die Wahrheit beibringen sollte. Ich hatte ja selbst immer noch damit zu kämpfen.

»So einfach ist das nicht.«

»Bron, du hast mir selbst gesagt, dass man miteinander kommunizieren muss.«

Da der Stift nun eh hinüber war, klappte ich den Skizzenblock zu und wandte mich an Lemon. Das Handy seitlich zwischen uns.

»Ich sage das jetzt nur, weil du schon vierzehn bist und ich dir und Shiloh sowieso vertraue.« Sie hob das Kinn, als würden sie meine Worte bestärken. Ich warf Shiloh einen Blick zu, und sie nickte. »Ja, ich bin in Nick verliebt, und nein, ich werde es ihm nicht sagen.«

Lemon öffnete den Mund, um etwas einzuwenden, doch ich sprach eilig weiter. Shiloh blieb glücklicherweise still, sonst hätte ich den Ton ausschalten müssen.

»Ich kann ohne ihn nicht leben. Das klingt jetzt überspitzt und überdramatisiert, und das ist es auch. Natürlich kann ich ohne ihn leben. Aber ich will es nicht. Und wenn ich ihm gestehe, wie ich empfinde, dann wird er mir entweder sagen, dass er ebenso fühlt, was für den Moment wunderbar wäre. Doch Beziehungen halten heutzutage selten lange, und ich … Du weißt, wo es enden würde. Shiloh weiß das und ich sowieso. Ich und er getrennt und vermutlich zerstritten, weil unsere gegenseitigen Erwartungen nicht erfüllt wurden.«

»Und … die andere Option?«

»Ihm geht es nicht genauso, und er versucht, es mir schonend beizubringen. Aber weil er Nick ist und rücksichtsvoll, wird er danach anders mit mir umgehen, um mich nicht zu verletzen. Nicht wissend, dass er mich dadurch noch mehr verletzt. Unsere Freundschaft wäre unweigerlich vorbei. Vielleicht könnte ich nach ein paar Jahren darüber hinwegsehen, und er wäre irgendwann nicht mehr peinlich berührt. Möglicherweise wäre eine Freundschaft dann wieder möglich, wer weiß?«

Ich holte zittrig Atem. Es war erleichternd, meine Gedanken endlich teilen zu können. Den wahren Grund dafür, dass ich all die Jahre den Mund gehalten hatte. Nicht wegen Claire. Nicht wegen des Schwurs. Und schon gar nicht wegen unserer Geheimnisse.

»Ist es dann nicht besser, nichts zu sagen? Weiterhin mit ihm befreundet zu sein? Ihn bei mir zu haben?« Damit beendete ich mein Geständnis.

Lemon wechselte einen Blick mit Shiloh. Wahrscheinlich hätte ich ihr das nicht alles sagen sollen. For God's sake, sie war immer noch erst vierzehn.

»Lemon? Würdest du deine Schwester und mich für einen kurzen Moment allein lassen?«, bat Shiloh ernst. »Du kannst dir ihre Worte ja ein bisschen durch den Kopf gehen lassen.«

Lemon schien nicht begeistert zu sein, aber da sie nichts zu erwidern wusste, machte sie sich vom Acker. Sie gab mir einen Kuss auf die Wange und versprach, zu Hause auf mich zu warten.

Yippie! Darauf freute ich mich schon sehr …

»Was kommt jetzt?« Ich hob das Handy an, um besser von Shiloh gesehen werden zu können. Wieder drang Nicks Lachen zu mir herauf.

Er war so glücklich, wieder auf dem Platz stehen zu können. Er war ein Genie darin, Spieler zu motivieren und sie für ein bevorstehendes Spiel bereit zu machen.

»Denkst du das wirklich? Dass es besser ist, nichts zu riskieren?«

»Habe ich nicht gerade lang und breit erklärt, warum das so ist?«

Shiloh zog eine Schnute. »Habe bloß Ausreden gehört. Nichts weiter.«

»Shiloh …«

»Als deine beste Freundin sage ich dir, dass das Ganze Bullshit ist. Ich bin sicher, dass Nick mehr für dich empfindet, und ihr solltet es versuchen, bevor es zur größten verpassten Chance eures Lebens wird.«

»Aber es wird nicht halten.« Meine fatalistische Stimmung ging mir selbst auf den Geist, doch ich wusste nicht, wie ich mich von ihr befreien sollte. Jahrelang hatte ich mich an diesen Glauben geklammert, und jetzt sollte ich plötzlich ins Haifischbecken springen? Wie?

»Glaubst du, dass Miles und ich in zehn Jahren auch nicht mehr zusammen sein werden?«

Entsetzt sah ich sie an. »Natürlich nicht. Gosh, ihr seid ein Herz und eine Seele. Es ist wirklich unausstehlich manchmal.«

Ihre Mundwinkel zuckten. »Exakt.«

Ich wartete, aber sie erklärte sich nicht. »Soll ich dir alles aus der Nase ziehen?«

»Bronwyn, du siehst uns so, wie wir euch beide sehen. Miles hat die Spannungen zwischen euch übrigens auch bemerkt, und eigentlich merkt er sonst nicht viel, was bei anderen Menschen unterschwellig vor sich geht.« Ich murmelte etwas Unverständliches. »Für uns seid ihr wie füreinander geschaffen. Und wir selbst? Wir haben Unsicherheiten und Ängste und versuchen jeden Tag, das Beste daraus zu machen, weil wir zusammen sein wollen. Heute und morgen und am besten noch viele Jahre. Und wenn es am Ende nicht funktioniert, dann respektieren wir einander immer noch, und bei euch wird es ebenso sein.«

Ich schniefte. »Ich will ihn nicht verlieren, Shiloh.«

Ihre Stirn glättete sich, und ein warmes Lächeln zierte ihre Lippen. Am liebsten hätte ich sie umarmt. »Dann kämpfe um ihn. Geh ein Wagnis ein. Erlaube dir, glücklich zu sein.«

»Ich verstehe das. Ich stimme dem ja auch zu.« Mit meiner freien Hand wischte ich mir über die Augen, weil ich auf der Tribüne nicht zur Heulsuse werden wollte.

»Aber?«

Mein Blick wanderte von ihr zu Nick. Als hätte er ihn gespürt, sah er zu mir herauf. Sein Grinsen erhellte meine gesamte Welt. Glücklich winkte er mir zu, ehe er sich wieder den Spielern zuwandte.

»Das Risiko ist zu hoch«, krächzte ich. »Ich kann das nicht.«

• KAPITEL 25 •

sad truths

Fast zwei Wochen nach unserem letzten Besuch saßen wir wieder im Silver Forks, das heute Abend nur für die Hochzeitsgäste geöffnet war. Morgen würde es mit der gesamten Hochzeitsgesellschaft auf einen Ausflug zum Lake Maurepas gehen.

Damit waren die mehrtägigen Hochzeitsfeierlichkeiten offiziell eröffnet.

Es gab wie schon beim letzten Mal mehrere runde Tische. Zumindest hatte Claire so viel Rücksicht genommen, uns nicht an einen Tisch mit ihrem Schwiegervater zu setzen. Glücklicherweise hatte sie mich außerdem mit dem Rücken zu sich platziert. Dadurch musste ich nicht ständig darauf achten, welche Blicke ich Nick zuwarf.

Meine Freude hielt sich in Grenzen. Lediglich Nick an meiner Seite machte die Spannungen erträglich.

Wahrscheinlich kriegte kaum jemand mit, dass etwas bei dem Festessen nicht stimmte. Ich konnte den Finger nicht ganz drauflegen, aber meine Theorie war, dass George seinem Vater noch nicht gesagt hatte, dass er von seinem großen Fehltritt erfahren hatte. Nick und der Bürgermeister gingen sich bestmöglich aus dem Weg. Sie schauten nicht mal in die grobe Richtung des jeweils anderen, was vermutlich das Beste war. Vor den Augen aller Anwesenden wäre ein weiterer Schlagabtausch, ob nun körperlich oder verbal, verheerend gewesen.

Ich hatte mich für ein jadegrünes Neckholderkleid entschieden, das ich heute mit meiner Mom in Baton Rouge erstanden hatte. Mein Ausschnitt erregte bei Nick besondere Aufmerksamkeit. Wie ich es mir erhofft hatte. Dazu hatte ich mein Haar zu einem lockeren Knoten gebunden, damit meine großen Perlenohrringe zur Geltung kamen. Nick war in seinem passgenauen Anzug eine Erscheinung, und ich konnte mich nur zurückhalten, ihm die Kleider nicht sofort vom Leib zu reißen, weil wir in der Öffentlichkeit waren.

Ich pikste ein Stück Kartoffel auf, während ich mich umsah. Nick unterhielt sich mit seinem Tischnachbarn. Einer von Claires Cousins, mit dem er sich immer gut verstanden hatte. Ich hätte mir die Mühe machen und mich an der Unterhaltung beteiligen können, doch mir fehlte der Elan. Stattdessen konzentrierte ich mich lieber auf die Gefühle, die Nicks Hand auf meinem Knie auslöste.

Traurigerweise war das aufgetreten, womit ich von Anfang an gerechnet hatte: Ich bekam nicht genug von Nick. Ganz gleich, wie viel Zeit wir zu zweit verbrachten, ich wollte immer mehr.

Am Sonntag wäre die Hochzeit, und gleich am nächsten Tag würden wir zurück nach New York fahren, wo wir uns nie wieder auf diese Art und Weise berühren würden. Ich hatte nicht den blassesten Schimmer, wie wir das bewerkstelligen sollten, da weder seine noch meine Selbstbeherrschung einen Preis gewinnen würde.

Doch ich würde mich zusammenreißen müssen. Um unserer Freundschaft willen.

Ich verschränkte unter dem Tisch meine Hand mit seiner.

Überrascht warf er mir einen Blick zu, dann drückte er sie leicht. Ich lächelte ihm aufmunternd zu, sein Gespräch fortzusetzen. Währenddessen konnte ich ihn einfach beobachten und mir vorstellen, wie es wäre, für immer mit ihm zusammen zu sein.

Um mich abzulenken, winkte ich den Kellner heran, um mein leeres Weinglas füllen zu lassen. Ich hätte mehr Lust auf Bier gehabt, insbesondere weil sie hier nur Wein hatten, der mir nicht schmeckte, aber ich wollte nicht aus der Reihe tanzen. Niemand hatte bisher ein anderes alkoholisches Getränk bestellt, und ich würde nicht damit anfangen.

»Und wie lange seid ihr schon zusammen? Läuten bald die Hochzeitsglocken?«, fragte der Cousin in unsere Richtung, und ich prustete den Rosé einmal quer über den Tisch. Claires Tante – oder war es ihre Großtante? – wischte sich entnervt mit einer Serviette über das Gesicht.

Der Griff von Nicks Hand um meine wurde fester, während ich eilig mein Glas abstellte, um mir selbst den Mund abzutupfen und mich zu entschuldigen.

»Abgesehen von Claire und George hat es doch niemand eilig damit, und wir erst recht nicht.« Nick lachte, als wäre all das ein großer Scherz.

Ich löste meine Hand aus seiner, und er berührte nicht länger mein Bein.

Er hatte nicht abgestritten, dass wir ein Paar waren. Schon morgen würde die Gerüchteküche brodeln, und spätestens am Sonntag würde Mom mich löchern. Wenn ich es damit nicht schlimmer machen würde, hätte ich selbst vehement widersprochen.

»Entschuldigt.«

Dieses Mal konnte immerhin niemand sagen, dass ich vor dem Essen gegangen war. Lediglich den Nachttisch würden sie ohne mich verzehren müssen. Kurz bevor ich die Toilette erreichte, machte ich eine Drehung und verließ das Lokal. Draußen atmete ich einmal tief durch. Alles drehte sich.

Das Problem lag nur bei mir. Ich konnte mich nicht entscheiden.

In der einen Sekunde wollte ich Nick alles beichten. In der nächsten war ich vor Angst erstarrt.

Mit dem Kopf lehnte ich mich gegen die Fassade. Ich dürfte nicht lange hier stehen bleiben. Nick würde schon bald nach mir sehen, und ich … Gerade jetzt könnte ich mich ihm einfach nicht stellen.

»Hey, du hier?« José saß auf seinem Mountainbike und blickte von der Straße zu mir herüber. »Allein?«

»Das ist kein so origineller Anmachspruch«, antwortete ich mit einem Lächeln.

Er stieg von seinem Bike und schob es neben sich her, als er auf mich zuging. »Hatten wir uns nicht darauf geeinigt, dass das zwischen uns rein platonisch ist?«

»Ah, shoot, mein Fehler.« Besonders theatralisch legte ich eine Hand auf mein Herz und bemühte mich eine Sekunde lang um einen zerknirschten Ausdruck. »Was machst du hier?«

»Kam eben erst nach Hause und wollte noch eine Runde radeln.«

»Dann lass dich nicht aufhalten.«

»Ich schwitze nicht schon nach fünf Minuten.«

»Äh, okay?«

»Hast du mich mal angesehen?« Er deutete mit einer Hand auf sich und zeigte von oben nach unten.

»Nicht so richtig«, murmelte ich und bemerkte erst jetzt seinen Zustand. Er war vollkommen durchgeschwitzt und schmutzig von aufgewirbeltem Matsch. »Oh. Du bist fertig?«

Er nickte, wirkte aber nicht beleidigt wegen meiner Unaufmerksamkeit. »Soll ich dich nach Hause begleiten, oder gehst du wieder rein?«

»Hm.« Das war die Frage. Ich wusste, dass ich in der Nacht nicht von Nick fernbleiben konnte, doch ich glaubte, dass uns ein wenig Abstand guttun würde. Oder mir zumindest. »Nach Hause klingt gut. Ich hab noch was vor.«

Während wir nebeneinanderher liefen, schrieb ich Nick eine eilige Nachricht.

> **Bronwyn:** Hab was vergessen. Komme später bei dir vorbei. Genieß den Nachtisch. 😌

> **Nick:** Ist was passiert? 🫤

> **Bronwyn:** Mach dir keinen Kopf. Bis gleich! 😘 😘

Damit steckte ich das Handy in meine Handtasche und verschränkte die Arme. Es war schon etwas frisch, so ganz ohne Jacke. Die Sonne war längst untergegangen, und die Wärme des Tages verflüchtigte sich allmählich.

José bemerkte mein Frösteln. »Ich würde dir ja meine Jacke anbieten, doch sie stinkt ziemlich.«

»Das ist lieb, aber wir sind ja gleich da. Wie lief es im Labor?«

»Ziemlich öde. Meine Proben sind nicht so spannend, wie ich angenommen hatte.«

»Das tut mir leid.«

»So ist das Leben eines Forschers. Oder ich schätze, so wird mein Leben später sein.«

»Du wirkst nicht traurig darüber«, hakte ich nach.

Er zuckte mit den Schultern. »Warum auch? Ich habe es mir ja ausgesucht, und wenn es mir doch nicht gefällt, suche ich was anderes.«

»So einfach?«

»Hm, einfach vielleicht nicht, aber alternativlos. Ich werde schließlich nicht glücklich davon, in der Schwebe auszuharren, oder? In einem Job, von dem ich weiß, dass er mir nicht gefällt. Es kann nur besser werden, auch wenn es harte Arbeit sein sollte.«

»Es kann auch schlechter werden«, murmelte ich.

»Selbst wenn! Dann ist auch das kein Dauerzustand. Dann wird eben weitergemacht. Sich umorientiert.«

»Fehlt dir dann nicht irgendwann die Kraft?«

Das ließ er sich einen Moment durch den Kopf gehen. Wir hatten mittlerweile die Maple Road erreicht, und bis zu meinem Haus waren es noch fünf Minuten.

»Bestimmt kann man nicht ständig durchpowern, aber ich würde das Ziel nie aus den Augen verlieren. So bin ich nicht.«

»Und was ist das Ziel?«

»Glück. Mein ganz persönliches Glück.« Er grinste breit. »Übrigens habe ich jemanden kennengelernt. Willst du ein Foto sehen?«

»Was? Wann? Wo?«

In den letzten fünf Wegminuten berichtete er mir von dem schüchternen Kerl, den er in einer Bar in Baton Rouge aufgerissen hatte. Er war absolut hin und weg und konnte es kaum abwarten, ihn wiederzutreffen.

Ich freute mich, ihn so glücklich zu sehen. Gleichzeitig stieg ätzender Neid in mir auf. Dass es für ihn so einfach war, seine Gefühle nach außen zu tragen, während ich an meinen zu ersticken schien.

Nachdem wir uns voneinander verabschiedet hatten, sagte ich meinen Eltern im Wohnzimmer kurz Hallo, ehe ich eines meiner Bilder aus meinem Zimmer holte.

Die Leinwand war nicht größer als ein durchschnittliches Buch, doch ich hatte auf so wenig Platz so viele Details wie möglich in

Öl gebannt. Das Gemälde zeigte die beiden Häuser von Daisy und Ms Atwood an einem sonnigen Tag. Die Wildnis, die sich den Holzbauten entgegenstreckte, doch die sie nie gänzlich erreichen konnte. Das Windspiel auf der Veranda und der verlassene Schaukelstuhl, auf dem die blaue Wolldecke lag. Dazu die dunkelgrauen Schindeln auf dem Verandadach und die frisch gestrichenen Fensterrahmen.

Es war das erste Bild seit meiner langen Pause, das ich wirklich von ganzem Herzen liebte, und ich wusste, dass Daisy sich darüber freuen würde.

Bevor ich mich mit dem Fahrrad auf den Weg zu ihr machte, zog ich mir bequeme Kleidung an, die wärmer war als das hauchdünne Kleid. Selbst wenn Letzteres tausendmal schöner war als meine lockere Jeans und der ockerfarbene Pulli mit den durchsichtigen Streifen aus Spitze und Tüll.

Das Bild verstaute ich zusammen mit Zahnbürste und Unterwäsche in meinem Rucksack. Ich machte mir nichts vor. Die Nacht würde ich bei Nick verbringen, weil ich mich nicht von ihm fernhalten konnte.

Trotzdem war ich froh, dass Nick noch nicht von dem Dinner zurückgekehrt war, als ich an die Tür klopfte. Daisy ließ mich freundlicherweise rein und bereitete mir einen ihrer köstlichen Kräutertees zu, die es so nirgendwo zu kaufen gab. Sie hatte sich ihr Haar vorgestern in kleine Wellen legen lassen, die sie um zehn Jahre jünger erscheinen ließen.

Ich setzte mich mit meinem Rucksack an den Küchentisch und nippte einmal am Tee, obwohl er noch viel zu heiß war.

»Du wirst es nie lernen, oder?« Sie lachte leise, als sie sich neben mich auf den Stuhl sinken ließ.

»Ich bin nicht die geduldigste Person«, antwortete ich lächelnd. »Warum ich hier bin …«

Sie nahm das Bild vorsichtig in die Hände, als ich es ihr reichte.

Während sie die Details betrachtete, betrachtete ich sie. Nervosität kroch in mir hoch, je länger sie schwieg. Konnte es sein, dass es ihr nicht gefiel? Hatte ich mein Können überschätzt? Wieder mal?

»Es ist … atemberaubend, Bronwyn«, hauchte Daisy. »Vielen Dank.«

»Puh, ich dachte schon, es gefällt dir nicht.« Ich rieb mir erleichtert die Stirn.

»Wem könnte das hier nicht gefallen? *Atemberaubend* beschreibt nicht mal annähernd, was es in mir auslöst. Ich werde ein schönes Plätzchen dafür finden.«

»Ich bin nicht mehr so selbstsicher wie früher«, gab ich zu.

»Aber selbst du musst erkennen, dass das hier gut ist.« Belehrend sah sie mich an.

»Schon. Allerdings bin ich auch ziemlich gut darin geworden, mich selbst zu belügen.«

»Was meinst du damit?«

Zum Glück wurde unsere Unterhaltung unterbrochen, da jemand gegen die Vordertür zu hämmern begann. Fragend sahen wir einander an. Es war schon spät, und abgesehen von Nick oder Ms Atwood, die definitiv nicht die Kraft besäße, so lange gegen das Holz zu hauen, erwartete Daisy vermutlich keinen Besuch.

Von einem unguten Gefühl geleitet, folgte ich Daisy in den Flur, als das Trommeln in einen schnelleren Rhythmus wechselte. Ich betätigte den Lichtschalter, da ich dem ungeladenen Gast nicht im Dunkeln begegnen wollte. Kiara bellte mehrmals laut, blieb jedoch neben mir stehen. Daisy warf mir einen letzten Blick zu, dann zog sie die Tür auf.

Bürgermeister Rosewood stapfte mit großen Schritten in die enge Diele und drängte Daisy zurück. Gegen mich.

Kiara knurrte.

Instinktiv umfasste ich Daisys Schultern, als er über uns beiden aufragte. Eine imposante und einschüchternde Figur, nur durch seine körperliche Masse. Abgesehen davon fand ich ihn selbst jetzt ausgesprochen lächerlich.

»Du!« Seine Wangen waren wie bei unserem letzten Aufeinandertreffen gerötet, und eine Alkoholfahne hüllte uns ein. Mit dem Finger wedelte er vor Daisy herum, die ihren ersten Schreck überwunden hatte. Sie richtete sich auf, und ich ließ meine Hände sinken. »Das ist alles deine Schuld!«

»Ich weiß nicht, wovon du da redest, Hank«, sagte Daisy ruhig, als hätte sie es tagtäglich mit betrunkenen Bürgermeistern zu tun. Sie beugte sich hinab, um Kiara beruhigend den Kopf zu tätscheln.

»Ach, tu nicht so unschuldig! Deinetwegen legt sich George ständig mit mir an. Du hast ihm sicher irgendeinen Floh ins Ohr gesetzt.« Er fuhr sich durch das dichte Haar, das wirr von seinem Kopf abstand. »Schlampen wie du machen das.«

»Hey! Passen Sie auf, was Sie da sagen!«, rief ich.

Er fixierte mich mit verengten Augen. Ich hasste es, dass ich in seinem aufgequollenen Gesicht nach Ähnlichkeiten mit Nick suchte. Glücklicherweise wurde ich bis auf die Augen nicht fündig.

»Halten Sie sich da raus, wenn Sie wissen, was gut für Sie ist.«

»Ach ja? Weil Sie den Sheriff in der Tasche haben? Erzählen Sie doch etwas mehr darüber fürs Band!« Ich holte mein Handy hervor und schaltete den Voicerecorder ein.

»Sie Gör!«

Mit seinen Beleidigungen wurde er auch nicht kreativer.

»Mach dich nicht weiter lächerlich, Hank.« Daisy legte eine Hand auf meinen ausgestreckten Arm, und ich ließ widerwillig das Handy sinken.

»Was zur Hölle …?« Nick stand hinter ihm in der offenen Tür und wirkte wie ein auf die Erde herabgestürzter Racheengel. Ein-

317

zig tosende Flammen im Hintergrund fehlten noch. Ich wusste, dass mich dieses Bild verfolgen würde, bis ich es aufgemalt hätte. »Raus hier! Und komm nie wieder!«

Bürgermeister Rosewood wirkte tatsächlich eingeschüchtert. Er hatte den letzten Schlag wohl nicht vergessen und rieb sich den Bluterguss unter seinem Auge, der immer noch sichtbar war.

»Ich bin hier sowieso fertig.« Nach einem kurzen Moment drehte er sich um. Nick machte ihm erst in letzter Sekunde Platz.

Kiara tapste schwanzwedelnd auf den Sohn des Hauses zu und scharwenzelte aufgeregt um ihn herum.

Ich konnte ihm ansehen, dass er mit sich zu kämpfen hatte. Erst als er die Tür hinter sich schloss und Daisy in die Arme nahm, atmete ich aus.

Auf dem Weg in den Wohnraum löschte ich die Aufnahme und ließ mich dann in das Sofa mit Paisleymuster sinken. Nick führte Daisy an einem Arm zum Sessel.

»Ich bin nicht so fragil, wie du denkst, Nick«, sagte sie unwirsch und schob seine Hände weg.

Er antwortete nicht. Seine Lippen waren zu einer harten Linie zusammengepresst, und zwischen seinen Brauen war eine steile Falte entstanden. Nachdem er sich umgesehen hatte, holte er die beiden Teetassen zu uns an den Wohnzimmertisch und stellte sie auf Vliesuntersetzer.

»Du bist sicher schockiert, Sweets«, sagte Daisy in meine Richtung, während sie mit einer Hand Kiara kraulte, die sich neben sie gestellt hatte. Als würde sie ihr Frauchen nicht aus den Augen lassen wollen.

Nick wuselte im Haus rum, nachdem er etwas von »sich umziehen« gemurmelt hatte. Er war wie sein biologischer Vater direkt vom Dinner hergekommen und hatte noch seine schicken Sachen getragen.

»Nick hat mir schon ein bisschen was erzählt«, beichtete ich.

Sie hob die perfekt gezupften Brauen. »Ach, wirklich? Das sieht ihm gar nicht ähnlich.«

»Erst vor Kurzem«, beeilte ich mich, zu sagen. »Er wollte dir sicher nicht schaden.«

»Das habe ich auch nicht angenommen.« Sie beugte sich zur Seite und tätschelte meine Hand, die ich auf der Lehne des Sofas platziert hatte. »Meinetwegen hätte er es dir schon viel früher sagen sollen. Ich hoffe, du bist deshalb nicht enttäuscht von ihm. Wie immer hat er nur versucht, mich zu beschützen.«

Tatsächlich hatte ich schon lange von meiner Enttäuschung abgelassen. Als er mir von seinem Vater erzählt hatte, war ich überrumpelt gewesen, doch jetzt konnte ich sein Verhalten besser verstehen. Es war nicht darum gegangen, dass er mir nicht genug vertraute.

»Mir tut es bloß leid, dass ihr euch mit ihm rumschlagen müsst.«

»Damit habe ich gerechnet, als ich mich dazu entschied, in der Stadt zu bleiben. Ich hätte weglaufen können. Woanders mein Glück suchen, nachdem meine Eltern mich rausgeworfen hatten, aber … St. Mercy ist mein Zuhause, und ich wollte auch, dass es das für Nick ist.« Sie lächelte sanft, in Erinnerungen schwelgend. »Und dank Ms Atwood konnten wir uns hier ausbreiten.«

»Sie hat euch aufgenommen.« Es war ein Kommentar und keine Frage. Unterschwellig hatte ich immer gewusst, dass Ms Atwood so etwas wie eine Mutter für Daisy war.

»Sie bedeutet mir so viel. Ihre Gutmütigkeit werde ich ihr in diesem Leben nicht zurückzahlen können.«

»Bei Gutmütigkeit geht es nicht darum, etwas zurückzubekommen«, betonte ich.

»Wie recht du hast. Trotzdem, sie hat mir und Nick ein Leben geschenkt. Ich bin ihr sehr dankbar.«

»Darf ich fragen, wie …« Ich schluckte.

»Wie ich mich in jemanden wie Hank verlieben konnte?« Ein tiefes Seufzen folgte. »Ich war jung und naiv, und er war charmant und attraktiv. Mehr war da nicht. Erst als ich ihm sagte, dass ich sein Kind erwarte, erwähnte er seine Frau und seinen Sohn. Eine Welt ist für mich zusammengebrochen. Aber ich drängte ihn nicht, Teil meines Lebens oder des Lebens meines Sohnes zu sein, weil ich instinktiv wusste, dass er kein guter Einfluss wäre.«

»George ist ein netter Kerl.« Ich fühlte mich verpflichtet, Claires Verlobten in Schutz zu nehmen.

Nachsichtig lächelte Daisy. »Ganz seiner Mutter zu verdanken, nehme ich an.«

Nick kehrte in diesem Augenblick zurück. Er hatte sich dunkelblaue Sweatpants und ein hellgraues Shirt angezogen. Die Sorge war aus seinem Gesicht gewichen. Vermutlich hatte er sich etwas beruhigt und akzeptiert, dass er an der Situation nichts würde ändern können.

Daisy leerte ihren Tee in einem Zug und stand dann voller Entschlossenheit auf.

»Ich lasse euch dann mal allein«, verkündete sie hochoffiziell.

Panisch sah ich zu ihr auf. »Warum?«

»Weil ich zu Ms Atwood gehe, um ihr brühwarm von Hanks peinlichem Besuch zu berichten. Zumindest eine von uns wird heute herrlich tief schlafen. Komm, Kiara.« In sich hineinlachend, verließ sie uns mit der trächtigen Hündin.

Ich glaubte ihr kein Wort. Sie hatte Nick und mich längst durchschaut. Nachdem die Tür hinter ihr ins Schloss gefallen war, fing ich Nicks Blick auf.

»Erwischt.« Er wirkte nicht im Geringsten zerknirscht und grinste mich an.

• KAPITEL 26 •

blame it all on your body

»Ich will nicht, dass Mom leidet.« Wir hatten uns in sein Zimmer zurückgezogen. Obwohl Daisy von unserer Beziehung zu wissen schien, wollte ich es ihr nicht unbedingt unter die Nase reiben. Ich hatte meine Wange auf Nicks harten Oberkörper gebettet, während er mit den Fingern durch mein Haar fuhr. »Sie verdient es nicht, so von ihm behandelt zu werden. Sie hat ihn nie bedrängt und mich allein aufgezogen. Was will er jetzt? Warum kann er nicht sehen, dass er das eigentliche Problem ist?«

»Weil ihn sein Narzissmus davon abhält.«

»Hast du etwa mit Shiloh gesprochen?« Sie wollte demnächst ihr Studium der Psychologie aufgreifen.

»Nein, aber was aus Büchern gelernt«, gab ich schmollend zurück.

»Soso.« Ich lauschte seinem ruhigen Herzschlag, während ich Nick gleichzeitig Zeit gab, sich seine Worte zurechtzulegen. »Ich glaube, es dauert nicht mehr lange, bis die ganze Stadt davon erfährt.«

»Das ist gut möglich. Jetzt, da George es auch weiß.«

»Sie werden Mom verstoßen.«

»Nick«, sagte ich belehrend. »Deine Mom hat ein eigenes Geschäft aufgebaut, sich Kunden geangelt und enge Freundschaften geknüpft. Sie werden ihr nicht wegen so etwas den Rücken kehren. Sie kennen und lieben sie. So wie meine Eltern.«

»Deine Eltern …«

»Jetzt sag nicht, dass sie die Ausnahme bilden. Deine Mom ist wundervoll, und die meisten wissen das. Daran wird sich nichts ändern, nur weil sie vor über zwanzig Jahren unwissentlich in eine Affäre getaumelt ist.«

Er drückte mich an sich und ließ mehrere Küsse auf meinen Scheitel regnen. Seine Anhänglichkeit brachte mich zum Lachen, das schon bald von einem brennenden Kuss ersetzt wurde. Ich stemmte mich auf seinem Brustkorb auf, um mich rittlings auf ihn zu setzen. Ich wollte mehr von ihm haben. Alles.

Mit seiner großen Hand strich er mir das Haar hinters Ohr und sah mich so zärtlich an, dass sich mein Herz verkrampfte.

»Darlin' …«

»Hm?«

»Ich …« Er sah zur Seite. »Danke.«

Ich küsste ihn eilig, bevor ich noch etwas sagte, das ich später bereuen würde.

Lemon trällerte am nächsten Vormittag auf dem Rücksitz einen Song, den Helena erraten sollte. Da sie jedoch einen so schlechten Sinn für Rhythmus und Musik hatte, warf Helena recht schnell das Handtuch. Enttäuscht sah mich Lemon über den Rückspiegel an.

»Echt? Niemand?«

»Wie bringe ich dir das schonend bei, sweet pumpkin?« Nick wirkte entspannt. Seit wir losgefahren waren, hatte er kein Wort über den gestrigen Abend verloren, obwohl wir uns in weniger als zehn Minuten der Hochzeitsgesellschaft anschließen würden. Die Festlichkeiten gingen mit dem Ausflug zum Lake Maurepas und durch den Joyce Park in die nächste Runde.

»Ich weiß, dass ich nicht singen kann«, beeilte sie sich, zu sagen. »Aber ich kann summen. Jeder kann summen.«

»Du nicht«, neckte Helena sie. Damit war Nick aus dem Schneider, ihr das vernichtende Juryurteil mitteilen zu müssen. Grinsend warf er mir einen kurzen Blick zu und brachte mich dadurch aus dem Konzept. Ich hatte etwas zu dem Thema sagen wollen, doch ein Blick von ihm, und mein Kopf war wie leer gefegt.

Neben uns waren noch viele weitere Gäste aus St. Mercy eingeladen. Sogar José, Tatjana und ihr Freund, wie ich feststellte, als wir den Parkplatz erreichten. Hinter uns fuhren noch ein halbes Dutzend weitere Autos auf den Schotter. Meine Eltern hatten sich entschuldigt, und auch Daisy musste arbeiten.

»Warum stehen da so viele im Kreis? Gibts was umsonst?« Lemon hielt Helena beim Aussteigen die Tür auf. Sie ließ ihren kritischen Blick über den Pulk Menschen wandern.

»Tatsächlich wurde zu ein paar Snacks geladen«, antwortete Helena. »*Nach* der Wanderung.«

Lemon machte ein abwertendes Geräusch und verschränkte ihre Hand mit Helenas. »Ihr braucht uns nicht, oder?«

»Bleibt in der Gruppe, und wenn ihr euch entfernen wollt, müsst ihr entweder Nick oder mir Bescheid geben, okay?« Ich rechnete zwar nicht mit Komplikationen, doch Lemon war minderjährig und ich für sie verantwortlich. Sicher war sicher.

»Alles klar.« Kichernd liefen sie davon. Sie waren wie die meisten Gäste nicht zum ersten Mal hier. Ein Ausflug zum Joyce Park war Teil der Schulausbildung in St. Mercy und Umgebung.

Die Joyce-Wildlife-Management-Area grenzte nordöstlich an

den Lake Maurepas und erstreckte sich über mehrere Tausend Hektar bis zum Lake Pontchartrain, der den Lake Maurepas größentechnisch in den Schatten stellte.

Im Joyce Park gab es eine beeindruckende Promenade, die direkt in die Sümpfe führte. Wir würden kurz auf ihm wandern, um dann an einer Picknickstelle zu rasten. Es wurde viel Wert auf Naturschutz gelegt: Ranger achteten penibel darauf, dass kein Müll zurückgelassen wurde und die Lautstärke von Wandergruppen nicht über einen gewissen Pegel stieg.

Claire war trotz ihres glamourösen Looks immer schon sehr naturliebend gewesen, weshalb es mich nicht wunderte, dass sie diesen Ausflug vorgeschlagen hatte.

Mit George zusammen wartete sie am Eingang auf uns. Die Promenade aus waagerecht angebrachten Holzplanken schlängelte sich über den Sumpf und an den Zypressen vorbei tiefer in den Park.

»So richtig Lust habe ich nicht«, murrte Nick, der vor der Menschentraube stehen blieb. Gerade hatten wir den Bürgermeister entdeckt, der neben Frau und Sohn stand. George blickte überallhin, nur nicht zu seinem Dad.

Es tat mir leid, dass seine Hochzeit von dem Streit mit seinem Vater überschattet wurde.

Claire klatschte einmal in die Hände. Sie sah aus wie eine waschechte Rangerin. Cremefarbene Cargohose, widerstandsfähiges Hemd mit tarnfarbener Krawatte und robuste Wanderschuhe. Auch auf einen weitkrempigen Hut hatte sie nicht verzichtet. Die Anwesenden trugen funktionale Sportbekleidung oder legere Freizeitklamotten. Ich hatte mich für enge Jeans, Turnschuhe, ein langärmeliges Shirt und eine Dusche mit Moskitospray entschieden.

»Du wirst schon nicht gestochen, wenn ich dabei bin«, hatte mich Nick geneckt, bevor wir losgefahren waren.

»Was soll das heißen?« Skeptisch hatte ich von dem Spray in meiner Hand zu ihm aufgesehen. Er trug eine Baseballcap der Mercy-High, wodurch ein Schatten auf seinem Gesicht lag. Sein gefährliches Grinsen löste wie immer Schwindel in mir aus.

»Mein Blut ist süßer als deines«, sagte er schließlich todernst. »Außerdem wissen sie genau, was ihnen blüht, wenn sie dich stechen.«

»Ach ja? Was könnte das sein?«

»Du wirst sie verfolgen, bis du sie unter deinen Sohlen zerquetscht hast.«

Ich lachte laut auf. »Siehst du mich so? Nachtragend und rachsüchtig?«

»Ich wünschte, es wäre so.« Auf seine Zärtlichkeit war ich nicht vorbereitet. Er berührte mein Kinn, meine Wange und legte schließlich eine Hand an meinen Hals. »Das würde vieles einfacher machen.«

Ich war nicht mehr dazu gekommen, ihn zu fragen, was schwer war und was für ihn einfacher gemacht werden sollte, doch meine Gedanken ließen nicht davon ab. Wie ein Terrier, der sich in sein Spielzeug festgebissen hatte.

Die Menge, die aus etwa dreißig Leuten bestand, schien sich gut zu unterhalten. Ich hatte mit neugierigen Blicken in Nicks Richtung gerechnet, doch offenbar waren die Neuigkeiten um den Bürgermeister noch nicht rumgegangen. Es machte mich traurig, dass Daisy wahrscheinlich deswegen der Veranstaltung ferngeblieben war. Sie und Claire hatten sich immer gut verstanden, und ich wusste, dass es Claire enttäuschen würde, sie nicht zu sehen.

Nach ein paar Minuten machte sich die Truppe schnellen Schrittes auf den Weg. Ich war überrascht über die Geschwindigkeit, die Claire und George ansetzten. Nach und nach verstreute sich die Gruppe, weil nicht alle mithalten konnten.

Ich wurde ebenfalls langsamer, aber nur weil mich die Umgebung beruhigte. Die Feuchtigkeit lag zwar schwer in der Luft, und die Hitze ließ Schweiß in meinem Nacken prickeln, doch die Natur kitzelte ein tiefes Seufzen aus mir hervor.

Lemon und Helena liefen gut gelaunt an mir vorbei, winkten mir zu und überholten dann die McPhersons. Ein älteres Ehepaar, das im Nachbarhaus von Claires Eltern wohnte. Nick legte plötzlich einen Arm um meine Schultern. Entsetzt sah ich ihn an.

»Was machst du da?«

»Wir sind die Letzten. Niemand achtet auf uns, Darlin'«, hauchte er in mein Ohr.

Ich blickte über meine Schulter zurück und dann wieder nach vorn. Er hatte recht. Hinter uns erstreckte sich der leere Weg, und vor uns schlenderten die McPhersons gerade um die nächste Kurve. Ich konnte durch die Bäume noch vereinzelt Leute sehen, aber niemanden wirklich ausmachen.

Das Murmeln der Gäste versank im Orchester der Wildnis. Dem Schwappen des Wassers gegen die Unterseite der Planken, das Rascheln von Eichhörnchen, die sich unentdeckt fortbewegten, das Quaken von Enten und der Gesang von Vögeln, die ich nicht zuordnen konnte.

»Komm mit.« Nick nahm meine Hand und führte mich zu einer Abzweigung, die die anderen nicht genommen hatten. Sie führte zu einer Aussichtsplattform, wie ich wenig später erkannte. Auf dem quadratischen Deck befand sich eine überdachte Sitzgelegenheit, die auf drei Seiten geschlossen war, sodass wir erst sehen konnten, dass sie leer war, nachdem wir um sie herumgegangen waren.

Anstatt mich jedoch hinzusetzen, ging ich hinüber zum Geländer. Unter uns sackte das Ufer des Sees in den Sumpf ab, und ich bildete mir ein, im Schilf die Augen eines Alligators zu sehen. Als ich mich abwenden wollte, wurde ich von Nick daran gehindert. Er hatte sich hinter mich gestellt und seine Hände links und rechts auf dem Geländer aufgestemmt. Ihn so nah an mir zu spüren, erstickte die irrationale Angst vor einem Alligator. Ich lehnte mich entspannt an ihn und schloss die Augen.

»Das tut gut«, sagte ich, ohne zu überlegen. »Hier mit dir zu sein. Ich fühle mich sicher. Als könnte mir nichts geschehen.«

Ich erwartete bereits eine amüsierte Antwort wie etwa: »Was sollte dir schon geschehen, Darlin'?« oder »Pass auf, dass ich dich da nicht reinwerfe und Claire sage, du wolltest dich abkühlen.«

Doch er überraschte mich.

»Niemals würde ich erlauben, dass dir jemand wehtut, Bronwyn. Eher würde ich mir die eigene Hand abhacken«, raunte er an meiner Wange. Ich bildete mir ein, sein Herz würde an meinem Rücken genauso schnell klopfen wie meines. »Du bist das Wertvollste in meinem Leben.«

Ich leckte mir über die Lippen und fasste einen Entschluss. Vorsichtig, um ihn nicht von mir zu stoßen, drehte ich mich in seiner Umarmung zu ihm um.

»Ich weiß. Das hast du bereits gesagt«, sagte ich ohne einen Vorwurf in der Stimme. »Aber manchmal ist das nicht ganz so einfach. Ich möchte immer wissen, was in dir vorgeht, auch wenn es mir wehtut.«

Forschend erwiderte er meinen Blick. Wonach suchte er? Was konnte ich ihm geben, das er nicht zu finden schien? Das er so sehr wollte?

Hoffnung erblühte in meiner Brust. Vielleicht müsste ich mir Shilohs Worte doch mehr zu Herzen nehmen. Was sie zum Thema Beziehungen und ihrer Lang- oder Kurzlebigkeit gesagt hatte.

Mit den Fingerspitzen berührte ich sein Kinn. Sanft ließ ich sie an seinem Kiefer entlangtanzen, bis ich sein Gesicht ganz umfassen konnte. Wieder bemerkte ich, wie groß sein Kopf war, und wie klein meine Hände im Vergleich aussahen. Ich liebte diese Ungleichheit.

»Wir sollten gehen. Die anderen haben den Rastplatz bestimmt schon erreicht«, sagte ich, ohne es zu meinen.

»Ich denke, sie kommen ganz gut ohne uns zurecht.« Ich konnte es ihm nicht verübeln, dass er es nicht so eilig hatte, zu seinem Vater zurückzukehren. Wenn Blicke töten könnten, wäre einer von beiden schon im Grab.

»Glaub ich auch.« Die ängstliche Bronwyn hätte niemals zugelassen, dass wir noch mehr Zeit miteinander verbrachten. Die unbekümmerte Bronwyn, vielleicht auch die leichtsinnige Bronwyn, wollte sich alles nehmen, solange sie dafür noch eine Ausrede parat hatte.

Bis zur Hochzeit, sagte ich mir immer wieder. Danach würde ich mich mit meinem gebrochenen Herzen auseinandersetzen. Mit der zerstörten Hoffnung und der Reue, die zwangsläufig aus dieser Affäre erwachsen würde.

Nick küsste mich, und ich gab ihm alles von mir. Der Schirm seiner Baseballcap streifte mein Haar, störte mich aber nicht weiter, als ich mich enger an ihn presste. Mit seinen Händen drückte er mich an meinem Hintern hoch. In einem fließenden Übergang schlang ich ein Bein um seine Hüfte, bevor er mich ganz hochzog und festhielt. Ich klammerte mich an ihn, während ich mich in unserem Kuss verlor. Wir unterbrachen ihn bloß, um Atem zu schöpfen, nur um dann sofort weiterzumachen.

Stöhnend legte ich den Kopf in den Nacken, als er mich gegen das Geländer drückte und gleichzeitig an meinem Hals knabberte und saugte.

Es würde mich nicht wundern, wenn er dort einen Knutschfleck hinterließe. Doch das war mir egal.

»Holy shit, ich will dich jetzt sofort«, raunte er. »Das darf doch nicht wahr sein.«

»Worauf wartest du?«, fragte ich neckisch. »Ich will dich auch. Dich berühren. Dich küssen. Hier draußen. Ich will …«

Er zog sich ein Stück zurück, um mich anzusehen. Seine Augen gefährlich wie der Sumpf. »Hier?«, wiederholte er schwach.

»Dort.« Mit einem Kopfnicken deutete ich auf das offene Häuschen. Heiße Feuchtigkeit sammelte sich bereits zwischen meinen Beinen. Ich war bereit für ihn.

Solange niemand mit einem Boot an uns vorbeifuhr, würde man uns nicht sehen können. Aufregung brannte in meinen Adern. Ein Spiel mit dem Feuer.

Normalerweise war ich nicht der Typ dafür, den Kick in der Öffentlichkeit zu suchen, doch Nick brachte offenbar neue Seiten an mir zum Vorschein. Außerdem hatten wir unsere schmutzigen Gedanken von Anfang an aus dem anderen gekitzelt.

Das ließ er sich nicht zwei Mal sagen und trug mich vom Geländer zur hölzernen Bank. Anstatt mich jedoch darauf abzulegen, setzte er mich ab. In Windeseile hatte er die Baseballcap und das T-Shirt ausgezogen. Letzteres breitete er auf der Bank aus unbehandeltem Holz aus, ehe er sich hinsetzte und mich auf seinen Schoß zog. Dadurch berührten meine Knie links und rechts nicht das schmutzige Holz.

Ich bedankte mich, indem ich meine Hüften auf und ab bewegte. Er verstärkte den Griff seiner Hände an meiner Taille. Ich konnte fühlen, wie seine Erektion unter mir anwuchs, und schon bald hatte ich sie aus seiner Jeans befreit. Immerhin hatten wir nicht unendlich Zeit. Wir ließen uns von der Eile und der Sehnsucht treiben. Lippen, Zungen, Zähne. Ein Stöhnen, das bei mir begann und bei ihm endete. Seine Hände, die meine Brüste unter meinem T-Shirt kneteten, und meine, die ihm das Kondom überstreiften. Er hatte glücklicherweise ein paar in sein Portemonnaie gesteckt. Ein Zittern durchfuhr seinen gesamten Körper, als ich ihn berührte. Den Kopf hatte er in den Nacken gelehnt.

»Sieh hin«, raunte ich, weil ich mir seine Reaktion einprägen wollte. Ich musste meine Erinnerungen für später so vielschichtig wie möglich gestalten, weil es schon bald vorbei sein würde. »Nick.«

Er hob seinen Kopf an und blickte nach kurzem Zögern nach unten zwischen uns. Meine schmalen Finger, die ich um seinen Penis geschlungen hatte. Nur das Kondom zwischen uns. Ich bewegte mich nicht, um ihn nicht schon jetzt über den Rand springen zu lassen.

»Fuck«, keuchte er, als ich mit dem Daumen Kreise zog. Seine Erektion pulsierte in meiner Hand.

Schließlich ließ ich ihn wieder los, um meine Schuhe und die Jeans auszuziehen. Es war ein Wagnis, doch ich hatte längst jeglichen Sinn für Rationalität verloren.

Als ich halb nackt vor ihm stand, streckte er seine Hände nach mir aus und legte sie auf meine Hüften. Erst schlang ich ein Bein über seine Oberschenkel, dann das andere, damit ich rittlings auf ihm sitzen konnte, bevor ich Nick küsste. Unsere Zungen fochten einen erregenden Kampf miteinander aus, während er die Führung übernahm. Mich anhob und dann wieder auf sich sinken ließ.

Erst berührte mich seine Eichel, ehe Stück um Stück seiner harten Erektion in mich eindrang.

Ich stieß einen viel zu lauten Schrei aus, den er mit seinem Mund zu stillen versuchte.

»Nick«, keuchte ich, als er mich mit seinen Fingern an meiner Klitoris zum Höhepunkt trieb. Ich küsste seinen Hals und hielt mich an ihm fest, bevor er unsere Positionen tauschte. Er über mich gelehnt, und ich auf die Bank gepresst, ohne dass er sich aus mir zurückgezogen hätte.

Er stemmte sich mit einem Knie auf der Bank ab und hob mein linkes Bein an, bevor er uns zurück zu einem Rhythmus führte, der mir den Atem raubte.

»Jesus Christ«, stöhnte er und erreichte ebenfalls seinen Höhepunkt. Nicht mal zehn Minuten, nachdem wir an dem Geländer gestanden und uns umarmt hatten.

Lachend und freudestrahlend lösten wir uns voneinander, damit wir uns herrichten konnten, bevor sich jemand auf die Suche nach uns begeben würde.

Ich küsste ihn. Er küsste mich. SO süß. SO brennend. Wir hielten Händchen und brachten erst Abstand zwischen uns, als wir den Rastplatz erreichten. Ehrlicherweise konnte ich nicht sagen, ob es von ihm oder von mir initiiert worden war. Nur, dass wir am Ende nebeneinanderher schlenderten wie zwei Fremde. Oder beste Freunde, die nie darüber nachgedacht hatten, sich gegenseitig die Kleider vom Leib zu reißen.

Glücklicherweise achtete sowieso niemand auf uns. Die meisten beobachteten die drei Ranger, die über den Park und den Erhalt der Flora und Fauna sprachen. Auch das war typisch Claire. Sie hätte sich natürlich nicht damit zufriedengegeben, uns ohne Lehrstunde nach Hause zu entlassen.

Ich sah von den Rangern zu dem weißen Stoffzelt, in dem ein kaltes Büfett angerichtet war. Davor gab es mehrere Bänke und Tische, an denen sich die Gäste bereits stärkten, als hätten sie eine stundenlange Wanderung hinter sich.

»Siehst du Lemon?«, fragte ich Nick. Er pflügte gerade mit seinen Fingern durch sein Haar, um dann die Kappe wieder aufzusetzen.

Suchend sah er sich um. »Da ist Helena.«

Ich beruhigte mich etwas, weil Helena entspannt auf einer der Bänke saß und ein Sandwich vertilgte. Lemon war vermutlich bloß für kleine Mädchen. Ich machte mir wieder Sorgen um nichts.

»Wie ist der weitere Plan für heute?«, erkundigte ich mich bei Nick. Wir schritten langsam auf Helena zu, weil wir sonst keine

Anlaufstelle hatten. Erst müsste die Hölle zufrieren, damit sich Nick freiwillig in die Nähe von Bürgermeister Rosewood begäbe.

»Wir schlagen uns die Bäuche voll, feiern Claire und ihren Zukünftigen und bereiten uns dann mental auf Sonntag vor«, ratterte Nick wie auswendig gelernt runter.

»Pass auf, deine Begeisterung ist ansteckend«, zog ich ihn auf.

Er kniff mir vor aller Augen in den Po. »Frech.«

»Nick!«, zischte ich und blickte mich panisch um. Es schien niemand in unsere Richtung geschaut zu haben. »Wenn das jemand gesehen hätte …« Ich rieb mir die Stelle, die keineswegs wehtat. Vielmehr erinnerte mich seine Berührung daran, wie er mich eben gehalten hatte, und das war … gefährlich.

»Wäre das so schlimm?«

Ich blieb stehen und starrte ihn an. Verlegen rieb er sich den Nacken. Ich glaubte nicht, dass er darüber nachgedacht hatte, was er da sagte. Viel eher war es ihm rausgerutscht, doch das führte zu einem Haufen weiterer Fragen.

Bedeutete das, dass er wirklich so fühlte?

Wollte er unsere Affäre fortsetzen?

Scherte er sich nicht um die Konsequenzen?

Hatte er keine Angst davor, was mit unserer Zukunft geschehen würde?

»Bronwyn?« Helena war auf uns zugetreten. Suchend blickte sie an mir vorbei. »Hat Lemon dich gefunden?«

»Lemon? Warum sollte sie mich finden?« Es lenkte mich ausreichend von meinen Gedanken ab und ersparte mir eine Antwort.

»Sie ist vorhin losgegangen, weil wir ein Foto mit euch zusammen machen wollten. Ich dachte nicht, dass es so lange dauert, sonst wäre ich mitgegangen.«

Angst schnürte mir die Kehle zu. Es hatte nur einen Weg zum Rastplatz gegeben. Lemon hätte uns entgegenkommen müssen.

Es sei denn, sie war an unserer Weggabelung vorbeigelaufen und zurück zum Eingang gegangen.

Ich wählte sofort ihre Nummer, doch der Anruf wurde auf ihre Mailbox umgeleitet. Hilfe suchend sah ich Nick an. Er umfasste meine Schultern.

»Es wird alles gut. Lemon ist bestimmt auf dem Parkplatz. Keine Panik, Bronwyn.«

Keine Panik, Bronwyn.

• KAPITEL 27 •

where there is smoke

Ich versuchte wirklich, meine Nervosität zu unterdrücken. Mich nicht von meiner Angst diktieren zu lassen. Nick half mir dabei, mich zusammenzureißen.

»Sie ist vierzehn und nicht leichtsinnig. Wahrscheinlich hat sie sich verlaufen oder die Zeit aus den Augen verloren«, beschwichtigte er mich. Erst als ich nickte, wagte er es, sich von mir abzuwenden. Er informierte Claire darüber, dass wir zurückgehen würden, um nach Lemon zu sehen.

»Falls Lemon in der Zwischenzeit zurückkommt, werde ich euch anrufen«, versprach sie uns, drückte einmal meine Hand und ließ mich dann gehen.

»Sie steht bestimmt am Auto«, sagte ich mit zittriger Stimme. »Lemon ist eine Niete im Sport. Wahrscheinlich hatte sie keine Lust, noch mal zurückzulaufen.«

»Das wird es sein.« Claire stimmte mit einem Nicken zu.

»Würdest du in der Zwischenzeit auf Helena aufpassen?«

»Ich kann euch begleiten«, protestierte Helena, klang aber verunsichert. Auch sie wusste, dass es Lemon nicht ähnlichsah, so lange wegzubleiben.

»Ich würde mich besser fühlen, wenn du hier wärst, wenn Lemon zurückkommt«, redete ich mich raus, weil ich meine Angst nur noch für eine gewisse Zeit im Zaum halten konnte.

Nick würde ich gleich nichts vorspielen müssen, weil er erwachsen war. Helena würde ich mit meiner Panik hingegen schaden, und das wollte ich vermeiden.

»Komm.« Nick nahm meine Hand in seine und zog mich daran zum Promenadenweg. Jeder Schritt fühlte sich an, als würde ich ein bleiernes Gewicht hinter mir herziehen.

»Es ist nichts passiert, oder?«

»Ihr geht es gut. Sie hat sich bestimmt nur verlaufen«, sagte er erneut, weil auch ihm keine andere Idee kommen wollte. »Was die Orientierung angeht, kann man euch beiden nicht mehr helfen.«

Fast hätte ich aufgelacht. Meine Kehle fühlte sich aber staubtrocken an.

»Soll ich Mom anrufen?«

»Lass uns erst einmal zum Eingang gehen, und dann sehen wir weiter, okay?«

Seine Ruhe gab mir Kraft. Einzig die Art, wie er meine Hand festhielt, verriet mir seine innere Anspannung. Er würde mich nicht freiwillig loslassen.

»Was hat Lemon an?«, fragte er, nachdem wir um eine Kurve gegangen waren und den Rastplatz nicht mehr sehen konnten.

»Schwarze Jeans und ein schwarzes T-Shirt mit einer bestickten, roten Rose auf der linken Seite«, sagte ich prompt. »Nicht gerade auffällig.«

»Sie hat helles Haar«, sagte Nick nach einem Moment. So wie ich sah er sich in der Wildnis um, während wir weiter auf den Holzplanken voranschritten.

Am liebsten hätte ich laut ihren Namen gerufen, doch ich wollte nicht zu aufgewühlt erscheinen und klammerte mich an

Nicks Vorschlag. Erst zum Eingang und checken, ob sie dort auf uns wartete. Danach wäre immer noch Zeit, in Panik zu verfallen.

An der Weggabelung, die Nick und ich zuvor genommen hatten, blieb ich stehen, während er auf die Aussichtsplattform lief. Nach zwei Minuten sprintete er wieder zurück, ohne außer Atem zu sein. Kopfschüttelnd nahm er wieder meine Hand und führte mich weiter.

Lemon stand weder vor noch neben oder hinter unserem Auto oder sonst irgendwo auf dem Parkplatz. Unwillkürlich löste ich mich von Nick, damit ich die Hände um meinen Mund legen konnte. Ich rief ihren Namen. Niemand antwortete.

Ich lief einmal den kompletten Parkplatz ab und sah unter die parkenden Autos, ging in den Souvenirshop und dann schließlich zum Ranger's Office. Erneut versuchte ich Lemon telefonisch zu erreichen, vergeblich.

Der junge Ranger, der Dienst schob, stopfte sich bei meinem Auftauchen eilig die Hamburgerreste in den Mund. Ich wartete ungeduldig vor der Theke, bis er sich aufrappelte. Er war nur wenige Jahre älter als ich und wirkte trotz vollem Mund sympathisch, hatte warme, braune Augen, einen Wuschelkopf und Sommersprossen auf der Nase.

»Meine Schwester wird vermisst«, sagte ich schließlich. »Ihr Name ist Lemon Halfers. Sie ist ungefähr fünf Zentimeter größer als ich, hat die gleiche Haarfarbe und trägt schwarze Kleidung. Sie ist vierzehn Jahre alt.«

»Ähm … okay. Moment.« Er blickte von mir zu dem Schreibtisch nach unten, sortierte ein paar Blätter und sah dann wieder mich an. »Was soll ich tun?«

Ich ballte die Hände auf der Theke zu Fäusten, um mich davon abzuhalten, ihn am Kragen seiner Uniform zu packen. »Ihre Kolleginnen und Kollegen darüber informieren, dass ein Teenager vermisst wird, vielleicht?«

Die Türglocke läutete, und Nick trat ein. Als er meinen Blick auffing, schüttelte er den Kopf. Auch er hatte sie nicht gefunden.

»Äh, das ist eine gute Idee.«

Ich versuchte, nicht zu ungeduldig zu sein. Wahrscheinlich arbeitete er noch nicht sehr lange hier. Oder er hatte bisher noch nie etwas mit einem Vermisstenfall zu tun gehabt.

Nick stellte sich neben mich, aber so, dass er mir zugewandt war. Mit einem Arm lehnte er auf der Theke. Die andere Hand legte er an meinen Rücken, um mir Beistand zu leisten.

»Locke, das ist dein Name, oder?« Locke blickte auf den Stoffstreifen an seiner Brust hinunter, in den sein Name gestickt worden war. Dann nickte er. »Lemon hat sich zwischen dem Eingang und dem Rastplatz Rotkehlchen verlaufen. Das ist der Abschnitt, auf den sich die Ranger konzentrieren sollen. Hast du das verstanden?« Ein weiteres Nicken. »Brauchst du noch irgendwelche Informationen? Müssen wir etwas ausfüllen?«

Tatsächlich fiel Locke dann ein, dass es Formulare gab, falls jemand während einer Wanderung verloren ging.

Während ich mich darum bemühte, sie auszufüllen und sämtliche Daten von Lemon und mir niederzuschreiben, lauschte ich darauf, wie Locke per Walkie-Talkie an seinen Kollegenstab weitergab, dass jemand vermisst wurde.

Nick musterte mich schweigend unter dem Schatten seiner Baseballcap. Die Lippen zusammengepresst.

»Was?«

»Jetzt ist es Zeit, deine Eltern anzurufen, Bronwyn.«

Das Herz rutschte mir in die Hose. Der Stift fiel aus meiner Hand.

»Du machst dir auch Sorgen.« Bis gerade hatte ich noch am Rand der Panikklippe balancieren können. Durch seine Worte hatte ich das Gleichgewicht verloren und war hinabgestürzt.

»Natürlich mach ich mir Sorgen. Ich glaube nicht, dass ihr etwas geschehen ist, aber sie ist bestimmt verängstigt.« Es half, dass er seine Angst besser einordnen und relativieren konnte als ich. »Deine Eltern wollen bestimmt davon wissen.«

Ich nickte.

Nick hob den Stift auf und schrieb zuletzt noch meine Nummer aufs Blatt, während ich Mom anrief. Es war kein angenehmes Gespräch, und ich war froh, als es vorüber war. Meinen Eltern keine ihrer Fragen beantworten zu können, hatte nicht gerade dabei geholfen, meine Sorge zu verkleinern.

»Danke sehr.« Locke nahm das Formular wieder an sich. »Alle aktiven Ranger sind mobilisiert.«

»Meine Eltern kommen sofort. Bitte kümmern Sie sich um sie.«

Ich marschierte schnurstracks zum Ausgang.

»Wohin wollen Sie?«

»Als würden wir hier sitzen bleiben und warten. Wir gehen sie suchen.« Nick folgte mir. Ich war froh, dass er nicht versuchte, mich aufzuhalten. Wahrscheinlich ahnte er, dass es sich dabei um vergebliche Liebesmüh gehandelt hätte.

Ich machte mir große Vorwürfe, obwohl der rationale Teil von mir sagte, dass es keine Schuldigen gab. Ich hatte mir zehn Minuten Zeit mit Nick gestohlen, weil ich der Auffassung gewesen war, dass Lemon bei der Gruppe bleiben würde und damit sicher gewesen wäre. Leider hatte ich dabei vergessen, dass sie ein vierzehnjähriger Teenager war, der nicht immer das tat, was man erwartete oder wollte.

»Lemon!«, rief ich ihren Namen, und Nick wechselte sich mit mir ab.

Wir hörten schon bald viele andere, die ihren Namen riefen. Dazwischen immer wieder Stille, um ihr Zeit zu geben, zu antworten.

Nichts.

Das war es, was mich schlussendlich umbringen würde. Das Schweigen. Jetzt begann ich, mir die schlimmsten Szenarien auszumalen. Von denen wirklich eines schrecklicher war als das andere. Gerade sah ich sie vor mir, wie sie gestolpert und in den Sumpf gefallen war, wo sie von einem Alligator entdeckt und verspeist wurde, als ich die erleichternden Rufe vernahm.

»Hier ist sie!«

»Wir haben sie!«

Mich hätte nichts und niemand zurückhalten können. Ich fand sogar irgendwo die Kraft in mir, schneller als Nick über den Steg zu sprinten. Da auch andere Ranger von den Rufen ihrer Kolleginnen angezogen wurden, fand ich sofort den Weg. Ich musste an einer Abzweigung von dem Hauptweg abbiegen. Dahinter eröffnete sich eine runde Aussichtsplattform, auf der sich drei Ranger versammelt hatten. Sie blickten nach unten links, wo zwei weibliche Ranger im Sumpf hockten. Und zwischen ihnen Lemon.

Ich schluchzte auf. Sie war okay.

»Hey! Was …?«, rief einer der Ranger, als ich von der Promenade runtersprang und durch den Matsch auf Lemon zuwatete.

Sobald sie mich erkannte, fing sie an, hemmungslos zu weinen.

»Ich habe mich plötzlich verlaufen, und da war eine schöne Blume für Helena, und ich dachte, dass … Aber als ich dann … Und ich bin gestolpert, und mein Kopf tut weh …«, schluchzte sie.

»Es wird alles gut«, beschwichtigte ich sie, nachdem ich sie endlich erreicht hatte. Nick war direkt hinter mir. Ich kniete neben Lemon in der nassen Erde und legte meine Hände an ihr verschmutztes Gesicht, um sie zu begutachten. Blut klebte an ihrem Nacken und färbte meine Fingerspitzen rot.

»Sie hat auch ihren Knöchel verstaucht«, sagte die Rangerin neben mir. »Wir haben schon den Notruf gewählt. Es ist das Beste, wenn wir sie nicht unnötig bewegen.«

»Danke«, flüsterte ich, bevor ich Lemon losließ. Ich wollte ihr nicht versehentlich wehtun. »Was machst du nur für Sachen?«

»Sorry, Bron, ich wollte euch keine Sorgen bereiten.«

»Hast du nicht, sweet pumpkin«, entgegnete Nick prompt. Mit den Knöcheln strich er über ihre Wangen, sammelte ihre Tränen auf.

»Mir tut es leid, dass ich dich alleingelassen habe«, murmelte ich.

»Du hast mir gesagt, ich soll bei der Gruppe bleiben. Mach dir keine Vorwürfe. Ehrlich. Ich war unvorsichtig.« Sie drückte meine Hände, doch so ganz konnte ich mein Gewissen nicht abschalten. Immerhin war ich die ältere Schwester. So war das nun mal mit der Verantwortung. Ganz gleich, ob Unfall oder nicht, ich fühlte mich wie eine Versagerin.

»Da kommen sie schon«, kündigte jemand Feuerwehr und Rettungsdienst an.

»Bron, ich meine das wirklich so. Weißt du, wie oft ich in den letzten zwei Jahren in der Notaufnahme war wegen meiner Tollpatschigkeit?«, beeilte sich Lemon, zu sagen, bevor wir unterbrochen wurden. Als wäre ich diejenige, die getröstet werden musste.

»Das macht es nicht besser, Lemon Halfers«, erwiderte ich, dann machte ich Platz für die Rettungskräfte.

Nick legte einen Arm um meine Schultern, während wir das Prozedere beobachteten. Es beruhigte mich, wie professionell alles vonstattenging.

Was bedeutete es, dass sie so oft in der Notaufnahme gewesen war? Und wieso hatte mir niemand etwas davon erzählt? Nicht einmal Mom und Dad hatten erwähnt, dass sich Lemon verletzt hatte.

Ich machte ihnen keine Vorwürfe. Sie hatten wahrscheinlich geglaubt, dass es nicht wichtig genug war. Dass ich mehr leiden würde, als es der Situation entsprach. Sie liebten mich zu sehr. Sie beschützten mich zu sehr. Und dadurch verletzten sie mich.

Die Rettungskräfte hievten Lemon auf eine Liege und trugen sie dann bis zu den Parkplätzen. Da sie ein Fliegengewicht war, war der Job schnell erledigt. Mom und Dad waren noch unterwegs, weshalb ich sie anrief, um ihnen die guten Nachrichten mitzuteilen. Wir würden sie im Krankenhaus treffen.

Auf keinen Fall würde ich Lemon allein fahren lassen, war aber froh, dass Nick mir versprach, mit seinem Wagen nachzukommen. Ich hatte ausrasten, mich sammeln und panisch werden können, weil ich gewusst hatte, dass er bei mir war.

Seine sanfte, standhafte Persönlichkeit hatte mich schon immer ergänzt, aber jetzt, da ich meine Liebe vollends zugelassen hatte, spürte ich das ganze Ausmaß. Es war nicht so, als wäre ich abhängig von ihm. Als wäre er der Stamm und ich das Moos. Wir waren beide eigenständige Bäume, deren Äste und Zweige sich mit der Zeit miteinander verbunden hatten. Ich wusste nur, dass es wehtun würde, mich von ihm loszureißen.

Im Krankenhaus wurden Lemon und ich zunächst getrennt. Mom und Dad erreichten uns, als Lemon auf einen Termin fürs MRT wartete und ich mit den unzähligen Fragebögen beschäftigt war. Nick war zwei Minuten vorher angekommen und zog sich zurück, um uns Zeit als Familie zu geben.

Ich entschuldigte mich bei meinen Eltern, doch sie wollten gar nichts davon wissen.

»Lemon hat zwei linke Füße«, sagte Dad lachend, doch ich sah Tränen der Erleichterung in seinen Augen glänzen. »Es hätte mich eher gewundert, wenn sie ohne eine Verletzung nach Hause gekommen wäre.«

Bevor ich darauf zu sprechen kommen konnte, dass sie mir in den vergangenen zwei Jahren offenbar viel verheimlicht hatten, wurde Lemon für das MRT abgeholt. Mom nahm mir die Papiere ab, und Dad drückte einmal liebevoll meine Schulter, ehe er sich auf die Suche nach Kaffee begab.

Ich wollte Mom etwas Zeit geben und suchte die Toilette auf, um den Schmutz von meinen Armen zu waschen. Meine Hände zitterten, als ich sie unter den warmen Wasserstrahl hielt. Ich wusch auch mein Gesicht und meinen Hals und blickte anschließend in den Spiegel, wo ich den Knutschfleck bemerkte. Mit den Fingerspitzen fuhr ich ihn nach. Direkt an meiner Halsschlagader.

Ich konnte mich nicht daran erinnern, jemals einen Knutschfleck gehabt zu haben. In der Highschool hatte ich keinen Freund gehabt, und in New York kam es mir bereits zu albern vor.

Unsicher darüber, was ich jetzt davon halten sollte, ließ ich die Hand sinken.

Es klopfte an der Tür, und Nick streckte seinen Kopf in die Frauentoilette. Verschmitzt grinste er mich an.

»Bist du allein?« Nachdem ich genickt hatte, trat er ein und reichte mir einen Stapel Kleidung. Ein grüner Jogginganzug. »Frisch aus dem Krankenhausshop.«

»Was ist mit dir? Du bist auch total dreckig.« So wie ich hatte er neben Lemon im Matsch gekniet.

Er holte seine andere Hand hinter dem Rücken hervor, in der sich ein zweiter gefalteter Jogginganzug befand. Ebenfalls grün.

Ich lachte leise. »Wir werden zum Hingucker.«

»Als wärst du jemals nicht der Hingucker. Na los. Ich zieh mich nebenan um, bevor ich noch festgenommen werde.«

»Weil du auf der Frauentoilette herumlungerst?«

Er zuckte mit der Schulter. »Soll ich mich wirklich noch mal mit dem Sheriff anlegen?«

»Besser nicht.« Ich erschauerte schon bei dem Gedanken daran, freute mich aber, dass er darüber scherzen konnte. »Danke.«

Er küsste meine Stirn, bevor er blitzschnell wieder verschwand. Sein Geruch nach Seife und Sandelholz war das Einzige, was von ihm blieb.

Am späten Nachmittag kam die Diagnose. Lemon hatte eine leichte Gehirnerschütterung, eine Platzwunde, die genäht werden musste, sowie einen verstauchten Knöchel zu verbuchen. Trotzdem gab sie erst Ruhe, nachdem sie mit Helena telefoniert hatte.

Ich war froh, dass sie keine schwerwiegenderen Verletzungen von ihrem Sturz davongetragen hatte. Da ich nicht an Gott glaubte, dankte ich irgendeiner anderen ominösen Macht dort draußen. Dad hingegen suchte die Kapelle innerhalb des Krankenhauses auf. Mom blieb bei Lemon.

»Geh nach Hause, Honey, und ruh dich aus. Wir kommen später nach, wenn die Besuchszeiten enden«, sagte sie zu mir. Ich stand neben Nick am Fußende des Krankenhausbettes. Lemon hatte vor einer halben Stunde ein Zimmer zugewiesen bekommen, da sie eine Nacht unter Beobachtung bleiben sollte.

»Ich könnte noch warten …«

»Damit du mir weiter mit deinen großen Augen Vorwürfe machen kannst?« Lemon lächelte, was ihren Worten die Schärfe raubte. Sie meinte es nicht so. Wollte mich bloß dazu kriegen, zu gehen, weil ich erschöpft war.

»Immerhin hast du deine große Klappe nicht verloren«, schoss ich zurück, um ihr zu zeigen, dass ich wieder okay werden würde.

»Ihr zwei!« Mom küsste meine Wange und scheuchte mich dann raus. »Pass gut auf sie auf, Nick.«

»Natürlich, Ma'am.« Es hätte nicht viel gefehlt, und er hätte vor ihr salutiert. Schon immer war er Mom mit großem Respekt begegnet. »Ich werde sie nicht aus den Augen lassen.«

Sobald wir uns auf dem sterilen, weißen Flur wiederfanden,

unsere schmutzige Kleidung in einem Plastiksack, den Nick trug, verdrehte ich die Augen.

»Jetzt spielst du dich aber auf. Nicht aus den Augen lassen?« Ich lachte auf.

»Ich weiß nicht, was daran lustig sein soll.«

»Es ist ja nicht so, als wäre ich in Gefahr gewesen. Lemon hat sich verletzt.«

Er schwieg.

Ich dachte, er würde sich lediglich eine Antwort zurechtlegen, doch selbst nachdem wir das Krankenhaus verlassen hatten und den Parkplatz überquerten, hatte er nichts gesagt. Als wir seinen Jeep erreicht hatten, blieb ich auf der Fahrerseite stehen. Er warf den Sack auf den Rücksitz und wandte sich mir zu. Seine Kappe hatte er wieder aufgesetzt, sodass ich in der untergehenden Sonne nicht in seinen Augen lesen konnte. Die Welt um uns herum war in ein kräftiges Orange getaucht, doch über seinem Gesicht lag ein Schatten.

»Was ist los?«

»Steig ein.«

»Nick.«

»Wenn du nicht einsteigst, fahre ich ohne dich.«

»Dann lässt du mich aber aus den Augen«, erinnerte ich ihn spitz.

Seine Lippen formten sich zu einer dünnen, missmutigen Linie. Ich konnte wirklich nicht sagen, was in ihm vorging.

»Fein.« Er öffnete die Fahrertür. Ich stieß sie wieder zu.

»Nichts ist fein. Ich weiß nicht, warum du plötzlich so kalt bist.«

»Kalt? Ich wünschte, das wäre der Fall.« Seufzend drehte er sich um, damit er sich mit dem Rücken gegen den Jeep lehnen konnte.

Da ich ihn weiter ansehen wollte, drehte ich mich ihm seitlich zu.

»Rede mit mir«, bat ich sanft.

»Es ist bei Weitem kein so großes Problem, wie du denkst.«

»Aber es ist ein Problem?«

»Ein ziemlich … unangenehmes«, bestätigte er mit einem kurzen Blick auf mich.

Meine Stimme versagte für einen Moment. Allmählich dämmerte mir, was in seinem Verstand vorging. Ich hatte nur nicht geglaubt, dass es wirklich geschehen würde, und noch weniger, dass er es anerkennen würde.

»Du brauchst es nicht aussprechen«, sagte ich.

»Was?«

»Lass uns fahren.« Dieses Mal wollte ich den Parkplatz so schnell wie möglich verlassen. Doch dieses Mal hielt er mich davon ab, indem er meinen Ellbogen ergriff.

»Du weißt es schon?«

Ich zuckte mit einer Schulter. »Zuerst nicht …« Hätte ich vor fünf Minuten schon geahnt, worauf er hinauswollte, hätte ich nicht darauf gepocht, ihn zum Reden zu bringen. Jetzt hatte ich den Salat.

»Bronwyn …« Bronwyn, nicht Darlin'. Es war wohl ernst.

»Deine Gefühle für mich werden nichts ändern, Nick«, murmelte ich, auf den Boden blickend.

»Wie meinst du das? Es löst nichts in dir aus, dass ich mich in dich verliebt habe?«

Ich zuckte zusammen. Worte, die ich so lange hatte hören wollen und die gleichzeitig wehtaten. *In dich verliebt habe.* Erst vor Kurzem. Nicht bereits vor langer Zeit.

»Du verwechselst das mit Sex.« Ich wagte nicht, ihn anzusehen, aus Angst, er würde meine Unsicherheit erkennen. Es war so schon schwer genug, ihn zurückzuweisen.

Obwohl ich mit Shiloh darüber gesprochen hatte, konnte ich mich nicht von der Überzeugung lösen, dass wir unsere Freundschaft vollkommen zerstören würden, sollten wir uns auf eine richtige Beziehung einlassen.

Jetzt würde es für den Moment vielleicht wehtun, doch wir hatten noch keinen irreparablen Schaden angerichtet.

Oder?

»Gib mir nicht diesen Bullshit. Steig ein. Wir fahren.«

»Was?« Blinzelnd sah ich ihn an.

»Ich werde nicht vor dem Krankenhaus mit dir über unsere Zukunft reden, aber wir *werden* darüber sprechen. Also steig ein.« So schnell hatte sich das Blatt gewendet.

»Ich glaube, ich nehme mir ein Taxi.« Auch in einer halben Stunde wäre ich nicht bereit, mit ihm zu sprechen.

»Bless my soul, wenn du nicht einsteigst, gehe ich hier und jetzt vor dir auf die Knie und mache dir einen Heiratsantrag.«

Sämtliches Blut wich aus meinem Gesicht. »W-aas?«

»Du hast mich schon richtig verstanden. Also, was ist für dich das geringere Übel?«

Bei drei saß ich neben ihm im Jeep. Es war ja nicht so, als würde ich keine Zeit mit ihm verbringen wollen. Das Problem lag wie immer bei mir selbst.

»Ich versuche mal, das nicht persönlich zu nehmen«, murmelte er, bevor er den Motor startete und vom Parkplatz düste.

• KAPITEL 28 •

don't let me know

Während der Fahrt brodelte es unter der Oberfläche. Ich wagte nicht, laut zu atmen, weil ich Nick nicht dazu bringen wollte, das Gespräch von eben fortzusetzen.

Ein Heiratsantrag? Also wirklich. Was dachte er sich dabei?

Gut, er hatte diese Möglichkeit bloß in Erwägung gezogen, um mich dazu zu bringen, einzusteigen, dennoch … Allein weil er auf diesen Gedanken gekommen war, wurde mir schwindelig.

Er erreichte sogar, dass ich den Schock von Lemons Unfall schneller als gedacht hinter mir ließ. Nur weil es ihr gut ging, und sie bald schon wieder nach Hause kommen würde, schien mein Verstand kein Problem mehr damit zu haben, sich anderen Dingen zuzuwenden.

> **Bronwyn:** Hilfe ....

> **Shiloh:** Was ist passiert???

> **Bronwyn:** Vieles. Aber gerade in diesem Moment hab ich Angst, dass Nick explodiert.

Shiloh: Weshalb? Was hast du angestellt? Da lässt man euch einmal allein ... 😩

Bronwyn: Er hat gesagt, er hätte sich in mich verliebt.

Der Jeep kam zum Stehen. Erschrocken sah ich auf, doch wir hatten bloß an der einzigen Ampel in St. Mercy angehalten. Nicks Hände waren um das Lenkrad gekrallt, als hinge sein Leben oder sein Verstand davon ab.

Shiloh: Was? Das ist doch wunderbar, Bronwyn!! 😍

Bronwyn: Warum? Jetzt muss ich ihm einen Korb geben. 🙍‍♀️

Shiloh: ...

Shiloh: Bist du dir sicher, dass das der richtige Weg ist? Nichts zu riskieren, wird dich nicht glücklich machen.

Bronwyn: Ihn zu verlieren, auch nicht.

Shiloh: Und wenn du ihn genau dadurch verlierst? Wenn er nicht mehr nur mit dir befreundet sein kann? 😔

Ich atmete aus. Meine Finger schwebten über der Tastatur. Das war ein Aspekt, den ich tatsächlich nicht bedacht hatte, und er jagte mir eine Heidenangst ein.

Bronwyn: 🙁 Das werde ich wohl gleich herausfinden. Wenn er mir vorher nicht den Kopf abreißt.

Shiloh: Ich finde, du verhältst dich nicht wie die Bronwyn, von der ich weiß, dass sie in dir steckt! 😱

Shiloh: Abgesehen davon verstehe ich noch nicht, warum er wütend ist. 🙁 🫤

Bronwyn: Da sind wir schon zwei 🙄 Ich werde berichten. Xoxo

Shiloh: Bronwyn ... Du darfst dir ruhig erlauben, etwas zu wollen und es dir zu nehmen. Man kann die Zukunft nicht vorhersehen. 🤗

Ich las Shilohs Nachricht mehrmals, doch eine Antwort blieb ich ihr schuldig. Mit ihr zu schreiben, hatte mich nicht so beruhigt, wie ich gehofft hatte.

Nick war auf die Einfahrt meiner Eltern gefahren und zog die Handbremse an. Danach rührte sich keiner von uns beiden. Es war dunkel geworden, doch das Verandalicht reichte noch aus, um in seinem Gesicht lesen zu können.

Innerlich zitterte ich, äußerlich gelang es mir, den Sicherheitsgurt zu lösen.

»Ich wollte dich nicht erpressen vorhin. Das tut mir leid. Auch meine schlechte Laune«, entschuldigte sich Nick nach einem Moment.

»Nicht schlimm.«

»Für mich schon. Ich … Es macht mich fertig, so viel für dich zu empfinden, Bronwyn. Als hätte ich keine Kontrolle mehr über mein eigenes Leben. Natürlich ist das nicht deine Schuld.«

»Okay. Ich verzeihe dir. Wir waren beide emotional. Der Tag war lang.« Und der morgige würde noch länger werden. Mit der Hochzeit und allem.

»Darlin' …«

Ich stieg aus. Nie zuvor hatte ich gedacht, dass mich die Panik in einem derartigen Klammergriff haben könnte wie jetzt. Ich war unfähig, länger still zu sitzen, und ergriff deshalb die Flucht.

Nick folgte mir ins Haus und hielt mich davon ab, die Treppen nach oben hinaufzusteigen.

»Bitte warte.«

Er klang weder flehend noch aufbrausend. Seine Stimme spiegelte nichts von dem wider, was in seinem Inneren vor sich ging. Trotzdem, oder gerade deshalb, konnte ich ihn nicht stehen lassen.

Als ich mich zu ihm umdrehte, wusste ich, dass meine Entschlossenheit von eben dahin war. Jetzt konnte ich nicht mehr sagen, wie das Gespräch ausgehen würde.

»Das hier ist keine gute Idee, Nick«, sagte ich. Uns trennten zwei Meter, die sich wie ein Ozean anfühlten. »Wir haben uns darauf geeinigt. Bis zur Hochzeit, und dann vergessen wir das alles.«

»Fühlst du denn gar nichts? Ist es das?«

»Natürlich nicht.« Von meiner Antwort bestärkt, machte er zwei Schritte auf mich zu. »Aber das wird nichts ändern. Ich schätze unsere Freundschaft zu sehr, um etwas daran zu ändern.«

»Das ist doch Unsinn. Sie hat sich längst verändert. Warum können wir nicht weiter diesen Weg gehen und schauen, wohin er uns führt?«

»Weil …« Tränen brannten in meinen Augen. »Für mich steht zu viel auf dem Spiel, um das als Experiment zu sehen. Du stehst für mich auf dem Spiel, Nick. Was, wenn wir uns aufeinander einlassen, noch tiefere Gefühle zulassen und uns dann gegenseitig verletzen? Davon werden wir uns nicht mehr erholen. Und was ist dann? Dann bin ich ganz allein. Ohne dich.«

»Hey, Darlin', das ist die düsterste Zukunftsprognose, die du je gemacht hast, und das soll schon was heißen.« Er überbrückte auch den letzten Abstand zwischen uns und nahm mein Gesicht in seine großen Hände. »Hast du denn gar kein Vertrauen in uns?«

Ich erwiderte seinen Blick. Er hatte den Nagel auf den Kopf getroffen. Ich hatte Vertrauen in mich selbst und meine Gefühle, doch nicht in ihn. Auch wenn er jetzt in mich verliebt war, würde ihn die Gewaltigkeit meiner Liebe verschlucken, bis er sich erstickt fühlte. Und wenn es so weit gekommen wäre, würde er verschwinden.

Mein Schweigen war offenbar Antwort genug. Langsam ließ er seine Arme sinken, und ich spürte die fehlende Berührung wie einen stechenden Schmerz in der Brust.

»Du vertraust *mir* nicht«, sagte er, nachdem die Erkenntnis eingesetzt hatte. Er hob seine Baseballcap kurzzeitig an, um sich durchs Haar zu streichen. »Vertraust du nicht darauf, dass ich wirklich Gefühle für dich habe, oder ist es was anderes?«

Um seinem forschenden Blick auszuweichen, besah ich mir die Kommode aus Kastanienholz, als würde ich sie zum ersten Mal betrachten.

»Was bringt es, darüber zu reden?«

»Nur so löst man Probleme, Bronwyn.« Er wirkte nicht mehr ganz so gelassen. Ich hatte ihn getroffen. Ihn mit meinem offensichtlichen Misstrauen verletzt.

»Warum musst du es so forcieren? Warum können wir nicht einfach einen Schlussstrich ziehen und befreundet bleiben?«

»Weil ich das nicht kann. Ich liebe dich, Bronwyn Halfers. Ob du nun willst oder nicht. So siehts aus.«

Ich wich zurück, als hätte er mich geschlagen. »Ist das ein Ultimatum? Entweder wir kommen zusammen, oder wir sind erledigt?«

Meine schlimmste Befürchtung, seit wir diesen Balanceakt begonnen hatten, war eingetreten. Der Grund dafür, warum ich keine Beziehung eingehen wollte. Er hatte mir den Boden unter den Füßen weggezogen. Meine Gedanken rollten wie Bälle auf glattem Untergrund davon.

»Das habe ich so nicht gemeint.« Er wirkte frustriert mit mir. Ich wusste nicht, wann das das letzte Mal vorgekommen war. »Ich will bloß verstehen, was in dir vorgeht. Wenn du nur einen Bruchteil von dem empfindest, was ich empfinde, würdest du uns eine Chance geben.«

»Einen Bruchteil?«, echote ich etwas zu schrill. Ich konnte nicht mehr die vernünftige, ruhige Bronwyn mimen. In mir drin explodierte der Vulkan, der schon so viele Jahre vor sich hin brodelte. »Ich liebe dich, seit ich denken kann, Nick. Seit wir uns kennengelernt haben. Immer schon. Für mich hat es nie einen anderen gegeben, und jetzt kommst du daher und erzählst mir was davon, dass ich nichts riskieren will? Weil du dich *plötzlich* verliebt hast? So einfach ist das nicht. Ich habe all die Jahre …« Meine Stimme brach. Ich setzte neu an. »All die Jahre habe ich meine Gefühle unterdrückt, um in deinem Leben bleiben zu können. Zuerst weil wir noch Kinder waren. Dann wegen des Schwurs und danach, weil ich dachte, du würdest Claire lieben und nicht mich. Als stünde ich eurer Beziehung im Wege. Und jetzt … Mit dir zu schlafen, war ein Fehler. Ich hätte das nicht zulassen sollen. Wenn ich mich im Griff gehabt hätte, könnten wir weitermachen wie bisher. Alles wäre in bester Ordnung.«

Schwer atmend verschränkte ich die Arme. Ich konnte nicht fassen, was ich da gerade getan hatte.

»Bronwyn …«

»Bitte geh, Nick. Wir sollten es nicht noch schlimmer machen als ohnehin schon. Morgen ist die Hochzeit und ...«

Nicks Handy klingelte. Ich sah ihm an, dass er nicht rangehen wollte, doch ich war bereits dabei, mich von ihm abzuwenden.

»Claire? Was ist?«, bellte er. So unfreundlich hatte er noch nie mit ihr gesprochen. Ich hörte Claires aufgeregte Stimme, auch wenn ich nicht herausfiltern konnte, was sie sagte. Nick erbleichte. »Was? Wo?«

Er wartete ihre Antwort ab, dann legte er auf. Für eine Sekunde starrte er ins Leere.

»Was ist passiert?«

»Mom.« Mehr konnte ich ihm nicht entlocken. Er machte auf dem Absatz kehrt und rannte förmlich aus dem Haus. Ich schaffte es gerade noch so, mich auf die Beifahrerseite zu werfen, bevor er rückwärts aus der Einfahrt raste.

Mir blieb gar keine Zeit, Nick mit Fragen zu löchern. Schon hatten wir den großen Platz erreicht, der bereits für Claires Hochzeit morgen geschmückt war.

Claire war noch in ihr Rangeroutfit gekleidet und stand zwischen ihrer zukünftigen Schwiegermutter, die vor Wut schäumte, und Daisy. Nicks Mom saß auf dem Boden und wirkte schockiert. Eine Hand hatte sie an ihre Wange gelegt. Es war trotz der Straßenlaternen zu dunkel, um zu erkennen, ob sie einen Bluterguss davongetragen hatte. Doch mir war klar, dass Georges Mom sie geschlagen hatte.

George hockte neben Daisy und umfasste mit einer Hand ihre Schulter. Abgesehen von den vieren befand sich niemand in der Nähe. Nur Ms Poach stand noch an der Ecke zum bereits geschlossenen Café Pearl und zog genüsslich an ihrer Pfefferminzzigarette. Schon morgen früh würde jeder aus der Stadt von dem Vorfall wissen.

Mit quietschenden Reifen hatte Nick den Jeep zum Stehen

gebracht. Er war schon ausgestiegen, während ich noch mit dem Sicherheitsgurt kämpfte.

»Was zur Hölle ist hier passiert?«, brüllte er, bevor er Georges Arm wegschlug.

»Du!«, rief Ms Rosewood und deutete an Claire vorbei mit einem Finger auf Nick. »Du und deine Mutter, ihr hättet St. Mercy für immer verlassen sollen. Jetzt habt ihr alles zerstört!«

Meine Synapsen knallten durch. Das war der einzige Grund für mein Handeln. Normalerweise war ich jeglicher Form von Gewalt abgeneigt.

Blitzschnell hatte ich Ms Rosewood erreicht und ihren Arm mit voller Wucht runtergeschlagen. Sie schrie auf. Eher vor Schock als vor Schmerz.

»Man zeigt nicht mit dem Finger auf andere Leute und schon gar nicht auf meinen besten Freund. Reißen Sie sich zusammen!«

»Er ist schuld an allem!« Ihre Stimme zitterte.

»Ihr erbärmlicher Mistkerl von Ehemann hat Sie betrogen. Niemand sonst. Kommen Sie drauf klar«, entgegnete ich harsch.

»Bronwyn«, hauchte Claire hinter mir.

Nick hatte Daisy mittlerweile beim Aufstehen geholfen, doch seine Wut kochte noch immer an die Oberfläche. An einer Frau würde er sie nie rauslassen, was ihm nur noch eine Option gab. Er rannte los.

Zum Haus des Bürgermeisters war es nicht weit. Es befand sich in der Walnut Street, die von dem großen Platz abzweigte.

George war der Erste, der sich von dem Schock erholte und Nick hinterherlief. Daisy, Claire und ich wechselten nacheinander einen Blick. Ms Rosewood murmelte etwas und war offenbar zu sehr mit sich selbst und ihrem eigenen Kummer beschäftigt, um sich um etwas zu sorgen, das sie nicht sehen konnte.

»Was auch immer er vorhat, es ist nichts Gutes«, flüsterte Daisy. Ich hatte sie noch nie so durcheinander gesehen.

Für ein paar Augenblicke war ich zwiegespalten. Nick hätte sicher gewollt, dass ich bei seiner Mom blieb, doch mein Herz ließ mir keine andere Wahl. Ich folgte ihm und George.

Ich erreichte das weiße Haus mit den hohen Mansardenfenstern, als das Erdgeschoss bereits hell erleuchtet war und die Eingangstür sperrangelweit offen stand. Die Stimmen der drei Männer drangen bis zu mir durch. Ich rannte die Treppen zur Veranda hoch und dann ins Haus.

Noch nie zuvor war ich hier gewesen, wusste aber, dass jeder Bürgermeister während seiner Amtszeit hier wohnen durfte.

Den Prunk, der für das kleine Städtchen ungewöhnlich war, nahm ich kaum wahr. Stattdessen sah ich nur die blutige Lippe des Bürgermeisters und die Platzwunde an Nicks Stirn. Die alten Blutergüsse waren kaum verheilt gewesen, und jetzt hatte er sich schon wieder verletzen lassen.

»Kannst du deine Familie nicht unter Kontrolle bringen? Bist du nicht mal dafür zu gebrauchen?«, knurrte Nick.

George stand zwischen den beiden, ohne ihnen die Sicht auf den jeweils anderen zu versperren. Wie ein Schiedsrichter, der sehen wollte, was vor sich ging, ohne sich ins Getümmel zu drängen, um nicht selbst verletzt zu werden.

»Was ist denn jetzt schon wieder? Schiebst deine Misserfolge auf eine fehlende Vaterfigur, ja?« Der Bürgermeister spuckte auf seinen blank polierten Holzfußboden.

»Deine Frau hat meine Mutter geschlagen!«

»Ja, und? Immerhin hat sie den Mumm dazu.«

Nick hätte sich erneut auf ihn gestürzt, wenn ich nicht geistesgegenwärtig meine Arme von hinten um ihn geschlungen hätte. Mehr aus Überraschung hielt er inne. Er hätte sich mühelos befreien können. So stark war ich nicht.

»Tu es nicht«, bat ich leise, als er seinen Arm hob, um mich darunter hindurch anzusehen.

»Ich wollte das alles nicht glauben«, sagte George kopfschüttelnd. »Dass du Mom betrogen hast. Dass du dich geweigert hast, für deinen eigenen Sohn aufzukommen, wenn du ihn schon nicht liebst. Wir haben uns noch nie sonderlich gut verstanden, aber das geht zu weit, Dad.«

»Tu nicht so scheinheilig, George! Wie oft habe ich gehört, dass du dich über den Footballspieler ausgelassen hast, der einen Rekord nach dem anderen von dir ausgehebelt hat? Du bist nicht besser als ich.«

»Ich war neunzehn!«, rief George. Eine Ader pulsierte an seinem Hals. Er hatte die Hände zu Fäusten geballt.

Ich löste mich von Nick, als ich merkte, dass er sich endlich entspannte. So wie ich hatte er erkannt, dass er den Kampf nicht länger allein ausfechten musste.

»Alt genug, um zu wissen, was in den Augen dieser Schwächlinge richtig und falsch ist.« Rosewood schmierte sich das Blut von der Lippe über die untere Hälfte seines Gesichts. Es ließ ihn monsterhaft wirken. Auch das Glänzen in seinen wässrigen Augen schreckte mich ab.

George löste seine Fäuste und wandte sich zu meinem Erstaunen an Nick. Das Kinn gesenkt.

»Es tut mir leid, dass ich schlecht über dich geredet habe.« Er schluckte. »Dass ich der Grund bin, warum du nicht gescoutet wurdest.«

»Was?« Davon hatte ich nichts gewusst. Nick hatte aufgrund seiner Verletzung mit dem Football aufgehört, oder nicht?

»Du bist nicht der Grund, aber danke«, presste Nick hervor.

»Doch. Ich habe dem Scout gesagt, dass du seit Monaten mit der gleichen Verletzung zu kämpfen hast. Er hat mir geglaubt, weil er ein Freund von Dad war. Du hattest eine Chance bei ihm, Nick, und ich habe sie dir genommen.« Georges Stimme zitterte. »Ich habe meinem eigenen kleinen Bruder …«

»Hast du nicht«, unterbrach ihn Nick eilig. »Ich habe selbst beschlossen, mit dem Football aufzuhören. Es war nicht das Richtige für mich. Mit ihm als Vater … Er hätte mich nie in Ruhe gelassen. Mein Erfolg wäre ihm immer ein Dorn im Auge gewesen.«

»Als würdest du mich überhaupt interessieren!«, ereiferte sich der Bürgermeister.

»Du hättest jede Möglichkeit gesucht, um mich zu sabotieren, weil du meinen Erfolg nicht ertragen hättest.« Ich wusste nicht, was ich sagen sollte. Immer hatte ich geahnt, dass vielleicht mehr hinter der Verletzungssache gesteckt hatte, doch damit hätte ich niemals gerechnet. »Nicht nur George hat mit dem Scout gesprochen, nicht wahr? Sondern auch du. Und im Gegensatz zu deinem Sohn hast du ihm sogar Geld angeboten.«

»Das ist … unerhört …« Der Bürgermeister plusterte seine Wangen auf.

Nick schnaubte und wandte sich dann George zu. »Wie auch immer. Die Verletzung war ein guter Vorwand. Der Scout hat mir trotz deiner Worte ein Angebot gemacht, und ich habe abgelehnt.«

George blinzelte schockiert. »Das habe ich nicht gewusst.«

»Du brauchst dir keine Vorwürfe mehr zu machen.« Er nickte einmal, bevor er wieder Rosewood anvisierte. »Und du … wage es nicht noch einmal, schief in meine oder Moms Richtung zu gucken.«

»Was dann? Du verpisst dich eh wieder nach New York. Wie der Feigling, der du bist.«

»Aber ich werde da sein«, entgegnete George. »Und du wirst morgen nicht auf meiner Hochzeit erscheinen. Weder du noch Mom. Ich will euch nicht sehen. Ihr habt euch unzivilisiert und beschämend aufgeführt.«

»Das kannst du nicht machen, Georgie.« Erst jetzt bemerkte

ich, dass Claire und Ms Rosewood hinter mich getreten waren. Daisy war nicht anwesend, worüber ich froh war. Sie sollte nicht mit diesen Menschen in einem Raum sein müssen.

»Claire und ich werden uns ohne euch das Jawort geben. Ihr solltet euch schämen. Nick ist mein Bruder, und er hätte als solcher aufwachsen sollen.« Ich hörte Georges Worte, aber sah Nick an. Bemerkte das Hüpfen seines Kehlkopfs, das Zittern seiner Hände und die Feuchtigkeit in seinen Augen.

Es war mit Sicherheit noch ein langer Weg, doch er hatte ein neues Familienmitglied dazugewonnen.

»Lass uns gehen«, sagte George mit Claire an seinem Arm. Sie überließen Nick und mir den Vortritt, ehe sie uns nach draußen folgten.

Nick drückte den Ärmel seines grünen Jogginganzugs auf die Platzwunde und zischte. Ich konnte weder etwas sagen noch etwas tun. Abgesehen davon, an seiner Seite zu sein. Weit weg von dem verfluchten Haus.

Plötzlich blieb er stehen. »Wo ist Mom?«

»José hat sie nach Hause gefahren. Er kam zufällig vorbei«, erklärte Claire. Sie wirkte genauso fahrig wie ich. »Ich hoffe, das war in Ordnung. Ich wollte gerade zu dir, Bronwyn, um mich nach Lemon zu erkundigen, als die Situation plötzlich eskalierte. Oh my Gosh, geht es Lemon gut? Im ganzen Trubel ist das völlig untergegangen.«

Während Nick ins Nichts starrte, berichtete ich ihr von Lemons Zustand. Ich hatte Mitleid mit Claire und George. Sie hätten sich heute Abend nur auf den morgigen Tag freuen sollen, stattdessen hatte sie ein Drama nach dem nächsten heimgesucht.

»Können wir euch noch was Gutes tun?«, fragte sie und klammerte sich dabei an George, der den Blick nicht von Nick wenden konnte. Wahrscheinlich kostete es ihn viel, nicht auf seinen jüngeren Bruder einzureden und ihm Zeit zu geben.

»Ja, indem ihr nach Hause geht und versucht, euch zu entspannen«, sagte ich gespielt streng.

Als wir uns umarmten, stellte ich überrascht fest, dass nichts mehr von meiner Verärgerung ihr gegenüber übrig geblieben war. Spätestens Lemons Verschwinden und dann die Konfrontation mit dem Bürgermeister hatten all meine Probleme in ein neues Licht gerückt.

»Nick …«

»Nimm es mir nicht übel, Darlin', aber ich muss nach Hause.« Er sah mich nicht an. »Wir sehen uns morgen.«

Damit ließ er mich mitten auf der Straße stehen. Er ging zu seinem Jeep, stieg ein und düste davon.

Mir kam der Gedanke, dass ich ihn vielleicht für immer verloren hatte.

• KAPITEL 29 •

lover

Ich konnte in der Nacht vor der Hochzeit kaum ein Auge zutun, und um vier Uhr dreiundvierzig gab ich das Unterfangen gänzlich auf. Bevor ich mich ins Bett gelegt hatte, hatte ich noch mit Lemon telefoniert. Ihr Zustand war weiterhin stabil gewesen, und sie hatte sich nicht übergeben müssen oder dergleichen.

Die Kaffeemaschine schnaubte angestrengt, um mir meine morgendliche Koffeindosis auszuhändigen.

Um fünf Uhr vierzehn gesellte sich Mom zu mir auf die Couch und schlüpfte unter die karmesinrote Wolldecke. Sie sah mich an, und ich blickte auf den Fernseher, dessen Lautstärke ich so weit runtergeregelt hatte, dass man die Stimmen kaum hören konnte.

»Wann fährst du zurück nach New York?«, fragte Mom schließlich.

»Montagmorgen.« Das war zumindest mein ursprünglicher Plan gewesen. Jetzt war ich nicht mehr sicher, ob Nick überhaupt noch in einem Auto mit mir sitzen wollte.

»Nimmst du deine Staffelei mit?«

»Hast du geschnüffelt?« Ich runzelte die Stirn.

»Es ist kein Rumschnüffeln, wenn ich bloß Schlüsse ziehe.

Deine Hände waren voller Farbe, und du hast deine Sachen vom Dachboden geholt. Du malst wieder. Das freut mich.«

»Warum? Es ist ja nicht so, als würde ich dadurch zur perfekten Tochter werden.«

»Bronwyn, Honey, ich weiß nicht, warum du denkst, dass ich eine perfekte Tochter haben möchte.« Aus dem Augenwinkel sah ich, wie sie ihr glattes, braunes Haar ordnete. »Ich will, dass du glücklich bist, und ich glaube, dass du es hier sein kannst. In St. Mercy.«

»Wenn ich endlich akzeptiere, dass ich nicht mit Nick zusammen sein kann? Darauf hast du doch angespielt, oder?«

Sie zuckte leicht zusammen. »Weil *wir* hier sind. Deshalb. Du brauchst deine Familie, und wir brauchen dich.«

»Ich mag meinen Job.«

»In Baton Rouge gibt es auch einen Zoo mit Aquarium.«

»Weißt du das einfach so, oder hast du dich informiert?«

»Einfach so, und ich habe mich informiert«, gab sie verschmitzt zu. Sie wirkte so jung auf mich. Ohne frisierte Haare, ohne Makeup und lediglich in ihren Wollbademantel gekleidet. »Ich glaube zwar, dass du es als Künstlerin weit bringen kannst, doch wenn es nicht das ist, was du willst, gebe ich mich geschlagen.«

»Ich weiß nicht, ob ich den Sprung vom Hobby zur Arbeit machen möchte. Aber ich habe das Malen vermisst.« So offen war ich kaum jemals mit Mom gewesen. Die Ruhe, die sie ausstrahlte, half mir dabei, sie an meinen Gefühlen teilhaben zu lassen.

»Was spricht dagegen, zurückzukommen?«

Nick. Immer war es Nick. Solange er und ich in der Schwebe steckten, würde ich nichts entscheiden können.

Ich spürte, dass mein Herz danach verlangte, in St. Mercy zu bleiben, gleichzeitig fürchtete ich mich davor, diesen Schritt zu gehen. New York war kein schlechter Ort. Ich hatte Shiloh und Miles kennengelernt, hatte auf eigenen Beinen gestanden und einen wundervollen Job gefunden. Bloß die Großstadt schien mir nicht zu bekommen.

»Ich werde noch einmal über alles nachdenken, aber ich muss so oder so wieder nach New York«, sagte ich, anstatt ihr eine direkte Antwort zu geben. »Danke, Mom.«

»Wofür?«

»Dass du endlich auf Augenhöhe mit mir gesprochen hast.« Ich legte meine Hand auf ihre. Tränen schimmerten in ihren Augen.

»Es war meine Schuld, dass du gegangen bist, oder? Weil ich mich nicht zurückgehalten habe?«

»Das macht keinen Unterschied. Wir sollten besser nach vorn schauen, meinst du nicht auch?«

Ich hatte es mir nicht nehmen lassen, zusammen mit meinen Eltern Lemon abzuholen. Nachdem ich mich versichert hatte, dass es ihr gut ging, musste ich mich in Rekordgeschwindigkeit für die Hochzeit herrichten. Zum Glück hatte mich Claire außen vor gelassen, was offizielle Tätigkeiten an ihrem großen Tag angingen. Trotzdem wollte ich nicht zu spät auftauchen und dadurch die Zeremonie stören.

Nick hatte sich nicht bei mir gemeldet, und auch ich hatte nicht gewusst, was ich ihm schreiben sollte. Deshalb schrieb ich lediglich Daisy eine Nachricht. Während ich mich schminkte, rief sie mich an, um mir zu sagen, dass ich mir keine Sorgen um sie zu machen brauchte.

Über Nick sprachen wir nicht.

Da ich mich nicht auf High Heels und in meinem pfirsichfarbenen Satinkleid bis zur Kirche kämpfen wollte, ließ ich mich von Dad fahren. Er und Mom würden erst später zum Büfett kommen, falls Lemon fit genug wäre.

Vor der weißen Holzkirche mit den grauen Fensterläden und dem dunkel gestrichenen Kreuz auf der Dachspitze hatten sich bereits einige Gäste versammelt. Sofort suchte ich nach Nick, doch ich konnte ihn nicht finden.

»Danke, Dad.« Ich küsste ihn auf die Wange.

»Bis später.«

Ich umfasste meine graue Satin-Clutch und schritt an meinen Bekannten, Nachbarinnen und Nachbarn vorbei. Begrüßte sie mit einem Lächeln und Kopfnicken. Ich hatte die kühle Kirche gerade betreten, als ich in einen kleinen, abgeschiedenen Vorraum gezogen wurde. Die Tür knallte hinter mir zu.

»Claire?«

Atemlos und mit roten Wangen sah sie mich an. Ihren Zustand als glücklich zu bezeichnen, wäre eine absolute Untertreibung gewesen. Sie strahlte aus jeder Pore.

Erst jetzt registrierte ich ihr wunderschönes Hochzeitskleid, das sich an ihre Rundungen schmiegte, als wäre es ihr auf den Leib geschneidert. Das war es vermutlich auch. Perlen schmückten das Spitzenkorsett, und eine kurze Schleppe hinten rundete das Bild ab. Der Schleier hing noch an einem Bügel an der Wand, doch er würde hervorragend zum restlichen Ensemble passen. Claire hatte ihr Haar glätten und es zu einer Hochsteckfrisur stecken lassen, in die ebenfalls einzelne, weiße Perlen eingearbeitet waren. Ihr Make-up war perfekt. Nicht zu präsent, aber auch nicht zu dezent.

»Fantastisch, oder?« Claire drehte sich einmal um die eigene Achse.

»Du siehst traumhaft schön aus.« Ich legte meine Clutch auf die weiße Konsole und berührte dann den hauchzarten Stoff ihres Hochzeitskleides. »George wird in Tränen ausbrechen.«

»Nach der ganzen Sache gestern hoffe ich, ihn auf andere Gedanken bringen zu können«, sagte sie düster.

»Das muss ein Schock für ihn gewesen sein. Und für dich.«

»Mir tat Daisy so leid. Nichts entschuldigt das Verhalten von Georges Mom, und das weiß er auch.« Sie schüttelte den Kopf, bevor sie sich ans Fenster stellte und durch die weißen Vorhänge linste. »Ich bin bloß froh, dass er mir mein Schweigen verziehen hat.«

»Denkst du denn, dass es falsch gewesen ist?« Ich lehnte mich mit der Hüfte gegen einen der beiden grau bezogenen Stühle. Neben diesen, einem niedrigen Tisch und der Konsole gab es keine weiteren Möbelstücke.

»Schwer zu sagen. Ich denke, spätestens als seine Ehefrau hätte ich ihm davon erzählen müssen. Aber bis dahin war es richtig, Nicks Geheimnis zu wahren.«

Ich nickte langsam. »Das ergibt Sinn.«

»Hast du mir verziehen?« Sie fing meinen Blick auf, suchte etwas darin, von dem ich nicht wusste, was es sein könnte.

»Hab ich«, sagte ich nach einem spannungsgeladenen Moment. »Wir waren noch Kinder, und letztlich hat mich der Schwur nicht so beeinflusst, wie ich zunächst geglaubt habe. Es hätte wahrscheinlich nichts geändert, wenn wir ihn nicht geleistet hätten.«

»Du klingst so erwachsen.« Sie lachte.

Ich öffnete die Clutch und holte den unscheinbaren Schlüssel hervor. »Wir sollten das in der Vergangenheit lassen: den Schlüssel, unsere Geheimnisse, den Schwur. Du beginnst heute ein neues Kapitel, und ich möchte nicht, dass du von unseren damaligen Fehlern zurückgehalten wirst.«

Sie nahm den Schlüssel mit dem geknüpften Band entgegen und drehte ihn im Sonnenlicht. »Du hast nie einen Fehler gemacht, Bronwyn.«

»Doch. Mehrere. Aber heute für dich da zu sein, war zum Glück keiner. Danke für die Einladung, Claire.« Ich beugte mich vor und küsste ihre Wange. »Du wirst sie alle umhauen.«

Es klopfte, und die Tür öffnete sich, als ich gerade nach dem Messingknauf greifen wollte. Nick trat ein, und ich wich automatisch einen Schritt zurück. Er ragte über mir auf. In Schale geworfen. Schwarzer Smoking, weißes, gestärktes Hemd und Krawatte. Ich trat noch einen Schritt zurück, ohne in sein Gesicht zu sehen.

»Deine Mutter hat gesagt, du wolltest mich sehen«, sagte er an Claire gewandt.

Gosh, wie konnte jemand so schön sein?

»Bis später«, murmelte ich und schlüpfte mit pochendem Herzen an ihm vorbei.

Die Zeremonie war so romantisch und rührend, wie ich sie mir vorgestellt hatte. George weinte, als Claire auf ihn und den Altar zuschritt. Claires Mutter schluchzte ebenfalls, und ihr Vater schnäuzte sich einmal so laut, dass alle in Gelächter ausbrachen. Die Rosewoods waren nicht anwesend. Dafür saß Nick in der ersten Reihe links, während ich mich in die vierte Reihe rechts zu den Simmons gequetscht hatte.

Ich bildete mir ein, dass er nach hinten blickte, um meinen Blick zu suchen. In der Realität ignorierte er mich sicher.

Schließlich kam die Messe zu ihrem Ende, und wir versammelten uns auf dem großen Stadtplatz, wo bei angenehmen Temperaturen und vergleichsweise niedriger Luftfeuchtigkeit angestoßen wurde. Ein großes, offenes Zelt schützte vor dem direkten Sonnenlicht, und eine provisorisch errichtete Tanzfläche lud die Gäste ein, das Tanzbein zu schwingen. Eine Liveband spielte hauptsächlich Countrysongs und den einen oder anderen Popklassiker.

Ich saß bedauerlicherweise am selben Tisch wie Nick, und mein Nacken prickelte durchgehend, als würden mich meine Instinkte warnen, dass ich mich in Gefahr befand. Doch die einzige Bedrohung ging von mir aus, denn ich musste mit ihm das Gespräch suchen. Vielleicht sollte ich vorschlagen, mit dem Zug nach Hause zu fahren.

Oder war das albern?

Mom, Dad und Lemon, die wegen ihres verstauchten Knöchels auf Krücken gehen musste, begrüßten uns im Vorbeigehen, bevor sie sich einen eigenen Platz suchten. Mit meiner Gabel schob ich die Nudeln auf meinem Teller hin und her. Die Sonne ging unter. Die Lichtgirlanden erstrahlten. Das Brautpaar stimmte den ersten Tanz an, und ich wurde von José gezwungen, mit ihm und seinem Date zu tanzen.

Obwohl ich eigentlich keine Lust gehabt hatte, brachte es mich zumindest für kurze Zeit auf andere Gedanken.

»Und? Was hältst du von ihm?«, fragte mich José außer Atem, während Benedict sich um Getränke kümmerte.

»Groß, blond und Grübchen? Jackpot würde ich sagen.«

Grinsend wandte er sich seinem Date zu, als ruhigere Töne angestimmt wurden. Ich machte Anstalten, die Tanzfläche für diejenigen zu räumen, die zu Taylor Swifts *Cardigan* tanzen wollten. Kaum hatte ich mich in Bewegung gesetzt, hielt mich Nick sanft an meinem Ellbogen zurück.

»Ein Tanz?«

Nervös nickte ich. Dann legte ich einen Arm auf seine Schulter und verschränkte die Hand der anderen mit seiner. Er umfasste meine Taille, ehe wir uns in Bewegung setzten.

Wir waren beide keine grandiosen Tänzer, doch wir konnten uns im Klang der Melodien wiegen, was wir größtenteils auch taten. Ich war froh, dass keine komplexeren Schritte erforderlich wurden, weil in meinem Kopf gähnende Leere herrschte.

»Die Zeremonie war sehr schön«, plapperte ich drauflos, als ich sein Schweigen nicht länger ertrug.

»Hm.«

»Ich habe heute Morgen mit Daisy gesprochen. Ich bin froh, dass es ihr besser geht.« Er nickte lediglich. »Morgen müssen wir schon wieder zurück.«

Ich bildete mir definitiv nicht ein, dass sich der Griff um meine Taille verstärkte.

»Ich … Ähm, ich kann verstehen, wenn du allein fahren willst«, beeilte ich mich, zu sagen. »Nach allem …«

»Lass uns gehen.« Das war der Moment, in dem ich ihm zum ersten Mal an diesem Tag wirklich in die Augen sah. Anstatt Leere begegneten mir darin Wärme und Zuneigung. Es verschlug mir den Atem. »Kommst du mit mir?«

Da ich meiner Stimme nicht traute, nickte ich bloß. Im Vorbeigehen griff ich nach meiner Clutch, dann schlichen wir uns davon. Ich hatte nicht mehr als ein Glas Sekt getrunken, doch meine Knie zitterten, und mir war schwindelig vor Aufregung.

Ich wusste nicht, was er vorhatte, doch ich würde ihm nichts abschlagen können. Einen Tag nicht mit ihm zu sprechen, war Folter gewesen.

Sobald wir die Lichter und die Party hinter uns gelassen hatten, wurden wir langsamer. Ich zog meine High Heels aus, und Nick trug sie für mich an den Riemen. Wir redeten nicht miteinander. Das Zirpen der Zikaden war unsere ganz eigene Hintergrundmusik.

Ich musste nicht lange überlegen, wo er mich hinführte, als wir den Weg zur Kirche einschlugen. Während wir an dem Friedhof vorbei den Hügel hinaufgingen, hielt er durchgehend meine Hand. Dann endlich hatten wir die Eiche an unserem früheren Treffpunkt erreicht.

Doch es sah anders aus als erwartet. Lichterketten erhellten die unteren Zweige und Äste, eine dicke Wolldecke war auf dem Boden ausgebreitet. Auf ihr standen eine Flasche Wein im

Kühleimer, eine Schale mit Beeren und Weintrauben sowie eine Minischokotorte unter einem Fliegennetz.

»Was …?« Ich stolperte über meine eigenen Füße und wäre hingefallen, hätte Nick mich nicht aufgefangen.

Er legte meine Schuhe und meine Clutch auf den Boden, dann zog er mich auf die Wolldecke. Ich fragte mich, wer ihm dabei geholfen hatte, das herzurichten. Wahrscheinlich Daisy und Ms Atwood. Er musste ihnen von seinen und meinen Gefühlen erzählt haben.

Ich kniete mich hin, Nick mir gegenüber. Er nahm nun auch meine zweite Hand in seine, ohne für eine Sekunde seinen Blick von mir zu nehmen.

»Darlin'.« Seine Stimme war wie warmer Honig. »Zuerst … Deine Worte haben ziemlich wehgetan gestern. Das gebe ich zu.«

»Ich wollte nicht …«

»Ich weiß«, unterbrach er mich. »Es war … Es hat nur wehgetan, weil du nicht weißt, was ich weiß.«

Nicht das, was ich erwartet hatte. »Und das wäre?«

Er küsste mich.

Sobald seine Lippen auf meine trafen, seufzte ich. Ich wollte in ihm versinken. Seine Haut an meiner spüren und …

Viel zu früh löste er sich von mir. »Ich liebe dich, Bronwyn«, raunte er heiser.

»Ich weiß«, antwortete ich vorsichtig.

»Was du nicht weißt, ist, dass es nicht erst jetzt passiert ist, Darlin'. Ich … Jesus, ich weiß nicht, wann es begonnen hat. Vielleicht damals im Kindergarten, als du mir einen Antrag gemacht hast. Oder in der Middleschool, als wir am heißesten Tag schwimmen gegangen sind und nur uns gehabt haben. Aber spätestens am Tag unseres Schwurs war mir klar, dass ich dich liebe und dass du nicht so empfindest. Ich konnte nicht glauben, dass du ihm so leicht zustimmst. Was irrational ist. Weil ich ja auch nichts gesagt habe.«

In meinen Ohren rauschte es. Ich konnte kaum verarbeiten, was er da sagte.

»Aber … Ich …«

Er lächelte verschmitzt. »Wie ich jetzt weiß, hast du genauso viel gefühlt wie ich. Wir waren beide geblendet von unserer Angst, den anderen zu verlieren.« Er senkte die Lider. »Es tut mir leid, dass ich nicht mutiger gewesen bin.«

»Mir auch.« Ich schniefte. Konnte das wirklich wahr sein?

»Wenn ich geahnt hätte … Ich habe dich sehr verletzt, oder? Mit meinem Verhalten?«

»Wir haben uns gegenseitig mit unserer Unsicherheit wehgetan, aber das liegt hoffentlich in der Vergangenheit.«

»Es tut mir trotzdem leid. Sehr.«

Er küsste mich sanft. »Und was ich damit eigentlich sagen will, Bronwyn, ist, dass wir es nicht nur versuchen sollten. Wir sollten kopfüber reinspringen. Wir haben so lange aufeinander gewartet, lass uns keine Zeit mehr verschwenden. Ich kann nicht mehr zu dem zurück, was wir vorher gewesen sind. Ich will es nicht.« Mit dem Daumen strich er über meine Unterlippe. »Ich will dich ganz. Jeden Tag. Ich will, dass du mich willst.«

»Das will ich auch. Wirklich«, wisperte ich an dem Kloß in meinem Hals vorbei.

»Dann lass es uns tun.«

»Tun? Was?«

Er ließ mich los und holte eine kleine Schachtel aus der Innenseite seines Jacketts. Ich keuchte, als er sie öffnete, und ein goldener, antik aussehender Ring mit drei kleinen Diamanten zum Vorschein kam.

»Bronwyn Halfers, willst du mich zum Mann nehmen?« Ich sah von ihm zum Ring und wieder zurück. »Ich weiß, wir sind jung und haben noch unser ganzes Leben vor uns, aber ich will es nur mit dir an meiner Seite leben. Darlin'?«

»Ja«, flüsterte ich und nickte und weinte. »Ja. Ja. Ja.«

Er steckte den Ring an meinen Finger, ehe wir einander festhielten, uns küssten und uns all die Dinge ins Ohr flüsterten, die wir schon viel zu lange zurückgehalten hatten.

• KAPITEL 30 •

new heights

»Das wars.« Ich klatschte in die Hände und betrachtete den Haufen verpackter Kartons. Die Möbel hatten wir für den Versand in Luftpolsterfolie eingewickelt und meine Kleidung in schwarze Plastiksäcke gestopft. Das Wichtigste war bereits in Nicks Leihwagen verstaut, der Rest würde in einer halben Stunde vom Umzugsunternehmen auf einen Laster geladen und dann nach Baton Rouge gefahren werden.

Ich konnte nicht glauben, dass ich nach Louisiana zurückkehrte, aber so wars.

»Ich bin jetzt schon erledigt«, stöhnte Nick, während er im Wohnzimmer stand und sich ratlos umsah. »Wo soll ich mich hinsetzen?«

»Man könnte meinen, du wärst sechzig Jahre alt«, merkte ich spitz an. Ich zog meine Handschuhe aus und legte sie auf einen Karton, der voll war mit irgendwelchem Elektrozeug, das sich über die Jahre angesammelt hatte.

»Vielleicht bin ich das auch. Fühlt sich jedenfalls so an.« Er rieb sich übers zimtbraune Haar. Wie ich hatte er sich lediglich alte Jeans und ein Shirt übergeworfen. Draußen herrschten winterliche Temperaturen, doch im Apartment hatten wir es glücklicherweise noch warm. Bis heute hatten wir hier schließlich noch geschlafen.

Shiloh war schon vor einem Monat mit Miles zusammengezogen, sodass Nick und ich die Wohnung in den letzten Wochen für uns gehabt hatten.

Wir hatten die Zweisamkeit ausgekostet. Und wie. Kaum zu glauben, dass es so gut zwischen uns funktionierte. Ich kam mir nun ziemlich albern vor, wenn ich an meine Ängste von vor wenigen Monaten zurückdachte. Als ich davor zurückgeschreckt war, die Grenze zwischen Freundschaft und Liebespaar zu überschreiten. Als ich Nick nicht vertraut hatte.

Ich bezweifelte, dass es jemanden gab, der besser zu mir passte als Nick und umgekehrt genauso. Es war, als hätten sich endlich alle Puzzleteile zusammengefügt.

Nach Louisiana zurückzukehren, war keine leichte Entscheidung gewesen, weil Nick und ich New York trotz aller Widrigkeiten ins Herz geschlossen hatten. Außerdem fühlte ich mich nach wie vor nicht ganz wohl, wieder in meine Heimatstadt zu ziehen. Deshalb hatten wir uns für Baton Rouge entschieden. Von dort aus müsste Nick zwar eine Weile fahren, um als Assistenztrainer an der Highschool von St. Mercy zu arbeiten, doch das war erst mal die beste Lösung.

Ich hatte mir einen Job im Zoo von Baton Rouge geangelt, allerdings war dies keine Vollzeitstelle. Seit ich wieder nach New York gekommen war, hatte ich nicht mehr aufgehört, zu malen. Ich konnte zwar immer noch nicht sagen, ob sich die Kunst als Karriere eignete, aber ich wollte es versuchen.

»Wo bist du nur mit deinen Gedanken, Darlin'?«

Ich grinste und schritt auf ihn zu. Seine Augen weiteten sich, als ich ohne Umschweife mein T-Shirt auszog und zu Boden warf.

»Da, wo sie sein sollten«, erwiderte ich leise.

Er schluckte schwer. »Die … Spediteure sind gleich da.«

»Gleich«, sagte ich betont. »Nicht jetzt.«

»Sweet Baby Jesus«, raunte er, dann fing er mich mit einer Hand an meinem Rücken ein. Ich bog mich ihm entgegen, stöhnte auf, als sich unsere Lippen trafen, und die Leidenschaft alles in mir in Brand setzte.

Mit den Händen ging ich auf eine nie endende Erkundungstour und erntete ein erregtes Keuchen, als sie in seiner Jeans landeten. Ich öffnete eilig den Reißverschluss, nachdem ich den Knopf gelöst hatte, um seine Erektion hervorzuholen.

Normalerweise ließen wir uns mehr Zeit, doch Nick hatte uns ja gerade daran erinnert, dass wir gleich Besuch bekamen. Ich strich mit dem Daumen über seine Eichel, während Nick mit seiner Zunge in meinen Mund tauchte.

»Ich liebe dich«, hauchte er an meinen Lippen, als wir für einen kurzen Moment Atem schöpften.

»Du bist alles, was ich brauche«, antwortete ich.

Nick stöhnte auf, als ich ihn weiter streichelte, bevor uns das Verlangen zur Eile trieb. Wir zogen uns gegenseitig aus, bis wir uns nackt aneinanderpressten. Glücklicherweise war er noch geistesgegenwärtig genug gewesen, ein Kondom aus seiner Jeans zu fischen und es sich überzuziehen. Er packte mich an den Hüften und hob mich hoch, um mich gegen die Wand zu drücken.

Schon drang er in meine heiße Feuchtigkeit, und ich schloss stöhnend die Augen. Legte den Kopf in den Nacken und versuchte, meinen Orgasmus hinauszuzögern.

Nick machte es mir nicht einfach. Er strich mit der Zunge an meiner entlang, während er zeitgleich immer wieder in mich stieß und mit der freien Hand, mit der er mich nicht hielt, meine Klitoris massierte.

»Oh fuck«, keuchte ich. Unser Rhythmus wurde schneller und

schneller. Er biss zärtlich in meine Schulter, als ich komplett den Halt verlor und zerbrach.

»Bronwyn«, raunte er immer wieder, bevor er mir kurze Zeit später folgte. Ich hatte fast das Gefühl, von ihm und der Wand zerquetscht zu werden, ehe er wieder zu sich fand. Seine Stirn lehnte er atemlos an meine, während ich meine Füße hinter seinem Rücken verschränkte, um ihn nicht gehen zu lassen.

Ich machte ein wohliges Geräusch und blickte über seine Schulter vorbei aus dem Wohnzimmerfenster in den grauen Vormittag. »Es schneit.«

Tatsächlich war es der erste Schnee im neuen Jahr. Dicke, weiße Flocken lösten sich vom Himmel und blieben für kurze Zeit an der Fensterscheibe haften, ehe sie schmolzen.

»Ein Zeichen?«, witzelte er, immer noch schwer atmend.

»Vielleicht ein Abschied«, überlegte ich laut und küsste ihn sanft am Kinn. »Du solltest mich besser runterlassen, bevor es klingelt.«

»Dann solltest du besser deine Knöchel lösen.«

»Ups.«

Wir lachten. Zehn Minuten später kamen die Spediteure und leerten mit unserer Hilfe die Wohnung in Rekordgeschwindigkeit. Ein letztes Mal lief ich allein das Apartment ab, in dem ich so viel Freude, aber auch viel Schmerz erlebt hatte. Dann kehrte ich ihm mit Nick an meiner Hand den Rücken zu. Wir hatten noch eine Verabredung einzuhalten, bevor es morgen nach Baton Rouge gehen würde.

»Warum war ich hier noch nie zuvor?«, rief ich aus, nachdem wir in dem schicken Teehaus Bellocq Platz genommen hatten.

»Weil es so versteckt ist«, antwortete Miles zwinkernd. Er

hatte sich neben Shiloh in die Nische gesetzt und legte einen Arm um ihre Schulter. Sie wirkten so entspannt und glücklich miteinander, dass mir ganz warm ums Herz wurde.

Wir hatten uns heute in Greenpoint in Brooklyn zu einem letzten Treffen zu viert verabredet. Das Teehaus war von außen vielleicht unscheinbar und wurde im Vorbeigehen leicht übersehen, im Inneren überzeugte es jedoch mit rustikalem Chic. Unverputztes Mauerwerk, weiße, auf alt gemachte Holzmöbel, roséfarbene Polsterbezüge und ganz viele grüne Pflanzen in Kombination mit Bilderrahmen, Kerzenleuchtern und nicht mehr genutzten, kupfernen Teekannen.

Sanfte Klänge drangen aus versteckten Boxen, ohne uns in unserer Unterhaltung zu stören. Es schneite jetzt heftiger draußen, und ich konnte den winterlichen Anblick durch die Fenster nun genießen, seit wir uns nicht mehr durch den Sturm kämpfen mussten.

Die Kellnerin, eine Frau im Alter meiner Mom, trug eine cremefarbene Schürze über einem Jeansoverall und wirkte gut gelaunt, als sie unsere Bestellung aufnahm. Wenig später kehrte sie mit vier verschiedenen Tees zurück. Ich hatte mich für eine Zitronen-Rosen-Mischung entschieden und konnte nicht genug vom Duft bekommen.

»Wann genau gehts los bei euch?«, fragte Shiloh und rührte in ihrem Tee.

»Morgen ganz früh«, antwortete Nick, der neben mir saß. Wir berührten uns nur an den Knien, aber das war schon ausreichend, um mich abzulenken. »Wir wollen die Strecke wieder aufteilen.«

»Übernachtet ihr im gleichen Motel wie damals?« Shiloh grinste.

Ich lief rot an, obwohl es eigentlich keinen Grund dazu gab. Zum einen war *damals* nichts in dem Motel an der Interstate passiert außer schlechtem Frühstück, und zum anderen war ich mit Nick doch weit über jegliche Verlegenheit hinaus, oder?

»Ich habe das Gefühl, mir ist etwas entgangen«, murmelte Nick.

Miles zuckte mit den Schultern. Er hatte sein Haar in den letzten Monaten wieder wachsen lassen, sodass er mit den Strähnen in seiner Stirn verwegener wirkte. Weniger militärisch als mit seinem Kurzhaarschnitt.

»Willkommen in meiner Welt«, antwortete Miles lachend.

Nick warf ihm einen gespielt finsteren Blick zu. Die Stirn gerunzelt. »Ich will nicht in deiner Welt sein.«

»Wirklich nicht? Meine Welt ist schön und bunt und harmonisch und …« Miles' Augen blitzten schelmisch auf. »… *und* Shiloh und Bronwyn befinden sich in ihr.«

»Also jetzt mach mal halblang. Wenn überhaupt, befindet sich Bronwyn in *meiner* Welt«, beeilte sich Nick, zu sagen, bevor er besitzergreifend einen Arm um meine Schulter legte.

Während die beiden Kerle weiter wie zwei pubertierende Jungs stritten, sahen Shiloh und ich uns an und kicherten. Kurios, wie das Leben so spielte, doch irgendwie hatten wir es geschafft, glücklich zu werden.

»Ich werde euch vermissen«, sagte ich plötzlich und unterbrach damit Miles und Nick, die sich fast schon in Rage geredet hatten. »Kommt uns besuchen, ja?«

»Als ob das jemals infrage stand«, murmelte Shiloh gerührt und ergriff über den Tisch hinweg meine Hand. »Unsere Freundschaft wird nicht aufhören, bloß weil uns ein paar Meilen trennen, Bron.«

Ich konnte die Tränen nicht mehr zurückhalten. In den letzten Wochen war ich so mit dem Umzug beschäftigt gewesen, dass ich keine Zeit gehabt hatte, mich mit der Trennung von Shiloh zu beschäftigen. Doch jetzt, da sie unmittelbar bevorstand, fühlte ich nur noch unendliche Traurigkeit.

»Na toll, jetzt hast du sie zum Weinen gebracht«, rügte Miles Shiloh, während er selbst kurz vorm Heulen zu sein schien.

»Es t-tut mir leid«, entschuldigte sich Shiloh, die ich wohl angesteckt hatte.

Miles tat sein Bestes, sie zu trösten, und auch Nick drückte mich an sich. Ich wusste, dass ich mit ihm in Baton Rouge nicht unglücklich sein würde. Das war gar nicht möglich. Doch mir war genauso klar, was ich hier zurückließ.

Ich klammerte mich an die Hoffnung, dass Shiloh und ich uns brauchten und wir deshalb für unsere Freundschaft kämpfen würden. Nachdem wir uns wieder zusammengerissen und der Kellnerin versichert hatten, dass wir nichts an dem Tee auszusetzen hatten, stand der Abschied bevor.

Vor dem Café auf dem weiß gepuderten Bordstein hielt ich mich fest an Shiloh, nicht wissend, wie ich sie jemals loslassen sollte.

»Es wird alles gut. Du wirst schon sehen«, beschwichtigte sie mich. »In zwei Monaten kommen Miles und ich euch besuchen. Bis dahin ist es nicht mehr so lange. Und im Mai ist ja auch schon eure Hochzeit. Apropos, darf ich den Ring noch mal sehen?«

Lachend zog ich einen der beiden Handschuhe aus und hielt ihr in der Kälte meine Finger entgegen. Sie hob sie nah an ihr Gesicht, um das Glitzern der Steine zu bewundern. An den Anblick hatte selbst ich mich noch nicht gewöhnt, und ich trug den Ring seit über zwei Monaten jeden Tag.

»Ist das ein Hinweis oder so? Muss ich mir Gedanken machen?«, überlegte Miles laut.

Shiloh warf ihm einen scharfen Blick zu. »Wenn du mir in den nächsten fünf Jahren einen Antrag machst, werfe ich dich aus unserer Wohnung.«

»Es ist auch meine Wohnung.« Er verschränkte die Arme vor der Brust und grinste selbstgefällig.

»Miles«, sagte Shiloh mit Nachdruck und ließ mich los. Eilig zog ich meine Wollhandschuhe wieder an.

»Schon verstanden. Kein Antrag in den nächsten fünf Jahren.« Er küsste sie blitzschnell auf die Wange.

»Jesus, in fünf Jahren und einem Tag bekomme ich also einen Anruf von Shiloh.« Ich lachte lauthals, und dann, nach einem grimmigen Murmeln von Shiloh, fiel auch sie ins Lachen ein.

Schließlich nahm ich ihre Hände in meine und drückte sie fest. Wir sahen einander an, als wäre das ein Abschied für immer, aber das würde er nicht sein.

»Danke für alles, Shi«, murmelte ich plötzlich wieder ernst.

»Ich muss dir danken, Bron.« Sie küsste meine Wange, bevor wir uns voneinander lösten.

»Pass auf sie auf, Miles«, warnte ich ihn mit erhobenem Finger. Er zog mich als Antwort in eine feste Umarmung.

»Mach's gut, pumpkin«, verabschiedete sich auch Nick von Shiloh. Er und Miles klopften sich brüderlich auf die Schultern. »Bis in zwei Monaten dann.«

Mit tränennassem Blick sah ich den beiden nach, wie sie sich von uns entfernten, um ein Taxi zu suchen. Nick und ich würden mit der Metro zu unserem Hotel fahren, bevor es morgen früh losging.

Er verschränkte seine Finger mit meinen und blickte auf mich herab. Liebevoll. Vielleicht auch ein klein wenig ängstlich vor der Zukunft.

»Wollen wir?« Er führte meine Hand an seinen Mund und küsste sie durch den Stoff meines karierten Handschuhs.

Ich lächelte trotz der Tränen, denn so unsicher der Weg vor mir auch wirkte, ich würde ihn nicht allein beschreiten.

»Bless my heart«, wisperte ich. »Auf gehts!«

• DANKSAGUNG •

Bless my heart – indeed. Ich bin sehr glücklich und dankbar dafür, dass ich die *Room-for-Love*-Dilogie so schreiben konnte, wie sie mir vorgeschwebt war. Damit ist nun auch die Geschichte um Bronwyn und Nick abgeschlossen, und wie auch Shiloh und Miles haben sie ihr wohlverdientes Happy End erhalten.

Mein Happy End wurde mir ermöglicht durch meine wunderbare Lektorin Jasmin Centner sowie das ganze engagierte Team von Moon Notes. Es war mir eine Freude, meine Ideen mit euch zu teilen.

Vielen Dank an meinen Agenten Klaus sowie meine liebe Julia Schmuck. Außerdem gilt mein Dank folgenden Personen: Rebecca, April, Anja, Ana, Alex, Steffi, all meinen Freundinnen und Freunden und meiner Familie.

Ich bedanke mich auch bei dir, liebe Leserin, lieber Leser, für deine ungeteilte Aufmerksamkeit und hoffe sehr, wir sehen uns im nächsten Buch wieder.

Eure Laura

• PLAYLIST •

ONEUS – Lit

The Rose – Sour

Miley Cyrus – Flowers

The Kid LAROI, Justin Bieber – STAY

Rema, Selena Gomez – Calm Down

Pentagon – Daisy

Emma Steinbakken – This One's On Me

HYOLYN – youknowbetter

BLANCO – Notti In Bianco

B.I – Endless Summer

iKON – RUBBER BAND

Matthew Nolan – My Mistakes

Benedict Cork – Have a Good Life (See You Never)

James TW – When You Love Someone

Rosa Linn – SNAP

SHIN JIMIN, Yuna (feat. Hwe Seung) – If You Were Me